Eifelheiler

Rudolf Jagusch, geboren 1967 in Bergisch Gladbach, arbeitet als Diplomverwaltungswirt in Köln. Er lebt mit seiner Familie in Bornheim im Vorgebirge. Im Emons Verlag erschienen »Nebelspur«, »Todesquelle« und »Eifelbaron«.
www.krimistory.de

RUDOLF JAGUSCH

Eifelheiler

KRIMINALROMAN

emons:

Bibliografische Information der Deutschen Nationalbibliothek
Die Deutsche Nationalbibliothek verzeichnet diese Publikation in der Deutschen Nationalbibliografie; detaillierte bibliografische Daten sind im Internet über http://dnb.d-nb.de abrufbar.

FSC www.fsc.org MIX Papier aus verantwortungsvollen Quellen FSC® C083411

Umschlagmotiv: Heribert Stragholz
Umschlaggestaltung: Tobias Doetsch
Druck und Bindung: CPI – Clausen & Bosse, Leck
Printed in Germany 2012
ISBN 978-3-89705-983-2
Originalausgabe

Für meine Brüder Gerd und Fritz

Sommer 1970

Hatte sie jemals jemanden so sehr gehasst?

Am liebsten hätte Maria sich auf ihre Schwester Veronika gestürzt und sie grün und blau geschlagen.

Oder besser noch: ihr ein langes Messer zwischen die Rippen gerammt.

Ohnmächtige Wut brannte in ihrem Hals und paarte sich mit einer fast bodenlosen Verzweiflung. Tagelang hatte sie kaum gegessen. Der Appetit war ihr vergangen.

Der Geruch nach Weihrauch, den sie sonst so sehr mochte, ließ sie würgen.

Die Orgel verstummte, der Pfarrer predigte mit sonorer Stimme. Maria hörte kaum zu. Sie konnte den Blick nicht von Veronika abwenden. Ihre Schwester stand im wallenden weißen Kleid, einer stolzen Königin gleich, neben dem Mann, den Maria abgöttisch liebte. Sie hatte ihn ihr gestohlen.

Miststück.

Nie hätte Maria gedacht, dass sie jemanden so sehr verabscheuen könnte. Sie spürte einen salzigen Geschmack auf ihren Lippen und lächelte angestrengt. Jeder würde annehmen, dass sie das Glück ihrer Schwester beweinte.

Dabei zerriss es sie innerlich.

Dort, wo ihr Herz pochte, saß seit Monaten ein schwerer Stein, der die Arbeit des Muskels zu behindern schien.

Das Brautpaar wandte sich einander zu. Der Ministrant hob das Kissen mit den Eheringen.

Das Miststück hatte sogar die Frechheit besessen und sie gefragt, ob sie Trauzeugin werden wollte. Veronika hatte dabei mit ihren blonden Locken gespielt, sie immer wieder um den Zeigefinger gedreht und unschuldig mit ihren großen blauen Augen geklimpert, denen niemand widerstehen konnte. Doch ihr spöttisch hochgezogener Mundwinkel hatte sie verraten.

Freude heuchelnd hatte Maria zugestimmt. Den erneuten Triumph im ewigen Geschwisterkampf wollte sie Veronika nicht gönnen. Eine Weile war sie von ihrer Schwester stumm fixiert und ihr

Gesicht auf eine verräterische Regung untersucht worden. Doch Maria hatte sich im Griff gehabt. Merklich enttäuscht war Veronika schließlich gegangen. Das kleine Duell hatte Maria für sich entscheiden können, doch die Schlacht hatte sie verloren. Gegen die strahlende Schönheit konnte sie einfach nichts ins Feld führen. Sie, die graue, schüchterne Maus, musste sich wieder einmal hinten anstellen.

Stets hatte Veronika das begehrt, was Maria gehörte. Und auch bekommen. Zeit ihres Lebens war es so gewesen. Der Teddy zu Ostern kam Maria in den Sinn. Sieben Jahre war sie alt gewesen. Veronika hatte einen Heulkrampf inszeniert, bis es ihrem Vater zu viel geworden war. Der Teddy war in Veronikas Arme gewandert, und sie hatte im Gegenzug einen abscheulich hässlichen Stoff-Fisch geerbt. Eklig. Maria hasste Fische.

Ein eiskalter Schauer lief ihr über den Rücken. Mit dieser Hochzeit war es ebenso. Ihre Schwester wollte ihr eins auswischen. Niemals ging es ihr um echte Zuneigung, ganz zu schweigen von tief empfundener Liebe, da war sich Maria sicher.

»Vor Gottes Angesicht nehme ich dich an als meinen Mann. Ich verspreche dir die Treue in guten und bösen Tagen, in Gesundheit und Krankheit, bis der Tod uns scheidet. Ich will dich lieben, achten und ehren alle Tage meines Lebens.« Veronikas Stimme klang hell und klar, keine Spur von Lampenfieber oder Unsicherheit.

Panik erfasste Maria. Nur noch ein paar Worte, nur wenige Sekunden, dann hatte sie ihn verloren. Ein wimmernder Laut verließ ihre Lippen. Erschrocken hielt sie sich den Mund zu. Der Fotograf, der ganz in der Nähe stand, sah sie an und runzelte die Stirn.

Maria hob die Hand und bedeutete ihm so, dass mit ihr alles in Ordnung war. Es schien ihn zu beruhigen, denn er hob die Kamera und widmete sich wieder seiner Aufgabe.

Verstohlen blickte sie sich um. Die Kirche war bis auf den letzten Platz besetzt. Sogar längs der Wände und hinter den Bänken standen die Gäste in Zweierreihen. Veronika war beliebt. Sie verstand es, sich Freunde zu machen.

Erleichtert stellte Maria fest, dass niemand sonst ihr Wimmern bemerkt hatte.

Alle verfolgten gespannt, wie Veronika ihm den Ring aufsteckte. »Trage diesen Ring als Zeichen meiner Liebe und Treue. Im Namen des Vaters und des Sohnes und des Heiligen Geistes.«

In Marias Ohren rauschte es. Sie verstand nichts mehr, sah nur, dass die Lippen des Pfarrers sich bewegten.

Es war besiegelt, vor ihren Augen, vor den Hochzeitsgästen und vor Gott.

Mit zitternden Händen riss sie ihren Schal vom Hals und taumelte einen Schritt vorwärts. Jetzt schien sich die Kirche zu bewegen, sie schwankte wie ein Boot auf hoher See. Ihr Blick verengte sich zu einem Tunnel, an den Rändern verdichteten sich schwarze Schatten. Sie spürte einen dumpfen Schmerz am Oberarm und versuchte, die Ursache zu erkennen. Für einen kurzen Moment klärten sich ihre Sinne.

Sie sah eine Hand.

Dann fiel sie in Ohnmacht.

EINS

»Stech ab!«

Fischbach zögerte. Die Herzdame lag auf dem Tisch und schenkte ihm ein halbes Mona-Lisa-Lächeln. Er überlegte. Den Kreuzbuben opfern, um die blank gespielte Herzzehn mit nach Hause zu nehmen? Wie viel Trumpf war eigentlich schon durch? Stumm schalt er sich selbst, den Überblick verloren zu haben, und musterte verstohlen seinen Kumpel Ralf Lorscheidt, der seelenruhig links von ihm saß und seine Karten sortierte. Die speckige Lederjacke mit dem K-Heroes-Emblem auf dem Rücken lag neben ihm auf der Bank und glänzte im Licht der 60-Watt-Birne, die über dem Tisch hing.

»Was ist los? Wartest du auf Schönwetter?«, beschwerte sich Jörg Dödenfeld, der rechts von Fischbach saß und mit den Fingern auf den Holztisch trommelte. »Lass deinen Jung endlich die Dame besteigen.« Er zwinkerte Fischbach anzüglich zu. Dödenfeld war Oberstudienrat am St. Michael-Gymnasium in Bad Neuenahr. Im Alltag durch und durch souverän und distinguiert, gab er sich im Kreis der K-Heroes gern gewöhnlich.

Fischbach wischte sich den Schweiß von der Stirn. Er liebte Skat, schätzte die nie gleichen Spiele, die Variationen. Dennoch wusste er, dass er es nie zum perfekten Spieler bringen würde. Dafür fehlte es ihm an der Übersicht. Immer wieder liefen Stiche an ihm vorbei, ohne dass er sich die gespielten Karten merkte. Und genau das war es, was immer wieder dazu führte, dass er vermeintlich sichere Runden abgeben musste – nicht selten von Hohn und Spott der anderen begleitet.

»Hotte, Telefon.«

Verwundert sah Fischbach über die Schulter zur Theke. »Für mich?«

Hans, der Wirt, wedelte mit dem Hörer in der Luft herum. »Ist hier sonst noch jemand Hauptkommissar und heißt Fischbach?«

»Etwa dienstlich?« Fischbach schüttelte den Kopf. »Unmöglich.« Einmal im halben Jahr trafen sich die Mitglieder der K-Heroes, des Motorradklubs, dem er angehörte, samstagabends in ihrer Stammkneipe »Im Krug«. Dabei stellten sie sicher, nicht gestört zu werden. Eiserne Regel: Keine Frauen und keine Handys. Selbst weitere Gäste duldeten sie nicht und zahlten dem Wirt sogar eine Entschädigung dafür, dass er sie als geschlossene Gesellschaft akzeptierte und bewirtete. Diese zwei Abende im Jahr waren Fischbach heilig. Schon Wochen vorher lief er durch die Flure der Euskirchener Polizeibehörde und ermahnte jeden, den er erwischte, dass er an diesem Abend nicht gestört werden wollte. Jahrelang hatte das problemlos funktioniert. Bis heute. Fischbach legte seine Karten auf den Tisch, ging zur Theke und griff nach dem Hörer. »Ja?«

»Hotte? Bist du dran?«

Fischbach kratzte sich die Wange und versuchte, die Stimme zuzuordnen, was nicht einfach war mit vier Obstlern im Kopf. »Jan?«

»Hast du Zeit?«, überging sein Kollege Jan Welscher die Frage.

»Ich wollte doch nicht gestört werden«, blaffte Fischbach.

»Ja, ich weiß. Aber Sigrid meinte, ich dürfte dich stören.«

»Also gut«, sagte Fischbach resigniert. Er liebte seine Frau. Sie war ein herzensguter und fröhlicher Mensch, auf den in allen Lebenslagen Verlass war. Jedoch wünschte er sich, sie wäre hin und wieder etwas abweisender. »Was ist denn los?«, grollte er und versuchte erst gar nicht, seinen Ärger zu verschleiern. Er blickte zu Lorscheidt und Dödenfeld. Die beiden hoben beschwichtigend die Hände. Ihre Ohren schienen plötzlich gewachsen zu sein.

Neugierige Hyänen, dachte er.

Hans polierte die Theke und hob dabei den Apparat mit der Wählscheibe an. Auch er spielte die Unbekümmertheit in Person. Doch Fischbach kannte ihn lange genug, um zu wissen, dass er jedes Wort aufmerksam verfolgte.

Welscher räusperte sich. Es klang, als ob er einen Aal auswürgen würde. »Ich kann auch allein weitermachen, aber ich dachte …« Er stockte, sicher, um abzuwarten, ob Fischbach ihm verzieh.

»Ist schon gut«, murmelte Fischbach mit einem flauen Gefühl im Magen. Welscher schob erst seit einigen Monaten in Euskirchen Dienst, aber Fischbach kannte ihn schon gut genug, um zu wissen, dass er nicht der Typ war, der Verantwortung abdrückte oder vorschnell um Hilfe rief. Der Anruf hier konnte nur eins bedeuten: Es war etwas Schreckliches passiert.

Hans war mit dem Wischen fertig und stützte sich jetzt gemütlich mit den Armen an der Theke ab. Er versuchte gar nicht mehr, seine Neugierde zu verbergen.

Fischbach schirmte die Sprechmuschel ab. »Hast du nichts Besseres zu tun?«, herrschte er ihn an.

Seelenruhig griff sich Hans ein Glas und begann, es zu wienern. »Ihr seid doch die einzigen Gäste.«

»Lass dich nicht stören, Hotte«, rief ihm Dödenfeld zu. »Wir können warten. Führ ruhig dein Gespräch zu Ende.«

Heuchler, fluchte Fischbach stumm. Alle drei gierten doch nur nach einer Sensation, die sie brühend heiß hinter vorgehaltener Hand herumtratschen konnten. Sie waren keinen Deut besser als eine Horde Waschweiber. Er versuchte, sich ein wenig mehr in die Ecke des Schankraums zu verkrümeln. Doch die Spiralschnur des Uralttelefons war bereits bis aufs Äußerste gedehnt. Sie war so kurz, dass das giftgrüne Gerät nur maximal bis auf die Theke mitgenommen werden konnte. Fischbach zerrte noch einige Male daran, doch schließlich gab er den Kampf auf und drehte sich so, dass er wenigstens niemanden anschauen musste.

»Erzähl«, forderte er Welscher auf und nahm sich vor, so spartanisch wie irgend möglich zu antworten.

»Ich bin in Kronenburg. Sieht schlimm aus, Hotte, wirklich.«

»Mord?«, flüsterte Fischbach. Hinter ihm hörte er jemanden scharf die Luft einziehen. Mist, die hatten Ohren wie Fledermäuse. Jetzt würde es nicht mehr lange dauern, bis es der ganze Kreis Euskirchen erfuhr.

»Eine ältere Dame. Regelrecht abgestochen. Kein schöner Anblick, kannst du mir glauben«, presste Welscher hervor.

»Abgestochen?«, wiederholte Fischbach. Sofort ärgerte er sich darüber.

»Oh Gott«, hörte er Dödenfeld auch schon aufstöhnen.

Fischbach wirbelte herum. »Ein Wort zu irgendjemandem, und ihr bekommt Probleme, Jungs. Ganz gewaltige. Und zwar mit mir. Ich buchte euch eigenhändig ein und ziehe euch die Haut ab.«

»Wir doch nicht«, wiegelte Hans ab. »Eher bricht hier in der Eifel ein Vulkan aus, als dass wir rumtratschen.«

Fischbach tippte sich an die Stirn. »Gerade dir soll ich das glauben, du Klatschmuhl.«

»Na, na, bisschen höflicher bitte«, echauffierte sich der Wirt und straffte die Schultern.

Fischbach winkte ab, sandte aber sicherheitshalber noch einige böse Blicke in die Runde. Dann konzentrierte er sich wieder auf Welscher. »Also gut, ich … äh.« Er brach ab. Mit den vier Obstlern im Bauch konnte er nicht mehr fahren.

»Ich schick dir eine Streife«, bot Welscher an, der Fischbachs Problem offensichtlich erkannt hatte. Doch half es Fischbach nicht wirklich weiter.

»Nein«, schlug er das Angebot heftiger aus als gewollt, hakte den Zeigefinger am Hals seines Hemdkragens ein und zog daran. »Also, du weißt doch … hm … nein, auf gar keinen Fall ein Auto.«

»Mensch, Hotte, mach mal halblang.« Welscher klang genervt. »Das wird doch mal gehen. Die Kollegen fahren bestimmt auch besonders vorsichtig, wenn du lieb darum bittest.«

»Kein Auto«, entschied Fischbach und öffnete den obersten Knopf. Der Gedanke, in das Innere eines Wagens steigen zu müssen, trieb ihm den Schweiß auf die Stirn. Er linste zu Dödenfeld und Lorscheidt hinüber. Ihre Maschinen standen vor der Tür. Doch die beiden hatten ebenfalls zu viel intus. Und Hans, der Wirt, besaß noch nicht mal einen Führerschein.

Welscher seufzte. »Also, wenn du es nicht schaffst, ich meine, wenn es nicht geht, ich kann auch allein …«

Klang da ein Vorwurf durch? Bevor Fischbach näher darüber nachgrübeln konnte, fiel ihm die Lösung seines Problems ein.

»Schon gut.« Er überschlug die Strecke. Kronenburg war zwar eine Perle des Kreises Euskirchen, lag aber selbst für Eifeler Verhältnisse am Arsch der Welt. Über Mechernich auf die Autobahn, die A 1 runter bis zur Abfahrt Blankenheim, weiter über die B 51 an Blankenheim und Dahlem vorbei, die letzten Kilometer über die B 421. Geschätzte vierzig Kilometer. »Keine Stunde, dann bin ich bei dir«, teilte er Welscher mit und legte auf.

»Jungs«, rief er, »ich muss leider weg.«

Hans schmunzelte. »Der Heilige Stuhl?«

»Du hast gelauscht«, klagte Fischbach ihn an, konnte sich aber ein Lächeln nicht verkneifen.

»War ja nicht zu überhören.«

»Kein Wort zu niemandem …«, warnte Fischbach und hob drohend den Zeigefinger. »Gilt auch für euch«, fügte er in Richtung von Dödenfeld und Lorscheidt hinzu, steckte dann den Zeigefinger in die Wählscheibe und rief im »Vatikan« an, um den Heiligen Vater um eine Mitfahrgelegenheit zu bitten.

Ein angenehm warmer Wind empfing Fischbach, als er um die Ecke bog und den Kirchberg hinaufging. Die kalte Zeit schien vorbei zu sein, doch er traute den Frühlingsvorboten noch nicht ganz. Diesmal war es ein langer und heftiger Winter gewesen, selbst für die Eifeler, die ja einiges gewohnt waren. Der Schnee war inzwischen verschwunden und hatte matschige braune Wiesen hinterlassen, doch die Eisheiligen standen noch bevor. Erfahrungsgemäß sackten die Temperaturen in diesen Tagen erneut in den Keller. Fischbach nahm sich vor, darauf zu achten, dass Sigrid seine langen Unterhosen nicht allzu weit in die hintersten Ecken des Kleiderschrankes verbannte.

Links vor ihm reckte sich der Turm der St. Severinus Kirche in den klaren Nachthimmel. Die Ziegelsteine glänzten feucht. Fischbach schluckte schwer. Der Anblick der Kirche rief in ihm regelmäßig schlimme Erinnerungen wach. Er, in der ersten Reihe auf der Kirchenbank, ohne Tränen, da er bereits so viele vergossen hatte. Vor sich die beiden Särge. Trauermusik, Trauerrede, Trauergäste, der Gang zum Friedhof, die auf das Holz herabprasselnde Erde. Der Grabstein, auf dem noch Platz für seinen Namen war.

In den Monaten danach hatte er alles darangesetzt, diese Lücke auf dem Stein zu füllen. Regelmäßig zu viel Alkohol und andere Drogen konsumiert, gerne auch in Kombination. Erst als Sigrid in seine Welt eingedrungen war, war er von der Schwelle zum Tod zurückgekehrt in ein zufriedenes Leben. Inzwischen hatte er gelernt, mit der Vergangenheit umzugehen. Doch er hatte es bisher nicht übers Herz gebracht, die Kirche ein weiteres Mal zu betreten.

Er spürte ein nervöses Grummeln in seiner Magengrube. In Kronenburg würden die Angehörigen des Mordopfers nun das Gleiche durchmachen müssen wie er vor Jahren hier in Euskirchen. Wurde jemand so unerwartet abgerufen, war das immer ein besonderer Schock, der einem den Boden unter den Füßen wegziehen konnte.

Auf Höhe des Pfarrhauses, von den K-Heroes scherzhaft als »Vatikan« bezeichnet, blieb er stehen. Er stemmte die Arme in die Hüften und keuchte. Er wuchtete definitiv zu viel Körpergewicht auf die Waage. Seine geliebte K-Heroes-Lederjacke spannte bedenklich über seinem Bauch. Er musste abnehmen, das war ihm klar. Oft genug hatte er in den letzten Monaten damit begonnen. Doch Sigrid torpedierte dieses Unterfangen kontinuierlich. Selbst etwas rundlich, störte sie sich nicht an seinen Pfunden und liebte es, ihn mit kulinarischen Köstlichkeiten zu verwöhnen.

Fischbach schmunzelte. Eigentlich konnte er sich ja glücklich schätzen mit einer Frau an der Seite, die keinen gestählten Männerkörper erwartete. Er kannte Ehen, die an Bierbäuchen gescheitert waren. Doch leider fühlte er selbst sich in seinem Körper unwohl.

Die Haustür des Pfarrhauses wurde geöffnet, und ein langer, dürrer Mann trat heraus. Seine riesige, knorrige Nase warf im Licht der Außenbeleuchtung einen markanten Schatten auf das Pflaster der Einfahrt.

»Willst du hier Wurzeln schlagen? Ich denke, du hast es eilig. Arbeit und Fleiß, das sind die Flügel, sie führen über Strom und Hügel.«

Pfarrer Klaus Levknecht, seines Zeichens ebenfalls Mitglied der K-Heroes, warf gerne mit Aphorismen um sich.

»Nu dohn ens nett esu hüü, ömme schön peu à peu«, sagte Fischbach und lachte. Er gab Levknecht die Hand. »Danke, dass du Zeit für mich hast.«

Levknecht winkte ab. »Ich wäre sowieso gleich zu euch runtergekommen. Die liebe alte Beißel liegt im Sterben, sie hat mich aufgehalten. Aber jetzt lass uns losfahren.« Er warf Fischbach einen Helm zu und stieg auf seine nagelneue Yamaha Vmax.

Fischbach durfte zum ersten Mal auf dem »Heiligen Stuhl« mitfahren. Levknecht war in solchen Dingen eigen. Ein Sozius störte nur, das war seine klare und unumstößliche Ansicht. Dass er sozusagen ein drittes Rad an der Maschine war, pflegte er außerdem zu verdeutlichen.

Aber heute ging es nicht anders.

Fischbach streifte sich den Helm über und nahm auf der winzigen Soziusbank hinter Levknecht Platz. Die Knie hingen ihm fast an den Wangen, als er es endlich geschafft hatte, die Füße auf die Rasten zu stellen. Mangels Haltebügel umschlang er Levknechts Taille mit den Armen.

»Komm mir nicht zu nahe«, rief Levknecht und drehte lachend den Zündschlüssel. Heiser erwachte der Motor unter ihnen, und einen Augenblick später ging es mit einem durchdrehenden Hinterrad und röhrendem Auspuff Richtung Kronenburg.

Der Höllenritt hatte begonnen.

***

Jan Welscher lehnte sich mit dem Rücken gegen die Hauswand und rieb sich müde die Augen. Was für ein Gemetzel. Überall war Blut. Der Mörder musste sie durch das Haus verfolgt haben.

Er schüttelte den Kopf und betrachtete den großen Wagen. Klar und deutlich funkelten die Sterne hier im schwarzen Meer des Nachthimmels. Hin und wieder vermisste er diesen Anblick, wenn er auf dem Balkon seiner Wohnung in Köln stand und nach oben schaute. Das Licht der Stadt überstrahlte dort alles, Sterne oder gar Sternbilder waren nur selten zu erkennen.

Eine Sternschnuppe zog einen hellen Schweif hinter sich her.

Als Kind hatte er oft mit seinem Vater auf dem Speicher gehockt, das Teleskoprohr aus der kleinen Dachluke geschoben und versucht, die Bahnen der Planeten zu verfolgen. Wie ein echter Forscher in einem Observatorium hatte er sich gefühlt. Sein Vater hatte ihm von der ersten Mondlandung erzählt, von Juri Gagarin, dem ersten Menschen im Weltall, und von den Plänen der NASA, mit riesigen Generationenraumschiffen in die Weiten des Alls vorzustoßen. Dabei hatte er seine alte Pfeife aus Bruyèreholz gestopft und schließlich losgepafft. Der Tabakgeruch, eine Mischung aus Honig, Nuss, Zimt und Apfel, hatte wenig später den staubigen Geruch des Dachbodens überdeckt.

Welscher seufzte. Eine schöne, unbekümmerte Zeit war das gewesen. Heute verstanden er und sein Vater sich nicht mehr. Und von seinem Berufswunsch, Forscher zu werden oder ein Astronaut, der zum Mars fliegt, war auch nichts geblieben. Stattdessen war er Kriminaloberkommissar und tat Dienst in der ungeliebten Eifel anstatt, wie ersehnt, in der rheinischen Stadt mit Herz.

Wenn er jedoch an die arme Tote im Inneren des Hauses dachte, war er ja irgendwie doch ein Forscher geworden. Jemand, der nach Spuren sucht, Theorien entwickelt und versucht, sie zu beweisen.

Ein Kollege von der Tatortgruppe bog aus dem Fußweg, der zur Wilhelm-Tell-Gasse hinabführte, in den Burgbering ein und eilte stumm an ihm vorbei ins Haus. Die bitterernste Miene des Kollegen verriet, dass ihm das Gemetzel ebenfalls an die Nieren ging.

Hin und wieder war durch die geöffnete Tür Feuersängers raue Stimme zu hören, die Anweisungen gab oder ungeduldig Verwünschungen ausstieß. Als Leiter der Tatortgruppe war er penibler als ein Uhrmacher und verzieh keine Fehler seiner Untergebenen.

Außer Feuersängers heiseren Tiraden war in der näheren Umgebung jedoch kaum etwas zu hören. Normalerweise schlenderten in einer so lauen Nacht noch einige Touristen oder Hotelgäste über das Kopfsteinpflaster zwischen den eng stehenden Häusern. Doch die Kollegen von der Streife hatten umsichtig gehandelt und den Tatort weiträumig abgesperrt.

Rechts neben sich bemerkte Welscher plötzlich ein grelles Aufblitzen. Augenblicklich schoss Adrenalin durch seine Blutbahn. Die Geier von der Presse, die hatten ihm gerade noch gefehlt. Er verstand ihre Motivation, gute Bilder und spannende Berichte brachten Geld in die Kassen. Und davon ernährten die Schmierfritzen schließlich ihre Familien. Aber an einem Tatort kam das für ihn einer Art Leichenfledderei gleich. Er fand es entwürdigend für das Todesopfer.

Er suchte die Umgebung ab, konnte aber niemanden entdecken. Zwischen den Häusern konnte sich niemand verstecken, da sie Wand an Wand standen. Schritte waren auch nicht zu hören, geschweige denn ein Stakkato davoneilender Füße. Da erregte eine Bewegung im oberen Stockwerk des Hauses schräg gegenüber seine Aufmerksamkeit. Er drückte sich von der Wand ab und ging zu der Haustür hinüber. Er sah zum Fenster hoch. Ein Schatten, ein Huschen, dann fiel die Gardine vor.

Das gibt es nicht, dachte er, der liebe Nachbar schießt doch tatsächlich Paparazzi-Bilder. Vermutlich schickt er sie in wenigen Minuten auf irgendeiner Internet-Plattform um die Welt. Dem würde er mal gehörig auf den Zahn fühlen.

Entschlossen drückte er den Klingelknopf. Auf dem Messingschild darüber las er »de Witt«.

Nachbarn gehörten ohnehin zum Kreis derer, die sie verhören mussten. Und da Feuersänger ihn im Moment den Tatort noch nicht näher in Augenschein nehmen lassen würde, könnte er hier genauso gut anfangen wie an jedem anderen Ort.

Erneut drückte Welscher den Knopf und ließ den Daumen darauf ruhen. Vernehmlich rasselte die Klingel. Er sah auf die Uhr. Vierzig Sekunden später öffnete sich die Tür ein wenig.

»Was?«, blaffte eine Stimme aus dem dunklen Hausflur.

Welscher nahm den Daumen von der Klingel und hielt seinen Dienstausweis vor den Türspalt. »Kriminaloberkommissar Welscher. Ich würde Ihnen gern einige Fragen stellen.«

»Ich habe zu tun.«

»Mit Fotografieren?«

»Ist das verboten?«

»Je nach den Umständen kann das schon sein«, gab sich Welscher vage, da er einen konkreten Grund, der dagegen sprach, eigentlich nicht vorweisen konnte. Der Mann hatte nur eine fast menschenleere Gasse fotografiert. Täterwissen würde er mit so einem Foto kaum preisgeben können. Aber vielleicht verunsicherte er so seinen Gesprächspartner und öffnete sich selbst damit die Tür. »Ich will Ihnen wirklich nur ein paar Fragen …«

»Sie ist tot, nicht wahr?«, wurde er unterbrochen. Eine Spur von Traurigkeit schwang jetzt in der Stimme mit.

»Leider ja«, gab Welscher ehrlich zurück.

»Ermordet?«

»Reden wir doch drinnen weiter«, bot Welscher an. Er verspürte kein Bedürfnis, durch eine halb geschlossene Tür eine Unterhaltung mit einem Schatten zu führen. Erst recht nicht, wenn es um ein Verbrechen ging. »Vielleicht können Sie uns helfen. Das ist doch bestimmt in Ihrem Interesse.« Kurz überlegte er anzufügen, dass er ihn ansonsten offiziell vorladen und die Vorstellung notfalls unter Zwang durchsetzen müsste, entschied sich aber schließlich dagegen. Bei einer solchen Aktion lief man immer Gefahr, nur knappe Antworten auf die gestellten Fragen zu erhalten. Ein freiwilliger Austausch war auf jeden Fall vorzuziehen und erfolgversprechender.

Es dauerte nicht lange, dann schwang die Tür auf. Eine riesige Frau blickte auf Welscher herab.

Er stutzte. Der Stimme nach zu urteilen, hätte er niemals eine Frau erwartet. Aber nicht nur der tiefe Bass der Frau überraschte ihn, sondern auch ihre Körpergröße. Da er selbst eins neunzig maß, war es seit seiner Pubertät nicht mehr vorgekommen, dass er zu einer Frau aufblicken musste. Er schätzte ihr Alter auf Anfang dreißig. Ein buntes, weites Kleid umhüllte sie und versteckte jegliche weibliche Kontur. Es erinnerte Welscher an einen zu groß geratenen Poncho. Nur reichte das Kleid bis zu den Füßen. In ihren Augen konnte er tief empfundene Traurigkeit erkennen. »Kommen Sie mit durch«, forderte sie ihn auf.

Er trat in einen schummrig beleuchteten Raum ein. Eine hohe Balkendecke lag auf Mauern aus Bruchsteinen. Zahlreiche Halogenstrahler hingen herab. Eine Anrichte stand bei der nach oben führenden Treppe. Ansonsten gab es hier unten keine Möbelstücke. Dafür aber jede Menge Staffeleien in unterschiedlicher Größe.

Frau de Witt betätigte einen Schalter neben der Tür. Augenblicklich flammten die Strahler auf und leuchteten den Raum grell aus. Welscher blinzelte und schirmte mit der Hand die Augen ab, bis er sich an das helle Licht gewöhnt hatte.

»Schauen Sie sich ruhig um«, forderte sie ihn auf.

»Ich bin nicht hier, um …«

»Bitte.« In ihrer Stimme lag etwas Flehentliches, was Welscher rührte. Vermutlich war sie sehr einsam und freute sich über jedes freundliche Wort, das sie hörte. Er ergab sich seinem Schicksal und schlenderte langsam von Bild zu Bild.

An die zwanzig Malereien hingen an den Wänden, dazu standen noch einige auf den Staffeleien. Impressionistische Motive, hauptsächlich aus der Eifel und Umgebung, waren darauf zu sehen: Bauernhöfe, alte Mühlen, Kühe, hügelige Wiesen und Windräder. Welscher erkannte die markante Nürburg auf der Hohen Acht, das rote Haus in Monschau und den Aachener Dom.

»Gefallen sie Ihnen?«, fragte sie.

Er spitzte die Lippen. »Sehr viel … Eifel«, sagte er vorsichtig.

Sie lachte. »Okay, an Ihrer Betonung ist unschwer zu erkennen, dass die Landschaft hier in der Gegend nicht Ihren Geschmack trifft. Weiter, was noch?«

Ein wenig erleichtert, sie nicht verärgert zu haben, beschloss er, etwas hervorzuheben, was ihm gefiel. »Die Farbauswahl.«

»Ja? Was ist damit?«

»Eine erstaunlich interessante Komposition. Ungewöhnlich, nichts scheint so richtig zueinanderzupassen. Aber genau das finde ich ansprechend. Ist vermutlich so eine Art Markenzeichen von Ihnen, stimmt's?«

Sie lächelte milde. »Ich bin farbenblind. Ich kann Rot nicht von Grün unterscheiden, Gelb geht bei mir schon mal als Braun durch, und aus Blau wird Lila.«

»Erstaunlich, was es alles so gibt«, sagte Welscher und sah sich die Bilder erneut an. »Ich bleibe dabei. Sie gefallen mir.« Jetzt wurde es aber Zeit, mit der Befragung zu beginnen. »Leben Sie von der Malerei?«

Sie ging nahe an ihm vorbei und nahm sich ein Glas Wasser von der Anrichte. »Ich male in meiner Freizeit. In der Woche bin ich in Luxemburg tätig.«

»Sie wohnen hier also nur am Wochenende?«

»Nicht ungewöhnlich für Kronenburg. Bekanntester Besitzer eines Zweitwohnsitzes in diesem schönen Städtchen dürfte wohl Wolfgang Niedecken sein, der Sänger von BAP.«

»Ah, okay«, sagte Welscher. »Wusste ich gar nicht.« In ihm keimten Zweifel daran auf, dass er hier etwas Näheres über die Verstorbene erfahren würde. Vermutlich schloss sich Frau de Witt samstags und sonntags hier ein und malte bis zum Umfallen. Kontakte zu den Einheimischen dürfte sie so eher selten haben. »Und in Luxemburg sind Sie in der Finanzbranche tätig?«, fragte er.

»Wie kommen Sie darauf? Sehe ich aus wie eine Bankerin?«

»Sicher nicht.« Welcher zuckte mit den Schultern. »Ins Blaue hinein geraten«, gab er zu. »Luxemburg ist für mich eine Bankenstadt. Deswegen vermute ich bei jedem, der dort arbeitet, eine Verbindung zu den Hochfinanzen.«

Sie bot ihm Wasser an. »Sie liegen richtig. Investment.«

Dankbar nahm Welscher das Glas und trank. Dabei versuchte er, sich die Frau in einem edlen Kostüm mit weißer Bluse und feinen Schuhen vorzustellen, die Aktentasche unter die Achseln gepresst, ein Smartphone in der Hand. Es gelang ihm nicht richtig. Ihre Präsenz als Künstlerin war übermächtig. »Frau de Witt«, Welscher gab ihr das Glas zurück, »das ist doch Ihr Name?«

Sie nickte. »Larissa de Witt.«

»Der fünfte Planet des Neptun«, murmelte Welscher. Wieder spülte eine Erinnerungswelle den Dachboden seines Elternhauses in sein Gedächtnis.

»Ja. Und die Tochter des Königs Pelasgos und einer Nymphe. Larissa ist eine Gestalt aus der griechischen Mythologie.«

»Äh ... ja.« Er verdrängte die störenden Gedanken. »Frau de Witt, können Sie mir etwas über Veronika Kramann erzählen? Kannten Sie sich näher?«

Ihr Lächeln verschwand. »Und sie ist tatsächlich tot?«

Welscher seufzte. Er wusste nicht, wie nahe Larissa de Witt dem Opfer stand. Und so konnte er nicht einschätzen, wie viel Mitgefühl angebracht war.

Jetzt schloss sie kurz die Augen und schwankte. Welscher wappnete sich, ihr hilfreich zur Seite zu springen.

Doch ihre Schwäche war nur von kurzer Dauer. »Sollen wir nach oben gehen?«, sagte sie mit kraftloser Stimme. »Da können wir uns setzen.« Ohne eine Antwort abzuwarten, ging sie voran.

Der obere Raum war zweckmäßig eingerichtet: eine Küchenzeile, eine kleine Couchgarnitur, ein Bett, ein kleiner Kleiderschrank. Auf dem Nachttisch lagen einige Romane. Eine weitere Tür ging von dem Zimmer ab. Vermutlich zum Bad, dachte Welscher. Ein Telefon, einen Fernseher oder einen Computer sah er nicht. Er setzte sich auf einen Sessel und zückte sein Notizbuch.

Larissa de Witt setzte sich ihm gegenüber auf die Couch und zog die Beine unter. »Bevor ich anfange zu erzählen, sind Sie mir noch eine Antwort schuldig. Es war Mord, oder?« Ihre Stimme raspelte rau über die tiefen Tonlagen.

»Wie kommen Sie darauf?«, wich Welscher aus. »Und ›schuldig‹, na ja. Ich denke nicht, dass ich Ihnen solche Dinge erzählen muss.«

Sie zupfte nervös an ihrem Ponchokleid. »Ja, entschuldigen Sie bitte. Es ist nur so, dass ...«

»Ja?«

»Vrönn hat mir erzählt, jemand schleiche in ihrem Haus herum. Nachts hörte sie Geräusche, das Knarren von Dielen, quietschende Türen. Und Schritte. Gegenstände lagen anders, als sie es in Erinnerung hatte. All solche Dinge eben, die darauf hinweisen, dass jemand im Haus war.« Sie atmete heftig ein und aus. »Dieser Geist hat sie bestimmt umgebracht.«

Welscher sah sie zweifelnd an. In einem denkmalgeschützten Haus war es vermutlich normal, dass die Dielen knarzten, das Fachwerk arbeitete und die Türen sich verzogen. Eine überspannte Phantasie konnte daraus rasch einen Geist kreieren. Andererseits kannte man als Bewohner sicherlich die üblichen Geräusche und konnte sie zuordnen. »Ein Geist?«, fragte er.

»Stammt nicht von mir. Vrönn hat ihn so bezeichnet.«

Welscher hatte diesen in der Eifel gebräuchlichen Spitznamen noch nie gemocht. Er war aber wohl nur dadurch zu umgehen, dass man seinem Kind einen vollkommen anderen Namen gab. Denn was für einen Sinn hatte es, sein Kind Veronika zu nennen, wenn dann doch jeder nur Vrönn sagte?

Er notierte sich ein paar Stichworte. »Ziehen wir daraus keine voreiligen Schlüsse. Ob das überhaupt zusammenhängt, muss geklärt werden.«

Sie legte ihre Hände auf die Brust und atmete tief durch. »Sie haben recht. Ich übertreibe.«

»Nein, nein«, wiegelte er ab. »Alles kann wichtig sein. Erzählen Sie mir einfach, was Sie über Veronika Kramann wissen.«

»Sie war eine geborene Bartels. Ihr Mann ist bereits in den Achtzigern verstorben. Ein Arbeitsunfall. Stromschlag, der arme Kerl.« Sie zeigte mit der Hand in Richtung des Kramann-Hauses. »Seitdem lebte Vrönn ohne Mann dort.«

»Gibt es Kinder? Verwandte? Freunde?«

»Eine Tochter. Eine Schwester hat sie auch. Die ist verheiratet und wohnt nicht weit von hier. Vorletzten Dienstag war ich zu Vrönns zweiundsechzigstem Geburtstag eingeladen. Sie waren alle da. Sogar der verkommene Untermieter.« Ihre Miene gefror, die Lippen formten einen geraden Strich. Bei der Erwähnung des Untermieters war ihre Stimme in den Eiskeller gerutscht.

»Ein Untermieter?« Welscher rutschte unbehaglich auf dem Sessel hin und her. Dass dort auf der anderen Straßenseite jemand mit Veronika Kramann unter einem Dach wohnte, hätte er längst wissen müssen. Aber er hatte es versäumt, ihren Eintrag im Melderegister zu überprüfen. Eine peinliche Schlamperei. Er versuchte, seine Verlegenheit zu überspielen. »Offensichtlich mögen Sie ihn nicht.«

Ihre Augen verfinsterten sich. »Er hat Vrönn ausgenutzt. Keine Miete gezahlt und sie jeden zweiten Tag um Geld angebettelt. Ein ewiger Student, der sich bei ihr eingenistet und sie wie ein Parasit ausgesaugt hat. So oft habe ich ihr gesagt, dass sie ihn rausschmeißen soll, doch sie hat nicht auf mich gehört. Keine Ahnung, was sie an dem Kerl so fasziniert hat.« Sie streckte das Kinn vor. »Ich kann es nicht ausstehen, wenn man jemanden ausbeutet.«

Spontan wollte Welscher erwidern, dass sie als Investmentberaterin doch sicherlich auch hin und wieder die Kunden über den Tisch zog. Doch er verkniff sich die spitze Bemerkung. Stattdessen klopfte er mit seinem Kugelschreiber auf sein Notizbuch. »Wie heißt er?«

»Frank Rethmeier. Er studiert an der TH Aachen und bewohnt in Vrönns Haus ein möbliertes Zimmer.« Sie hob den Zeigefinger. »Würde mich nicht wundern, wenn er der Geist wäre.«

Der Gedanke war Welscher auch schon gekommen. Ein junger Mann, der immerzu nach Geld gierte, konnte auf die dümmsten Gedanken kommen. Er machte in seinen Notizen einen Pfeil von »Geist« zu »Rethmeier«. »Konnte sich Frau Kramann denn überhaupt leisten, jemanden zu unterstützen?«

»Ich habe mit ihr nie über ihre finanzielle Situation gesprochen.«

Welscher bedachte sie mit einem skeptischen Blick.

Sie lachte auf. Es hörte sich an, als ob ein defekter Auspuff dröhnte. »Dürfen Sie mir ruhig glauben. Wenn ich mich hier in Kronenburg aufhalte, bin ich Künstlerin, und nur Künstlerin.«

»Okay, verstehe. Aber sicherlich haben Sie mit Ihrem geübten Investmentbanker-Blick trotzdem eine Einschätzung vorgenommen. So ganz aus seiner Haut kann man da ja nicht, oder?«

In ihren Mundwinkeln formte sich ein listiges Lächeln. »Da haben Sie recht.«

»Und? Ihre Einschätzung?«

»Sie schien nicht zu darben.«

»Bei ihr wäre also etwas zu holen gewesen?«

»Vrönn hat mir mal erzählt, dass sie keiner Bank trauen und ihr Geld lieber im Haus verstecken würde. Ich vermute, dass ich nicht die Einzige war, die sie ins Vertrauen gezogen hat.«

»Sie haben also doch über Geld gesprochen.«

Sie hob den Zeigefinger. »Ich nicht«, sagte sie bestimmt. »Sie ja. Nichts anderes habe ich Ihnen mitgeteilt.«

»Ich sehe da aber keinen großen Unterschied.«

»Folgerichtig sind wir dann bezüglich dieses Punktes widersprüchlicher Ansicht.«

Eine eiskalte Geschäftsfrau mit glasklaren Standpunkten, dachte Welscher amüsiert und kratzte sich das Kinn. Unten in der Gasse hörte er Feuersänger schimpfen. Irgendetwas ging ihm nicht schnell genug. »Wovon lebte Frau Kramann?«

Larissa de Witt zögerte.

Welscher seufzte. »Haben Sie darüber auch nicht gesprochen? Wenn ja, erzählen Sie mir einfach, was Frau Kramann Ihnen erzählt hat.«

»Das ist es nicht.«

»Was dann? Sie wird doch nicht etwa dem ältesten Gewerbe der Welt nachgegangen sein. Und wenn, wäre es auch egal.«

»Sie war Heilerin.«

Welscher fiel der Kugelschreiber aus der Hand auf den Holzboden. »Sie meinen sicherlich Heilpraktikerin«, sagte er und hob den Stift wieder auf.

Ihre Stirn legte sich in Falten. »Ich weiß ganz gut, was ich sage und was nicht«, erwiderte sie scharf. Ihre Stimme schnitt Welscher fast durch die Rippen. »Sie war Heilerin. Und von dem, was *sie mir* erzählt hat, eine ausgesprochen gute.«

Auch gut, von mir aus eine Heilerin, dachte Welscher resigniert. Wenn das gemeine Eifeler Landvolk an solchen Mumpitz glauben will, soll es mir recht sein. »Wie sah das denn genau aus? Was kann ich mir darunter … vorstellen?« Er unterdrückte den Wunsch, seiner Frage einen lächerlichen Anstrich zu verpassen.

Larissa de Witt hob ratlos die Schultern. »Details kann ich nicht schildern. Da müssen Sie jemanden fragen, der etwas davon versteht.« Sie wies unbestimmt in Richtung des Burgbergs. »Vielleicht den Hartmanns Schäng. Der wohnt oben direkt vor der Ruine und verdingt sich ebenfalls als Heiler. Ich weiß nur, dass es irgendwie mit Sprüchen funktioniert.«

»Mit Heilsprüchen?« Welscher musste sich zusammenreißen, um nicht laut aufzulachen. Die Kramann schien eine listige Hexe gewesen zu sein, die den dämlichen Eifel-Neandertalern mit Scharlatanerie das Geld aus der Tasche gezogen hatte.

»So oder ähnlich«, bestätigte Larissa de Witt. »Wie gesagt, Genaueres weiß ich darüber nicht.«

Welscher notierte sich den Namen des anderen Heilers. »Ich möchte noch mal auf die Familie zu sprechen kommen. Wie verstanden sie sich untereinander?«

»Gut, denke ich. Das war zumindest mein Eindruck. Sie gingen immer offen und herzlich miteinander um und haben auch mich in ihrem Kreis rasch aufgenommen. Die einzige Ausnahme ist vielleicht der Mann von Vrönns Tochter Barbara. Der ist eher verschwiegen und ein wenig brummig. Mit ihm habe ich bisher kaum mehr als fünf Wörter gewechselt.«

»Gibt es Enkel? Was ist mit Freunden?«

»Enkel sind mir nicht begegnet, Freunde hin und wieder. Fragen Sie mich jetzt aber nicht nach Namen. So verwurzelt bin ich hier in Kronenburg dann doch nicht.«

»Nennen Sie mir einfach alle Personen, die Ihnen in den Sinn kommen.«

Sie nahm sich Zeit, und Welscher notierte einige Namen. Als ihr keine weiteren mehr einfielen, sah sie ihn bekümmert an. »Vrönn war beliebt, keine Frage. Dass man gerade sie umgebracht hat, kann ich nicht verstehen. Ich werde sie vermissen.«

»Frau Kramann war sicher eine bemerkenswerte Frau. Es tut mir leid, dass Sie eine Freundin verloren haben«, sagte Welscher und stand auf. »Sie haben mir sehr geholfen. Vielen Dank.«

Sie stellte die Füße auf den Boden und erhob sich ebenfalls. »Ich bringe Sie noch zur Tür.« Sie ging voraus zur Treppe.

Auf der ersten nach unten führenden Stufe blieb Welscher stehen. Ihm war der eigentliche Grund für seinen Besuch wieder eingefallen. »Das Foto vorhin, das am Fenster, durch das ich auf Sie aufmerksam wurde. Warum haben Sie es geschossen? Ich will nicht hoffen, dass Sie es der Presse verkaufen.« Er lachte ein wenig unsicher. Ihm war unwohl dabei, einer lebenserfahrenen Frau zu sagen, was sie zu tun und zu lassen hatte. »Ist ja vermutlich sowieso nicht viel darauf zu sehen.«

Larissa de Witt hob eine Augenbraue und schürzte die Lippen. »Sie irren sich gewaltig.« Kurz entschlossen drängte sie sich an ihm vorbei, holte die Kamera von der Fensterbank und kam zu ihm zurück. Sie drückte einige Knöpfe und zeigte ihm das Display.

»Das bin ja ich«, stellte er überrascht fest. »In Großaufnahme. Aber wieso …«

»Sie sind ein hübsches Kerlchen«, flirtete sie ihn an. »Und ich möchte Sie auf Leinwand bannen.«

Welscher spürte, dass er errötete. »Okay, ja, von mir aus.« Kein Youtube, keine Presse, keine Community. Einfach nur Interesse an seiner Person, an seinem Aussehen, war der Grund für das Foto gewesen. Mit allem hatte er gerechnet, damit allerdings nicht.

An der Haustür verabschiedete er sich. »Kann sein, dass ich Sie noch ein weiteres Mal belästigen muss. Wir stehen ja erst am Anfang der Ermittlungen.«

Ihr Händedruck war fest. Sie zog ihn ein wenig zu sich heran. »Hin und wieder male ich auch Akt. Würde mich freuen, wenn Sie mir mal Modell stehen würden. Bei mir finden Sie Ruhe vor den schrecklichen Dingen, die Sie jeden Tag erleben.« Sie ließ seine Hand los und deutete mit dem Zeigefinger auf Kramanns Haus.

Welscher verschlug es fast die Sprache. Er wollte das Angebot freundlich ausschlagen, doch er fürchtete, dabei zu stammeln.

Da hörte er ein dumpfes Donnern, das langsam näher kam, als würde ein Gewitter in der Gasse toben, nur fehlten die Blitze. Dafür tauchte ein greller Scheinwerfer auf. Kurz darauf stoppte neben ihm ein Motorrad, darauf ein langer Dürrer, an dem in seltsam gekrümmter Haltung ein gestandener Dicker klebte.

»Was sind das denn für komische Gestalten?«, brüllte ihm Larissa de Witt brummend ins Ohr. Ihre Stimme unterschied sich kaum von dem Klang des Motors.

Welscher ging einen Schritt vor und hieb Fischbach auf die Lederjacke. Jetzt war er wieder auf sicherem Parkett. »Der menschliche Fleischklops auf dem Rücksitz ist mein Kollege Horst Fischbach«, rief er.

Der Motor verstummte, und Welscher fügte leiser hinzu: »Den anderen kenne ich nicht.«

Während Fischbach sich vom Sozius quälte, streifte der Fahrer seinen Helm ab, blickte um sich und sagte: »Die Wege des Herrn sind unergründlich. Ich hätte nie gedacht, dass sie mich einmal zu einem Tatort führen.«

ZWEI

Zitternd stieg Fischbach vom Beifahrersitz. Nicht nur die abendliche Kälte war für seine weichen Knie verantwortlich, sondern auch Levknechts Fahrstil. Im Gegensatz zu ihm liebte der Kommerner Pfarrer den Temporausch. Levknecht nahm Geschwindigkeitsgebote nicht sonderlich ernst. Für ihn waren die rot-weißen Schilder eher Empfehlungen am Straßenrand. Schon öfters hatten sich die K-Heroes bei einer Ausfahrt deswegen in den Haaren gelegen. Doch selbst Fischbachs Diavortrag über Motorradopfer in der Eifel hatte den Pfarrer nicht beeindruckt. Insgeheim vermutete er, Levknechts tiefer und unumstößlicher Glaube an Gott und die Ewigkeit machte ihn leichtsinnig im Hinblick auf die Gegenwart.

»Mach endlich deine Scheißkiste aus!«, rief jemand über ihnen. Fischbach sah nach oben. Im Nachbarhaus rahmte ein Fenster ein käsiges Gesicht ein.

»Das ist der Weckes«, sagte die unglaublich große Frau, die neben Welscher stand. »Ein HB-Männchen, schnell auf die Palme zu bringen.«

»Jetzt ist aber Schluss. Ich ruf die Po…«, schrie Weckes und stockte wie abgeschnitten, als Levknecht die Zündung ausschaltete und sich in der engen Gasse eine wohltuende Ruhe ausbreitete.

»Endlich«, kommentierte Weckes und schnaufte durch. »Was fahrt ihr beiden Bekloppten denn hier mit dem Moped rum?«

Ungerührt hielt Welscher seinen Dienstausweis in die Luft. »Polizei. Halten Sie sich bitte zu unserer Verfügung. Ich werde Ihnen gleich einen Kollegen schicken. Wir haben einige Fragen.«

»Polizei?« Weckes' Stimme hörte sich jetzt unsicher an, nicht mehr so kraftvoll und wütend wie noch vor Sekunden. »Was ist denn passiert?«

»Das erfahren Sie zu gegebener Zeit«, antwortete Welscher brüsk und steckte seinen Ausweis wieder ein. Als er sich wieder zu ihnen umwandte, bedachte Fischbach ihn mit einem anerkennenden Blick. Rasch stellten sie einander ihre jeweiligen Begleiter vor.

»Brauchen Sie mich noch?«, fragte Larissa de Witt.

»Im Moment nicht, danke.« Welscher reichte ihr seine Visitenkarte. »Falls Ihnen noch etwas einfällt.«

Zum Abschied nickte sie ihnen zu und ging ins Haus.

Oben schlug Weckes das Fenster zu. Er hatte sich stumm zurückgezogen.

»Typen gibt's«, murmelte Welscher. Dann blickte er unschlüssig von Levknecht zu Fischbach.

»Was ist?«, fragte Fischbach.

»Also … äh … kann ich frei reden? Ich meine, ist ja keine schöne Sache. Herr Levknecht muss ja …«

Lässig winkte Fischbach ab. »Von den K-Heroes ist Klaus der Verschwiegenste.« Er klopfte Levknecht freundschaftlich auf die Schulter. »Das bringt wohl sein Beruf mit sich. Mach dir keinen Kopp.«

»Wenn du meinst«, sagte Welscher und fasste zusammen, was er bisher in Erfahrung gebracht hatte.

»Verflucht«, entfuhr es Levknecht, als Welscher schließlich schwieg. Mit starrer Miene legte er die Finger ineinander. »Ich bitte um Verzeihung, Herr.« Er senkte den Kopf und betete stumm.

Geduldig wartete Fischbach. Erleichtert spürte er, dass seine Knie nicht mehr zitterten.

»Amen«, murmelte Levknecht, bekreuzigte sich und sah auf. »Und jetzt?«

»Tatortbesichtigung«, entschied Fischbach und stapfte los. An der Haustür blieb er wie angewurzelt stehen. »Verfluchte Sauerei«, murmelte er betroffen und schluckte. Über die nach oben abgehende Holztreppe und durch die gesamte Diele zog sich eine breite Blutspur. Sie führte in das ihnen gegenüberliegende Zimmer. Ein metallischer Geruch lag in der Luft.

»Heinz? Dürfen wir reinkommen?«, rief Fischbach ins Haus, obwohl er alles andere lieber gemacht hätte. Für einen kurzen Moment bedauerte er, nicht länger im »Krug« sitzen und mit den Kumpels Skat spielen zu können.

»In der Diele sind wir fertig«, antwortete eine näselnde Stimme. Fragend sah Fischbach Welscher an.

»Erkältet. Richtig heftig.«

»Was macht er dann hier?«

»Du kennst ihn länger. Sag du es mir.«

Fischbach öffnete den Mund, schloss ihn dann aber wieder.

Heinz Feuersänger würde eher mit dem Kopf unterm Arm ankommen, als die Leitung der Spurensicherung jemand anderem in seiner Gruppe zu übertragen. Zumindest wenn es sich um einen Mord handelte.

Sie schritten vorsichtig durch die Diele, darauf achtend, nicht auszurutschen. Fischbachs langjährige Erfahrung sagte ihm, dass hier viel Blut in den alten Dielenboden gesickert war. Links ging es in die Küche. Flüchtig warf Fischbach einen Blick hinein. Alles aufgeräumt, kein Blut auf dem Boden. Anscheinend war dieser Raum nicht Teil der grauenhaften Szene gewesen.

An der Tür zum Wohnzimmer blieben sie stehen. Scheinwerfer erhellten jeden Winkel und heizten kräftig ein. Fischbach öffnete den Reißverschluss seiner Lederjacke.

»Tauwetter für Dicke?«, fragte Welscher und deutete auf das Hemd, das feucht an Fischbachs feistem Bauch klebte.

»Haben wir keine anderen Probleme?«, grummelte Fischbach.

Welscher biss sich auf die Unterlippe. »Du hast recht, entschuldige. Aber du weißt ja … Ich wollte mir die Situation nur schönred…« Er brach ab, drehte sich um und rannte hinaus. Sekunden später hörte man ihn würgen.

»Was hat er denn?«, fragte Levknecht.

»Mag keine Leichen. Dreht ihm den Magen auf links.«

Levknecht legte die Hand auf den Mund. »Kann ich verstehen. Und wie geht es dir?«

Fischbach winkte ab. »Frag nicht.«

Emsig und konzentriert verrichteten die Männer und Frauen der Tatortgruppe ihre Aufgaben. Sie klebten ab, sicherten Fingerabdrücke, schossen Fotos, vermaßen und zeichneten den Tatort. Schildchen mit Nummern markierten die Spuren. Über allem wachte Heinz Feuersänger. Fischbach fragte sich, ob er es jemals schaffen würde, vor Feuersänger an einen Tatort zu gelangen. Ein wenig kam es ihm vor wie bei der Fabel mit dem Hasen und dem Igel. Feuersänger thronte auf einem Stuhl, den er auf den schweren Eichentisch im Wohnzimmer gestellt hatte. In der linken Hand hielt er eine weiße Plastiktüte, mit rechts schniefte er in ein Taschentuch. Seine Augen lagen tief in den Höhlen, und sein Feuermal, das sich über die Hälfte seines Gesichts ausbreitete, schien heute blasser als sonst.

»Erkältet?«, fragte Fischbach mitleidig. Er selbst hasste Erkältungen wie die Pest. Sobald sich die ersten Anzeichen zeigten, braute Sigrid ihm ein fürchterliches Gebräu, das sie Zaubermittel nannte. Die Zutaten hielt sie geheim. Allzu genau wollte er es auch gar nicht wissen, denn er vermutete Ingredienzien in dem Getränk, die er für gewöhnlich niemals in den Mund nehmen würde. Sigrid lief so lange damit hinter ihm her, bis er klein beigab und es herunterstürzte. Jedes Mal bekam er anschließend einen Würgereiz. Ekliger konnte auch Jauche nicht schmecken. Allerdings konnte er eine positive Wirkung nicht verleugnen. Die letzte Erkältung, die ihn umgehauen hatte, lag lange zurück. Das war gewesen, bevor er Sigrid kennengelernt hatte. Heutzutage verliefen seine Krankheiten gemäßigter und waren leichter zu ertragen.

Mit blutunterlaufenen Augen stierte Feuersänger ihn an. »Deine Beobachtungs- und Kombinationsgabe ist immer wieder erstaunlich. Du hättest einen guten Polizisten abgegeben.«

Levknecht schmunzelte. »Wo er recht hat, hat er recht.«

Feuersänger richtete sich auf. »Unbefugte haben am Tatort nichts …« Ein heftiger Niesanfall unterbrach seinen Vortrag.

»Ist schon in Ordnung. Der gehört zu mir.« Fischbach versuchte, einen Blick auf das Opfer zu werfen. Doch zu sehen war nur ein mit dicken grauen Wollsocken bestrumpfter Fuß, der hinter dem Sofa hervorschaute.

»Sie liegt hinter dem Sofa«, hörte er Welscher sagen. Er wandte den Kopf. Welscher stand in der Tür und hielt sich ein Taschentuch vor den Mund. Sein Gesicht war kreideweiß.

»Schon klar.«

Feuersänger warf zwar noch einen missmutigen Blick auf den Pfarrer, enthielt sich aber eines weiteren Kommentars. »Ihr könnt gleich loslegen«, sagte er stattdessen.

»Dann komme ich ja im richtigen Augenblick.«

Erneut wandte sich Fischbach um und sah in das Gesicht der Staatsanwältin Doris Schmitz-Ellinger. Ihre roten Stoppelhaare hatte sie unter einem Tuch versteckt, das kunstvoll um ihren Kopf gebunden war. Ein Abendkleid umschmeichelte ihre kräftige Figur.

»Oper?«, fragte Fischbach und gab ihr die Hand.

»Heino.«

»Heino?«, hakte Welscher ungläubig ein. »Hätte ich jetzt nicht vermutet.«

»Kein Konzert, sondern Heino, das Musical. Im Kulturhaus Theater 1.«

»Ah ja«, sagte Fischbach, »davon habe ich gehört. Die Bad Münstereifler sind da ja richtig stolz drauf.«

Levknecht sah zur Decke. »Vergib ihnen, oh Herr.«

»So schlimm ist Heino jetzt aber auch wieder nicht, dass man dafür den lieben Gott um Verzeihung bitten muss«, sagte Doris Schmitz-Ellinger.

»Wie man's sieht«, murmelte Welscher.

Levknecht schüttelte heftig den Kopf. »Dafür doch nicht«, erwiderte er entrüstet. »Sie plaudern hier, als ob nichts passiert wäre.«

»Alles nur Selbstschutz«, erklärte Fischbach. »Wir versuchen, die Dinge nicht zu nahe an uns heranzulassen.« Er stellte Levknecht der Staatsanwältin vor.

»Ist es nicht ein wenig zu spät für göttlichen Beistand?«, fragte sie.

»Dafür ist es nie zu spät«, gab Levknecht zurück. »Aber wenn Sie sich fragen, warum ich hier bin: Ich habe Hotte hergebracht.«

»Und mussten ihn bis zum Tatort begleiten?« Ihre Stimme troff vor Sarkasmus.

»Ich habe es ihm erlaubt«, sagte Fischbach, was ihm einen strafenden Blick von Doris Schmitz-Ellinger einbrachte. Die Röte schoss ihm ins Gesicht.

»Sei's drum«, sagte sie und zupfte übertrieben gelassen an ihrem Kleid herum. »Wer hat das Opfer gefunden?«

»Es gab einen anonymen Anruf aus einer Telefonzelle in Dahlem«, erklärte Welscher. »Zwei Grün-Weiße sind zum Haus, und als niemand geöffnet hat, haben sie den Schlüsseldienst bestellt.«

»In Köln hätten die beiden mit den Schultern gezuckt und wären wieder gefahren«, sagte Doris Schmitz-Ellinger. Ihre Lippen umspielte ein zynisches Lächeln.

»Tja, hier in der Einöde sind die Kollegen eher aufdringlich«, parierte Welscher Doris Schmitz-Ellingers Spitze.

Fischbach sah eine Gelegenheit, sich bei ihr wieder Pluspunkte zu erarbeiten. Er wies auf das Sofa. »Ist mitunter doch ganz gut so, oder?«

»Wie man's sieht«, wiederholte Welscher unbestimmt.

»Gefahr im Verzug, so sieht man das«, rief Feuersänger von seinem Thron herunter. »Manchmal nervt es mich gewaltig, wie du alles, was wir hier …«

»Habt ihr schon was für uns?«, unterbrach Fischbach die Tirade. Er hatte keine Lust zu streiten, wenn er Feuersänger auch recht geben musste. Verärgert blickte er zu Welscher. Es hatte sich in den letzten Monaten herumgesprochen, wie dieser zu seiner alten Heimat Eifel stand. Er machte keinen Hehl aus seiner Abneigung und frotzelte, wo immer sich eine Gelegenheit bot. Damit stieß er viele vor den Kopf und zog einiges an Zorn auf sich. Fischbach hatte erwartet, Welschers Missmut über die Zuweisung von Köln nach Euskirchen würde sich mit der Zeit legen. Schließlich war er hier aufgewachsen. Doch bisher gefiel sich Welscher weiterhin darin, den Märtyrer zu mimen.

»Erstochen, kein Zweifel«, schniefte Feuersänger kaum verständlich. »Auch ohne rechtsmedizinisches Gutachten lehne ich mich nicht allzu weit aus dem Fenster, wenn ich sage, dass das die Todesursache war.« Seine Stimme schien jetzt vollends den Geist aufzugeben. Er röchelte und spuckte ins Taschentuch. »Eitrige Mandeln. Wenn ich ein Skalpell hätte, würde ich mir die Scheißdinger selbst herausschneiden.«

»Sie können gleich die Rechtsmedizinerin um Hilfe bitten«, sagte Doris Schmitz-Ellinger. »Sie ist bereits unterwegs.«

»Die kommt hierher? Direkt an meinen Tatort?«

»*Ihr* Tatort?«

Feuersänger streckte das Kinn vor. »Solange meine Jungs hier rumwuseln, ist es *mein* Tatort.«

Doris Schmitz-Ellinger lachte. »Okay, okay. Wenn Sie es so sehen wollen.«

»Die Rechtsmedizinerin kommt extra aus Bonn hierher?«, fragte Fischbach. »Kann ich kaum glauben.«

»Tut sie auch nicht«, erklärte Doris Schmitz-Ellinger und löste ihr Kopftuch. »Eine Familienfeier in Trier. Sie richtet es so ein, dass sie auf dem Rückweg hier vorbeischauen kann.«

»Vorbeischauen«, hörte Fischbach Levknecht murmeln. »Als wäre es ein Picknick.« Er holte tief Luft. »Mir ist das zu distanziert, obwohl ich die Beweggründe wohl verstehe. Ich zitiere hierzu den österreichischen Neurologen Viktor Frankl: ›Es gibt kaum etwas im menschlichen Dasein, das dem Menschen so sehr und in einem solchen Ausmaß ermöglicht, Distanz zu gewinnen, wie der Humor.‹«

»Der gute Pfarrer scheint mir ein wenig empfindlich«, urteilte Schmitz-Ellinger und stopfte das Tuch in ihre beige Handtasche. »Humor war bisher doch gar nicht im Spiel.«

»Wer kommt denn?«, fragte Feuersänger. »Die Afrikanerin?«

Welscher stöhnte. »Du Bauer. Wie wäre es mit ›Afrodeutsche‹?«

»Von mir aus, wenn es dich glücklich macht. Ist denn Afrikanerin nicht okay?«

»Für Eifeler unter sich denke ich schon«, erklärte Welscher. »Ihr lebt ja mindestens zwanzig Jahre hinter dem Mond. In eurem aktuellsten Duden, den ihr bei Tante Emma um die Ecke kauft, findet sich im Impressum vermutlich das Jahr 1984.«

Feuersänger lief rot an. »Das ist doch wohl eine Frechheit.« Einem Tatortchef in Bestform wären die Worte donnernd herausgepoltert. Aber mit der Erkältung hörte es sich kratzig und abgekämpft an.

»Schluss jetzt«, bestimmte Doris Schmitz-Ellinger. »Ja, Dr. Francis Neumann wird die Leiche begutachten. Und wehe, ich höre irgendeinen geschmacklosen Witz mit Negerküssen. Dann werde ich mich persönlich darum bemühen, dass derjenige bis zum Sankt Nimmerleinstag am Arsch der Welt Dienst schieben kann.«

»Was soll das denn für eine Strafe sein?«, echauffierte sich Welscher. »Das ändert doch an der derzeitigen Situation überhaupt nichts.«

Doris Schmitz-Ellinger funkelte ihn böse an.

Welscher hob entschuldigend die Hand. »Schon gut.«

»Zurück zum Fall. Herr Feuersänger, ich wäre Ihnen dankbar für erste Ergebnisse.«

Bevor Feuersänger ansetzen konnte, rief der Fotograf: »Bin fertig.« Er schraubte das Objektiv ab und verstaute es mit der Kamera in einem Koffer.

»Schnapp dir das Notebook und geh durch, was drauf ist«, wies ihn Feuersänger an.

Mit dem Koffer in der Hand drängte sich der Fotograf an Fischbach und den anderen vorbei und verließ das Haus.

»Also«, begann Feuersänger, »es sieht so aus, als ob es im Schlafzimmer im Obergeschoss losging. Von dort zieht sich die Blutspur über die Treppe, durch den Flur, hier um den Tisch herum«, er vollführte eine kreisende Bewegung mit dem rechten Arm, »bis schließlich hinters Sofa. An den Wänden haben wir ebenfalls Blut gefunden. Manchmal kann ich kaum glauben, wie viel von dem Zeug in einem menschlichen Körper steckt.«

Fischbach spürte eine Gänsehaut auf seinen Unterarmen. »Hört sich nach Raserei an.«

»Genau.« Feuersänger warf sein gebrauchtes Taschentuch in die Plastiktüte und öffnete ein neues Päckchen. »Da liegst du wohl richtig.« Laut schnäuzte er in das nächste Tuch. »Sie wurde übertötet.«

»Übertötet?«, horchte Levknecht auf.

»Der Täter«, erklärte Welscher, »hat öfter auf das Opfer eingestochen, als es zum Töten nötig gewesen wäre. Dabei ist häufig Hass im Spiel.«

»Verstehe«, flüsterte Levknecht. »Sehr intensive Gefühle, die da eine Rolle spielen. Bedeutet das nicht zugleich, dass Opfer und Täter sich kannten? Ich meine, zwei, die sich zum ersten Mal über den Weg laufen, werden einander kaum mit derartigem Hass begegnen.«

Welscher wiegte den Kopf. »In den meisten Fällen ist das tatsächlich so. Aber es gibt eben auch Ausnahmen, man kann sich da nie sicher sein.«

»Gibt es Einbruchspuren?«, wollte Fischbach von Feuersänger wissen.

»Nein, keine.«

Levknecht hob den Zeigefinger. »Noch ein Indiz mehr, dass sie ihren Mörder kannte.«

Doris Schmitz-Ellinger blickte ihn entgeistert an. »Sagen Sie bloß.«

»Aber sicher. Das bedeutet doch, dass das Opfer seinen Meuchler hineingelassen, ihn also gekannt hat. Denn niemand lässt einen Fremden rein, oder? Bei den Krimis im Fernsehen ist es auch immer so.« Levknecht sah triumphierend in die Runde.

»Im Fernsehen, aha.« Doris Schmitz-Ellinger fuhr sich genervt mit einer Hand übers Gesicht. »Womit habe ich das nur verdient?«

»Was?«, fragte Levknecht. Sein Lächeln gefror, als er verstand, dass er gemeint war. Mit einem fragenden Gesichtsausdruck blickte er zu Fischbach.

Der bereute inzwischen ehrlich, Levknecht mit an den Tatort genommen zu haben. Er hatte erwartet, sein Kumpel würde sich stumm im Hintergrund halten und niemandem im Weg stehen. Stattdessen versuchte Levknecht sich an einer Kopie von Pater Brown. »Stell dir vor, es klingelt«, erklärte er gereizt. »Du öffnest die Tür, und der Mann vom Pizzaservice steht davor. Du willst gerade deinen öligen italienischen Teiglappen entgegennehmen, da passiert es. Er wirft sich dir entgegen, du stolperst rückwärts, er tritt hinter sich die Tür zu. Rums. Er ist drin, ohne einen einzigen Kratzer am Schloss zu hinterlassen.«

»Aber dafür muss man doch zunächst eine Pizza bestellen. Man wird doch skeptisch, wenn der Pizzabote klingelt und man hat keine geordert. Garantiert bleibt die Haustür dann zu.«

»Es ist doch nur ein Beispiel. Wenn du damit Probleme hast, dann nimm einen Paketdienst.«

»Verstehe.« Levknecht biss sich auf die Unterlippe und wirkte zerknirscht. »Ich tauge offensichtlich nicht zum Ermittler.«

»Können wir jetzt weitermachen?«, fragte Doris Schmitz-Ellinger scharf. Levknecht zuckte zusammen, als ob die Staatsanwältin ihn geschlagen hätte.

Plötzlich tat er Fischbach leid. Er hatte es nicht böse gemeint und wollte nur helfen. Er musste die Situation ein wenig entschärfen. »Und daher müssen wir alle Pizzalieferanten in der Nähe kontrollieren.« Er zwinkerte Levknecht zu und wandte sich erst wieder an Feuersänger, als er ein dankbares Lächeln über Levknechts Gesicht huschen sah. »Habt ihr die Tatwaffe gefunden?«

»Hier nicht.«

Feuersängers Einsilbigkeit ging Fischbach mehr und mehr gegen den Strich. »Kannst du dich nicht ein wenig präziser ausdrücken? Ich gebe dir einen Tipp: Vielleicht steckt sie in der Leiche.«

Feuersänger nieste. »Will damit sagen: *Im Haus* ist sie nicht. Hier drinnen haben wir alles auf den Kopf gestellt. Zwei meiner Leute suchen draußen die Umgebung ab. Die beiden Streifenhörnchen, die zuerst vor Ort waren, sind so nett und helfen. Falls die vier keinen Erfolg haben, trommle ich morgen bei Tageslicht alle zusammen und wir suchen noch mal gründlicher. Ihr könnt übrigens nach oben«, fügte er mit rasselnder Stimme hinzu. »Dort sind wir fertig.«

Welscher verdrehte die Augen. »Da stehen wir hier seit zehn Minuten tatenlos herum, und erst jetzt rückt er mit den wichtigen Dingen heraus. Hin und wieder ziemlich umständlich, der Herr Kollege von der Tatortgruppe.«

»So sind wir Eifeler schon mal«, pflichtete Doris Schmitz-Ellinger ihm mit spöttischem Unterton bei und betrat vorsichtig die Treppe, um nicht auf dem Blut auszurutschen.

»Warum dürfen Sie lästern und ich nicht?«, wollte Welscher wissen.

Sie warf ihm über die Schulter einen tadelnden Blick zu. »Weil ich es nicht ernst meine.«

»Ich warte draußen auf dich«, teilte Levknecht Fischbach mit. »Lass dir Zeit. Ich kann heute Nacht ohnehin kein Auge mehr zutun. Ich habe festgestellt, dass ich eure berufliche Welt nicht mit meiner tauschen, geschweige denn mich mehr als notwendig damit befassen möchte. Ich will euch nicht weiter stören.« Ohne sich noch einmal umzudrehen, rauschte er zur Haustür hinaus.

»Und fott ist er«, murmelte Fischbach. Er wollte Doris Schmitz-Ellinger folgen, blieb aber auf der untersten Stufe abwartend stehen. Eine alte Angewohnheit von Feuersänger war es, mit der wichtigsten Information bis zum Schluss zu warten. Wenn keiner mehr damit rechnete, zog er meist noch einen Beutel aus der Tasche, in dem der Personalausweis des Täters steckte. Oder die Tatwaffe. Oder ein sichergestelltes Video, auf dem alles zu sehen war. Diesmal allerdings schien er nicht mit einem zusätzlichen Hinweis aufwarten zu wollen. Alles blieb ruhig. Und statt Feuersänger betrat die Rechtsmedizinerin den Flur.

»Da bin ich«, rief Dr. Francis Neumann und zeigte eine Reihe makellos weißer Zähne. In der Hand hielt sie eine Untersuchungstasche. »Wo ist die Arme?«

»Hier, Sie werden hier drin gebraucht«, rief Feuersänger aus dem Wohnzimmer. »Aber ziehen Sie sich bitte vorher einen Schutzanzug an. In der Küche, auf der Arbeitsplatte links.«

»Schön, dass Sie es einrichten konnten«, fügte Schmitz-Ellinger von der Treppe aus hinzu. »Wir kommen nachher nach.«

Fischbach zögerte noch immer, konzentrierte sich auf Feuersänger. Er bemerkte, wie Welscher es ihm gleichtat. Jetzt musste es bald passieren. Stumm zählte er von drei rückwärts.

Doch Feuersänger wies nur mit müder Stimme die Rechtsmedizinerin ein und schien vergessen zu haben, dass sie sich im Haus befanden.

»Der gehört ins Bett«, murmelte Fischbach. »Aber eindeutig. Kein Verlass mehr auf ihn, vollkommen von der Rolle.« Kopfschüttelnd zog er Welscher mit sich die Treppe hoch ins Obergeschoss.

DREI

Die Standuhr im Wohnzimmer schlug drei Uhr und übertönte kurz Fischbachs Gemurmel.

Welscher lehnte sich auf seinem Stuhl zurück und gähnte. Jetzt, wo die Anspannung von ihm abfiel, fühlte er sich erschöpft und müde.

»Möchtest du noch einen Tee?«, fragte Sigrid mit sanfter Stimme.

Dankbar blickte er sie an. »Was Belebendes, gerne.«

Sie stand auf und zog ihren Morgenrock enger um ihren Bauch. Mit routinierten Handgriffen drehte sie das Gas auf, entzündete die Flamme und stellte den Flötenkessel auf den Herd. »Ich habe noch irgendwo einen schwarzen.«

Welscher mochte Sigrid. Sie erinnerte ihn immer an diese eine Köchin aus dem Fernsehen. Sein ehemaliger Freund hatte sich freitagabends immer »Lanz kocht« reingezogen. Dort war sie ihm mit ihrer heiteren Art aufgefallen. Eine Luxemburgerin, wenn er sich recht erinnerte. Sigrid hatte wie die Köchin stets ein freundliches Lächeln in den Mundwinkeln. Fischbachs brummige Art ertrug sie mit einer ihr innewohnenden stoischen Ruhe. Dazu hatte sie immer ein offenes Ohr und ausgezeichnete Ratschläge zur Hand, gerade wenn es um zwischenmenschliche Dinge ging. Vor nicht allzu langer Zeit war Welscher für ein paar Tage im Hause Fischbach untergekommen. Seine damalige Partnerschaft war gerade in die Brüche gegangen, nur war es ihm zu dem Zeitpunkt noch nicht klar gewesen. Die überraschende Versetzung in die Eifel und die Untreue seines Freundes hatten ihn fast aus der Bahn geworfen. Nicht ein einziges Mal hatte er bei seinem Aufenthalt hier den Eindruck gehabt, er wäre lästig oder nicht gerne gesehen. Sigrid hatte ihn wie einen angenommenen Sohn verwöhnt.

Sie öffnete die Küchenschranktür und kramte im Inneren.

»Schwarz ist gut, aber bitte nicht zu lange ziehen lassen.«

Sie hielt inne und blickte ihn überrascht an. »Nicht so lange? Ich dachte, du wolltest ihn stark?«

»Es gibt eine Faustformel«, erklärte Welscher. »Bis drei Minuten gezogener Tee wirkt anregend, ab fünf Minuten hat er eine beruhigende Wirkung. Das ist aber nicht ganz richtig. Tatsächlich geht in den ersten zwei bis drei Minuten vor allem das Koffein in Lösung und sorgt für einen belebenden Effekt. Die im Teeblatt enthaltenen Polyphenole lösen sich langsamer im Wasser, wandeln dabei aber das Koffein in eine wasserunlösliche Form um. Das hebt den anfänglich belebenden Effekt wieder auf, denn je länger der Tee zieht, umso geringer wird der Anteil des nutzbaren Koffeins. Der Fünf-Minuten-Tee wirkt also nicht beruhigend, sondern lediglich nicht aufmunternd.«

Dass Welscher zu so früher Stunde noch ein halbes Referat über Tee halten konnte, erstaunte ihn selbst am meisten.

Sigrid kicherte. Ihre Röllchen, die sie anmutig und stolz um sich herum trug, wogten im Takt. »So was würde sich Hotte nie merken. Dem kannst du hinstellen, was du willst, der trinkt alles, ohne eine Miene zu verziehen. Obwohl … bei der Mischung, die ich gegen Erkältungen einsetze, mault er hin und wieder.« Sie schob einige Packungen in dem Küchenschrank hin und her. »Ah, hier, ein Assam.« Sie nahm zwei Beutel aus der Packung und hängte sie in die Tasse.

Fischbach kam in die Küche. »So, das wäre erledigt.« Er setzte sich auf die Eckbank und faltete die Hände auf dem Tisch. Unaufgefordert stellte Sigrid ihm einen Kaffee hin, daneben Zucker und Milch.

Welscher bemerkte, wie Fischbach kurz zu den Zutaten rüberschielte und dann auf seinen Bauch blickte. Er wusste, dass Fischbach unter seinem Übergewicht litt. Doch Sigrid liebte jedes Pfund an ihrem Mann und unternahm alles, um eine Diät scheitern zu lassen. Auch wenn sie dafür zwei Wochen lang täglich sein Leibgericht kochen musste: Schweinebraten mit Rotkohl.

»Was sagen die Chefs?«, wollte Welscher wissen. »Bilden wir wieder eine eigenständige Mordkommission?«

»Ja. Bönickhausen hat mit dem Landrat gesprochen. Es gibt immer noch Rückendeckung aus Düsseldorf. Wir dürfen ohne die Bonner ran.« Fischbach nippte an seinem Kaffee, verzog den Mund und schüttete etwas Milch in die Tasse.

Der Kessel flötete, und Sigrid goss den Tee auf. »Wirst du die Leitung übernehmen?«, fragte sie wie beiläufig. Doch Welscher hörte ihre Besorgnis heraus. Er wusste, dass Fischbach vor Jahren einen Zusammenbruch gehabt hatte. Die Hintergründe kannte er nicht, doch er ahnte einen Zusammenhang mit dem abgedeckten Ding in Fischbachs Werkstatt. Sigrid hatte ihm geraten, Fischbach nicht zu drängen. Er würde seine Geschichte von allein erzählen, wenn er ihn erst ins Herz geschlossen hatte. Welscher vermutete, dass Sigrid sich Sorgen machte, es könnte erneut in einem psychischen Chaos enden, wenn der Stress oder die Verantwortung ihren Mann zu sehr belasten würden. Nachvollziehbar war das. Als Leiter einer Mordkommission stand Fischbach in der Pflicht und im Rampenlicht, musste Ermittlungsergebnisse vorweisen und den Druck der Presse aushalten, Rückschläge und Fehler vertreten. Dazu kam die Last, alles richtig machen zu wollen und die Ermittlungen rasch zum Abschluss zu bringen. Bis vor einigen Monaten waren Mordkommissionen in Euskirchen noch von einem Kollegen vom Polizeipräsidium Bonn geleitet worden. Politische Strömungen in Düsseldorf hatten jedoch dazu geführt, dass man zur dezentralen Verantwortung zurückkehren wollte. Und so kam es, dass die Euskirchener Polizeibehörde, quasi als Pilotprojekt für Nordrhein-Westfalen, nun wieder vollständig eigenverantwortlich tätig werden durfte – oder musste, je nachdem, wie man dazu stand.

»Bönickhausen hat mich darum gebeten«, antwortete Fischbach und schielte zum Zucker. »Es war aber mehr eine rhetorische Frage aus Gründen der Höflichkeit. Konnte ich selbst durchs Telefon feststellen.«

Sigrid warf die Teebeutel in die Spüle, stellte die Tasse vor Welscher, der sich dafür mit einem Kopfnicken bei ihr bedankte, und setzte sich auf einen Küchenstuhl. »Trotzdem könntest du Nein sagen.«

Fischbach rührte zwei Löffel Zucker in seinen Kaffee. »Vielleicht, ja. Er würde es mir bestimmt nicht nachtragen.« Er trank einen Schluck und leckte sich die Lippen.

»Du willst es also selbst«, hakte Welscher nach.

»Wer soll es sonst machen?«

Sigrid lehnte sich zurück und wies auf Welscher. »Jan zum Beispiel.«

»Hm, Jan«, brummte Fischbach. »Also fachlich gesehen traue ich dir das ja zu. Nur … dein Ansehen in der Truppe ist zurzeit nicht das beste. Es würde nur unnötige Reibereien geben. Bin aber froh, dass du zum Team gehörst.«

Welscher verstand. Seine Fehde vorhin mit Feuersänger war Beweis genug für Fischbachs Einschätzung. Dagegen konnte er nichts einwenden. »Wen hast du sonst noch angefordert?«

»Das ist das Problem.« Fischbach starrte in seinen Kaffee. »Es ist niemand da zum Anfordern. Büscheler ist in Thailand, die werte Kollegin Lindenlaub auf Mutter-Kind-Kur. Gott sei Dank steht Bianca uns zur Verfügung und wird uns unterstützen. Freut mich, ehrlich gesagt, sehr. Ihr Organisationsgeschick und ihre PC-Kenntnisse werden uns helfen, alles zu strukturieren.«

Nachdenklich nippte Welscher an seinem Tee. »Also sind es diesmal nur wir drei? Sonst niemand?«

»Niemand, na ja, so kann man es nicht unbedingt bezeichnen. Bönickhausen wird morgen alle verfügbaren Leute auf die Nachbarschaft der Kramann hetzen. Die werden also die Laufarbeit für uns machen. Wir zwei beiden übernehmen die Personen, bei denen wir mehr vermuten. Sollten wir Bedarf haben, können wir jederzeit Leute aus den anderen Abteilungen anfordern, hat mir der Chef zugesichert. Wir treffen uns um neun in der Behörde und stimmen uns untereinander ab.«

Welscher fragte sich, ob das ausreichen würde. Fischbach hatte selbst keinen einfachen Stand in der Behörde. Einige Abteilungsleiter neideten ihm die Ernennung zum Leiter der Mordkommission. In der Vergangenheit war es schon vorgekommen, dass sie ihn hatten auflaufen lassen.

Für ihre Leibesfülle erstaunlich elegant stand Sigrid in einer fließenden Bewegung auf. »Dann werde ich mal das Gästebett vorbereiten.« Sie zwinkerte Welscher zu. »Nach Hause zu fahren lohnt sich ja nicht mehr für dich. Bleibst also bei uns.«

Welscher wollte Sigrid nicht wieder zur Last fallen. »Lass mal.« Er stand ebenfalls auf und drückte sie an sich. »Wenn ich mich beeile, schaffe ich noch vier Stunden Schlaf. Das reicht für einen jungen Hüpfer, wie ich einer bin.«

Bevor sie protestieren konnte, verabschiedete er sich, nahm seine Jacke von der Flurgarderobe und stürmte in die Nacht hinaus.

***

Die Scheiben beschlugen von innen. Welscher drehte sich auf dem Autositz zur Seite, rieb mit der Hand über das Glas und starrte zu der grauen Wolkendecke hinauf. Vom Sternenmeer war nichts mehr zu sehen. Es war ein dämlicher Gedanke gewesen, hier auf dem Parkplatz an der Burgstraße unterhalb der Kronenburger Ruine den Rest der Nacht zu verbringen. Er hatte geplant, sich im Morgengrauen mit der Umgebung vertraut zu machen, durch die ruhigen Gassen zu streifen und vielleicht, mit ein wenig Glück, die Tatwaffe zu finden.

Die Kälte kroch in seine Knochen. Er zog seinen Mantel, der kaum wärmte, enger um sich. Welscher fluchte stumm. Um die Jahreszeit war es einfach noch zu frostig, um im Auto zu schlafen. Es war kurz vor sechs. Jetzt lohnte es sich wirklich nicht mehr, nach Hause zu fahren. Ohnehin zog ihn nichts dorthin. Seit seiner Trennung kam ihm seine Wohnung leer und trostlos vor. Manchmal ertappte er sich bei Selbstgesprächen. Ihm fehlte eine Schulter, an die er sich anlehnen konnte, an der er sich geborgen fühlte. Ihm war sogar schon der Gedanke gekommen, alles hinzuschmeißen und von Köln in die Eifel zu ziehen. Zwar verbanden ihn überwiegend schlechte Erinnerungen mit diesem Landstrich, zumindest aber würden sich dadurch seine Fahrtzeiten zur Arbeit drastisch reduzieren.

Er schüttelte sich, nicht nur wegen der Kälte. Eifel, Gott bewahre. Weitab seiner einsamen Wohnungswände konnte er sich kaum etwas Schlimmeres vorstellen. Lieber würde er sich von der Domspitze stürzen. Rotnasige Bauernburschen, die vollgesoffen auf Dorffesten Mädchen mit zu dicken Beinen hinterhertorkelten. Vereinsmeier, die dogmatisch reglementierten, statt Individualität als Zeichen von Freiheit zu werten. Mürrische Nachbarn, die Zugezogene argwöhnisch musterten und sie am liebsten mit Großvaters alter WK2-Flinte aus dem Dorf treiben würden. Mütter, die ihre Kinder lieber zu einer Heilerin schleppten, als ein ordentliches Krankenhaus aufzusuchen.

»Stichwort Heilerin«, murrte er. »Warum noch warten?« Er stellte die Rückenlehne aufrecht und stieg aus. Eine eisige Böe ließ ihn schaudern. Hier, am westlichen Zipfel der Nordeifel, war der Winter definitiv noch nicht vorüber. Trotz der erfreulich milden Temperaturen, die tagsüber bereits herrschten. Das erinnerte ihn an seine Kindheit. In der Nähe von Mechernich aufgewachsen, kannte er das Eifelwetter zur Genüge. Es hatte Jahre gegeben, da war selbst im Mai noch Schnee gefallen. Und nicht umsonst hatte der schottische Rennfahrer Jackie Stewart den Nürburgring einmal die grüne Hölle genannt. Auf der über zwanzig Kilometer langen Nordschleife wechselte selbst zwischen nah beieinanderliegenden Streckenabschnitten mitunter das Wetter. Es kam vor, dass sich in einem einzigen Rennen Sonne, Regen, Nebel und Schneefall abwechselten und so den Fahrern alles abverlangten.

Fröstelnd schlug Welscher seinen Mantelkragen auf und ging den Fußweg hoch in Richtung Dorfkern. Das Kopfsteinpflaster schimmerte feucht, das Licht der Laternen spiegelte sich in den Pfützen. Die Bäume, die links und rechts den Weg säumten, streckten ihre noch kahlen Äste in die Höhe. Trotzdem konnte man bereits einen Hauch von Frühling in der Luft riechen, erdig, modrig, ein wenig faulig. Würde man den Geruch nicht mit dem Ende der kalten Jahreszeit in Verbindung bringen, wäre er vermutlich eher unangenehm. Auf seinem Weg zum Tor betrachtete Welscher die kleinen Bilder, die längs der Gasse an der Steinwand hingen. Überwiegend zeigten die Schwarz-Weiß-Aufnahmen Schauspieler in unterschiedlichen Szenen. Auf einem Bild war ein Mann zu erkennen, daneben ein paar vergilbte Buchstaben. Er beugte sich vor. »Winkeschmidt«, entzifferte er. Auf einem anderen Bild fand er die Ankündigung eines Festspiels und die Jahreszahl 1925. Er zog sein Smartphone aus der Hosentasche und googelte die Angaben. Er fand eine informative Seite über Kronenburg. Interessiert las er und erfuhr, dass ein Pfarrer namens Winkeschmidt hier im Dorf in den zwanziger Jahren des letzten Jahrhunderts Freiluftfestspiele auf dem Gelände der Burgruine organisiert hatte. Seine Intention war es gewesen, die arbeitslose Landbevölkerung vom Saufen abzuhalten. Welscher lachte leise. Die Eifeler schienen schon damals mit roten Nasen herumgerannt zu sein. Er unterbrach die Internetverbindung und steckte sein Handy zurück in die Tasche.

Nach wenigen Metern führte der Fußweg auf den Burgbering, der hier seinen tiefsten Punkt in Kronenburg erreichte. Ein Torbogen überspannte die Einmündung, rechts schloss sich Veronika Kramanns Haus an. Welscher wandte sich nach links und folgte der aufsteigenden Gasse. Auch hier begegnete er keiner Menschenseele. Am Schlosshotel blieb er stehen. Das große Zufahrtstor war verschlossen. Angestrengt spähte er durch die Gitterstäbe. Auf dem geschotterten Parkplatz standen Oberklasseautos Tür an Tür. Offensichtlich herrschte hier ein gehobenes Ambiente. In der Küche des Hotels schien bereits Leben eingekehrt zu sein. Ab und an klapperten Töpfe und klirrten Teller.

Sein Magen knurrte. Sehnsüchtig blickte er zum Eingang des Hotels. Sogar ein roter Teppich spannte sich dort bis zum Parkplatz. Ob er nachher hier frühstücken konnte? Er kratzte sich über sein unrasiertes Kinn. Das ging vielleicht gerade noch als modischer Dreitagebart durch, seine zerknitterte Kleidung hingegen würde bestimmt für ungewolltes Aufsehen sorgen. Vielleicht sollte er später, auf dem Weg zur Behörde, doch besser beim gelben M in Kall anhalten. Zumindest eine Katzenwäsche konnte er dort vornehmen.

Zunächst wollte er jedoch mehr über das Dorf erfahren. Er war ohnehin viel zu früh dran. Er sah zur Burgruine hinauf. Aufrecht wie ein mahnender Zeigefinger trotzte deren Turm den Jahrhunderten. Von dort oben hätte er sicher einen guten Ausblick. Wenn er sich recht erinnerte, war der Zugang zur Ruine gegenüber dem Torbogen, der den Fußweg zur Wilhelm-Tell-Gasse überspannte. Er kehrte um und ging den Weg, den er gekommen war, zurück. Fast wieder am Ausgangspunkt angekommen, sah er einen Mann, der vor dem Haus der Ermordeten Kramann mit abgeschirmter Hand durch das Küchenfenster ins Innere spähte. Er trug einen dunklen Mantel, der Schatten des breitkrempigen Huts verdeckte sein Gesicht.

Behutsam huschte Welscher außer Sicht, darauf bedacht, kein Geräusch zu erzeugen. Er ging in die Knie und versteckte sich hinter der Eingangstreppe eines Hauses, an dem »Haus der Ritter« stand.

Der Mann schien ihn nicht bemerkt zu haben. Er klopfte gegen die Scheibe und rief: »Vrönn? Mach doch auf. Ich bin's.«

Seltsam, dachte Welscher, ein Besuch so früh am Morgen? Offensichtlich kannte der Mann Veronika Kramann. Ein Nachbar? Aber der würde sicher nicht in aller Herrgottsfrühe die Leute aus dem Bett klopfen. Welscher stand auf. Besser als darüber nachzugrübeln, was ihn hergetrieben hatte, war nachzufragen. Er versicherte sich mit einem Klopfer auf seinen Holster, dass er für den Notfall seine Walther bei sich hatte.

Indes drückte der Mann einige Male den Klingelknopf.

Welscher ging auf ihn zu. »Da werden Sie keinen Erfolg haben«, rief er.

Der Fremde zuckte zusammen und wandte ihm das Gesicht zu. Es war im Schatten der breiten Krempe jedoch nicht zu erkennen.

»Verfluchter Hut«, murmelte Welscher und beschleunigte seinen Gang. »Polizei«, erklärte er. »Ich hätte ein paar Fragen an Sie.«

Da kam Bewegung in den Mann. Er stürmte den Burgbering in Richtung Stadttor hinauf.

Verdutzt schaute Welscher ihm nach. Dass der Fremde auf die Idee kommen könnte, die Flucht zu ergreifen, hatte er nicht erwartet. Die Schritte des Mannes hallten in der Gasse wider. »Verdammt«, knurrte er und stürmte hinterher.

Gegenüber einem baufälligen Haus bog der Mann links ab und verschwand in einem kleinen Pfad.

Welscher erreichte die Stelle und reduzierte das Tempo. Vorsichtig äugte er um eine Mauerecke herum in die Gasse. Nur wenige Meter waren einzusehen, dann knickte der Weg nach links ab. Welscher hastete wieder los. Er wusste, der Flüchtige hatte auf Dauer keine Chance gegen ihn. Am etwas steifen Laufstil des Mannes hatte er erkennen können, dass der nicht mehr der Jüngste war. Über kurz oder lang würde sich Welschers Kondition durchsetzen. Er folgte dem Linksknick und sah plötzlich etwas Dunkles auf sich zukommen. Der Schlag traf ihn oberhalb der Nasenwurzel. Etwas knackte wie ein trockener Ast, auf den man trat, und eine Schmerzwelle rollte über ihn hinweg, nahm ihm die Luft zum Atmen. Ihm wurde schwarz vor Augen. Das Letzte, was er spürte, war der Aufprall auf den Boden.

VIER

Brummen. Ein Bienenschwarm, nein, eher Wespen. Wütende. Sie stachen wild zu, alles schmerzte. Welscher warf den Kopf hin und her, doch dadurch wurde es nur schlimmer. Er riss die Augen auf. Schwärze. Panik griff nach ihm. Sein Herz raste.

»Langsam, du Aap.«

Wer redete da? Er konzentrierte sich. »Aap?«, krächzte er. Seine Zunge klebte am Gaumen. »Wasser.«

»Tee«, sagte die Stimme. Jemand packte ihn am Hinterkopf und hob ihn an. Etwas Kaltes berührte seine Lippen. »Kennst du nicht den Müllers Aap, das kölsche Original? Peter Müller, den Boxer? Den, der damals in den Fünfzigern bei einem Kampf einfach den Ringrichter niedergeschlagen hat?«

Tee spülte über Welschers Zunge.

»Hm, vermutlich nicht deine Generation.«

Wer sprach mit ihm? In seinen Ohren rauschte es, er konnte die Stimme nur schlecht verstehen. Er schluckte den Tee, und das Brennen im Hals ließ nach. »Kann nicht sehen.«

»Moment.«

Welscher spürte die Tasse nicht mehr an seinen Lippen, dafür zog jemand etwas aus seinem Gesicht. Das Licht schoss ihm stechend in die Augen. Er stöhnte und blinzelte, eine diffuse Gestalt schälte sich aus dem grellen Schein. Ein kräftiger Körper. Es roch nach feuchtem Leder.

»Hotte?«

»Wen hast du denn erwartet? Einen Engel?«

Welschers Blick klärte sich. Es war tatsächlich Fischbach. Sein Gesicht zeigte Besorgnis.

»Wie geht es dir?«

»Es geht, Papa.«

Fischbach grunzte erleichtert und gab ihm noch etwas Tee, ließ sich dann auf den Besucherstuhl neben Welschers Bett fallen. »Gott sei Dank. Deiner frechen Schnüss nach geht es dir besser.«

»Wieso hast du mich mit diesem … Aap verglichen?«, krächzte Welscher. »Und wo bin ich?«

»Im St. Antonius-Krankenhaus in Schleiden. Dich hat's ganz schön erwischt. Und ›Aap‹ wirst du verstehen, wenn du in den Spiegel schaust.«

Welscher tastete mit der Hand über sein Gesicht. »Au, ah, Mist«, fluchte er, als er seine Nase berührte. Der stechende Schmerz klang nur langsam ab. Ein dumpfes Pochen blieb zurück.

»Die ist gebrochen«, erklärte Fischbach. »Ein Passant hat dich gefunden. Warst eine Weile ausgeknockt.« Seine Miene verfinsterte sich. »Ich mag keine Alleingänge. Was wolltest du in aller Frühe in Kronenburg? Was ist passiert?«

Die Tür des Zimmers flog auf. Eine Krankenschwester stürmte herein und positionierte sich vor dem Bett. »Was möchten Sie heute Mittag essen?«, fiepte sie. »Zur Auswahl haben wir Putenbrustfilet mit Reis und Beefsteak mit Kartoffeln. Wir haben auch vegetarisch im Angebot.«

»Wie viel Uhr haben wir denn?«, fragte Welscher.

»Gleich zehn«, antwortete Fischbach.

»Wir verpassen die Besprechung!«, rief Welscher und versuchte, sich die Decke von den Beinen zu strampeln. Augenblicklich nahm das Brummen in seinem Kopf wieder zu, und er musste gegen seinen aufsteigenden Mageninhalt ankämpfen. Stöhnend gab er es auf und schloss die Augen.

»Das hätten wir also geklärt«, hörte er die Krankenschwester sagen. Sie konnte die Häme nicht ganz aus ihrer Stimme halten. »Pute oder Rind?«

»Vegetarisch«, murmelte Welscher, da er bei dem Gedanken an Fleisch nur seine vermutlich vollkommen deformierte Nase vor Augen hatte.

Die Tür schlug zu. Der Geruch nach Antiseptikum war das Einzige, was von der Schwester zurückblieb.

»Die Besprechung ist längst vorbei«, sagte Fischbach. »Sie war nur kurz. Die Kollegen sind ausgeschwärmt und krempeln Kronenburg um. Die klingeln an jeder Haustür und befragen die Einwohner. Feuersänger ist ebenfalls vor Ort und sucht mit seiner Truppe die Tatwaffe. Ich werde mir nachher den anderen Heiler im Ort vorknöpfen, diesen Hartmanns Schäng. Er heißt eigentlich Johannes Hartmann, das hat Bianca recherchiert. Die Angehörigen muss ich auch noch aufsuchen. Die Armen wissen vermutlich noch nichts von dem Unglück.« Fischbach atmete schwer durch. »Hätt dich gerne dabeigehabt. Ich hasse es, Todesnachrichten zu überbringen.«

»Tut ja wohl jeder«, murmelte Welscher. »Wer überbringt schon gerne schlechte Neuigkeiten? Schieb es nicht vor dir her, mach das zuerst.«

Von Fischbach kam ein unbestimmtes Brummen. »Jetzt erzähl mal, was du so früh in Kronenburg gemacht hast und vor allem, wer dich so zugerichtet hat.« Erwartungsvoll beugte er sich vor.

»Womit hat der mich eigentlich erwischt?«

»Mit einem Kantholz. Wo man dich gefunden hat, wird gerade ein Haus renoviert. Auf der Baustelle hat er sich wohl bedient.«

Welscher erschauderte am ganzen Körper. Er ahnte, wie sein Gesicht aussah. »Es war ein älterer Mann«, sagte er dann und berichtete, was geschehen war.

Ohne zu unterbrechen, hörte Fischbach zu.

***

Verrücktes Kerlchen, dachte Fischbach. Es war doch wirklich nicht ganz normal, nachts durch die Gassen eines abgelegenen Eifelörtchens zu streifen, anstatt sich einige Stunden hinzulegen. Er sah kurz zum Fenster hinauf, hinter dem Welscher in dem weiß bezogenen Bett hoffentlich gerade den fehlenden Schlaf nachholte.

Fischbach streifte seine Handschuhe über, saß auf und startete seine Harley Davidson Night Rod Special. In dem Moment spielte sein Handy »Smoke on the Water«. »Verdammich«, fluchte er, riss die Handschuhe wieder von den Fingern und drückte den Annahmeknopf. »Ja?«

»Sigrid hier. Wie geht es ihm?«

»Wird wieder.«

»Schön.« Fischbach hörte seine Frau durchatmen. »Kommst du zum Mittagessen rein? Ich mach Ferkesbuchrouladen und zum Nachtisch eine Muhloppe-Taat.«

»Schokolade?«

»Sicher.«

Fischbach blickte auf die Uhr. Viertel vor elf. Er könnte es rechtzeitig schaffen. Hunger hätte er, doch Appetit stellte sich nicht ein.

Er wusste auch, woran das lag. »Ein wenig später, ja? Ich muss vorher noch etwas erledigen.«

»Kein Problem«, sagte Sigrid mit einfühlsamer Stimme. »Bring ruhig erst den Besuch bei der Tochter der Kramann hinter dich.«

Immer wieder erstaunte ihn Sigrid. Sie konnte seine Gedanken lesen wie ein aufgeschlagenes Buch. »Ich klingel durch«, sagte er zum Abschied und wählte anschließend Bianca Willms' Nummer. Sie meldete sich sofort. »Kannst du bitte bei der ...« Er stockte und zermarterte sich sein Gehirn. Er hatte den Namen vergessen. Oder hatte er ihn überhaupt noch nicht gehört? Wo war er nur mit seinen Gedanken gewesen? Bei Jan, beantwortete er sich selbst die Frage. Offensichtlich hatte ihm der Anruf aus dem Krankenhaus mehr Sorge bereitet, als er sich zunächst eingestanden hatte. »... bei der jungen Kramann nachhören, ob sie zu Hause ist? Ich will sichergehen, dass ich nicht umsonst hinfahre. Sind ja fast achtzig Kilometer.«

»Du meinst Barbara Wolf?«

»Wenn sie so heißt.«

»Bleib dran.«

Geduldig wartete Fischbach und nutzte die Zeit, um die anstehende Strecke im Kopf durchzugehen. Barbara Wolf wohnte in Kyllburg, das hatte er noch irgendwie abgespeichert. Am schnellsten wäre er, nähme er die B 51 und die B 60. Reizvoller war es, die B 421 bis Hillesheim zu wählen und dann über Gerolstein, Birresborn und Densborn zu fahren. Könnte zwar noch etwas schattig sein, aber das jahrelange Motorradfahren hatte ihn abgehärtet. Selbst im tiefsten Winter kämpfte er sich mit dem Zweirad von Dorf zu Dorf.

»Hörst du?«

»Bin noch dran.«

»Sie erwartet dich.«

»Hat sie wissen wollen, warum ich komme?«

Bianca Willms antwortete nicht sofort. »Sie hat gesagt, sie habe meinen Anruf erwartet.«

Nachdenklich rieb sich Fischbach das Kinn. »Seltsam.«

»Finde ich auch. Meinst du, sie hat etwas mit dem Mord zu schaffen?«

»Nicht so voreilig«, bremste er sie, obwohl er genau das Gleiche gedacht hatte. »Ich fahr jetzt los.« Er drückte das Gespräch weg und rollte wenig später mit seiner Harley vom Krankenhausparkplatz.

***

Die Oberkailer Straße war menschenleer, als Fischbach nach Kyllburg hineinfuhr. Vor der Pizzeria überquerte er die mit Schmelzwasser dahinbrausende Kyll. Rechts des Weges ragte das mächtige steinerne Tunnelportal der Eisenbahn auf wie ein riesiges, geöffnetes Maul und schien ihn verschlingen zu wollen. Kurz darauf erreichte er die Stiftstraße, drosselte das Tempo und achtete auf die Hausnummern. Vor dem Haus, in dem Barbara Wolf wohnte, stoppte er. Der unscheinbare graue Rauputz bröckelte an einigen Stellen der Fassade ab. Die Fenster hätten einen Anstrich vertragen können. Links neben dem Eingang hing ein kuchenblechgroßes Schild, mit dem ein Günter Wolf auf seinen Malerbetrieb hinwies. Sicher der Ehemann, dachte Fischbach. Sollte sich besser mal um sein eigenes Anwesen kümmern. Er kickte den Seitenständer mit der Hacke seines Stiefelabsatzes raus und stellte die Maschine darauf. Noch während er mit dem Helmverschluss beschäftigt war, öffnete sich die Haustür und eine Frau fragte: »Sind Sie der Polizist?«

Fischbach streifte den Helm ab, ging auf sie zu und gab ihr die Hand. »Ja. Kommissar Fischbach aus Euskirchen.« Er fummelte seine Marke aus der Hosentasche und zeigte sie ihr.

Flüchtig warf sie einen Blick darauf und ließ ihn eintreten. »Geradeaus bitte, in die Küche.«

Die Küchenzeile bestand aus einfachen Kiefermöbeln mit weißen Einbaugeräten. Regale, auf denen Einmachgläser standen, zogen sich an den Wänden entlang. An der Decke hingen getrocknete Kräuterbündel, die einen aromatischen Geruch verströmten. Fischbach roch Minze, Rosmarin und Bärlauch. Durch zwei Fenster fiel Licht in den Raum und zeichnete zwei große helle Rechtecke auf den dunkelgrauen Fliesenboden.

Barbara Wolf bot ihm einen Platz und einen Kaffee an.

»Gerne«, sagte Fischbach und setzte sich an den Tisch.

Sie nahm eine Kanne, löffelte Kaffeepulver in den Filter, griff sich einen Flötenkessel vom kleinen Kohleofen und goss Wasser auf.

Fischbach musterte sie. Barbara Wolf war für eine Frau recht groß, bestimmt über eins achtzig. Sie hatte ihr dunkles Haar mit einem Haarreif nach hinten gebunden, ein ungeschminktes Gesicht mit zierlicher Nase und schmale Lippen. Sie trug eine Jeans und eine karierte, weite Bluse, die ihren dünnen Körper umspielte, ein Tuch schlang sich um ihren Hals. Die Füße steckten in Birkenstocks. In der Stadt hätte man sie vermutlich als Öko bezeichnet. Fischbach nannte so etwas Landfrau. Ihr Alter schätzte er auf Mitte vierzig. »Frau Wolf, ich habe leider unangenehme Neuigkeiten«, sagte er und spürte immer noch einen Kloß im Hals. Ein Bote schlechter Nachrichten zu sein gefiel ihm ganz und gar nicht. Daran würde er sich nie gewöhnen können.

Sie straffte sich. Ihre Hand mit dem Kessel verharrte über dem Kaffeefilter. »Es geht um meine Mutter, oder?«

»Ja. Sie ist …«, er atmete kräftig durch, »… tot.«

Sie stellte den Kessel ab und stützte sich mit beiden Händen an der Arbeitsfläche ab. »Wann?«

Die Frage »Wie?« hätte Fischbach eher erwartet. Doch die Reaktion von Hinterbliebenen konnte man nie mit hundertprozentiger Sicherheit einschätzen.

»Gestern Abend. Möchten Sie sich nicht lieber setzen?« Stumm verfluchte Fischbach sich. Er hätte gleich daran denken müssen. Bei solchen Nachrichten sollte man sitzen. Er dagegen ließ sich noch einen Kaffee aufbrühen. Wie rücksichtslos.

Abwehrend hob sie die Hand. »Geht schon.« Sie richtete sich wieder auf und griff zum Kessel. »Ich wusste es bereits.«

»Wer hat Sie benachrichtigt?«, fragte Fischbach. Sollte ihm jemand aus der Behörde zuvorgekommen sein, würde er sich denjenigen zur Brust nehmen. Hinter dem Rücken des leitenden Ermittlers Informationen preiszugeben, dafür hatte er kein Verständnis.

Sie goss Wasser auf das Pulver. »Niemand.«

Überrascht sah Fischbach auf. »Aber Sie sagten doch gerade …«

»… dass ich es wusste, richtig.« Sie lachte unsicher. »Es ist schwer zu erklären.«

»Versuchen Sie es einfach.«

Sie zögerte, blickte Fischbach misstrauisch an. »Ich kann Dinge sehen«, sagte sie dann. »Ich habe ein Messer in ihrem Rücken stecken sehen.«

Sie weiß sogar, dass ihre Mutter ermordet wurde, dachte Fischbach verblüfft. Und mit welcher Tatwaffe. Sehr verdächtig. Er wog kurz ab, wie wahrscheinlich eine hellseherische Fähigkeit im Vergleich zu einer Anwesenheit am Tatort war. Aufgrund seiner Diensterfahrung senkte sich die Waagschale zugunsten von Letzterem. »Sie können Dinge sehen?«, hakte er daher skeptisch nach.

»Ja.«

»Sie sind also eine Hellseherin?«

Mit der Antwort ließ sie sich Zeit. Schweigend nahm sie zwei Tassen aus dem Schrank und stellte sie mit der Kaffeekanne vor Fischbach ab. Aus dem Kühlschrank holte sie Milch, Zucker stand bereits auf dem Tisch. Die Löffel kramte sie aus einer Schublade, dann setzte sie sich zu ihm. »Ich würde mich selbst nicht so bezeichnen.«

»Aber ist das nicht hellsehen, wenn man Dinge *sehen* kann?« Fischbach nippte an seinem Kaffee. Bitter und stark, stellte er fest. Milch wäre nicht schlecht. Zu viel Fett, dachte er, verkniff sich den Griff zum Kännchen und trank noch einen Schluck.

»Ich liege zu oft daneben«, sagte sie. »Vielleicht würde es ausreichen, um als Hellseherin praktizieren zu können. Doch von Profis erwarte ich eine höhere Treffsicherheit.« Sie umschlang ihre Tasse mit den Händen, als ob sie sich daran festhalten wollte.

»Gut. Aber bei Ihrer Mutter waren Sie sich sicher?« Fischbach schüttete Zucker in seinen Kaffee und rührte um.

»Gestern, kurz vor Mitternacht, bin ich aufgewacht. Ich habe sie auf dem Boden liegen sehen, blutüberströmt, regungslos. Die Eindrücke waren sehr intensiv, fast plastisch. Ein so starkes Empfinden hatte ich noch nie.« Ihre Hände zitterten. »Den ganzen Morgen habe ich versucht, meine Mutter zu erreichen. Niemand hat abgehoben. Ich wollte gerade mit dem Auto los, als Ihre Kollegin anrief.« Ihre Stimme war mit jedem Wort leiser und kraftloser geworden. Tränen rollten über ihre Wangen.

»Es tut mir sehr leid«, versicherte Fischbach ihr. Wenn das alles nur vorgetäuscht war, dann war Barbara Wolf eine gute Schauspielerin. Aber man wusste ja nie. »Haben Sie jemanden, der sich um Sie kümmern kann?«

»Mein Mann. Er macht einen Angelausflug mit unserem Sohn, müsste aber bald zurückkommen.«

Fischbach zog ein Papiertaschentuch aus seiner Jeans und reichte es ihr.

»Danke.« Sie putzte sich die Nase. »Wie ist es passiert? Musste sie sehr leiden?«

Um Zeit zu gewinnen, schüttete Fischbach Milch in seinen Kaffee. »Sie haben das Messer in ihrer … in ihrem Traum ja selbst gesehen«, sagte er. Die bestialische Verfolgungsjagd quer durch das Haus verschwieg er.

Barbara Wolf senkte den Blick. »Schrecklich. Wäre sie doch nur gefahren«, murmelte sie mit belegter Stimme.

»Gefahren?«

»Ja. Meine Mutter wollte eine alte Schulkameradin im Allgäu besuchen. Offensichtlich hat sie die Reise nicht angetreten.«

»Normalerweise wäre sie gestern also gar nicht zu Hause gewesen?«

»Nein.«

»Wissen Sie, warum Ihre Mutter nicht gefahren ist?«

Sie schüttelte den Kopf. »Leider nein. Ich wusste ja selbst nicht, dass sie die Reise nicht angetreten hat.«

Grübelnd nippte Fischbach an seinem Kaffee. Mit dem Zucker und der Milch schmeckte er nun so, wie er es liebte: süß und cremig.

Vielleicht hatte jemand die Gelegenheit nutzen wollen, um in aller Ruhe das Haus auszuräumen. Dabei war er von der Kramann überrascht worden und zack, Messer in den Rücken, Zeugin tot. Allerdings, gestand sich Fischbach ein, passte dazu nicht die Aggressivität der Tat. »Wer wusste von der geplanten Reise Ihrer Mutter?«

»Ach, Gott und die halbe Welt, nehme ich an. Sie hat sich so sehr gefreut, ihre Freundin wiederzusehen, dass sie es jedem erzählt hat.« Sie zog die Augenbrauen zusammen. »Hat das etwas zu bedeuten?«

»Vermutlich nicht. Würde es Ihnen etwas ausmachen, mir mehr über Ihre Mutter zu erzählen? Wir können das auch später machen«, ergänzte er rasch, obwohl er eigentlich keine Terminverschiebung erwartete. Barbara Wolf machte nicht mehr den Eindruck, als ob sie gleich zusammenbrechen würde. Sie schien eine starke Frau zu sein.

»Über meine Mutter, hm«, sagte sie nachdenklich. »Was genau möchten Sie wissen?«

»Erzählen Sie einfach. Wie sie gelebt hat, über ihr Verhältnis zu Ihnen, zur Familie. Von ihrem Beruf.« Fischbach zog seinen Notizblock aus der Jacke und zückte seinen Kugelschreiber. »Was Ihnen einfällt.«

»Wo soll ich anfangen?« Sie holte tief Luft. »Also, mein Vater hat früher gut verdient. Wir waren nicht reich, aber es ging uns gut. Er hatte einen eigenen Betrieb, Elektrohandwerk. Lief alles ausgezeichnet, bis er 1985 bei der Reparatur eines Elektroverteilers umfiel. Ein unachtsamer Moment, Stromschlag. Aus und vorbei. War ein schöner Schock für uns. Gott sei Dank fing meine Mutter sich rasch wieder und wickelte von da an den Betrieb ab. Ende der Neunziger legte sie ihr Geld in Aktien an, hauptsächlich im neuen Markt. Sie erinnern sich bestimmt daran.«

Fischbach nickte. Zwar mied er Aktien wie der Teufel das Weihwasser, aber an die Werbung im Fernsehen mit seinem geliebten Tatort-Kommissar Manfred Krug, daran erinnerte er sich noch genau. »Das war die Zeit, als die Telekom-Aktie bei über einhundert Mark stand.«

»Ja, viel höher ging es auch nicht mehr. Meine Mutter hatte den richtigen Instinkt und zog ihr Geld rechtzeitig raus, bevor die Kurse einbrachen. Sie sah es als ein Gotteszeichen und hat danach nie wieder einer Bank ihr Vertrauen geschenkt.« Sie beugte sich vor. »Wir vermuten, dass sie ihr Geld im Haus versteckt.«

»Wer sind wir?«

»Verwandte, Bekannte, Freunde.«

»Ah, okay. Sehr unvernünftig«, urteilte Fischbach und notierte *Geld, Haus, Raub?*

»Denke ich auch«, stimmte Barbara Wolf zu. »Wie auch immer. Meine Mutter ist … war anspruchslos. An eine größere Investition kann ich mich nicht erinnern.«

»Wollen Sie damit ausdrücken, dass bei ihr einiges an Geld zu holen war?«

Nachdenklich stierte sie in ihre Kaffeetasse. »Nein … ja … ach, ich weiß nicht. Ich wohne ja nicht gerade in der Nähe. Vielleicht hat sie ihr ganzes Geld verschenkt. Ob überhaupt was übrig ist, weiß ich eigentlich gar nicht. Es war nur so eine Idee.«

»Sie denken an einen Raubmord?«, fasste Fischbach zusammen.

»Blöd, oder?«

»Wird sich zeigen.« Nachdenklich legte er seinen Zeigefinger auf die Lippen. »Ihre Mutter war Heilerin, habe ich gehört. Wie muss ich mir das vorstellen? Sicher wird man für eine Heilung gut bezahlt.«

Barbara Wolfs Rücken spannte sich. »Davon wissen Sie?«

»Ja.«

Erneut traf ihn ein misstrauischer Blick. »Mitunter wird man schief angesehen, wenn man davon spricht. Daher habe ich es nicht erwähnt.«

»Ist schon okay.« Kurz kam ihm Welscher in den Sinn. Der würde jetzt vermutlich eine bissige Bemerkung über hinterwäldlerischen Eifel-Voodoo-Zauber loslassen. »Ich bin da ganz offen.«

Ihr Rücken krümmte sich wieder. »Es ist nur … als Kind bin ich deswegen sehr oft gehänselt worden. Ich weiß nicht, wie oft ich mir damals gewünscht habe, dass meine Mutter eine ganz … normale Mutter wäre. So etwas steckt tief drin.«

»Verstehe.«

Ein dankbares Lächeln stahl sich in ihre Mundwinkel. »Reich konnte meine Mutter damit jedoch nicht werden, da muss ich Sie enttäuschen.«

»Oh«, stieß Fischbach überrascht aus, »warum nicht?«

»Ganz einfach: Sie verlangte kein Geld dafür.«

»Sie praktizierte umsonst?« Fischbach konnte es kaum glauben.

»Ist nicht ungewöhnlich. Soviel ich weiß, verlangen Heiler und Gesundbeter so gut wie nie Bezahlung. Ich würde auch nichts nehmen. Es ist eine Gottesgabe, die man nicht gewinnbringend einsetzen sollte.«

»Sind Sie denn auch eine Heilerin?«

Sie zögerte. »Ich weiß es nicht.«

»Sie wissen es nicht?«, fragte Fischbach erstaunt.

»Es ist nicht so einfach«, wich Barbara Wolf aus.

»Versuchen Sie bitte trotzdem, es mir zu erklären.«

»Noch einen Kaffee?«

»Gerne. Aber das bringt Sie nicht um eine Antwort.« Fischbach hielt ihr die Tasse hin.

Sie nahm die Kanne und goss ein. »Meine Mutter hat gesagt«, haspelte sie dabei hastig heraus, »dass die Gabe auf mich übergehen wird, sobald sie stirbt. Allerdings muss ich dafür die Heilsprüche kennen. Deswegen hat sie sie mir schon vor langer Zeit beigebracht. Möglicherweise bin ich also jetzt eine Heilerin.«

Fischbach klopfte mit dem Kugelschreiber auf sein Notizbuch. »Verstehe. Die Zukunft wird es zeigen.«

Sie lachte unsicher. »Blöd, oder?«

»Nicht im Geringsten.«

Sie atmete erleichtert durch und schob sich eine Strähne hinters Ohr. »Es hört sich selbst für mich, wo ich doch mit einer Heilerin groß geworden bin, so … unwirklich an.«

»Ich drücke Ihnen die Daumen«, sagte Fischbach, um ihr Mut zuzusprechen. »Es kann ja nicht schaden. Ganz im Gegenteil.«

Ein Schatten huschte über ihr Gesicht. »Ich habe mich nicht darum gerissen. Meine Mutter hätte dafür nicht …« Sie brach ab und schluckte schwer.

Fischbach gab ihr Zeit, sich zu sammeln. Dann fragte er: »Hatte Ihre Mutter mit jemandem Streit?«

Barbara Wolf rutschte plötzlich unruhig auf ihrem Stuhl herum. »Nein«, sagte sie einsilbig. Ihre Lippen glichen einem dünnen Strich.

»Ganz sicher?«, drängte Fischbach. »Ihnen fällt niemand ein? Es könnte wichtig sein.«

Heftig schüttelte sie den Kopf. »Sie war überall beliebt.« Sie schloss die Augen. »Wenn es Ihnen nichts ausmacht, würde ich mich jetzt gerne ein wenig hinlegen und allein sein. Es ist … sehr anstrengend.«

Sie weicht mir aus, dachte Fischbach. Bisher war sie ihm gegenüber ganz offen gewesen. Aber die Frage nach Streitigkeiten schien sie aus der Fassung zu bringen. Irgendetwas war da, was sie nicht preisgeben wollte. Selbst wenn er drängen würde, käme er hier und jetzt nicht weiter, das spürte er. Er nickte und steckte sein Notizbuch ein. »Das verstehe ich. Es war ein harter Schlag für Sie.« Er stand auf. »Kann ich noch etwas für Sie tun? Soll ich noch jemanden benachrichtigen?«

Sie hob abwehrend die Hand. »Das mache ich lieber selbst, ich kümmere mich um alles.« Sie stand ebenfalls auf. »Ich bringe Sie noch zur Tür.«

»Keine Umstände«, wehrte er ab. »Danke für den Kaffee. Ich melde mich wieder bei Ihnen.« Er nahm seinen Helm und verließ das Haus.

Draußen rief er Sigrid an, um ihr mitzuteilen, sie könne das Essen aufsetzen. Dabei wandte er sich noch einmal dem Haus zu. Er bemerkte, wie Barbara Wolf in der Küche stand und ihn mit finsterer Miene musterte.

***

Zu Hause angekommen, wuchtete Fischbach seine Maschine auf den Seitenständer. Sein Zwerghausschwein Schnüffel kam auf ihn zugerannt und rieb sich an seinem Bein die Borsten. Der Ringelschwanz tanzte in der Luft herum.

»Gutes Kerlchen«, sagte Fischbach lachend und klopfte ihm die Flanke. Aus der Werkstatt holte er einen getrockneten Apfel und drückte ihn Schnüffel in die Schnauze. Der zog zufrieden grunzend davon.

Fischbach ging ins Haus und hängte seine Lederjacke an die Flurgarderobe. »Bin wieder da«, rief er, während er in seine Pantoffeln schlüpfte. Noch bevor er die Küche betrat, stoppte er jedoch und rümpfte die Nase. Ein ungewöhnlicher Geruch hing in der Luft. Es roch zwar köstlich nach Rouladen, aber da war noch etwas anderes. Parfum. Allerdings nicht das, was Sigrid üblicherweise benutzte. Tosca? Ein ungutes Gefühl beschlich ihn. Vorsichtig drückte er die Küchentür auf.

Oh je.

Seine Mutter saß auf der Bank am Fenster. Auf seinem Platz.

»Mutter«, entfuhr es ihm. »Was machst du denn hier?« Ein strafender Blick von Sigrid ließ ihn schnell hinzufügen: »Äh, ich meine, schön, dass du mal wieder vorbeischaust.« Unschlüssig blieb er im Türrahmen stehen.

Seine Mutter musterte ihn über den Rand der Lesebrille hinweg, die sie immer trug, auch wenn sie gerade nichts entziffern musste. Ihre grauen Haare hatte sie zu einem Dutt zusammengebunden. »Du bist dick geworden«, sagte sie vorwurfsvoll. »Siehst aus wie ein dicker Chressboom.«

Nette Begrüßung, dachte Fischbach und schob sich auf die Eckbank unter der Küchenuhr. Dabei drückte er mit seinem Bauch den Tisch nach vorne. Die Tischbeine holperten über die Dielen, und sein Glas klirrte gegen den Teller.

Seine Mutter hob eine Augenbraue und signalisierte ihm damit, wie recht sie hatte.

»Das wirkt nur so«, verteidigte ihn Sigrid und verteilte das Essen. »Er trägt ein gefüttertes Baumwollhemd unter dem Pullover. Ist ja noch kalt draußen.«

»Soll er halt Auto fahren.«

In Fischbach keimte Wut auf. Seine Mutter wusste genau, warum er sich nicht mehr in einen Wagen setzte. Sie hatte seine Entscheidung jedoch nie akzeptiert, sie sogar als Blödsinn abgetan. Ärgerlich zerdrückte er die Kartoffeln, so heftig, dass die Soße auf den Tisch schwappte.

»Wie geht es dir denn so?«, fragte Sigrid, um wieder in ruhigeres Fahrwasser zu gelangen.

Fischbachs Mutter streckte den Rücken durch. »Nett, dass du fragst. Mein Sohn hält es offenbar nicht für nötig, sich danach zu erkundigen.«

»Ich wollte auch gerade …«, wandte Fischbach halbherzig ein, wurde aber von seiner Mutter unterbrochen.

»Ach, erzähl mir doch nichts.« Sie beugte sich vor und legte Sigrid eine Hand auf den Unterarm. »Letztens hat man mir mein Gebiss geklaut.«

Fischbach verschluckte sich und hustete. »Das Gebiss?«

»Ich habe es abends im Bad ins Glas gelegt, am Morgen war es fott.« Sie schob sich ein Stück Roulade in den Mund und verzog anerkennend das Gesicht. »Schmeckt viel besser als das pampige Zeug bei uns. Könnte ich mich dran gewöhnen.«

Vergiss es, dachte Fischbach. Du isst auch in Zukunft schön im Heim. Seine Mutter warf ihm vor, dass sie nicht hier im Haus das Obergeschoss bewohnen durfte, sondern von ihm ins Altenheim abgeschoben worden war. Bei jeder Gelegenheit wies sie mehr oder weniger versteckt darauf hin.

»Dann musstest du dir also ein neues anfertigen lassen?«, fragte Sigrid.

»Nee.«

»Nee?« Erstaunt sah Fischbach seine Mutter an.

»Nee. Ich bin zur Verwaltung und habe mich beschwert, einen

richtigen Aufstand habe ich gemacht, das kannst du mir jlövve. Und stell dir vor: Als wir dann gemeinsam nachschauen gegangen sind, waren die Zähne wieder da.«

»Wieder da?«, echote Fischbach.

»Sicher dat. Standen im Alibert.«

»Du wirst sie selbst dorthin gestellt haben«, vermutete Sigrid.

»Nix da«, echauffierte sich Fischbachs Mutter. »Ich stelle sie immer auf den Beckenrand. Könnte doch sein, dass es mal brennt und ich schnell raus muss. Da will ich doch nicht erst lange suchen. Ohne Zähne los, das geht doch nicht.« Sie wies mit der Gabel auf Sigrid. »Würdest du auch nicht wollen.«

Fischbach lehnte sich vor. »Und wie erklärst du dir dann das plötzliche Wiederauftauchen der Zähne?«

»Ganz einfach.« Triumphierend reckte sie den Hals. »Der Dieb hat mitbekommen, was ich für einen Terz in der Verwaltung gemacht habe, und Angst bekommen, entdeckt zu werden. Da ist er schnell los und hat das Gebiss zurückgebracht.«

»Hattest du denn nicht abgeschlossen, als du runter bist?«, fragte Fischbach.

»Doch, natürlich.« Seine Mutter feixte. »Darüber habe ich auch schon nachgedacht.« Sie kaute zufrieden auf ihrer Roulade.

Als es Fischbach zu bunt wurde, fragte er: »Und? Zu welchem Ergebnis bist du gekommen?«

»Die Putzfrau.«

»Die Putzfrau?«

»Die habe ich schon länger im Verdacht. Ist nicht von hier, kommt aus dem Osten. Bestimmt hat sie meine guten Dritten für einen Verwandten mitgehen lassen wollen.«

Fischbach staunte, wie man sich eine solche Räuberpistole ausdenken konnte. »Also, niemand klaut Zähne, wenn du mich fragst.«

Die Miene seiner Mutter verfinsterte sich. »Weißt du, wie teuer die Dinger inzwischen sind? Da kannst du dir einen Kleinwagen von kaufen.«

Fischbach schloss die Augen und rieb sich entnervt den Nasenrücken. Er wusste, dass es besser war, nicht weiter darauf einzugehen. Stumm zählte er bis zehn und nahm sich vor, das Gespräch mit der Verwaltungsleitung zu suchen. Vielleicht hatte seine Mutter in letzter Zeit ja häufiger Aussetzer. Dann müsste er sich auf jeden Fall darum kümmern, dass sie ihr Auto abgab. Er schob Sigrid seinen leeren Teller zu. »Schmeckt köstlich. Könnte ich noch eine Roulade haben?«

»Von wegen warme Kleidung«, murmelte seine Mutter. »Zu viel essen tut der Jung, da kann mir keiner was erzählen, bei dem Fettwammes.«

Vor Wut zog sich Fischbachs Hals zusammen.

»Enne Mann oahne Buch öss enne Kröppel«, verteidigte ihn Sigrid.

»Ömmes«, trotzte seine Mutter und schob energisch das Kinn vor. »Mauen so dick wie Baumstämme, aber nicht von Muskeln.«

Flucht oder Streit, dachte Fischbach und entschied sich in Bruchteilen von Sekunden für Ersteres. Er stürzte sein Wasser herunter und klatschte sich gegen die Stirn. »Mist, jetzt habe ich doch glatt einen Termin vergessen«, log er. »Muss rasch los, dann schaffe ich es vielleicht noch.«

Flüchtig gab er Sigrid einen Kuss auf die Wange und stürmte aus der Küche. »Warte nicht auf mich, Mutter, es kann spät werden«, rief er noch, während er sich in seine Motorradstiefel zwängte. »Schön, dass wir uns mal wieder gesehen haben.«

Zwei Minuten später rollte er mit seiner Harley vom Hof, froh, seiner Mutter entkommen zu sein.

***

In der Euskirchener Polizeibehörde an der Kölner Straße blieb Fischbach wie angewurzelt im Türrahmen seines Büros stehen. »Du?«

»Überraschung«, brummte Welscher und lächelte gequält. »Ich habe es nicht mehr ausgehalten und mit dem Doc einen Deal gemacht. Er hält mir für heute Nacht das Bett frei. Dafür musste ich versprechen, es nicht zu übertreiben und heute Abend wieder auf der Matte zu stehen.«

Fischbach zog seine Jacke aus und warf sie über die Lehne des Besucherstuhls. »Glaub ich dir nicht. Du bist vermutlich einfach abgehauen und tauchst dort heute Abend wieder auf.« Skeptisch musterte er seinen Kollegen. Über der Nase trug er einen dicken Verband, um die Augen herum war alles blau angelaufen. »Ob das vernünftig ist?«

»Ganz sicher nicht. Aber egal, mein Risiko.«

»Es gibt da eine Fürsorgepflicht des Arbeitgebers. Hast du bestimmt schon mal von gehört.«

»Komm mir doch nicht damit. Dass ich beim Dienstschieben in der Eifel psychisch degeneriere, stört ihn ja auch nicht.«

»Aber du siehst aus wie ein Panzerknacker.«

»Sehr witzig. Bring mich lieber mal auf Stand, dann vergesse ich vielleicht auch meine Kopfschmerzen.«

Fischbach setzte sich hinter seinen Schreibtisch, nahm einen bereitliegenden Bleistift und schrieb den Namen und die Adresse von Barbara Wolf direkt auf die Tischplatte. Vor Jahren war ihm bei einem Telefonat das Notizpapier ausgegangen. Da hatte er angefangen, sich alles auf der Oberfläche des Tisches zu notieren. Mit der Zeit hatte sich einiges angesammelt: Telefonnummern, Ideen, Informationen zu Verdächtigen und Zeugen und vieles mehr.

»Ich war bei der Tochter der Verstorbenen. Erzähl ich dir gleich, will nur rasch alle zusammentrommeln.« Er griff zum Hörer.

»Leg auf. Bönickhausen hat das bereits erledigt. In einer Stunde treffen wir uns oben im großen Versammlungsraum. Bianca hat dort unseren Stützpunkt eingerichtet.«

Fischbach legte den Hörer auf. »Warum weiß ich nichts davon?«

»Fahr deinen PC hoch, dann kannst du es dort nachlesen. Dein Handy ist wohl aus.«

Fischbach fingerte sein Telefon aus der Hosentasche und schaute auf das leere Display. Er grübelte, wie lange er es nicht mehr aufgeladen hatte.

»Akku leer?«, forschte Welscher.

»Nein, nein«, wiegelte Fischbach hastig ab. Er spürte, wie er rot wurde. Als Leiter einer Mordkommission musste er immer erreichbar sein. Für ihn war dieser Fauxpas unverzeihbar. »Hat ab und zu Aussetzer. Muss mir dringend ein neues besorgen.«

»Dann vergiss nicht, den Wendler als Klingelton aufzuspielen.«

Fischbach straffte sich. »Wieso den Wendler? Der … Wer ist das überhaupt?«

Welschers Grinsen wurde breiter. »Ach, entschuldige bitte. Als Rocker hörst du ja nur knallharte Rockmusik. Mit Schlagern kannst du ja nichts anfangen.«

»Genau«, bekräftigte Fischbach. »Dass du immer wieder damit

anfangen musst.« Demonstrativ wandte er sich seinem Computer zu, froh darüber, die Klippe umschifft zu haben. Kaum jemand wusste von seiner Liebe zur Schlagermusik, und das sollte auch so bleiben. Gerade bei ihm wäre dieses Wissen ein Fest für die Lästermäuler: Harley fahren, den Rocker mimen und dann Discofoxmusik hören bis zum Abwinken. Die Kombination wäre eine Steilvorlage für miese Witze auf seine Kosten. Zu blöd, dass Welscher ihn vor einigen Monaten in seiner Werkstatt Schlager hörend erwischt hatte. Er hatte sich mit einem verstellten Sender herausgeredet. Doch Welscher schien ihm die Notlüge nicht abgenommen zu haben. Immer wieder zog er ihn damit auf.

»Du musst ihn auch einschalten«, sagte Welscher und riss Fischbach damit aus seinen Gedanken. Er zeigte auf den Computer.

Fischbach fühlte sich erneut ertappt. »Äh, ja klar, wollte ich gerade machen … Und hör endlich auf zu grinsen!« Ungestüm drückte er den Einschaltknopf und startete den Rechner.

FÜNF

Der Puls pochte schmerzhaft in Welschers Nase. Nicht zum ersten Mal zweifelte er an seiner Entscheidung. Bettruhe wäre sicherlich die bessere Methode, mit einer gebrochenen Nase über die Runden zu kommen. Er drückte eine Schmerztablette aus dem Blister, den der Oberarzt ihm gegeben hatte, und steckte sie sich in den Mund. Hoffentlich würde sie rasch anschlagen.

Bianca Willms winkte sie zu sich rüber. »Hier sind noch Plätze frei.« Sie deutete auf die beiden Stühle rechts neben sich.

Welscher dankte ihr und setzte sich. Neben Bönickhausen, dem Landrat, der Staatsanwältin Doris Schmitz-Ellinger, Feuersänger, Bianca Willms, Fischbach und ihm waren noch fünfzehn andere Kolleginnen und Kollegen versammelt. Einige kannte er, die meisten jedoch hatte er noch nie gesehen. Aufgeregtes Gemurmel erfüllte den Raum. Wegen Überfüllung geschlossen, dachte Welscher.

Bianca beugte sich zu ihm rüber. »Was machst du hier? Du gehörst ins Krankenhaus«, flüsterte sie.

»Ja, Mama.«

Fischbach schüttelte den anderen reihum die Hand.

Alle starrten verstohlen auf Welschers Verband. Der sagte laut: »Es geht mir gut. Ich bin dienstfähig.«

Bönickhausen nickte ihm zu. »Okay.« Damit war das Thema vorerst vom Tisch.

Fischbach setzte sich, und Bönickhausen, der neben ihm Platz genommen hatte, ergriff das Wort. »Werte Kollegen, schön, dass Sie es einrichten konnten. Danke für Ihren Einsatz, heute am heiligen Sonntag, den Sie sicher lieber im Kreis Ihrer Familien verbracht hätten. Aber Mörder nehmen darauf ja leider keine Rücksicht.«

Einige lachten leise.

»Bitte fassen Sie Ihre Ergebnisse so knapp wie möglich zusammen. Frau Willms hat sich freundlicherweise bereit erklärt, die Akte zu führen.« Alle klopften dankbar mit den Fingerknöcheln auf die Tische. »Also geben Sie ihr die Gelegenheit, alles zu notieren, beziehungsweise setzen Sie sich nach der Besprechung mit ihr in Verbindung, sollte noch etwas ergänzt werden müssen.« Er nickte Bianca Willms zu.

Deren blaue Augen strahlten.

»Die Leitung übernimmt Hotte.« Bönickhausen legte Fischbach die Hand auf die Schulter. »Dann fang mal an, Hotte.«

Fischbach nickte. »Auch ich möchte mich für euren Einsatz bedanken«, legte er los. Ein minimales Zittern lag in seiner Stimme. Welscher konnte verstehen, dass Fischbach nervös war, jetzt, wo alle Blicke auf ihn gerichtet waren. Er hätte auch Lampenfieber verspürt.

Welscher hörte nicht richtig zu, da Fischbach ihm ja schon im Büro von dem Besuch bei Barbara Wolf berichtet hatte. An einer Stelle merkte er jedoch auf. Fischbach hatte den Enkel des Opfers erwähnt. Welscher grübelte. Wieso hatte er das Gefühl, dass ihm dazu spontan etwas eingefallen war, was er jetzt nicht mehr greifen konnte? Er fand keine Antwort, sosehr er sich auch anstrengte.

Fischbach gab das Wort weiter. Knapp berichtete einer nach dem anderen. Hinweise, die sie in dem Fall weiterbringen würden, gab es augenscheinlich nicht. Welscher bemerkte eine Kollegin, die mitleidig zu ihm herüberspähte und aussah, als würde sie ihn am liebsten in eine Bettdecke hüllen und mit Küssen verwöhnen. Nicht schon wieder, dachte er missmutig. Es muss sich doch langsam herumgesprochen haben, wie ich ticke. Er hatte wirklich keine Lust, immer wieder Hoffnungen im Keim ersticken zu müssen.

Als Letzter berichtete Feuersänger, dass die Tatwaffe bisher nicht gefunden worden war. Sein Team hatte ganz Kronenburg auf den Kopf gestellt, Mülleimer durchwühlt, Gullys geöffnet, Unkraut abgeholzt, lose Pflastersteine angehoben und sogar einen Taucher in den Kronenburger See geschickt. Doch ihr einziger Fund war eine alte, rostige Luger aus dem Zweiten Weltkrieg gewesen. »Die Waffe ist in einem derart schlechten Zustand, dass man mit ihr eher jemanden erschlagen könnte, als ihm ein Loch ins Hirn zu treiben. Wir werden jetzt darangehen, die Spuren im Haus weiter auszuwerten.« Feuersängers Erkältung hatte offenbar ihren Höhepunkt erreicht, denn seine Nase war vollkommen verstopft. Mit geöffnetem Mund und leidendem Gesichtsausdruck holte er tief Luft und näselte: »Es gibt ein paar verwischte Fußspuren, die darauf hindeuten, dass der Mörder das Haus durch die Haustür verlassen hat.

Vielleicht können wir noch ein Sohlenprofil erstellen. Wird aber schwierig.«

»Danke«, übernahm Fischbach wieder und seufzte. »Wenn ich alles richtig mitbekommen habe, sehe ich nicht, dass sich eine Spur aufdrängt. Was meint ihr?«

»Bei der Kramann ist ein Untermieter gemeldet«, sagte Bianca Willms, während sie weiter konzentriert auf ihren Monitor schaute. »Zu dem hat noch niemand etwas gesagt.«

Die Kollegin, die Welscher bemitleidet hatte, sagte: »Ich war heute einige Male vor Ort und habe versucht, ihn zu erreichen. Er scheint aber ausgeflogen zu sein.« Ihre Stimme klang rau und kratzig. Wahrscheinlich würde auch sie bald husten und schniefen.

»Ausgeflogen oder abgehauen?«, fragte Bönickhausen.

»Wer weiß«, sagte sie und zuckte die Schultern.

»Schreiben wir ihn zur Fahndung aus«, schlug Doris Schmitz-Ellinger vor. »Wie sieht es bei Ihnen mit Ihrem Unbekannten aus, Herr Welscher?«

Sofort pochte Welschers Nase heftiger. »Er ist nicht *mein* Unbekannter«, murmelte er ärgerlich.

»Geschenkt«, sagte Doris Schmitz-Ellinger.

Ein wenig mehr Mitgefühl würde der auch mal ganz gut zu Gesicht stehen, dachte Welscher. Er schluckte seinen Ärger herunter und sagte: »Der Mann war etwa eins fünfundsiebzig groß, schmale Figur, langer Mantel. Das Gesicht konnte ich wegen der breiten Hutkrempe nicht sehen. Auf der Flucht wirkte er ein wenig steif. Entweder hatte er eine Verletzung beziehungsweise ein Leiden, oder er ist einfach nicht mehr der Jüngste.«

»Reichte aber noch, um dich Flabbes zu verkloppen«, murmelte jemand. Alle lachten.

Gequält verzog Welscher das Gesicht. »Haha, wer den Schaden hat, ich weiß.«

Doris Schmitz-Ellinger schlug mahnend mit der flachen Hand auf den Tisch. »Meine Damen und Herren, es ist schändlich, über das Leid eines Kollegen zu lachen. Außerdem war es ein Angriff auf einen Polizeibeamten, und das sollte uns eher nachdenklich stimmen.« Trotz der warnenden Worte hatte sich auch in ihre Mundwinkel ein Lächeln gestohlen. »Wir halten also die Augen nach dem Mann offen, obwohl ich mir kaum etwas davon verspreche. Die halbe Eifel läuft mit Hut und Mantel herum. Haben wir sonst noch einen Ansatz?«

»War schon jemand bei dem Heiler?«, fragte Bönickhausen. »Er könnte unliebsame Konkurrenz aus dem Weg geräumt haben.«

»Da wollte Hotte hin«, sagte Bianca Willms. Sie tippte mit dem Zeigefinger auf den Monitor. »Dafür habe ich ihn jedenfalls eingeteilt.«

Fischbach hob eine Augenbraue. »Du hast mich … eingeteilt?«

Einige lachten.

Bianca Willms lief rot an. »Ich meine … äh, ich habe eine Liste, wer wann wen wo befragt … Ich sollte doch einen Termin für dich ausmachen, den hab ich dir per Mail …«

»Aha.« Fischbach schmunzelte. »Schon gut. Habe verstanden. Gibt es bereits was aus der Rechtsmedizin?«

»Da habe ich vorhin angerufen«, verkündete Bianca Willms – hörbar erleichtert, dass Fischbach das Thema wechselte. »Die Obduktion ist morgen um neun. Habe ich dir auch …«

Fischbach hob die Hand. »Ich werde hinfahren«, unterbrach er sie. »Wo genau in Kronenburg wohnt eigentlich der Heiler?«

»Burgbering, Hausnummer vierzig.«

Fischbach stutzte. »Burgbering? Schon wieder? Das ist aber ein Zufall.«

»Nicht wirklich. Innerhalb des historischen Teils von Kronenburg gibt es nur die eine Straße«, erklärte Bianca Willms. »Ich habe selbst gestutzt und im Internet eine Karte aufgerufen.«

»Na dann. Gibt es ansonsten noch Vorschläge oder Anregungen, was wir zum jetzigen Zeitpunkt unternehmen können?« Geduldig wartete Fischbach auf Reaktionen.

Welscher tippte sich versonnen gegen die Nase. Ein schmerzlicher Stich durchfuhr Nase und Stirn und erinnerte ihn an sein Auberginengesicht. Ihm fiel auch kein weiterer Ansatzpunkt ein, aus dem sich ein Motiv oder ein Täter ergeben könnte. Veronika Kramann schien beliebt gewesen zu sein, sie hatte in Kronenburg ein gewisses Ansehen genossen und mit niemandem Streit gehabt. Allerdings wusste er zu genau, wie die Eifeler Dorfidyllen wirklich funktionierten. Man war sich keineswegs so grün, wie es nach außen hin den Anschein hatte, tuschelte hinterrücks, tratschte alles weiter, war neidisch auf den Erfolg des Nachbarn und gönnte ihm oft noch nicht mal das tägliche Brot. Nicht umsonst sagt man in der Eifel: »Häer sprechn m'r Huhdütsch, Platt, dörch den Nas un öve ange Löck.« Er selbst hatte jahrelang darunter gelitten, zwar nicht in Kronenburg, aber in Mechernich-Vussem, wo er aufgewachsen war. Und die Strukturen waren überall in der Eifel vergleichbar. Sobald ein Außenstehender Fragen stellte, ganz besonders jemand von der Polizei, schottete man sich ab und malte eine heile Welt.

Welscher wusste, wie wichtig es war, den Hebel an der richtigen Stelle anzusetzen und Druck auszuüben. Sobald ein Stein kippte, folgten die anderen. »Wir sollten uns mit Bianca zusammensetzen und ein Soziogramm erstellen«, sagte er darum. »Danach entscheiden wir, wen wir uns noch mal zur Brust nehmen.«

»Gute Idee. Planen wir für morgen ein«, sagte Fischbach. »Ich denke, dass alle zusätzlichen Kräfte vorerst wieder an ihre angestammten Plätze zurückkehren können. Bei Bedarf können wir die Kollegen ja wieder zusammentrommeln. Einverstanden?«

Er sah zu Bönickhausen und zum Landrat. Beide nickten stumm.

Fischbach erklärte die Besprechung für beendet, indem er auf den Tisch klopfte. »Ich wünsche euch einen angenehmen Sonntagabend. Und vielen Dank noch mal für eure Unterstützung.«

Rasch leerte sich der Raum. Welscher stellte sich hinter Bianca Willms, die eifrig Daten in den Computer eingab.

»Dass dir das immer so viel Spaß macht …«

»Ich finde es interessant, wenn sich durch meine Suchroutinen unerwartete Zusammenhänge ergeben. Oder fehlende Bausteine identifiziert werden«, sagte sie, ohne mit dem Tippen aufzuhören.

»Ich bin lieber an der Front«, verkündete Welscher.

Jetzt unterbrach Bianca Willms ihre Tätigkeit, drehte sich auf dem Stuhl halb zu ihm um und grinste zu ihm hoch. »Das sieht man dir an.«

»Kollateralschaden. Kommt hin und wieder vor. Was meinst du, was man bei der Einsatzhundertschaft alles einstecken muss.«

Ihre Miene wurde ernst.

Welscher ahnte, warum. Nachdem Bianca vor einiger Zeit wegen der Geburt ihres Kindes ihre Polizeiausbildung im gehobenen Dienst hatte unterbrechen müssen, wagte sie nun einen zweiten Anlauf. Im September würde es losgehen. Nach erfolgreicher Ausbildung war grundsätzlich auch eine Zeit in der Einsatzhundertschaft zu absolvieren, nicht gerade die schönste Zeit eines Polizisten. »Mach dir nicht zu viele Sorgen«, tröstete er sie. »Du bist eine starke Frau, du wirst dich durchprügeln.« Er zwinkerte ihr zu.

Ihre Miene hellte sich auf. »Hilft vielleicht auch in einer Partnerschaft.«

»Ganz sicher«, sagte Welscher, machte eine kurze Pause und ergänzte dann: »... nicht.«

»Wäre ja auch zu schön gewesen«, seufzte Bianca Willms und wandte sich wieder ihrem Rechner zu.

Fischbach hatte Bönickhausen verabschiedet und kam auf Welscher zu. »So, das hätten wir. Kommst du mit nach Kronenburg?«

Welscher blickte auf seine Armbanduhr. Gleich fünf. »Ich denke, das geht. Gegen acht will ich im Krankenhausbett schlummern.« Er strich sich durchs Haar. »Ich frag mal jemanden von der Streife, ob er mich fahren kann. Mein Auto steht ja noch in Kronenburg.«

»Quatsch«, entschied Fischbach. Er lachte unsicher. »Du kannst bei mir mitfahren.«

Verblüfft hob Welscher die Augenbrauen. Er wusste, dass Fischbach sich normalerweise mit Händen und Füßen dagegen sträubte, einen Beifahrer auf seiner Maschine huckepack zu nehmen.

»Der kriegt den Helm doch gar nicht über die Nase«, sagte Bianca Willms.

»Unten in der Zentrale liegt noch eine Halbschale rum. Die hat mal irgendein Säufer dort vergessen. Die nehmen wir.«

»Na klasse.« Welscher schauderte. Vor seinem geistigen Auge sah er das Bild eines Mannes, der eine schlabbrige Jogginghose und ein Feinripp-Unterhemd zu Badelatschen trug, den Helm über die fettigen Haare gestülpt. Schuppen rieselten auf seine Schultern.

»Stell dich nicht so an.« Fischbach hieb ihm auf den Rücken und lachte. »Wird deiner Nase guttun, die kühle Luft.«

Welscher bezweifelte das. Die Erschütterungen des Fahrwerks würden sich vermutlich schmerzhaft auf seinen Kopf übertragen, so wie eben gerade der freundschaftliche Klaps seines Kollegen. »Ich weiß nicht.«

»Jetzt springe ich schon mal über meinen Schatten, und dann hat der werte Herr die Botz voll«, erwiderte Fischbach gespielt gekränkt.

Welscher gab sich einen Ruck. Es würde auch nicht schlimmer

werden als in seinem Fiesta mit den durchgeschlagenen Federbeinen. »Dann mal los«, entschied er tapferer, als ihm zumute war, und schob Fischbach vor sich zur Tür hinaus.

Wider Erwarten genoss Welscher die Fahrt. Obwohl er im Windschatten von Fischbachs breitem Rücken saß, fror er zwar ein wenig, aber zumindest regnete es nicht. Beim Bremsen musste er aufpassen, nicht mit seiner Nase gegen Fischbachs Helm zu stoßen. Das hatte er bereits an der ersten roten Ampel in Euskirchen schmerzhaft lernen müssen.

Motorrad war er bisher noch nie gefahren, auch nicht als Beifahrer. Selbst ein Moped hatte er nie haben wollen. Er hatte sein Zehngangrennrad vorgezogen und das Lästern der coolen Jungs aus seiner Klasse stoisch ertragen. Bei den Mädchen konnte er mit dem Rennrad auch nicht punkten, aber zu dem Zeitpunkt war das bereits egal gewesen. Er hatte sich schon mit dem Einsetzen der Pubertät zu Jungs hingezogen gefühlt und nicht zum anderen Geschlecht. Und das war bis heute so geblieben.

Fischbach fuhr sehr vorsichtig und besonnen. Schlaglöchern, die der harte Winter in den Asphalt gesprengt hatte, wich er geschickt aus und schonte damit Welschers Nase. Stumm dankte dieser ihm dafür.

Die Strecke führte sie nördlich an Dahlem vorbei, und kurz darauf rollten sie durch das nördliche Stadttor nach Kronenburg hinein. Auf dem kleinen Platz vor dem »Café Zehntscheune« stoppte Fischbach und stellte den Motor ab. Hartmann wohnte direkt gegenüber.

Welscher stieg ab. »Darfst du hier überhaupt reinfahren? Ist doch bestimmt nur für Anlieger erlaubt.«

Fischbach stieg von seiner Maschine und musterte Welscher streng. »Wo kein Kläger ist, ist auch kein Richter. Und Rocker gehen nicht zu Fuß. Merk dir das.«

SECHS

Erleichtert öffnete Fischbach den Verschluss und streifte seinen Helm ab. Er weigerte sich normalerweise grundsätzlich, jemanden auf dem Motorrad mitzunehmen, von ganz seltenen Ausnahmen abgesehen. Der Gedanke, dann auch die Verantwortung für den Mitfahrenden übernehmen zu müssen, löste ungeheuerlichen Stress bei ihm aus. Seit seinem schweren Unfall, der sein Leben verändert hatte, war Welscher erst der Zweite gewesen, der auf seine Harley hatte aufsteigen dürfen. Dafür hatte es aber ganz gut geklappt, fand er.

Wieder ein kleiner Schritt zurück in die Normalität. Sigrid wird stolz auf mich sein, dachte er zufrieden.

»Bin gespannt, was uns hier erwartet«, sagte Welscher und drückte die Klingel des Hauses mit der Nummer vierzig.

»Komme gleich«, rief eine Stimme hinter der Tür.

»Beschäftigter Mann«, sagte Fischbach und betrachtete die kleine Marienstatue, die über der Tür in die Wand eingelassen war.

»Bei den anderen Häusern hier in der Straße gibt es das auch«, stellte Welscher fest, der Fischbachs Interesse bemerkt hatte. Er deutete auf die Eingänge links und rechts.

»Putzig«, urteilte Fischbach.

»Schau mal dort am Baum vorbei.« Welscher hatte sich zur Straße gedreht. »Ist das nicht die Ecke, wo der Kerl mich erwischt hat?«

»Richtig«, bestätigte Fischbach. »Du bist aber von der anderen Seite gekommen.«

»Schau dir den Zigarettenautomaten mal genau an. Da kannst du Kunst anstatt Kippen ziehen.«

Fischbach blickte hinüber. Mit roter, verschnörkelter Schrift stand »Kunst im Kasten« auf dem Apparat geschrieben. »Ist gar nicht so ungewöhnlich. In Blankenheim hängt auch einer, unten am Kreisel, da, wo der Bücherladen ist.«

»Dinge gibt's«, murmelte Welscher und schüttelte den Kopf. »Kunst aus dem Automaten. Und das in der Eifel.«

»Da bist du erstaunt, nicht wahr? Auch hier findest du kreative Köpfe.«

»Ist bestimmt nur Tarnung.«

»Tarnung?«

»Vermutlich kann man da Flachmänner ziehen. Ich kann mir das richtig gut vorstellen. He, Schatz«, sagte Welscher mit veränderter Stimme, »ich gehe mal zum Automaten und hole mir etwas *Kunst.* – Aber sicher, mach das, Männchen. Dass du dich dafür interessierst, freut mich. Ist doch viel schöner, als immer nur an der Theke zu stehen und Schnaps zu kippen.« Er lachte leise.

»Idiot.«

Hinter ihnen quietschte die Türangel. »Sie wünschen?«

Synchron drehten die beiden sich um. »Herr Hartmann?«, fragte Welscher.

»Höchstpersönlich«, antwortete der kleine Mann mit schütteren grauen Haaren. Er trug ein grün-weiß kariertes Hemd, eine Cordhose und eine Lederschürze. Sein Lächeln war offen und freundlich, die grauen Augen hinter der randlosen Brille musterten sie neugierig.

Fischbach zeigte seine Marke und stellte sich und Welscher vor. »Wir würden uns gerne kurz mit Ihnen unterhalten.«

Über das Gesicht des Mannes huschte ein Schatten. »Wegen der Vrönn? Schlimme Sache das.« Er machte den Weg frei. »Kommen Sie durch, rechts in die Küche. Es stört Sie hoffentlich nicht, wenn ich weiterarbeite.«

Fischbach trat über die Schwelle. Sofort fiel ihm der angenehm süße Geruch nach Honig auf, der in der Luft lag. Überlagert wurde er von Pfefferminz und Salbei. Auch einen Hauch von Schokolade konnte er wahrnehmen. Aus der Küche schlug ihm Hitze entgegen. »Puh«, stöhnte er. »Sie mögen es warm.«

Hartmann lachte. »Lässt sich nicht vermeiden.«

Erst jetzt bemerkte Fischbach die weiße Masse auf dem riesigen Tisch. Er trat näher. »Was ist das denn?«

»Ein Riesenbonbon?«, mutmaßte Welscher.

»Vollkommen richtig.« Hartmann streifte sich schwere Lederhandschuhe über und begann, die Substanz zu kneten. »Ich stelle Kamelle her, in Handarbeit, jede für sich ein Unikat.« Er lachte wieder. »Nach meiner Pensionierung bin ich in ein Loch gefallen. Fast zwei Jahre meines Lebens habe ich nichts mit mir und meiner Freizeit anfangen können. Eines Tages sah ich einen Fernsehbericht über eine Bonbon-Manufaktur in Hamburg. Da hatte es bei mir klick gemacht. Der Kontakt war rasch hergestellt. Ich durfte ein dreimonatiges Praktikum absolvieren, und seit gut einem Jahr produziere ich selbst.« Er walkte die Masse ordentlich durch. »Pfefferminzkamelle, Bonbons mit Salbei, Kräuterbonbons nach Geheimrezept. Anis habe ich auch im Angebot, und noch vieles mehr.« Er wies mit dem Kinn auf die Regale, die sich längs der fensterlosen Wand entlangzogen. Unzählige mit Bonbons gefüllte Gläser, auf denen mit einer verschnörkelten Handschrift beschriebene Etiketten klebten, standen dort in Reih und Glied.

»Sehr interessant«, sagte Fischbach. Ihm lief das Wasser im Mund zusammen. Am liebsten hätte er einige der Kamellen probiert.

Hartmann schien Gedanken lesen zu können, denn er sagte: »Im ersten Regal links oben stehen die Gläser mit den Probierkamellen. Greifen Sie ruhig zu. Ich muss noch einen Moment mit dem klebrigen Zeug hier kämpfen, während es kalt wird.«

»Daher die Handschuhe?«, fragte Welscher.

»Ja. Ideal ist eine Temperatur von achtzig Grad«, antwortete Hartmann. »Kneten ist wichtig, damit die Masse gleichmäßig abkühlt.«

Neugierig schlenderte Fischbach zum Regal und sah sich dabei um. Die Küche schien fast das ganze Untergeschoss einzunehmen und wirkte eher wie eine Konditorei. Auf einem Gasherd stand ein riesiger Kupferkessel, in der Edelstahlspüle wartete Geschirr auf seine Reinigung. Ein großer Haken hing an der Wand neben dem Fenster. Fischbach nahm an, dass daran der große Kupferkessel aufgehängt wurde, wenn er nicht gebraucht wurde. »Wie gut kannten Sie Veronika Kramann?«, fragte er, während er suchend mit dem Zeigefinger über die Etiketten der Probiergläser fuhr.

»Ganz gut, denke ich. Wir gehören beide sozusagen zu den Ureinwohnern von Kronenburg. Wir sind sogar gemeinsam zur Kommunion gegangen.«

Fischbach nahm das Glas zur Hand, auf dessen Etikett »Kräuterzauber« geschrieben stand, und schraubte den Deckel ab. Ein würziger Kamillegeruch explodierte in seiner Nase. Er schraubte den Deckel wieder zu. Kamille erinnerte ihn zu sehr an Zahnschmerzen. In seiner Kindheit hatte er immer mit Tee spülen müssen, geholfen hatte es aber selten. »Wann haben Sie Frau Kramann das letzte Mal gesehen?«

Nachdenklich hielt Hartmann inne. »Das war letzten Sonntag, nach der Messe. Heute Morgen habe ich für ihre Seele gebetet, und dabei ist mir in den Sinn gekommen, dass ich Vrönn nach dem Gottesdienst vor der Kirche zum letzten Mal gesehen habe.« Bei den letzten Worten brach seine Stimme. Hastig knetete er weiter.

Guter Schauspieler oder echte Betroffenheit?, fragte sich Fischbach. Ein Glas mit der Aufschrift »Flammende Liebe« weckte sein Interesse. Es stand ganz am Rand. Feiner Staub lag auf dem Deckel. Er fingerte ein Bonbon heraus und steckte es in den Mund. »Wie war Ihr Verhältnis zu Frau Kramann?«

»Wir hatten kein Verhältnis«, antwortete Hartmann.

Fischbach hörte kaum hin. Ein Inferno walzte durch seine Mundhöhle und schien seine Schleimhäute zu verbrennen. Der Schweiß brach ihm aus. Für einen Augenblick fürchtete er, seine Augen würden aus den Höhlen quellen. Die Schärfe des Bonbons übertraf alles, was er bisher gekostet hatte.

Welscher übernahm. »Sie wissen, wie mein Kollege es gemeint hat. Waren Sie Freunde?«

Hartmann zwinkerte Welscher zu. »Klar habe ich es verstanden. Aber die Vorlage konnte ich mir nicht entgehen lassen. Hm, Freunde. Es so zu nennen, würde vermutlich zu weit gehen. Eher gute Bekannte, man kennt sich, man hilft sich.«

Fischbach hielt es nicht mehr aus. Prustend spuckte er das Bonbon in die hohle Hand und stürzte zum Wasserhahn. Gierig trank er aus der Leitung, doch die Schärfe nahm eher noch zu. In seinen Ohren rauschte das Blut. Wie aus weiter Ferne hörte er hinter sich Hartmann rufen: »Oh nein! An das Glas habe ich gar nicht mehr gedacht.«

Statt zu trinken, streckte Fischbach nun lieber die Zunge raus und ließ das kalte Wasser darüberlaufen. Seine Kehle zog sich zusammen, sein Magen rumorte.

»Hier, Milch! Trinken Sie das«, rief ihm Hartmann zu und drückte ihm ein Tetrapack in die Hand. Widerwillig trennte sich Fischbach vom Wasser und stürzte die Milch hinunter. Der Waldbrand in seinem Mund wurde zur lodernden Flamme. Er beruhigte sich gerade so weit, dass Fischbach nicht mehr das Gefühl hatte, darin umzukommen. »Was war das?«, röchelte er.

»Ein missglückter Versuch aus meinen Anfangstagen. Red-Savina-Schoten, das Schärfste, was Sie an Chilis kaufen können, soweit ich weiß. Wenn Sie die pur essen, sterben Sie wahrscheinlich.«

Hechelnd schnappte Fischbach nach Luft. Sein Herz hämmerte zwar noch wild, doch er spürte, dass die schlimmste Gefahr gebannt war. »Und so etwas lassen Sie hier frei zugänglich herumstehen?«

Geknickt ging Hartmann zum Tisch zurück und fing wieder an, die Masse zu kneten. »Sie haben recht. Gleich nachher werfe ich das Glas weg.«

»Geht's wieder?«, wollte Welscher wissen.

Mit offenem Mund und herausgestreckter Zunge nuschelte Fischbach: »Mach du mal weiter. Kann ich noch etwas Milch haben?«

»Im Kühlschrank«, sagte Hartmann.

Dankbar fischte sich Fischbach eine Packung aus dem Türfach und trank gierig.

»Man hilft sich, sagten Sie gerade«, nahm Welscher den Faden wieder auf. Er lehnte sich seitlich gegen den Tisch und verschränkte die Arme vor der Brust. »Man hat uns berichtet, dass Frau Kramann vielen Menschen geholfen hat. Um es präziser zu sagen: Dass sie eine Heilerin war.«

»Da wurden Sie nicht belogen.«

»Sie sind angeblich auch ein Heiler.«

Ohne in seinen walkenden Bewegungen innezuhalten, sah Hartmann auf. »Auch damit wurden Sie nicht belogen.«

Fischbach zwang sich zuzuhören. Die Flamme in seinem Mund loderte unverändert stark.

»Sie hat sicher gut verdient«, sagte Welscher.

Skeptisch wiegte Hartmann den Kopf. »Sie hat kein Geld verlangt. Ich glaube, kein einziger Heiler in der Eifel oder irgendwo anders verlangt Geld für seine Heilkünste. Ich habe auch nie etwas gefordert.«

»Aber trotzdem erhalten?«

»Die Leute sind dankbar, und das macht sie oftmals großzügig. Ich habe es immer in den Opferstock geworfen.« Hartmann nahm die Bonbonmasse vom Tisch und schlug sie über den großen Haken an der Wand. Er zog an den Enden, bis zwei lange Zöpfe entstanden, die er ebenfalls über den Haken warf. »So wird Luft eingearbeitet«, erläuterte er. »Die Aromen kommen dadurch besser zur Geltung.«

Fischbach blickte zum Kupferkessel auf dem Herd. Der gehörte also offensichtlich nicht an den Haken.

»Wie muss ich mir die Tätigkeit als Heiler vorstellen?«, wollte Welscher wissen. »Ich meine, in meiner Kindheit schon mal davon gehört zu haben, die Erinnerungen daran sind aber ziemlich verblasst.«

»Es ist nichts Kompliziertes.« Fleißig zog Hartmann weiter Zöpfe. »Ich bespreche das Leid, eine Brandwunde etwa oder Warzen. Ich habe die Gebete dazu von meinem Vater gelernt. Sie werden über Generationen weitergegeben. Spätestens mit dem Tod des Lehrenden geht die Gabe auf den Nachfolger über. Manchmal aber auch früher, das kann man nicht so genau vorhersagen.«

»Gebete, hm«, brummte Welscher und rieb sich das Kinn. »Es ist also eine Sache des Glaubens.«

»Ich denke schon.« Hartmann nickte. »Ich bin zumindest ein sehr gläubiger Mensch. Vrönn war es auch.«

»Muss denn der Hilfesuchende auch einen starken Glauben haben?«

»Es hilft, aber es ist nicht notwendig.«

»Und die Kirche? Wie steht die dazu?«

Hartmann lachte und zog zwei weitere Zöpfe. »Ich weiß, was Sie denken. Dass die Kirche das Ganze als schwarze Magie bezeichnen würde, schwarze Kunst, mit dem Teufel im Bunde, stimmt's?«

»In die Richtung, ja«, bestätigte Welscher.

»Dann kann ich Sie aufklären: Dem ist nicht so.« Hartmann hielt einen Moment inne und verschnaufte. »Wir schaden ja niemandem, ganz im Gegenteil. Und der Glaube an Gott spielt eine zentrale Rolle. Die Fähigkeit, zu heilen, wird uns quasi von Gott verliehen. Dagegen kann keine Kirche der Welt etwas haben.«

»Zumal Jesus dann sozusagen der erste Heiler war«, resümierte Welscher.

Hartmann lachte. »Wenn Sie es so sehen wollen. Passt schon irgendwie.« Er fing wieder an, Zöpfe zu ziehen.

Fasziniert sah Fischbach zu. Die Nervenzellen auf seiner Zunge beruhigten sich langsam.

»Gibt es unter Heilern eigentlich so etwas wie Konkurrenz?«, fragte Welscher.

»Nein … zumindest nicht zwischen Vrönn und mir. Wir schätzten uns.«

Fischbach nahm einen Schluck Milch in den Mund und ließ ihn seine Mundhöhle kühlen. Hartmanns Stimme war kräftig und selbstsicher. Entweder war er ehrlich oder ein sehr guter Lügner.

Welscher stieß sich von der Arbeitsplatte ab und stellte sich neben Hartmann. »Ihre Antwort war nicht eindeutig. Gibt es denn eventuell andere Heiler, mit denen Veronika Kramann im Clinch lag?«

Stoisch presste Hartmann die Lippen aufeinander und zog zwei Zöpfe, die er über den Haken warf.

»Herr Hartmann, bitte«, drängte Welscher. »Es ist jetzt nicht der Zeitpunkt für falsche Verbundenheit.«

Hartmann blickte Welscher direkt an. »Die weiße Hexe«, sagte er zögernd.

Fischbach verschluckte sich und hustete. Verdammt! Wo waren sie hier reingeraten? Heiler, Hellseher und eine weiße Hexe. Als Jugendlicher hatte er den Herrn der Ringe verschlungen. Wenn das so weiterging, würde es ihn nicht wundern, in Kürze einem Hobbit zu begegnen.

»Eigentlich heißt sie Sylvia Neuroth. Sie praktiziert in Kronenburgerhütte«, berichtete Hartmann, »in der Seeuferstraße, das letzte Haus vor dem Damm. Dahinter werden am Hang die neuen Wochenendhäuser gebaut. Zuerst sollte dort ein neues Ferienhotel entstehen. Gab ein wenig Unmut bei den Einwohnern. Sie haben das bestimmt selbst in der Presse verfolgt. Aber ich schweife ab. Also, Vrönn war sehr verärgert über Sylvia Neuroth.«

»War etwas Konkretes vorgefallen?«

»Vor zwei Monaten kam ein Mann aus Kronenburgerhütte zu Vrönn und suchte bei ihr Hilfe. Doch es war bereits zu spät. Sie konnte nur noch seine Schmerzen besprechen. Wäre er eher gekommen, hätte sie ihn sicher zum Arzt geschickt.« Hartmann seufzte, nahm die Masse vom Haken und klatschte sie auf die Arbeitsplatte.

Welscher folgte ihm. »Der Mann ist also tot.«

»Die Schulmedizin hätte vielleicht helfen können. Doch der

Narr hat sich von der weißen Hexe verzaubern lassen. Sie versprach ihm übersinnliche Hilfe. Scharlatanerie«, rief Hartmann ärgerlich aus und schlug mit der flachen Hand auf die Bonbonmasse. Eine Zornesader pochte in seiner Schläfe. »Firlefanz, nichts als Humbug.«

Fischbach schreckte zusammen. Mit dem Ausbruch hatte er nicht gerechnet.

»Es besteht für Sie also ein Unterschied zwischen Ihrer Heiltätigkeit und der Magie der Hexe?«, wollte Welscher wissen.

»Ja sicher!« Hartmann schnaufte heftig. »Unsere Heilsprüche funktionieren, da kann ich Ihnen unzählige Beispiele nennen, quer durch die Eifel. Außerdem arbeiten wir mit der Kirche und der Schulmedizin im Einklang. Wir predigen keine allein seligmachende Lehre.«

Welscher gab Hartmann Gelegenheit, sich wieder zu beruhigen. Es funktionierte. Die Zornesader verschwand, und er widmete sich wieder seiner Bonbonmasse.

»Das werden klassisch einfarbige Pfefferminzbonbons«, referierte er und rollte die Masse, bis sie einem Baumstamm glich. »In diesem Stadium kann man aber auch unterschiedliche Farben zusammenbringen und bunte herstellen. Auch Muster kann man so einarbeiten.« Die Begeisterung für seine Tätigkeit war unschwer zu überhören. Wesentlich gelassener erzählte er weiter: »Vrönn hat die weiße Hexe nach dem Besuch des Mannes zur Rede gestellt. Doch die hat auf taub geschaltet und sie ausgelacht. Daraufhin setzte sich Vrönn mit der Lokalredaktion des Stadtanzeigers in Verbindung. Die berichteten darüber. Vor zwei Wochen stand dann mit Pomp und Getöse plötzlich die weiße Hexe vor Vrönns Haus und forderte einen Zweikampf, Hexe gegen Heilerin. Absolut lächerlich. Vrönn hat nicht darauf reagiert, sondern die Polizei gerufen.«

Dann haben wir darüber was in den Akten, dachte Fischbach. Vereinfacht die Sache. Der Brand in seinem Mund war fast gelöscht. Er trank noch einen Schluck Milch und bedeutete Welscher, dass er das Gespräch wieder übernehmen wollte. Der nickte.

»Zu allem Überfluss«, berichtete Hartmann weiter, »warfen die zwei Brüder des Verstorbenen Vrönn dann auch noch vor, sie wäre an allem schuld gewesen. Das hatte ihnen die Hexe eingeredet. Leichtgläubige Spinner.« Mit seinem Hemdärmel trocknete er sich die Stirn. »Jetzt wird es anstrengend«, kündigte er an. Er rollte den Baumstamm dünner und zog dann an einem Ende die Masse in die Länge. Es entstand eine fast einen Meter lange, fingerdicke Rolle, die er mit einem Spachtel von dem Baumstamm abschlug und zur Seite legte. Mit geübten Handgriffen wiederholte er den Vorgang. »Ist jetzt ein wenig eintönig«, gab er zu. »Sobald die Rollen kalt sind, lege ich sie auf einen kleinen Edelstahlklotz und schlage die Bonbons mit Messern ab. Wie ein Häcksler.«

Fischbachs Kopf ruckte hoch. »Darf ich die Messer mal sehen?«

»Sind ganz gewöhnliche. In der Schublade unter der Spü–« Er brach ab, sein Lächeln gefror. »Moment mal. Was wird hier denn auf einmal gespielt? Sie verdächtigen mich doch nicht etwa?« Ungläubig sah er von Welscher zu Fischbach.

»Reine Routine«, versicherte Fischbach und besah sich die Messer. Prüfend fuhr er mit dem Daumen über die Schneiden. »Gut geschärft«, urteilte er.

»Haben Sie Blut erwartet?« Hartmann sah Fischbach wütend an. Jegliche gute Laune war ihm abhandengekommen. Er wirkte nun vielmehr vorsichtig, verschlossen und zur Verteidigung bereit.

Ja, was habe ich eigentlich erwartet?, dachte Fischbach. Dass hier ein blutbesudeltes Messer in der Schublade liegt? Er legte die Messer zurück und wandte sich an Hartmann. »Ich bin jetzt ganz offen zu Ihnen: Wir haben ein Mordopfer. Und wir haben einen … na ja, nennen wir es einen beruflichen Konkurrenten. Dieser Konkurrent erzählt uns von seiner großen Verbundenheit zu dem Mordopfer. Anschließend zieht er eine Figur aus dem Hut, die nicht gut auf das Mordopfer zu sprechen war und diesem sogar Gewalt angedroht hatte. Er lenkt also den Verdacht von sich auf jemand anders.« Fischbach holte Luft. »Und immer dann, wenn ich eine solche Geschichte höre, stellen sich bei mir die Nackenhaare auf, und meine Gedanken fangen an zu kreisen.«

Hartmann blickte zu Welscher.

»Geht mir genauso«, gab der zu. »Vermutlich ein Bulleninstinkt.«

Hartmann schluckte. »Aber ich war es nicht, das schwöre ich bei Gott.«

»Das sagen sie alle«, konterte Fischbach.

»Ich habe doch gar keinen Grund, Vrönn etwas anzutun«, ereiferte sich Hartmann.

»Mordmotive sind nicht immer offensichtlich«, erklärte Welscher. »Und da wäre zumindest noch die Konkurrenzlage zwischen Ihnen und Frau Kramann. Vielleicht verdient man als Heiler auch auf der Basis unverlangter Zuwendungen gar nicht so schlecht.«

»Für Geld und Reichtum wurden schon Kriege geführt, da ist alles möglich«, ergänzte Fischbach. »Wo waren Sie gestern Abend?«

»Gestern Abend?« Hartmann sah zu Boden und überlegte. »Bis halb zehn habe ich Bonbons gefertigt. Dann habe ich geduscht, bin ins Bett gegangen und habe noch etwas gelesen, aber nicht lang. Mir sind ziemlich bald die Augen zugefallen.«

»Sie waren also den ganzen Abend im Haus?«

»Ja.«

»Was haben Sie denn gelesen?«

»Einen Krimi.«

»Titel?«

»Luftkurmord.«

Fischbach schnaufte durch die Nase. »Mord, soso.«

»Ist halt ein Krimi. Da ist das Wort Mord im Titel ja wohl nicht selten.« Hartmann legte genervt die Stirn in Falten.

»Mag sein. Haben Sie sonst noch irgendetwas bemerkt, was uns helfen könnte?«

Hartmann schüttelte den Kopf. Seine Bonbonmasse schien er vollkommen vergessen zu haben.

»Das sollte fürs Erste reichen«, entschied Fischbach. »Haben Sie etwas dagegen, wenn wir die Messer mitnehmen und untersuchen lassen?«

»Untersuchen?«, echote Hartmann. Vor Fischbachs Augen fiel der Mann in sich zusammen. Von dem Esprit, den er vorhin noch versprüht hatte, war nichts mehr übrig.

Fischbach verspürte Mitleid mit dem Mann. Sie kamen hier rein, wurden freundlich von ihm aufgenommen und hatten nichts Besseres zu tun, als ihn des Mordes zu verdächtigen. Dabei hatten sie dafür so gut wie keine Anhaltspunkte. Manchmal hasste er seinen Job. »Hören Sie«, sagte er mit milder Stimme, »es ist nur, um Sie zu entlasten. Wenn wir nichts finden, spricht das für Sie.«

Zögernd nickte Hartmann. »Gut, ja, nehmen Sie sie mit.«

Fischbach griff sich ein Küchentuch von der Spüle und wickelte die Messer darin ein. Er drückte sie Welscher in die Hand. »Auf der Harley sind die schwer zu verstauen. Nimm du sie mit und gib sie morgen früh Feuersänger.«

Sie verabschiedeten sich von Hartmann und verließen das Haus. Vor der Tür warteten zwei Kollegen von der Streife auf sie.

»Gehört das Zweirad dort Ihnen?«, fragte der jüngere der beiden forsch.

»Ruf deinen Bluthund zurück, Thomas«, forderte Fischbach mit einem belustigten Blick auf den älteren Kollegen daneben. Thomas Gilles spielte in der Polizei-Big-Band. Bei Einsätzen kreuzten sich hin und wieder ihre Wege.

Gilles legte dem Jungspund die Hand auf die Schulter. »Lass gut sein, Tim. Die gehören zu uns. Das ist Hotte«, er deutete auf Fischbach, »und der, der aussieht wie eine Aubergine, ist sein Kollege Jan Welscher. Noch nicht lange bei uns. Vor dem musst du dich in Acht nehmen.« Er gackerte und kniff übertrieben deutlich ein Auge zu.

Welscher verkniff sich einen Kommentar, und sie reichten sich die Hände.

»Was macht ihr hier?«, fragte Fischbach. »Habt ihr euch was von der Destille gegönnt?« Er lachte und deutete auf das Café. Im Schaufenster wies ein Schild auf die hochprozentige Verköstigung im ersten Geschoss hin.

»Es hat sich jemand beschwert«, rief der junge Kollege übereifrig.

»Beschwert?« Fischbach schirmte die Augen mit der flachen Hand ab. Die Sonne stand nur noch knapp über den Dächern und blendete ihn. »Über was?«

»Über dich. Wieso gurkst du hier mit deiner Mühle rum?«, fragte Gilles. »Du weißt doch, dass hier nur Anwohner und die Gäste des Hotels reinfahren dürfen. Und vom Parkplatz bis hierher sind es gerade mal hundert Meter.«

Welscher klatschte Fischbach gönnerhaft die Hand auf den Rücken. »Er ist ein Rocker. Die gehen nicht zu Fuß.«

»Wie jetzt? Rocker?« Gilles musterte Fischbach von oben bis unten, als stünde dieser zum ersten Mal vor ihm. »Na ja«, urteilte er schließlich und schmunzelte. »Den Begriff muss man wohl etwas weiter auslegen.«

»Was soll das denn heißen?«, regte sich Fischbach auf. »Ich bin ein Mitglied der K-Heroes!« Er drehte sich halb um die eigene Achse und zeigte den Schriftzug auf seiner Lederjacke.

»K steht für Kommern«, warf Welscher ein. »Originell, oder?«

»Ich habe gedacht, es steht für Knubbel«, sagte Gilles.

»Ein Irrtum. Allerdings war mir selbst auch schon Kabänes in den Sinn gekommen.«

Gilles spitzte die Lippen. »Einige von uns denken, es heißt Kaventsmann.«

»Kaputt wäre auch nicht übel«, spielte Welscher den Ball zurück.

»Oder bekloppt«, erwiderte Gilles und betonte das K überdeutlich.

Wütend blickte Fischbach von einem zum anderen. »Also, das ist ja wohl …« Er brach ab, als er die Lachfältchen in Gilles' Gesicht bemerkte. Dessen junger Kollege hielt sich den Arm vor den Mund und unterdrückte einen Lacher. Sie wollten ihn hochnehmen, ganz eindeutig. Die heftige Zurechtweisung, die er eben noch auf den Lippen gehabt hatte, schluckte er hinunter.

»Rocker oder nicht«, sagte Gilles nun wieder ernst und vollführte eine wegwerfende Handbewegung. »Es ist eine Ordnungswidrigkeit. Muss ich melden.«

»Jetzt mach mal halblang«, echauffierte sich Fischbach. »Wir sind hier im Einsatz.« Er deutete mit dem Daumen auf das Haus hinter sich. »Wir haben eine Befragung durchgeführt. Somit sind wir Anlieger.«

Gilles sah Welscher fragend an. Der nickte.

»Na gut«, gab Gilles sich einen Ruck. »Aber das nächste Mal bitte per pedes.«

Fischbach vermutete, dass Gilles gar nicht so genau wusste, ob in diesem Falle eine Ordnungswidrigkeit vorlag oder nicht, und sich daher lieber großzügig gab. »Von mir aus«, stimmte er trotzdem kleinlaut zu, setzte den Helm auf und schaltete die Zündung ein.

»Stopp!«, rief Gilles und hob gebieterisch die Hand.

»Was denn noch?«, fuhr ihn Fischbach an.

»Schieben bitte«, wies ihn Gilles an. »Wir wollen doch keinen neuen Ärger heraufbeschwören, oder?«

Fischbach wollte protestieren, doch das ernste Gesicht des jungen Kollegen ließ ihn schweigen. Scheint ein Bloothöngchen zu sein, dachte er, frisch dabei und noch übereifrig. Der nahm die Sache wichtiger, als sie war. Fischbach verspürte jedenfalls kein Bedürfnis, mit so einer Lappalie beim Landrat aufzufallen. Er stemmte sich gegen den Lenker und schob. Bei nächster Gelegenheit würde er Gilles und dem jungen Fetz eins auswischen.

SIEBEN

Seine Nase pochte heftig, obwohl Welscher zur Nacht hin noch ein starkes Schmerzmittel genommen hatte. Steif lag er im Krankenhausbett und starrte zur Decke seines Einzelzimmers hinauf. Ein wenig Licht drang unter dem Türschlitz hindurch, durch die zugezogenen Vorhänge schien schwach die Parkplatzbeleuchtung. Es reichte gerade so, um Schemen erkennen zu können. Einige Male hörte er quietschende Gummisohlenschritte auf dem Flur, ab und an fuhr ein Auto am Gebäude vorbei. Ansonsten war es still. In Köln wohnte er an einer Hauptstraße. Dort war immer Verkehr, nachts zwar weniger als tagsüber, aber trotzdem surrte auch dann noch alle paar Sekunden ein Wagen über den Asphalt.

Er bewohnte fast einhundert Quadratmeter Altbau in mittelmäßiger Innenstadtlage, in der Nähe vom Rudolfplatz. Viel zu teuer für ihn allein. Und zu leer. Sie hatten sich darauf geeinigt, dass er die Küchen- und die Schlafzimmer-Einrichtung behielt. Im Wohnzimmer markierten helle Stellen auf dem Echtholzparkett die Stellen, auf denen vormals Möbel gestanden hatten. Nur noch seine sündhaft teure Musikanlage stand in der Ecke auf dem Boden. Seine geliebte Orchideensammlung hatte er gegen die eigentlich fällige Auszahlung der halben Kaution eingetauscht. Seine Wohnung zeigte sich nun schon seit Monaten farblos, trist und deprimierend, doch er hatte bisher weder die Kraft noch das Geld aufbringen können, das zu ändern.

Und zu allem Überfluss war seit gestern Abend nun auch noch die Nachricht seiner Mutter auf der Mailbox. Sie vermisse ihn, hatte sie hinterlassen. Ob er denn nicht bereit wäre, alles zu vergessen, zu verzeihen und neu anzufangen. Und sein Vater sei kein Problem mehr, was immer das auch zu bedeuten hatte. Denn dass sich seine Eltern getrennt hatten, konnte er sich beim besten Willen nicht vorstellen.

Welscher rollten Tränen über die Wangen. Wie gerne würde er einen Neuanfang starten. Aber der Kummer saß so fest wie ein Dorn mit Widerhaken.

Sein Körper fühlte sich plötzlich bleiern an, das Atmen fiel ihm schwerer, der Puls raste und der Kopf brummte. Er strampelte die Decke von seinen Beinen und setzte sich auf den Bettrand, streckte den Rücken durch und legte den Kopf in den Nacken. Keuchend holte er Luft und focht gegen die Panikattacke an. Vor seinen Augen tanzten Kreise. Er kniff die Lider zusammen und stützte sich mit den Armen am Bett ab, die Hände krallte er ins Laken. Es würde vorbeigehen, einige Minuten nur, dann wäre er wieder der Alte, der Karriere machende Oberkommissar, der es bereits in jungen Jahren in eine Mordkommission geschafft hatte. Inzwischen kannte er seine Anfälle. Auch dieser würde vorübergehen. Er konzentrierte sich auf seinen Atem. Ein, aus, ein, aus. Tief und langsam. Endlich spürte er, wie sich sein Puls beruhigte. Nach einigen Minuten war es vorbei.

Müde griff er zu seiner Armbanduhr, die auf der Nachtkommode lag, und betätigte den Beleuchtungsknopf. Kurz nach eins. Morgen musste er wieder seinen Mann stehen. Zuvor musste er wenigstens ein wenig Schlaf finden. Kurz entschlossen entschied er, die Nachtschwester um eine Schlaftablette zu bitten. Er schaltete das Licht über dem Kopfende des Bettes an, angelte mit den Füßen nach seinen Hausschuhen und stand auf. Das Medikament würde ihm kurzzeitig Frieden bringen. Ihm war jedoch bewusst, dass sein Leben so wie bisher nicht weitergehen konnte. Die Unzufriedenheit würde ihn ansonsten innerlich zerfressen.

***

»Reichst du mir mal den Ausdruck da?«, fragte Welscher.

Bianca Willms griff nach dem Protokoll der gestrigen Besprechung. »Hier, bitte.«

Sie saßen seit dem frühen Morgen am Tisch im großen Konferenzraum und brüteten über dem Soziogramm. Inzwischen war es kurz vor elf.

Die Tür ging auf, und Fischbach trat ein. Er stutzte, als er Welscher erblickte. »Siehst immer noch scheiße aus.«

»Ich liebe deine offene und ehrliche Art«, brummte Welscher. Dabei fühlte er sich heute sogar besser. Die Schmerzen hielten sich in Grenzen, und die Arbeit hatte ihn von seinen düsteren Gedanken abgelenkt. »Was hast du erwartet? Eine Wunderheilung?«

Fischbach ließ sich auf einen Stuhl plumpsen. »Hättest dich ja von Hartmann gesundbeten lassen können.«

»Der Eifel-Merlin kann mir gestohlen bleiben. Ich vertraue lieber der Schulmedizin.«

»Ein Versuch könnte vermutlich nicht schaden«, wandte Bianca Willms ein. »Ich habe da Dinge gehört ...«

»Auf keinen Fall«, unterbrach Welscher sie barsch.

Sie setzte eine beleidigte Miene auf. »Musst ja nicht gleich wild werden.«

»Okay, lassen wir das«, sagte Fischbach. »Erzählt mal lieber, womit ihr euch den Morgen vertrieben habt.« Er sah sich suchend um. »Gibt es noch Kaffee?«

Bianca Willms sprang auf und ging zur Anrichte am Fenster, auf der die Kaffeemaschine vor sich hin zischte.

Welscher runzelte die Stirn. Fischbach behandelte Bianca Willms mitunter wie eine persönliche Sekretärin. Er überlegte, ob er ihn darauf ansprechen sollte, und entschied, auf eine Gelegenheit zu warten, bei der sie allein wären. »Erzähl du doch erst mal, was die Obduktion ergeben hat. Hat Dr. Neumann was Interessantes rausgefunden?«

Fischbach rieb sich die Augen. »Wenn du meinst. Gab aber keine Überraschung. Feuersänger lag mit seiner ersten Einschätzung ganz richtig. Ein Messerstich durchtrennte die Hauptschlagader am linken Bein, ein weiterer ging in die rechte Herzkammer. Die beiden Messerstiche waren eindeutig ursächlich für das Ableben der Kramann.«

Bianca Willms stellte ihm die Kaffeetasse hin und schob Milch und Zucker daneben. »Bestialisch«, murmelte sie.

»Und der Todeszeitpunkt?«, fragte Welscher.

»Hm, du weißt ja, wie ungenau das Ganze ist.«

»Aber einen ungefähren Wert wird es doch geben?«

»Nachmittag. Mit Tendenz zum Abend hin.«

Das Telefon schrillte. Fischbach beugte sich zur Mitte des Tisches, nahm den Hörer und meldete sich. Stumm hörte er zu und legte dann ebenso kommentarlos wieder auf. »Feuersänger kommt gleich vorbei. Er meint, er hätte was für uns.«

»Da bin ich aber gespannt«, sagte Welscher. »In der Zwischenzeit kann ich dir ja mal zeigen, womit wir uns beschäftigt haben.«

»Wurde auch Zeit, leg los.« Fischbach schlürfte seinen Kaffee und nickte erwartungsvoll.

»Zuerst mal: Biancas selbst gestrickte Datenbank ist eine Wucht«, sagte Welscher.

»Ist kein großes Ding«, murmelte sie verlegen.

»Doch, doch«, beharrte Welscher. »Wenn wir hiermit durch sind, gehen wir damit zum Chef.« Er wandte sich wieder Fischbach zu. »Das Soziogramm war auf Knopfdruck fertig. Wir mussten nur noch ein paar handschriftliche Ergänzungen machen.« Er schob Fischbach das Papier in DIN-A3-Format zu. »Bianca, erklär mal, wie dein Programm funktioniert.« Welscher sah sie auffordernd an.

»Eigentlich ganz einfach. Ich füttere den Computer mit dem, was die Kolleginnen und Kollegen herausfinden, und versehe die Infos mit Sortierkriterien. Nehmen wir Heiler als Beispiel.« Sie zeigte auf einen Kreis in der Mitte des Blattes, in dem der Name des Opfers stand. »Das Sortierkriterium Heiler habe ich überall dort hinterlegt, wo eine entsprechende Verbindung besteht oder angesprochen wurde. In einem Pop-up kann ich zusätzliche Informationen erfassen, wie etwa den Verwandtschaftsgrad. Alles über Tastaturkürzel, dauert also nicht lange.« Stolz blinzelte sie Fischbach an.

»Dann wird das Ganze grafisch umgesetzt«, ergänzte Welscher. »Und als besonderes Highlight ist zu erwähnen: Die Daten sind bereits für die Staatsanwaltschaft aufbereitet. Wir ersparen uns somit Aktenarbeit.«

Fischbach betrachtete den Ausdruck. Mit dem Zeigefinger fuhr er die Linien und Objekte ab. »Beeindruckend«, lobte er schließlich. »Wirklich beeindruckend.«

»Du siehst darauf alles, was wir bisher wissen.« Welscher beugte sich vor. »Pass auf, ich fasse mal zusammen, was unsere Ermittlungen bisher erbracht haben: Veronika Kramann wurde von allen, die wir oder die Kollegen, die sich in der Nachbarschaft umgehört haben, befragt haben, als gutherzig, gläubig, großzügig, freundlich und zuvorkommend beschrieben. Niemand kann sich vorstellen, warum eine solch liebenswerte Frau so brutal ermordet wurde. Sie hat eine Schwester, mit der wir demnächst mal reden sollten, Maria Bartels, verheiratet mit Ralf Klötsch, wohnhaft in Dahlem.« Welscher fuhr mit dem Zeigefinger über den Ausdruck, als ob er Blindenschrift lesen würde.

»Sie Bartels, er Klötsch? Wie ungewöhnlich. Sind die wirklich verheiratet?«, fragte Fischbach.

»Stell dir vor, es soll vorkommen, dass die Frau den Nachnamen ihres Mannes nicht annimmt. Das erlaubt der Gesetzgeber sogar, selbst hier in der ...«

Fischbach stöhnte auf. »Verschon mich mit dem Rumgeätze. Mach mal lieber weiter.«

»In der wunderschönen Eifel, in der die liebreizendsten und offensten Menschen des Planeten leben, wollte ich doch nur sagen«, erwiderte Welscher und gab sich beleidigt. Es war zwar nicht ganz fair, Fischbach mit den Verschrobenheiten seiner geliebten Heimat aufzuziehen. Aber Spaß machte es ihm trotzdem. Es war darüber hinaus eine Möglichkeit, sich seinen Frust ein wenig von der Seele zu reden. Nicht gerade niveauvoll, aber zumindest hilfreich. Der Dicke sprang immer mal wieder darauf an, heute jedoch schien er ein dickes Fell zu haben.

»Ja, ja«, brummte Fischbach nur und schlürfte seinen Kaffee. Mit der Hand rührte er in der Luft herum, als Zeichen, dass Welscher endlich weitermachen sollte.

»Gut. Es gibt eine Tochter, Barbara Wolf. Die hast du schon kennengelernt. Außerdem einen Schwiegersohn und einen Enkel.« Welscher brach abrupt ab. Wieder stolperten seine Gedanken an dieser Stelle. Er grübelte, versuchte, die Unstimmigkeit zu fassen.

»Was ist?«, fragte Bianca Willms. Sie blickte ihn besorgt an, ihre Hand wanderte zum Telefon.

Er schüttelte den Kopf. »Mir geht es gut. Aber irgendetwas rumort bei mir im Hinterstübchen. Ich komme nur im Moment leider nicht drauf.« Er lachte unsicher. »Das Kantholz hat wohl meine Gehirnzellen durcheinandergewirbelt.«

Prüfend sah Fischbach ihn an.

»Schau nicht so. Der Doktor sagte, ich habe keine Gehirnerschütterung.«

»Schwer zu glauben, bei dem Schlag.«

»Oh, Hotte, halt den Ball flach. Lass uns weitermachen, es wird mir zu gegebener Zeit schon wieder einfallen.«

Bianca Willms tätschelte zuversichtlich seinen Unterarm. »Da bin ich sicher.«

»Bestimmt«, bestätigte er. Er hoffte es zumindest inständig. »Weiter im Text. Veronika Kramanns Mutter lebt noch. Dort war auch noch niemand.«

»Der statten wir auf jeden Fall auch einen Besuch ab«, bestimmte Fischbach. »Die Adresse haben wir?«

»Ja.« Bianca Willms nickte. »Suche ich dir gleich raus.«

»Das war es an Familie«, fasste Welscher zusammen. »Bekannte und Freunde haben wir ebenfalls aufgeführt.« Er tippte auf einen weiteren Zweig auf dem Papier. »Was Auffälliges ist bis jetzt nicht dabei, ebenso wenig bei den Nachbarn, sieht man von Hartmann ab.«

»Hm, ich denke, ich werde zwei Leute einweisen und erneut auf die Nachbarschaft ansetzen«, sagte Fischbach. »Sie sollen weiterbohren, nach Motiven suchen und Alibis kontrollieren, das übliche Programm also. Vielleicht kommt doch noch was ans Tageslicht. Einen Versuch ist es wert.« Er hielt inne und sah zu Bianca Willms. »Oder willst du mal raus?«

Über ihr Gesicht huschte ein freudiges Lächeln, das aber rasch wieder verschwand. »Würde ich gerne. Doch leider muss ich jetzt los. Ich habe ein Bewerbungsgespräch für einen Betreuungsplatz. Das ist wichtig. Wenn ich keinen Platz finde, wird es im September schwierig.«

»Die Ausbildung, verstehe. Klar, kein Problem, kümmere dich darum.«

Sie sah auf die Uhr. »Ein paar Minuten habe ich noch.«

»Die Freundin im Allgäu«, sagte Fischbach nach einem erneuten Blick auf die Grafik. »Hat die schon jemand angerufen und gefragt, warum Veronika Kramann den Besuch abgesagt hat?«

Bianca Willms notierte sich etwas in ihrem Notebook. »Ich suche die Telefonnummer raus.«

»Mach das«, stimmte Fischbach zu. »Habt ihr etwas über die weiße Hexe herausgefunden?«

»Ah, stimmt ja«, sagte Welscher und schlug sich die Hand vor die Stirn. Ein scharfer Schmerz schoss ihm durchs Gehirn. »Mist«, zischte er und stöhnte. »Ich vergesse immer wieder …« Er brach ab und sammelte sich. »Also, die Hexe, diese Sylvia Neuroth, die ist kein unbeschriebenes Blatt«, berichtete er und trank einen Schluck Wasser. »Sie ist gerade dreißig geworden und wegen gefährlicher Körperverletzung vorbestraft. Vor drei Jahren hat sie einen Siebzigjährigen, der ihr die Vorfahrt genommen hat, aus dem Auto gezerrt und verprügelt. Der Mann lag mehrere Wochen im Krankenhaus. Zuvor war sie schon durch diverse kleinere Dinge aufgefallen, Ladendiebstahl, häufiges Falschparken, Beleidigung und so weiter.«

Fischbach pfiff leise. »Scheint eine Kandidatin für uns zu sein. Auf die bin ich richtig gespannt.«

»Habe uns schon für heute Nachmittag bei ihr angekündigt.«

»Gut. Was ist mit dem Untermieter?«

»Ist noch nicht aufgetaucht, sonst hätte ich dir davon erzählt.«

»Ein weiterer Kandidat. Behalten wir im Auge.« Fischbach streckte sich.

Bianca Willms klappte das Notebook zu und nahm ihre Handtasche von der Stuhllehne. »Ich bin dann jetzt kurz weg.« Sie stand auf und stürmte zur Tür hinaus.

Welscher sah ihr hinterher. Für eine alleinerziehende Mutter war das Leben auch nicht einfach.

»Du siehst erschöpft aus«, sagte Fischbach besorgt.

Vorsichtig strich sich Welscher über den Verband. »Geht schon.«

»Mhm«, brummte Fischbach zweifelnd. »Du gehörst eigentlich ins Bett.«

Leichte Panik stieg in Welscher auf. Freizeit bedeutete, sich den ganzen Tag ohne Ablenkung mit den eigenen Problemen beschäftigen zu müssen. »Und wer soll dir dann hier helfen?«

»Niemand ist unersetzbar.«

»Richtig. Aber wir würden Zeit verlieren. Ein Vertreter für mich müsste sich ja erst einarbeiten, die Akte studieren und so«, wandte Welscher ein und versuchte, seine Stimme so normal wie möglich klingen zu lassen.

»Eine heiße Spur haben wir ohnehin noch nicht«, sagte Fischbach und musterte Welscher skeptisch. »Ich möchte nicht, dass du dich plagst.«

»Tue ich nicht«, versicherte Welscher hastig. »Es geht schon, wirklich, vertrau mir.« Er legte so viel Überzeugungskraft in seine Stimme, wie er aufbringen konnte.

Fischbach ließ sich Zeit. »Also gut«, sagte er schließlich. »Ich erwarte aber, dass du dich sofort meldest, wenn es nicht mehr geht, verstanden?«

»Klar, mach ich.«

Feuersänger klopfte gegen den Rahmen der offenen Tür und kam herein. Seine Augen huschten wild umher. Auf Welscher wirkte es immer, als ob der Tatortspezialist mit einem Röntgenblick seine Umgebung abtastete. Nie fixierten Feuersängers Pupillen ein Objekt länger als zwei Sekunden.

»Wir haben was im Blut gefunden«, erklärte Feuersänger ohne Umschweife und stützte sich auf eine Stuhllehne.

»Gift?«, fragte Fischbach erstaunt.

Feuersänger lachte. »Der Fluch des unpräzisen Ausdrucks, entschuldige bitte. Ich meinte: Wir haben in den Blutspuren am Tatort etwas gefunden, was interessant sein könnte.« Er schlenderte zur Kaffeemaschine und schüttete sich einen Becher voll.

Welscher bemerkte, dass Feuersänger kaum noch schniefte. Es ging ihm offenbar besser.

»Wenn wir die Spuren richtig deuten«, Feuersänger sah sinnierend zum Fenster hinaus, »dann waren drei Personen am Tatort.«

»Drei?«

»Drei, ja, inklusive Opfer«, bestätigte Feuersänger und stellte seinen Becher auf die Anrichte, ohne einen Schluck davon getrunken zu haben. Er wandte sich zu ihnen um. »Wir haben Abdrücke von Schuhsohlen gefunden, von den Spitzen, um genau zu sein.« Er lachte unsicher. Seine Augen sprangen dabei wie Tischtennisbälle hin und her. »Am Tatort selbst sind mir die Unterschiede in den Spuren leider nicht aufgefallen. Die Erkältung hatte wohl meine Instinkte ein wenig betäubt. Aber der Fotograf hat super Bilder geschossen.«

»Kann passieren«, sagte Welscher mitfühlend. Seine gebrochene Nase setzte seinen Sinnen auch hin und wieder zu. Was mit einer schweren Erkältung durchaus vergleichbar war. »Dafür werden die Spuren ja gesichert. Es waren also drei Personen am Tatort. Habt ihr dazu noch mehr herausgefunden. Schuhgröße? Mann? Frau?«

Feuersänger wiegte den Kopf. »Veronika Kramann trug Pantoffeln, die konnten wir eindeutig zuordnen. Bei den anderen beiden wird es schwierig.« Gequält verzog er das Gesicht.

Welscher wusste, dass Feuersänger es hasste, im Dunkeln zu stochern.

»Jetzt zier dich nicht so«, drängte Fischbach. »Was vermutest du?«

»Hm, also gut. Eine Frau, ein Mann, würde ich behaupten.« Hastig ergänzte er. »Aber nagel mich nicht darauf fest. Es könnte ja auch ein Fetisch sein.«

»Ein Fetisch?«, brummte Fischbach und zog eine Augenbraue nach oben.

Welscher vermutete, dass Fischbachs Welt gerade aus den Angeln glitt. »Männer in Frauensachen meint der Kollege Feuersänger«, sagte er deshalb und feixte.

Fischbach räusperte sich. »Selbstverständlich, bin ja nicht auf den Kopf gefallen. Davon habe ich auch schon gehört.«

Entschuldigend hob Feuersänger die Arme. »Das war es auch schon. Mehr habe ich im Moment nicht. Ich verzieh mich wieder. Muss mich noch um die Messer kümmern.« Er nickte ihnen zu und eilte hinaus.

»Was für ein komischer Kauz«, konnte sich Welscher nicht verkneifen zu sagen.

Fischbach stand auf. »Käuze haben ausgezeichnete Augen und Ohren. Jemand Besseren kann man sich für so eine Tätigkeit doch nicht wünschen, oder? Jetzt aber mal los. Wir haben schließlich nicht den ganzen Tag Zeit.«

ACHT

Welscher ließ seinen Fiesta gemütlich dahinrollen. Mit den müden fünfzig Pferdestärken unter der Haube wäre jeder Überholvorgang ohnehin ein Selbstmordversuch. Er öffnete das Fenster ein Stück. Der Fahrtwind wirbelte in seinen Haaren. Er hatte sich für die B51 über Bad Münstereifel und Kreuzweingarten entschieden. Autobahnfahrten mied er inzwischen wie die Pest. Vor zwei Monaten war er mit einer Panne auf der A1 liegen geblieben und hatte drei Stunden hinter der Leitplanke auf den Abschleppdienst warten müssen. Währenddessen waren die Vierzigtonner so dicht an seinem Fiesta vorbeigedonnert, dass die Karosserie im Windzug jedes Mal bedrohlich hin- und hergewippt war. Einem Wunder gleich, hing der Seitenspiegel immer noch an der Tür.

Er schaltete Radio Euskirchen an. Der Lautsprecher in der Beifahrertür plärrte los, links blieb es stumm. Stereo konnte das Soundsystem länger schon nicht mehr wiedergeben.

»Schrottkarre«, hatte sein Verflossener den Fiesta immer betitelt. »Kauf dir mal was Anständiges.« Dabei fuhr er selbst nur einen Golf, für Welscher der Inbegriff an Langeweile und Tristesse. Versonnen strich er über das Lenkrad. In diesem Auto hatte er sein erstes Mal gehabt, kurz nach seinem Coming-out. Ein One-Night-Stand nur, aber nie wieder hatte er sich so frei und glücklich gefühlt wie in den zwei Stunden auf der umgeklappten Rückbank. »Erst der TÜV wird uns trennen«, murmelte er.

Aus dem Lautsprecher trällerte Mikas »We Are Golden«. Welscher summte mit. Seine Gedanken kreisten weiter und hielten bei Veronika Kramann. Wie kamen die Ermittlungen voran? Bisher war keine Tatwaffe sichergestellt worden, einen konkreten Verdacht gab es noch nicht, geschweige denn einen Täter. Auf den ersten Blick ein mageres Ergebnis. Presse und Vorgesetzte wurden schnell ungeduldig, wenn es sich um so brutale Morde handelte. Aber es waren nicht einmal zwei Tage vergangen, seit sie Veronika Kramann gefunden hatten. Sie mussten sich Stück für Stück in ihr Leben einarbeiten, das soziale Umfeld kennenlernen, Angehörige, Freunde und Nachbarn. Das alles kostete sehr viel Zeit, war aber dringend notwendig, um dem Täter auf die Spur zu kommen. Selten war der Mörder der große Unbekannte, der nie eine Beziehung zum Opfer gehabt hatte.

Er passierte das Gasthaus »Anno 1826«, bog links ab in den Neuer Weg, überquerte die wild dahinrauschende Kyll und lenkte den Wagen nach rechts in die Seeuferstraße. Langsam rollte er weiter und parkte den Wagen gegenüber dem letzten Haus in der Straße, direkt hinter Fischbachs Harley. Sein Kollege schien schon eine Weile vor Ort zu sein. Der Müsliriegel, den er in der Hand hielt, war fast aufgegessen.

»Sieht eigentlich ganz normal aus«, meinte Fischbach kauend, als Welscher ausstieg und neben ihn trat.

Spöttisch verzog Welscher die Mundwinkel und sah zum Haus. »Was hast du denn erwartet? Ein Knusperhäuschen?«

»Wäre zumindest originell.« Fischbach knüllte das Verpackungspapier zusammen und steckte es in seine Hosentasche. »Dann mal los.«

Sie überquerten die Straße. Noch bevor sie die Haustür erreicht hatten, wurde sie aufgerissen, und ein Golden Retriever stürmte auf sie zu. Welscher blieb wie angewurzelt stehen. Zwar wirkte der Hund friedfertig, aber man wusste ja nie.

»Ist ein ganz Lieber«, rief jemand mit hoher Stimme aus dem Inneren des Hauses.

»Weiß der das auch?«, fragte Welscher und beäugte den Hund argwöhnisch, der aufgeregt an Fischbachs Hosenbeinen schnüffelte.

Gutmütig klopfte Fischbach dem Hund die Seite. »Guter Kerl, brav.«

Eine Frau trat aus dem Dunkel des Flurs.

Welscher staunte. Sylvia Neuroth machte der Bezeichnung weiße Hexe alle Ehre. Jedes Klischee wurde bedient. Ein weißes Kleid, das unten fransig ausfiel, wallte um ihren hageren Körper, ein spitzer Hut saß kokett auf den blonden Haaren. Klimpernder Goldschmuck an allen Extremitäten und ein langer Stab in ihren Händen komplettierten das Bild.

»Ist eine Hündin. Kimama heißt sie.«

Welscher entspannte sich und strich dem Tier vorsichtig über den Rücken. Das Fell fühlte sich samtweich an. »Kimama?«

»Alter indianischer Name«, klärte sie ihn auf. »Es bedeutet

Schmetterling.« Sie pfiff durch die Zähne. Augenblicklich ließ die Hündin von ihnen ab und lief ins Haus zurück.

»Gut erzogen«, lobte Fischbach und zeigte seine Marke. »Kripo Euskirchen. Meine Kollegin Bianca Willms hatte angerufen und uns angemeldet.«

»Ich habe Sie bereits erwartet. Kommen Sie.« Sie winkte sie mit dem Stab herein und ging voraus. Fischbach fackelte nicht lange und stapfte hinterher.

Welscher drückte die Tür hinter sich ins Schloss und folgte den beiden. Erwartungsvoll sah er sich im Haus um, doch nirgends konnte er etwas Mystisches oder Spirituelles entdecken. Nach Sylvia Neuroths Auftritt eben hatte er mehr erwartet.

»Wir gehen in den Anbau«, kündigte sie an. »Dann stören wir meine Eltern nicht.« Sie bog am Ende des Flurs rechts ab und öffnete eine Tür.

»Sie wohnen also bei Ihren Eltern?«, brachte es Fischbach auf den Punkt.

Sylvia Neuroth blickte kurz über ihre Schulter. »Nur so lange, bis sich meine Fähigkeiten herumgesprochen haben. Hier sind wir.« Sie wies mit der Hand in ein großes Zimmer. »Nur hereinspaziert, die Herren, mein Reich, mein Tempel.«

Fischbach und Welscher betraten den Raum. Welscher bemerkte, wie Fischbach der Unterkiefer nach unten klappte. »Das ist … phänomenal«, murmelte er und schluckte.

Welscher konnte nur zustimmen. Von A wie Alraune über G wie Glaskugel, K wie Kupferkessel und P wie Pentagramm bis hin zu Z wie Zauberstab war alles vorhanden, was das Hexenalphabet hergab. An den hellen Wänden hingen Bilder mit mystischen Motiven. Er erkannte Drachen, Wölfe, Phönixe und Einhörner. Die Möbel waren blutrot. Eine Liege und eine kleine Sitzgruppe luden zum Verweilen ein. In den offenen Regalen standen dicke Folianten mit Runen auf den Buchrücken.

Kimama rollte sich unter dem Fenster auf einer zerwühlten Decke mit indianischen Motiven zusammen.

»Wahnsinn«, murmelte Welscher.

»Das werte ich mal als Kompliment«, sagte Sylvia Neuroth. »Setzen wir uns doch, und dann erklären Sie mir bitte, was Sie hergeführt hat.«

Sie setzten sich an den Tisch, auf dem die Glaskugel stand. Ein scharfer Geruch hing in der Luft. Welscher rümpfte die Nase.

Sylvia Neuroth schien es bemerkt zu haben, denn sie erklärte: »Alkohol.« Sie deutete in die hintere Ecke des Zimmers. Auf einem Schreibtisch standen Flaschen, in denen Kräuter schwammen. »Ich setze die Kräuter selbst auf. Möchten Sie einen Schluck probieren?«

»Dienst ist Dienst und Schnaps ist Schnaps«, wiegelte Welscher ab. »Und bei Hexen weiß man ja nie. Nachher zaubern Sie mir Magenschmerzen in den Leib.«

Entrüstet richtete sie sich auf. »Ich bin eine *weiße* Hexe.«

»Und das bedeutet was genau?«, schaltete sich Fischbach ein. Er beugte sich ein wenig vor und nahm die Kristallkugel hoch. »Ganz schön schwer.«

»Wir stehen im Dienst des Guten.« Sylvia Neuroth spielte mit dem Goldring an ihrem kleinen Finger. Argwöhnisch betrachtete sie Fischbachs Tun.

Sie sieht aus, als würde sie ihm die Kugel am liebsten aus der Hand reißen, dachte Welscher.

»Magie ist die willentliche Einflussnahme auf den Menschen und seine Umwelt durch Zauber«, erklärte sie. »Ich versuche zu fördern, nicht zu zerstören, um es knapp auszudrücken.«

»Aha. Und die schwarzen Hexen sind dann die bösen? Die, die das Unglück über die Menschen bringen?«, fragte Welscher.

»Kann man so sagen«, stimmte sie zu.

»Dann unterscheidet man also schwarze und weiße Magie?«

»Richtig.«

»Und Sie könnten niemandem etwas zuleide tun, da Sie als weiße Hexe die schwarze Magie nicht beherrschen.«

Sie schüttelte den Kopf. »So einfach ist es nicht. Auch ich kenne böse Zaubersprüche, doch ich wende sie nicht an. Ich nutze ausschließlich Glück und Heil bringende Zauberformeln. Heilen und schaden, Nutzen und Missbrauch liegen aber eng beieinander.«

Fischbach straffte sich. »Tatsächlich? Das erklärt einiges. In Ihrem Fall die Wandlung vom Saulus zum Paulus.«

Sie stockte und ließ von ihrem Ring ab. »Sie haben in meiner Vergangenheit herumgeschnüffelt.«

»Na ja«, wandte Welscher ein, »wir sind Polizisten, oder nicht? Das gehört zu unseren Aufgaben.«

Sie drehte den Ring jetzt wieder heftiger und schnaubte durch die Nase. »Muss man dafür nicht einen Grund haben?«

»Können Sie sich denn keinen vorstellen?«

»Wenn ich ehrlich bin: Nein.« Sie ließ den Ring los. »Ich habe den Bann gebrochen, bin aus meinem alten Umfeld ausgebrochen und habe hier bei meinen Eltern ein neues Leben begonnen. Sie können meinen Bewährungshelfer fragen.«

Angestrengt stierte Fischbach in die Kugel. »Ich kann nichts sehen.« Er klang enttäuscht.

»Sie sind ja auch kein Medium.«

»Medium, soso«, brummte Fischbach. Er stellte die Kugel zurück auf den Tisch. »Und Sie sind eins?«

»Ja.« Die Antwort kam schnell und selbstsicher.

Fischbach verschränkte die Arme vor der Brust. »Aber ab und an kommt noch die alte Sylvia Neuroth an die Oberfläche, oder? So rasch kann man alte Gewohnheiten nicht ablegen, habe ich recht? Das Medium schaut dann in die eigenen Abgründe, und die dunkle Seite der Seele gewinnt die Oberhand. Die weiße Hexe wird schmutzig grau.«

Sylvia Neuroth lief rot an vor Zorn. Welscher straffte sich, er rechnete mit einem körperlichen Angriff. Doch stattdessen schloss Sylvia Neuroth die Augen und legte die Hände auf den Tisch. Sie begann, tief und monoton zu brummen.

Fischbach runzelte die Stirn. »Was soll das jetzt?«

Sie ließ sich Zeit mit der Antwort. »Meditation. Ich zeige Ihnen gerade, wie ich mit Stress-Situationen umgehe.« Sie öffnete die Lider und zwinkerte Fischbach zu. »Es wirkt, glauben Sie mir. Ich fühle mich gut und stark.«

Kimama sah auf und gähnte.

»Ach, hören Sie doch mit dem Schauspiel auf«, fuhr Fischbach sie an. »Wir wissen von Ihrem Streit mit Veronika Kramann. Sie haben sie zu einem Zweikampf herausgefordert. Nicht gerade die weiße Art, oder?«

»Ich habe sie aber nicht getötet«, keifte Sylvia Neuroth. »Das ist es doch, worauf Sie hinauswollen, endlich rücken Sie damit raus. Passt ja alles prima. So einer wie mir, mit einem Vorstrafenregister so lang wie das Papier auf einer Klorolle, nimmt man die Resozialisierung natürlich nicht ab. So einer glaubt man nicht, hat ja schon oft genug gelogen in ihrem Leben, die Gute.« Sie atmete schwer, ihre Brust hob sich deutlich unter ihrem Kleid. Kimama stand auf und stellte sich mit aufgestellten Ohren neben sie.

»Woher wissen Sie von Frau Kramanns Ableben?«, fragte Welscher.

»So etwas spricht sich rum«, erwiderte sie. »Ich habe es heute Morgen beim Bäcker erfahren.«

»Frau Kramann hat Ihnen ziemlich zugesetzt«, sagte Welscher und fixierte die Hündin, die merklich unruhiger wurde. Unter ihrem goldenen Fell arbeiteten die Muskeln. »Der Bericht in der Zeitung neulich wird Ihrem Geschäft doch sicher erheblich geschadet haben.«

Verächtlich verzog sie die Mundwinkel. »Ganz im Gegenteil. Ich hatte noch nie so viele Kunden. Was Besseres hätte mir gar nicht passieren können. Schlechte Nachrichten sind immer noch besser als gar keine Nachrichten.«

»Trotzdem standen Sie vor Frau Kramanns Haustür und haben sie zum Duell herausgefordert.«

»War doch nicht ernst gemeint.« Sie nahm ihren Hut ab und warf ihn mit einer gekonnten Drehbewegung auf die Liege. »Nur ein kleiner Spaß.«

Erregt hieb Fischbach auf den Tisch. Die Glaskugel machte einen kleinen Hüpfer. »Erzählen Sie uns doch keine Märchen. Spaß, von wegen. Sie hätten Frau Kramann krankenhausreif geschlagen. Geben Sie es doch zu. Wäre ja nicht das erste Mal gewesen.«

Kimama stellte den Schwanz auf und knurrte.

»Was Sie da ansprechen, liegt hinter mir«, sagte sie provozierend gelassen.

Das ist Routine für sie, dachte Welscher, er spürte es deutlich. Sie war ausgebufft, kannte die Tricks und wusste zu genau, wie sie sich am besten herauswinden konnte.

»Wo waren Sie am Samstag?«, fragte Fischbach mit scharfer Stimme.

»Wann genau?«, wich sie aus.

»Nachmittags, zum Abend hin.«

Sie seufzte und sah zur Decke. »Lassen Sie mich überlegen, hm. Kaffee und Kuchen mit den Eltern, danach bin ich mit Kimama eine Runde gegangen. Abends habe ich einen Tatort gesehen. Fragen Sie meine Eltern.«

»Die laufen sonntags«, wandte Fischbach ein.

»War eine Wiederholung.«

»Welcher Sender?«

»Darauf habe ich nicht geachtet.« Sie beugte sich vor. »Aber es wird ja wohl kein Problem für Sie sein, das herauszufinden.«

Bianca würde nicht mal dreißig Sekunden dafür benötigen, dachte Welscher.

»Der Inhalt?«, fragte Fischbach.

Welscher wusste, dass selbst eine zufriedenstellende Antwort nicht viel bedeutete. Wenn sie sich über einen ausgestrahlten Tatort ein Alibi erschleichen wollte, würde sie sich sehr gut informiert haben und vermutlich sogar die Texte zitieren können. Aber das hinderte sie ja nicht daran, sie ein wenig unter Druck zu setzen.

»Ein Mord, später noch ein zweiter.« Sie feixte.

Fischbach lief rot an. Seine Augen formten sich zu Schlitzen. »Frau Neuroth, meine Geduld ist bald zu Ende.«

Gelassen strich sie sich eine Strähne hinters Ohr und tätschelte Kimama den Kopf. »Es waren die beiden aus Münster, der Kommissar ist St.-Pauli-Fan, der Pathologe der Schauspieler, der auch diesen Fernsehkoch gespielt hat. Ich vergesse den Namen immer.«

»Jan Josef Liefers«, half Welscher aus.

»Genau der.«

»Er spielt einen Rechtsmediziner, keinen Pathologen.«

»Ist doch dasselbe.«

Welscher schmunzelte und verkniff sich einen belehrenden Kommentar.

Fischbach atmete tief ein und ließ die Luft langsam aus seiner Lunge entweichen. »Okay, belassen wir es vorerst dabei. Ich fasse zusammen: Sie wollten Frau Kramann mit der Herausforderung zum Duell einen Schrecken einjagen. Sie hegten keinen Groll gegen sie, waren ihr sogar dankbar für die schlechte Presse, die Ihnen Kundenzulauf gebracht hat. Sie hatten somit überhaupt kein Motiv, Frau Kramann zu töten.« Fischbachs Stimme troff vor Sarkasmus. »Ist das so weit richtig?«

Sie lehnte sich vor und stützte ihr Kinn in die Hand. »Goldrichtig.«

Fischbach beugte sich ebenfalls vor, bis sich ihre Nasen fast berührten. »Wir bleiben Ihnen auf den Fersen.«

Sie warf Welscher einen vielsagenden Blick zu und schmunzelte. »Vielleicht habe ich gar nichts dagegen.«

Ist die abgebrüht, dachte Welscher, schäkert herum, während kaum Zentimeter von ihr entfernt ein Bulle versucht, sie in die Ecke zu treiben.

»Dann ist das ja geklärt«, sagte Fischbach bissig. »Sie halten sich zu unserer Verfügung.«

Draußen empfing sie Nieselregen.

»Die hat es faustdick hinter den Ohren«, meinte Fischbach. Prüfend sah er zum Himmel. »Mist. Hab meine Regenkombi vergessen.«

»Ausgebufft, ja«, stimmte Welscher zu und sah ebenfalls nach oben. Die Nässe kühlte sein geschwollenes Gesicht.

»Mein Gefühl sagt mir, dass sie zu einem Mord in der Lage wäre.«

Welscher schloss die Augen und genoss das erfrischende Gefühl auf seiner Haut. »Und sie hätte ein Motiv. Doch mit Worten kommen wir nicht weiter. Wir müssen Beweise finden.«

»Hört, hört!« Fischbach lachte. »Zehn Euro für das Phrasenschwein.« Offensichtlich hatte sich seine Laune gebessert.

»Vielleicht hänge ich irgendwann den aktiven Dienst an den Nagel und werde Schauspieler«, sagte Welscher. »Die Fernsehkommissare schwätzen auch immer so gestelzt daher.«

»Nicht alle«, wandte Fischbach ein. »Es gibt Ausnahmen.« Er strich über den Ärmel seiner Lederjacke. »Pitschnass werde ich werden.«

»Nass, hm.« Welscher kam ein Gedanke. »Warte mal, da kann ich dir vielleicht helfen.« Er öffnete den Kofferraum seines Fiestas. Die Scharniere quietschten wie ein in Panik geratenes Meerschweinchen. Er kramte im herumliegenden Werkzeug und den leeren Ölflaschen und unter dem platten Ersatzrad, das er bei der letzten Reifenpanne achtlos hinten reingeschmissen hatte. »Ah, hier ist er ja.« Triumphierend zog er an dem schmutzig gelben Stoff und hielt ihn in die Höhe.

Skeptisch beäugte Fischbach das zerknitterte Etwas. »Ein Friesennerz?«

»Genau.«

»Der ist … ölig.«

»Du meinst Ölzeug.«

»Äh, nein, dreckig … also ölig verschmiert.«

Welscher schürzte die Lippen und betrachtete die Jacke von allen Seiten. Tatsächlich blitzte das ursprüngliche Gelb des Stoffes nur noch wenig durch. »Hm, da hast du recht«, gab er zu. »Bestimmt war eine Flasche Motorenöl undicht. Aber ist doch besser als nichts, oder?« Er hielt Fischbach die Jacke hin.

Mit spitzen Fingern griff dieser zu und betrachtete die Innenseite. »Okay, scheint noch zu gehen«, stellte er fest. »Und ja, besser als nichts.« Bedächtig zog er die Jacke über und achtete darauf, sich nicht schmutzig zu machen.

»Was machen wir als Nächstes?«, fragte Welscher.

Fischbach schloss den obersten Knopf. »Was hältst du von Essen?«

Augenblicklich schoss Welscher der Speichel in den Mund. »Hat Sigrid was auf dem Herd für uns? Dagegen hätte ich nichts einzuwenden.« Die Vorfreude regte seinen Appetit an.

»Nein. Die ist heute mit den Landfrauen unterwegs.« Fischbach setzte seinen Helm auf.

Enttäuscht fragte Welscher: »Wohin dann?«

»Was hältst du von der ›Schlemmerpfanne‹? An der Mülldeponie, hinter Roggendorf.«

Welscher wusste, wo das war. »Kenn ich. Also, wenn du meinst, von mir aus. Aber willst du dich wirklich mit klatschnasser Hose dahinsetzen?«

»An den Beinen ist es nicht so schlimm. Da vertrag ich eine Menge. Wir treffen uns dort.« Er startete den Motor und fuhr los.

***

Fischbach grinste breit und vergaß für einen Moment sogar seine nasse Hose. Welschers fassungsloser Gesichtsausdruck war aber auch zu schön.

»Was … ist das?«, fragte er fassungslos und wies auf die Ansammlung von wild zusammengezimmerten Hölzern. »Township? Habe ich etwas verpasst? Sind wir in Südafrika gelandet?«

»Wenn du länger hinschaust, wirst du schon eine Struktur erkennen«, antwortete Fischbach und öffnete die Eingangstür zur verglasten Terrasse, die dem ehemaligen Wochenmarktanhänger vorgebaut war. Drei Motorradfahrer saßen rechts am größten Tisch, unterhielten sich auf Holländisch und wärmten sich mit Kaffee und Schnaps.

»Hallo«, grüßte Fischbach und nickte ihnen zu. »Blödes Wetter für einen Ausflug.«

»Ja hoor, heb je een plasje gemaakt?«, fragte der, der am Fenster saß. »Deine Hose is een beetje nat …« Sie lachten.

Fischbach fiel mit ein und setzte sich links an den kleinen Tisch. »Ist gleich wieder trocken.« Er zupfte an dem Stoff seiner pitschnassen Jeans.

»Du wirst dir noch was abfrieren«, sagte Welscher und schob sich auf den anderen Stuhl. Skeptisch musterte er die Einrichtung. Kunstblumen, einfache Möbel, einige Deko-Gegenstände, eine Fototapete mit toskanischem Motiv. Nichts davon passte wirklich zum anderen, alles zusammen vermittelte aber doch eine heimelige Atmosphäre. »Und hier kann man wirklich gut essen?«, flüsterte er.

»Lass dich überraschen.«

Eine schlanke Frau tauchte aus den Tiefen der angebauten Räumlichkeiten auf und nahm ihre Bestellung auf. Sie hatte einen kaum hörbaren osteuropäischen Akzent. Fischbach bestellte ein Jäger-Gigant-Schnitzel.

Welscher sah von der Karte auf und fragte: »Kann ich ein Hamburger Krüstchen haben? Mein Hunger hält sich in Grenzen.«

»Gerne«, bestätigte sie und notierte sich seinen Wunsch.

Zufrieden schenkte Welscher ihr ein Lächeln und klappte die Karte zu. »Dazu bitte eine Fanta ohne Eis.«

Unbeeindruckt schrieb die Frau weiter. »Fanta ohne Eis, gerne.«

»Ich nehme ein Alkoholfreies«, ergänzte Fischbach.

Sie nickte und entschwand in Richtung Küche.

»Wahnsinn«, murmelte Welscher. »Keine dumme Bemerkung zu meiner Fanta. Das Domizil hier ist mir sympathisch.«

»Du übertreibst. Fanta ist doch nichts Ungewöhnliches.«

»Das meinst du.«

»Ist jetzt auch egal. Erzähl mir lieber mal, was du so denkst.«

»Du kennst die Fakten. Wir sind noch weit davon entfernt, den Täter dingfest zu machen.«

»Ja, ja«, wiegelte Fischbach ab. »Geschenkt. Einfach mal die Gedanken fliegen lassen.«

Welscher lehnte sich zurück und zupfte an der Tischdecke. »Ein Brainstorming.«

Irritiert runzelte Fischbach die Stirn. Er verfluchte sich mal wieder für seine Fremdsprachenschwäche. Er hatte einfach keinen Draht dazu, seien es englische, französische oder noch ganz anderssprachige Wörter. In seinen Anfangsjahren in den Siebzigern hatte das noch kein Problem dargestellt. Amtssprache war damals Deutsch gewesen, und damit basta. Doch im Zuge der Globalisierung fanden immer mehr fremdsprachige Terminologien Anwendung, im Behördenapparat wie im alltäglichen Sprachgebrauch. Die jungen Leute tickten heute sowieso alle ganz anders als er. Geprägt vom Internet und einem Überfluss an Medienpräsenz jonglierten sie Fremdwörter so selbstverständlich wie ein Artist seine Keulen. Er hatte »Brainstorming« schon mal auf irgendeinem Seminar gehört, doch auf die Schnelle fiel ihm nicht ein, in welchem Zusammenhang. »Oder so«, wich er daher aus, um sich keine Blöße zu geben.

Die Bedienung brachte die Getränke.

Vorsichtig füllte Fischbach sein Glas. »Schäumt wie eine überdrehte Waschstraße, wenn man es zu schnell einkippt. Muss man ganz höösch mit umgehen«, erklärte er. Nachdem er den ersten Schluck getrunken hatte, fragte er: »Was sagt dein Bauch?«

Welscher nippte an seinem Glas. »Die Sylvia Neuroth ist gefährlich, der traue ich grundsätzlich alles zu. Aber sie versucht sich anscheinend an einem neuen Leben. Das muss man ihr wohl zugutehalten. Und vielleicht hat sie sich besser im Griff, als wir glauben.«

»Mach weiter.«

»Hartmann, unser Bonbonmacher und Heiler in Personalunion, wirkte auf mich eigentlich sehr ausgeglichen. Er ruht in sich, ist zufrieden.«

»Er könnte uns was vorgespielt haben.«

»Soll schon mal vorkommen, dass Täter versuchen, unschuldig zu wirken.« Welscher grinste amüsiert.

»Ja, ja, du hast ja recht. Aber trotzdem. Nehmen wir mal an, Veronika Kramann war die erfolgreichere Heilerin. Hartmann könnte neidisch darauf gewesen sein, dass sie im Mittelpunkt gestanden hat. Bei ihr tummelten sich die Hilfesuchenden, sie wurde geschätzt und hofiert. Vielleicht hat das an seinem Ego gekratzt.«

»Möglich. Aber du hast nach meinem Bauchgefühl gefragt, und das sagt mir etwas anderes.«

Mit zwei Tellern in der Hand kam die Bedienung auf sie zu. »Vorspeise«, trällerte sie und stellte die Suppe auf den Tisch. »Hühnerbrühe. Guten Appetit.« Sie wandte sich an die holländischen Motorradfahrer. »Möchten Sie noch was?«

»Ik neem ein Alkoholfreies, ach nee, doch lieber eine Fanta, aber ohne Eis«, bestellte einer der drei in akzentuiertem Deutsch, stützte affektiert den Ellbogen auf und legte den Kopf schief.

Die anderen beiden lachten gackernd.

Welscher verdrehte die Augen. »Siehste, sag ich doch. Mein Lieblingsgetränk führt stets zu Erheiterung, Erstaunen oder unliebsamen Missverständnissen.«

Seelenruhig löffelte Fischbach seine Suppe. »Na und? Dann muss man sich seine Wertschätzung eben anders einfordern.« Er legte seinen Löffel neben dem Teller ab und drehte sich zu den Motorradfahrern um. Aus den Tiefen seiner Lederjacke kramte er seinen Dienstausweis hervor und hielt ihn hoch. »Wenn ich mit Essen fertig bin, und ihr seid noch in der Nähe, möchte ich mir gerne mal eure Maschinen ansehen. Ach ja, und auf dem Heimweg wird dann sicher irgendwo eine Streife stehen und mal nachsehen, ob ihr nicht zu viel gesoffen habt.«

Das Lachen am Nebentisch stotterte und erstarb ganz.

Fischbach nahm seinen Löffel wieder auf und schlürfte weiter die Suppe.

»Ich weiß nicht«, flüsterte Welscher. »Das ist doch Amtsmissbrauch.«

»Wer et Krüzz hätt, der sähnt sich drmött«, murmelte Fischbach und zwinkerte ihm zu. »Pass auf, die sind sowieso gleich weg. Und nun lass uns weitermachen.«

Während er aß, spähte Welscher zu den drei Männern hinüber. »Sie brechen auf«, flüsterte er. Kleine Lachfältchen bildeten sich in seinen Augenwinkeln. »Hätte nicht gedacht, dass die tatsächlich den Schwanz einklemmen.«

Fischbach wusste, dass Welscher es mit den Dienstvorschriften sehr genau nahm. Umso mehr freute er sich, dass der junge Kollege offensichtlich doch ab und an fünfe gerade sein lassen konnte und vielleicht sogar ein wenig Spaß dabei empfand, andere aufs Korn zu nehmen. Es ließ ihn etwas menschlicher und weniger verbissen wirken. »Für mich ist der Untermieter ein heißer Kandidat. Und der Unbekannte, der dich zusammengeschlagen hat.«

Welscher hob den Teller etwas an und löffelte den Rest aus dem Rand. »An die müssen wir aber erst herankommen.«

»Spielverderber. Sag mal was zu den unterschiedlichen Abdrücken, die Feuersänger gefunden hat.«

»Drei Personen am Tatort, zwei Täter, ein Opfer.« Welscher schob den Teller von sich weg. »War gut, einfach, aber schmackhaft.«

Die drei Motorradfahrer am Nebentisch bekamen die Rechnung und zahlten.

»Aber wie soll das abgelaufen sein? Darüber zerbreche ich mir noch den Kopf«, sagte Fischbach. »Zwei Personen, die beide mit Messern hinter der Kramann hergelaufen sind? Eine, die die andere angefeuert hat? Gab es da nicht mal einen Film, wo so ein Spinner mit einer seltsamen Maske Leute abgestochen hat? Daran muss ich die ganze Zeit denken.«

»Du meinst ›Scream‹. Dass du dir so etwas anschaust.«

»Lief im Spätprogramm. Ich war auf dem Sofa eingenickt, und als ich aufwachte …«

»… hast du die Fernbedienung gesucht und nicht gefunden. So hast du nicht umschalten können und musstest leider den Film schauen, obwohl auf Arte ein Andy-Borg-Konzert lief.«

»Arsch«, kommentierte Fischbach barsch, ohne wirklich verärgert zu sein. So ganz unrecht hatte er ja nicht.

»Eine Parallele gibt es tatsächlich«, sagte Welscher nachdenklich.

»Die da wäre?«

»Jemand, der sein Opfer durch das Haus jagt und wild drauflossticht …«

»Glaubst du, wir haben es hier mit Nachahmern zu tun?«, wollte Fischbach wissen. »Hollywood in der Eifel?«

Welscher wiegte den Kopf. »Der Gedanke hat schon was. Aber wahrscheinlicher ist doch, dass zwei Ganoven auf Beutezug waren und dabei überrascht wurden. Der Klassiker eben.«

»Aber die Brutalität passt nicht dazu, das Übertöten.«

Die Motorradfahrer eilten, ohne ein Wort zu sagen, hinaus. Gleich darauf kam die Bedienung und servierte das Essen.

Beeindruckt riss Welscher die Augen auf. »Dieses Krüstchen könnte auch als Hochhaus durchgehen. Und dein Schnitzel ist dermaßen gigantisch … Gibt es überhaupt so riesige Schweine?«

Zufrieden nahm Fischbach das Besteck zur Hand. Er mochte es, ein wenig mehr auf dem Teller zu haben. Lieber satt und zufrieden etwas übrig lassen, als hungrig aufstehen zu müssen. »Die ›Schlemmerpfanne‹ ist beliebt bei Handwerkern und Bikern. Die bringen immer mächtig Appetit mit, also müssen die Portionen schon ein bisschen was hermachen«, sagte er und schob sich Fritten auf seinen Teller.

»Wolltest du nicht abnehmen?«, frotzelte Welscher. »Mit deinem Fleischberg könnte man eine Metzgerei aufmachen.«

Sofort meldete sich Fischbachs schlechtes Gewissen. Manchmal konnte Welscher eine echte Nervensäge und ein Miesepeter sein. Rasch schob er sich die erste Fritte in den Mund und deutete mit der Gabel auf den Teller. »Sind ja auch Pilze drin. Sehr gesund.«

Das trug ihm einen skeptischen Blick von Welscher ein. »Okay, na klar, das balanciert deinen Kalorienhaushalt natürlich aus.«

»Wir waren bei der Brutalität«, sagte Fischbach, um vom Essensthema abzulenken. Er wollte sein Schnitzel genießen und dabei nicht über seinen Rettungsring am Bauch nachdenken.

»Du hast schon recht«, sagte Welscher. Er schaute zu, wie Fischbach sein Schnitzel mit dem Messer in kleine Stücke schnitt. »Wenn die Kramann überraschend nach Hause gekommen wäre, hätte ein Einbrecher sicherlich keine Zeit darauf verwendet, ein Gemetzel zu veranstalten. Außer Gefecht setzen und raus hätte gereicht.«

»Es sei denn, sie kannte den Täter.«

»Darauf will ich hinaus. Nur dann ergibt es Sinn. Um nicht aufzufliegen, musste er sie niederstechen. Aber das Gemetzel ist damit nicht erklärt. Da steckt mehr dahinter.«

»Hm, wir drehen uns im Kreis. Gut. Konzentrieren wir uns also weiter auf das soziale Umfeld.«

»Was genau stellst du dir vor?«, wollte Welscher wissen. Er griff sich sein Krüstchen, riss den Mund weit auf und zuckte zusammen. »Keine Chance, selbst wenn meine Nase nicht schmerzen würde«, murmelte er, legte es zurück auf den Teller und säbelte mit dem Messer eine Ecke ab.

»Wir teilen uns auf. Ich fahre zur Mutter der Kramann, du übernimmst die Schwester. Wir nehmen ihre Aussagen auf und treffen uns heute Abend im Büro.« Leise rülpste er in die hohle Hand und sah auf seine Armbanduhr. »Vielleicht mache ich auch noch einen Abstecher zum Pfarrer von Kronenburg.«

»Was willst du denn bei dem?«

»In so kleinen Gemeinden wie Kronenburg sind die Pfarrer die Personen, die am besten unterrichtet sind. Eine zentrale Anlaufstelle für Tratsch und Klatsch. Ich hoffe, dadurch mehr über die Kramann und ihre Stellung im Dorf zu erfahren.«

»Macht Sinn. Frag ihn auch mal nach dem Heilerkram. Vielleicht ergeben sich noch Verbindungen, die wir bisher gar nicht auf dem Schirm hatten.«

»Heilerkram«, brummte Fischbach. »Bei dir hört sich das so spöttisch an.«

»Ist doch alles Bockmist, Verarschung, oder siehst du das anders?«

Fischbach legte sein Besteck zur Seite und hielt Welscher den Handrücken seiner linken Hand unter die bemullte Nase. »Schau mal hier.«

Konzentriert sah Welscher hin. »Ja, und? Eine Hand.«

»Als ich sieben war, ist meiner Oma der Griff des Teekessels abgerissen. Kochend heißes Wasser ist mir über die Hand gelaufen. Ich kann mich noch genau an den Schmerz erinnern. Es war schrecklich, sag ich dir. Sofort bildete sich eine riesige Brandblase. Doch anstatt zum Arzt sind wir zur Kettels Dörte gerannt. Sie hat den Brand gesegnet. Wenn man Warzen hatte, ging man auch zu ihr. Eine liebe kleine Frau, die für uns Kinder immer Bonbons übrig hatte. Meine Hand brannte fürchterlich, so schlimm, dass ich sie gar nicht vorstrecken wollte. Meine Oma musste den Arm gewaltsam festhalten. Dann hat die Kettels ganz vorsichtig über die Brandwunde gehaucht und dabei einige Worte gemurmelt, die ich nicht verstanden habe. Anschließend hatte sie mir einen leichten Verband drumgewickelt und mich nach Hause geschickt.«

»Du wärst besser in die Klinik gefahren.«

»Meinst du?« Fischbach betrachtete seine Hand. »Die Schmerzen waren eine Stunde später fort, die Blase am nächsten Tag. Und wie du selbst siehst, ist noch nicht mal eine Narbe zurückgeblieben. Keine Klinik hätte das besser hinbekommen.«

»Du glaubst den Mist also?« Missbilligend schüttelte Welscher den Kopf.

»Ich will damit nur sagen, dass da was dran ist«, erklärte Fischbach. »Ich weiß nicht was, aber offensichtlich funktioniert es.«

»Ich bin anderer Ansicht. Die Verbrennung war bestimmt gar nicht so schlimm, wie du es in Erinnerung hast. Vermutlich hätte kaltes Wasser auch geholfen. Aber gut, lassen wir es so stehen.« Welscher schob seinen nur halb geleerten Teller von sich. »Puh, ich bin satt.«

Wissend lächelte Fischbach.

»Was ist?«

»Nachspeise kommt auch noch. Und ein Digestif.«

Welscher stöhnte auf. »Ist ja der reinste Tempel der Völlerei hier. Ein Schlaraffenland in der Eifel.«

»Übertreib mal nicht«, bremste Fischbach ihn. Er kaute sein letztes Stück Schnitzel und musterte Welschers Teller. »Du bist wirklich fertig?«

Welscher riss die Augen auf. »Sag nicht, du willst jetzt auch noch …«

»Wenn du doch satt bist«, fiel ihm Fischbach ins Wort und griff nach Welschers Krüstchen.

Ab und zu kam er einfach nicht gegen seine Fressattacken an.

NEUN

»Die ist ja ganz nass.« Hilde Bartels deutete mit ihrem Gehstock auf Fischbachs Hose.

Nach dem Essen in der »Schlemmerpfanne« hatte die Sonne gelacht, darum hatte er sich dagegen entschieden, erst nach Hause zu fahren, um sich umzuziehen und seine Regenkombi zu holen. Selbst den Friesennerz hatte er Welscher wieder in die Hand gedrückt. Kurz vor Blankenheim hatte ihm aber leider ein Wolkenbruch die Kleidung vollends durchnässt. So schnell die Wolken ihre Ladung verloren hatten, so rasch waren sie weitergezogen. Jetzt hockte er hier wie ein begossener Pudel und tropfte die Pflastersteine nass. »Aprilwetter«, erklärte er und ärgerte sich ein wenig über seine Sorglosigkeit von vorhin.

Sie saßen vor dem Haus in der Sonne, oberhalb des historischen Stadtkerns, und blickten über die Dächer. Der Hirtenturm streckte sich vor ihnen in den blauen Himmel, halb rechts, zu ihren Füßen, entsprang die Ahr, und hinter ihnen ragte die Burgmauer empor, die heutzutage der Jugendherberge den nicht mehr benötigten Schutz bot.

»Mein Wellem, Gott hab ihn selig, hatte in etwa Ihre Figur«, sagte sie. »Als junger Mann war er rank und schlank. Aber mit den Jahren …« Sie kicherte, und Lachfältchen gruben sich in ihre Augenwinkel. »Mein Wellem konnte aber auch reinhauen, sag ich Ihnen. Wenn ich kochte, dann aß er drei Portionen, so gut hat es ihm geschmeckt. Sein Bauch hätte es mit Ihrem aufnehmen können.« Ihr Gebiss klapperte ein wenig beim Sprechen.

Verlegen zupfte sich Fischbach am Ohr. Schon während der Fahrt hatte ihm sein schlechtes Gewissen zugesetzt. Wie hatte er sich nur so gehen lassen und sogar noch Welschers Krüstchen aufessen können? *Und* die Nachspeise. Seine Hose drückte, ein unangenehmes Völlegefühl ließ ihn unruhig auf dem Stuhl herumrutschen.

»Frau Bartels, ich komme wegen Ihrer Tochter«, sagte er, um das Gespräch auf den Grund seines Besuches zu lenken.

Sie seufzte und stützte das Kinn auf ihren Gehstock. Der heitere

Gesichtsausdruck verschwand. »Dass ich das noch erleben muss. Schrecklich.«

Fischbach gab ihr einige stumme Sekunden, damit sie sich sammeln konnte. »Können Sie mir etwas über Ihre Tochter erzählen?«

»Stieftochter.«

Fischbach stutzte. Das hatte Bianca Willms ihm nicht mitgeteilt. »Veronika Kramann ist also nicht Ihre leibliche Tochter?«

Sie schüttelte den Kopf. »Nein. Als ihre Mutter starb, war sie dreizehn. Wellem heiratete mich zwei Jahre später. Er war zwar fünfzehn Jahre älter als ich, aber wo die Liebe hinfällt, nicht wahr? Wir haben uns auf einem Weinfest in Bad Neuenahr kennengelernt.« Versonnen sah sie in die Ferne.

»War sicherlich nicht einfach mit einer pubertierenden Jugendlichen«, meinte Fischbach.

Hilde Bartels lachte leise. Es klang, als würde sie husten. »Mit zweien, mit zweien. Veronikas Schwester war ja gerade mal achtzehn Monate jünger. Wobei ...« Sie schürzte die Lippen und überlegte einen Augenblick. »Maria war nicht ganz so anstrengend. Sie hielt sich eher im Hintergrund.«

»Und Frau Kramann?«

»Die war forsch, immer vorne mit dabei, vorwitzig und sehr aufmüpfig.« Hilde Bartels löste eine Hand vom Krückstock und machte eine abwiegelnde Geste. »Wenn die ihren Willen nicht bekam, war Jahrmarkt im Haus. Mein Wellem war einfach zu weichherzig, vermutlich, weil sie ihre Mutter so früh verloren hatte. Oft habe ich mir gewünscht, er würde mal ordentlich auf den Tisch hauen.« Bekräftigend klopfte sie mit ihrem Gehstock auf den Boden.

Fischbach bezweifelte den Nutzen einer strengeren Hand. Vermutlich hätte der Vater nur noch mehr Trotz und Unwillen geerntet. Für Bruchteile einer Sekunde schweiften seine Gedanken ab. Wäre er wirklich ein toleranter und verständnisvoller Vater geblieben, wenn *seine* Tochter ihm auf der Nase herumgetanzt hätte? Rasch verbannte er die Erinnerung an sie wieder in den Seelenkäfig, den er dafür in seinem Innersten bereithielt. Solche Gedanken verursachten nur Schmerzen. »Es war bestimmt nicht einfach, die leibliche Mutter zu ersetzen.«

»So etwas schafft man nie vollständig.«

»Das kann ich mir vorstellen. Sicher haben Sie sich zumindest die Hochachtung der beiden verdient.«

Sie sah Fischbach irritiert an. »Ja«, sagte sie zögerlich.

»Ihr Verhältnis war also gut«, bohrte Fischbach nach.

»Ganz normal, würde ich sagen. Entspannt.« Sie seufzte. »Allerdings, das muss ich zugeben, bin ich keine Vertrauensperson mehr für sie. Sie sind ihrer eigenen Wege gegangen. In ihrem Erwachsenenleben spielte ich nur eine untergeordnete Rolle.«

Fischbachs Hoffnung, mehr über das soziale Umfeld von Veronika Kramann zu erfahren, zerstob. Hilde Bartels konnte offensichtlich nichts über Feinde oder falsche Freunde berichten. »Wie verstanden sich denn die beiden Schwestern?«

Sie zögerte. »Ich denke, ganz gut«, sagte sie schließlich.

»Hört sich nicht überzeugt an.«

»Ach, Sie wissen doch, wie das ist. Es gab die üblichen Streitigkeiten. Das ist unter Schwestern doch normal.«

»Streitigkeiten?«

Sie wiegte langsam den Kopf. »Nichts von Bedeutung. Maria hat sich zum Beispiel immer schon sehr aktiv für den Umweltschutz eingesetzt. Veronika war da oberflächlicher und provozierte gerne, indem sie das Licht überall anließ. Oder der Musikgeschmack: Maria hörte ruhigere Stücke, ihre Schwester liebte das, was ich gerne als Hottentottenmusik bezeichne, mit Geschrei und viel Gewummere.«

»Verstehe«, sagte Fischbach. »Darüber streiten sich nicht nur Jugendliche, sondern ganze Generationen. Wie war es denn mit Jungs? Gab es da auch Zwistigkeiten?« Er spürte einen Stich im Bauch. Sein Darm fühlte sich an wie eine Schlange im Todeskampf.

Sie schmunzelte und wirkte für einen Moment wie ein junges Mädchen. »Die Jungs, ja, ja, die liebe Liebe. Mein Wellem war ein stattlicher Kerl, kann ich Ihnen sagen. Wenn der im Kirmeszelt zuschlug …« Ihre Augen leuchteten auf, und sie hob scherzhaft die geballte Faust. »Aber zu Hause, da war er lammfromm. Der hat nie die Hand erhoben, nicht bei mir und nicht bei den Kindern.«

Fischbach atmete innerlich durch. Für einen Moment hatte er befürchtet, dass sich in dieser Familie hinter verschlossenen Türen über Jahre hinweg eine Tragödie abgespielt hatte.

»Zwei junge Frauen im selben Alter. Da gab es doch bestimmt Eifersüchteleien.«

»Davon habe ich nichts mitbekommen. Muss aber nichts heißen. So etwas trägt man ja nicht unbedingt vor den Eltern aus, schon gar nicht vor einer Stiefmutter. Aber Maria war Trauzeugin bei Vrönns Hochzeit. Und sie hat vor Glück geweint, das hat in der Kirche jeder gesehen. Herzzerreißend, sogar ohnmächtig ist sie geworden, so sehr hat sie sich gefreut.«

Fischbachs Darm gluckste laut.

Hilde Bartels schmunzelte und musterte seinen Bauch. »Sie können gerne meine Toilette benutzen. Sie platzen mir sonst noch, Sie Armer.«

Kurz überlegte Fischbach, das Angebot anzunehmen, entschied sich aber dagegen. Mitunter wurde es bei ihm laut, und das wollte er der alten Frau nicht wirklich zumuten. »Danke, geht schon noch. Und später?«

»Später?« Sie nickte. »Sie können sie gerne auch später benutzen. Aber wichtige Dinge sollte man nicht aufschieben.«

Fischbach lachte. »Nein, nein, ich meinte Frau Kramanns Beziehung zu ihrer Schwester heute. Wie verstand sie sich zuletzt mit ihr, mit Freunden, Bekannten, Arbeitskollegen, wie war ihre Rolle in der Familie? Gab es Streit? Missgunst? Neid?«

Hilde Bartels' Hände lagen mit ineinander verschränkten Fingern auf dem Griff des Gehstocks. Ihre Daumen begannen langsam umeinander zu kreisen. Mit verschlossener Miene blickte sie über die Blankenheimer Häuserdächer hinweg. »Das gefällt mir jetzt aber gar nicht mehr«, sagte sie grummelnd. »Auf was wollen Sie hinaus?«

»Ich möchte mir nur ein Bild machen, mehr nicht.«

»Pfff«, stieß sie aus. »Sie haben doch einen Verdacht. Das kennt man doch aus dem Fernsehen. Mit meinem Wellem habe ich immer Derrick …«

»Frau Bartels, ich versichere Ihnen, Derrick hat nichts mit wirklicher Polizeiarbeit zu tun.«

Sie rümpfte die Nase. »Horst Tappert war so ein Netter.«

Fischbach befürchtete, dass er gerade eine heilige Kuh geschlachtet hatte. Er sah sich schweigend um. Eine Meise saß in dem Kirschbaum im Nachbargarten und trällerte laut. Eine Katze, die mit gespannten Muskeln unten auf der Wiese hockte, starrte gebannt ins

Geäst. Fischbach sah eine Weile zu. Doch die Katze schien eher dem Klang des Vogels zu lauschen, als auf einen günstigen Moment zum Angriff zu lauern. Sie machte keine Anstalten, sich eine Zwischenmahlzeit zu besorgen, sondern kauerte fast wie ein Stillleben am Fuß des Stammes.

»Frau Bartels?«, fragte Fischbach schließlich. »Gibt es da etwas, was Sie mir erzählen können?«

»Nein, nichts«, antwortete sie bestimmt. Ihre Daumen kreisten schneller.

»Gab es Neider?«

»Nicht, dass ich wüsste.«

»Streit?«

»Nein.«

»Ärger?«

»Nie.«

Fischbach seufzte. Hilde Bartels verheimlichte ihm irgendetwas, ganz klar. Aber im Moment würde er hier nur auf Granit stoßen. Daher lenkte er das Gespräch in eine, wie er hoffte, unverfängliche Richtung.

»Frau Kramanns Untermieter …«

»Der ist harmlos«, unterbrach sie ihn barsch.

Fischbach kratzte sich am Ohr. »Da haben wir aber was anderes gehört.«

Hilde Bartels warf ihm einen kurzen Seitenblick zu. »Sicher von der Nachbarin, dieser de Witt.«

Fischbach nickte.

»Die ist mal bei ihm abgeblitzt. Seitdem hat er bei ihr verschissen.« Sie schlug sich eine Hand vor den Mund. »Oh, er ist nicht mehr beliebt, wollte ich sagen.«

»Wir suchen nach ihm. Es hat nämlich den Anschein, dass er geflüchtet ist.«

»Wer ist geflüchtet?«

Seltsame Frage, dachte Fischbach. Von wem sprachen sie denn hier gerade? Die alte Dame war wohl ein wenig senil. Oder versuchte sie nur, den Anschein zu erwecken, um unangenehmen Fragen ausweichen zu können?

»Frank Rethmeier, der Untermieter Ihrer Stieftochter. Von dem reden wir doch.«

Verständnislos schüttelte sie den Kopf. »Pah, vertane Liebesmühe. Der Rethmeier reist viel durch die Welt, unbefangen, unabhängig, ein freundlicher junger Mann, der keiner Fliege etwas zuleide tut.«

Und wenn das Geld für die Reisewünsche ausgeht, bescheißt er alte Omas, um sich neue Mittel zu beschaffen, dachte Fischbach. Oder legt sie um und haut mit dem Geld ins Ausland ab. »Sie wissen nicht zufällig, wo er sich zurzeit aufhält?«

»Er wird ganz sicher wieder auftauchen«, antwortete Hilde Bartels. »Der ist nicht auf der Flucht, Sie werden sehen.«

Ihr Wort in Gottes Ohr, dachte Fischbach. »Gut, wenn Sie meinen. Was ist denn mit Frau Kramanns Tochter? Oder mit dem Schwiegersohn? Wie verstanden die sich?«

»Veronikas Tochter und Schwiegersohn sind Engel. Günter hat Vrönn sogar das ganze Haus renoviert, von Grund auf, alles kostenlos und nach der Arbeit. Hören Sie!« Sie drehte sich auf der Bank, sodass sie Fischbach frontal gegenübersaß. »Ich bin zwar alt, aber ich weiß schon noch, worauf Ihre Fragen abzielen. Sie glauben, einer von uns ist der Täter.«

Entschuldigend hob Fischbach die Hand. »Reine Routine. Zurzeit verdächtigen …«

»Ach kommen Sie mir doch nicht so«, fuhr Hilde Bartels auf und hieb mit dem Gehstock heftig auf den Boden ein. »Bei Derrick war das auch immer so. Der Tappert schlich so lange rum, bis er irgendeinen Onkel, Vetter oder sonst wen aus der Familie überführen konnte. Aber so einfach ist es hier nicht. Letzte Woche noch haben wir alle zusammen Veronikas Geburtstag gefeiert. Die Stimmung war ausgelassen, es gab keinen Ärger, alle verstanden sich blendend. Basta!«

Überrascht über den Ausbruch verschränkte Fischbach die Arme vor der Brust. Schon wieder Derrick. Was sollte man dagegen noch einwenden? Hilde Bartels würde ihm sowieso nicht glauben. Gegen Hotte Tappert kann Hotte Fischbach einfach nicht anstinken, dachte er. »Haben Sie denn eine Idee, wer es getan haben könnte?«

Sie rutschte wieder in ihre Ursprungsposition. »Vrönn hatte keine Feinde. Es muss ein böser Mensch gewesen sein, der ins Haus eingedrungen ist.«

Fischbach seufzte. Ein böser Mensch, zumindest damit lag sie richtig. Er beschloss, die Befragung abzubrechen. Er spürte Hilde Bartels' Widerstand und würde ein anderes Mal wiederkommen, wenn sie sich ein wenig beruhigt hatte.

»Sie tropfen übrigens immer noch«, stellte sie fest.

»Hm, ja.« Fischbach war sich dieser Tatsache selbst unangenehm bewusst. Seine Unterhose klebte feucht an den Backen, und sein Unterhemd hing schwer an ihm herunter. Er würde jetzt schnurstracks nach Hause fahren. Wenn er nur an den Fahrtwind dachte, fröstelte er.

»Warten Sie«, wies Hilde Bartels ihn an, stemmte sich in die Höhe und schlurfte ins Haus. Kurz darauf kam sie, bepackt mit einem Stapel Wäsche, zurück. »Ich habe rasch ein paar von Wellems Sachen herausgesucht. Die leihe ich Ihnen.«

Peinlich berührt sprang Fischbach auf. »Das ist doch nicht nötig, Frau Bartels, es wird schon …«

»Sie ziehen jetzt die Sachen an, und gut ist. Alles frisch gewaschen und gestärkt. Die Unterhose ist nagelneu, Sie müssen sich also nicht fürchten. Ich will nicht, dass Sie an einer Erkältung sterben, bevor Sie den Mörder geschnappt haben.« Entschlossen hielt sie ihm den Stapel hin. Ihr Blick ließ keinen Widerspruch zu.

»Aber …« Fischbach fiel keine gute Ausrede ein. Tatsächlich würde die Fahrt in seiner nassen Kleidung eine Erkältung geradezu heraufbeschwören. Er dachte an das ekelige Gebräu, das Sigrid ihm dann einflößen würde, und schluckte schwer. Schließlich gab er sich einen Ruck. »Also gut, danke«, sagte er und nahm die Kleidung entgegen. »Wo kann ich mich umziehen?«

»Im Bad. Am Ende des Flurs. Im Schränkchen unter dem Waschbecken müsste auch noch eine Tüte für ihre nassen Sachen zu finden sein. Ich bleibe solange hier sitzen, keine Sorge. Ich werde Sie nicht überraschen.« Kokett zwinkerte sie ihm zu und lachte rau, als sie seinen entsetzten Blick sah.

Grinsend betrachtete Fischbach sein Spiegelbild. Dass es dem Wellem geschmeckt hatte, war offensichtlich. Selbst ihm war die braune Cordhose im Bund eine Nummer zu groß, dafür aber eine Handbreit zu kurz. Hilde Bartels hatte ihm Hosenträger mitgegeben, breit, in schwarz-rot-gold. Sie spannten sich über ein olivgrünes Jägerhemd mit Hirschhornknöpfen. Er sah lächerlich aus. Fehlt nur noch der Hut mit Gamsbart, dachte er. Trotzdem war er froh, aus seiner nassen Kleidung raus zu sein.

»Ist ja nur bis nach Hause«, sprach er sich Mut zu, nahm die Tüte mit seiner nassen Kleidung und stürmte aus dem Bad. Als er aus der Haustür trat, spielte sein Handy die Akkorde von »Smoke on the Water«.

»Hottentottenmusik«, kommentierte Hilde Bartels die Melodie und musterte ihn bewundernd. »Sehr schick. Sie erinnern mich an meinen Wellem. Stattlich, stattlich.«

So unterschiedlich sind die Geschmäcker, dachte Fischbach und nahm das Gespräch an.

Bönickhausen kam sofort zur Sache. »Hotte, beweg deinen Hintern hierher. Frank Rethmeier sitzt im Vernehmungszimmer.«

Überrascht drückte sich Fischbach das Handy kräftiger ans Ohr. »Ist nicht wahr.«

»Doch, doch. Welscher habe ich auch schon versucht zu erreichen, aber der scheint in einem Funkloch zu stecken.«

»Der ist bei der Schwester der Kramann.«

»Bei der Maria«, murmelte Hilde Bartels. »Soso.«

»Okay«, sagte Bönickhausen, »ich versuch's über die Festnetznummer. Bis gleich.«

Bevor Fischbach noch etwas sagen konnte, hatte Bönickhausen schon aufgelegt. Er steckte sein Handy in die Hosentasche und überlegte. Eine halbe Stunde würde ihn der Umweg über Kommern mindestens kosten, schließlich musste er sich zu Hause erneut umziehen. Dabei platzte er fast vor Neugierde. Er wollte dem Jungspund auf die Finger klopfen und erfahren, wo er sich die ganze Zeit herumgetrieben hatte. Nachdenklich spannte er die Hosenträger in Brusthöhe und ließ sie zurückknallen. Dabei wippte er auf dem Absatz hin und her. Bequem war die Hose ja. Sein Darm hatte sich sofort beruhigt, als er seine eigene Hose ausgezogen hatte. Nur noch ein leises Grummeln lief in seinem Bauch von links nach rechts. Mitunter konnte ein Verhör Stunden andauern. Da wäre eine gut sitzende Hose von Vorteil. Seine eigenen waren allesamt in letzter Zeit ein wenig eng geworden. Da er sich nicht eingestehen wollte, mindestens eine Konfektionsgröße zugenommen zu haben, hatte er den Kauf neuer Kleidung immer weiter hinausgezögert.

Jetzt spürte er am eigenen Leibe, dass er sich damit nur selbst gequält hatte. Ach, Scheiß drauf, entschied er, ich lasse die Jacke an, dann wird es kaum auffallen.

Hilde Bartels kicherte. »Hat mein Wellem auch immer gemacht«, sagte sie augenzwinkernd. »Die Hosenträger hat er geliebt.«

Erschrocken zuckte Fischbach zusammen. Hilde Bartels hatte er vollkommen verdrängt. »Oh ja?«, stammelte er, »schön, schön. Ich muss jetzt aber los. Sobald ich wieder in der Nähe bin, bringe ich Ihnen die Kleidung Ihres Mannes zurück.«

Sie hob den Zeigefinger. »Aber gewaschen! Ich will keine Bremsspuren in der Ongebotz.«

***

Welscher saß im Sessel und wartete darauf, dass Maria Bartels zurückkam.

»Ihren Tee mit Milch?«, rief sie aus der Küche.

»Danke, nein«, gab er zurück und zupfte ein Haar vom Ärmel seines Hemdes. Obwohl Frau Bartels sofort nach seinem Eintreffen und den ersten Niesattacken ihre vier Katzen weggesperrt hatte, kribbelte es immer noch heftig in seiner Nase. Überall waren Katzenhaare, auf den Sofakissen, auf dem grünen Teppich, selbst am Holz der Mahagonischränke hafteten sie. Schon der Anblick verstärkte das Brennen in seinen Augen. Er schloss die Lider und lehnte den Kopf zurück.

Er hatte bei seiner Ankunft in Baasem das kleine Haus in der Bleichstraße am Ortsausgang in Richtung Kronenburg rasch gefunden. Dahinter stand nur noch ein Bauernhof, und die Gefahr, sich zu verirren, war gleich null gewesen.

Ein wenig ärgerte er sich über Fischbach. Sie hätten Maria Bartels nach ihrem Besuch bei der weißen Hexe sofort verhören können. Schließlich wohnte sie keine fünf Kilometer entfernt. Stattdessen waren sie quer durch die Eifel gefahren, damit sich der Dicke den Bauch vollschlagen konnte. Doch vermutlich würde Fischbach mit Erstaunen reagieren, würde Welscher entsprechende Kritik äußern. Für Eifeler war es normal, kreuz und quer durch die hügelige Landschaft zu düsen. Sie hatten einen anderen Bezug zu Entfernungen als Städter. Rasch mal zum Orthopäden nach Daun, danach zum Shoppen nach Bitburg, anschließend einen Besuch bei Tante Erna in Hillesheim. Das waren für Eifeler keine tagfüllenden Ausflüge, sondern kurze Abstecher.

Mit einem Tablett in der Hand stolzierte Maria Bartels herein. Vorsichtig stellte sie es auf dem Tisch ab. »Hätte ich von Ihrer Allergie gewusst, hätte ich die Kätzchen schon eher ins Schlafzimmer gebracht.« Sie verteilte die Tassen und goss ein. »Dazu noch Ihre lädierte Nase. Ganz geschwollen. Dass man dadurch überhaupt niesen kann. Sie sehen ja furchterregend aus.«

»Wird schon wieder«, murmelte er. Ihm fielen ihre langen, feingliedrigen Finger auf. An jedem steckte ein Goldring. Unauffällig musterte er sie. Um ihre schmalen Handgelenke klimperten Armreife, und um ihren Hals baumelte eine schwere Goldkette mit Kreuzanhänger. Offensichtlich waren ihr gutes Aussehen und Schmuck sehr wichtig. »Ich bin froh, dass Sie Zeit für mich haben.« Er beugte sich vor und griff nach seiner Tasse.

Maria Bartels setzte sich aufs Sofa und rührte Zucker in den Tee. »Selbstverständlich stehe ich zur Verfügung. Es geht schließlich um …« Ihre Stimme brach. Sie schluchzte auf, Tränen liefen ihr die Wangen herab.

Welscher kramte in seiner Jackentasche und zog eine Tempopackung heraus. Er reichte ihr ein Papiertaschentuch.

Klirrend stellte sie ihre Tasse ab, nahm es an und schniefte vernehmlich hinein. »Oh Gott. Wer hat ihr das angetan?«, krächzte sie heiser.

Er zog es vor zu schweigen. Darauf gab es keine tröstende Antwort.

»Sie war nur achtzehn Monate älter als ich«, krächzte Maria Bartels. »Wir standen uns so nahe, und jetzt ist sie … nicht mehr.« Sie vergrub ihr Gesicht in den Händen.

Welscher hasste es, Hinterbliebenen, die von ihrer Trauer überwältigt waren, Fragen stellen zu müssen. Sein Mitleid schnürte ihm den Hals zu, und er musste sich anstrengen, nicht ebenfalls in Tränen auszubrechen. Nicht immer gelang ihm das, was ihm schon als kleiner Junge den Ruf einer Heulsuse eingebracht hatte. Er atmete tief durch. »Wann haben Sie Ihre Schwester zum letzten Mal gesehen?«

»Auf ihrer Geburtstagsfeier«, antwortete Maria Bartels und schniefte.

»Wirkte sie wie immer? Oder gab es Anzeichen einer Veränderung? Wirkte Ihre Schwester verängstigt?«

Sie knibbelte an dem Taschentuch herum. Kleine weiße Fetzen segelten zu Boden. »Überhaupt nicht. Sie war ein wenig aufgekratzt, aber wie immer gastfreundlich und aufmerksam.«

Welscher zückte sein Notizbuch und schrieb mit. »Wer war denn alles zugegen?«

»Die Familie, also unsere Stiefmutter …«

»Stiefmutter?«

»Ja, Hilde ist unsere Stiefmutter. Wussten Sie das nicht?«

»Nein.«

»Aber Sie sind schon von der Polizei?«, fragte sie spöttisch.

Welscher hatte keine Lust, ihr lang und breit zu erklären, dass die Polizei nicht allwissend war und auch schon mal länger brauchte, um an Informationen zu gelangen. »Erzählen Sie einfach weiter.«

»Dann noch meine Nichte nebst Mann, mein Ehegatte und ich. Dazu die Nachbarin. Mir fällt der Name gerade nicht ein.«

»De Witt?«

»Ja, so heißt sie. Ich glaube, die verstand sich gut mit meiner Schwester. Ich dagegen werde nicht richtig warm mit ihr, ich kann nicht sagen, woran es liegt. Sie wirkt immer so … als hätte sie ein Geheimnis.«

Welscher zeigte sich verständnisvoll. »Ja, so etwas gibt es schon mal«, erwiderte er. »Erzählen Sie doch bitte weiter.«

»Der Untermieter kam zum Kuchen, der Pfarrer auch. Einige Nachbarn gratulierten an der Haustür.«

Welscher grübelte. Sein unbestimmtes Gefühl war wieder da. Und wieder konnte er es nicht greifen. Was war seinem Unterbewusstsein aufgefallen? Er ärgerte sich stumm und konzentrierte sich wieder auf Maria Bartels. »Lief alles harmonisch ab? Oder gab es Misstöne? Streit? Beziehen Sie meine Frage nicht nur auf die Geburtstagsfeier. Vielleicht ist Ihnen ja zu einer anderen Gelegenheit etwas zu Ohren gekommen.«

Die Standuhr schlug zur Viertelstunde. Welscher schreckte zusammen. Wie konnte man nur ein so lautes Möbelstück im Wohnzimmer stehen haben?

»Nein. Da war nichts. Meine Schwester ist … war äußerst beliebt.«

»Sie wollte letztes Wochenende eine Freundin besuchen ...«

»Davon hat sie erzählt. Sie freute sich sehr darauf.«

»Wissen Sie, warum Ihre Schwester die Reise abgesagt hatte?«

Sie schüttelte den Kopf. »Leider nein. An Vrönn lag es sicher nicht. Sie hielt, was sie versprach. Ich vermute, ihre Freundin konnte sie doch nicht empfangen. Sie sollten dort mal nachhören.«

»Werden wir, ganz bestimmt. Kennen Sie den Untermieter näher?«

Der Anflug eines Lächelns huschte über ihr Gesicht. »Frank spaßt gerne rum und ist stets gut gelaunt. Ich glaube, deswegen mochte Vrönn ihn auch so gerne.« Maria Bartels beugte sich vor. »Er wohnt mietfrei«, raunte sie Welscher zu und wirkte, als würde sie ihm ein Geheimnis anvertrauen.

»Sie vermuten mehr?«

Irritiert blickte sie ihn an.

»Ein Fisternöllchen, wie die Eifler es nennen?«, konkretisierte Welscher. Warum sonst sollte Maria Bartels eben die Stimme gesenkt haben, wenn nicht mehr dahintersteckte?

»Blödsinn«, rief sie entrüstet, kaum dass der Groschen gefallen war. »Der ist doch viel zu jung. Und ich weiß genau ...« Sie brach ab und biss sich auf die Unterlippe.

»Ja?«

»Nichts weiter. Ich wollte nur zum Ausdruck bringen, dass Frank Rethmeier zwar ein netter Kerl ist, sich aber von Vrönn aushalten ließ.«

»Ein Schmarotzer also?«, fragte Welscher provokativ.

»Das haben Sie gesagt.« Sie zupfte ein Katzenhaar von ihrer Bluse.

»Aber Sie haben es ge...« Eine Niesattacke setzte Welscher fast außer Gefecht. Seine Nasenschleimhäute ließen keine Luft mehr durch. »Verdammich«, keuchte er und fummelte ein Taschentuch hervor.

»Heftig«, meinte Maria Bartels mitleidig. »Nur gut, dass ich keine Probleme damit habe.«

Behutsam tupfte Welscher seine Nase ab. Bei jeder Berührung schoss ein schmerzhafter Stich in sein Gehirn. Er musste die Sache hier rasch zum Ende bringen, sonst würde sich auch noch sein allergischer Husten melden. Darauf verspürte er überhaupt keine Lust. »Wir waren bei Herrn Rethmeier«, gab er das Stichwort.

Sie legte die Hände auf die Oberschenkel und wirkte dadurch in ihrem knöchellangen Rock plötzlich sehr sittsam. »Wie er finanziell sonst so dasteht, weiß ich nicht, tut mir leid.« Sie zögerte. »Glauben Sie denn, er hat etwas mit dem … Tod …« Sie brach ab.

»Wir werden sehen«, wich Welscher aus und blinzelte. Seine Augen brannten wie Feuer. »Darf ich fragen, wo Sie den Samstag verbracht haben?«

Maria Bartels versteifte sich.

»Reine Routine«, beschwichtigte er. »Sie haben sicher nichts zu verbergen.«

»Ich war zu Hause.« Nervös spielte sie mit ihrer Goldkette. »Mein Mann kann das bezeugen.«

»Was kann ich?«, brummte eine tiefe Stimme.

Welscher blickte zur Tür. Ein schmaler Mann mit vollem silbergrauem Haar stand im Rahmen. Er trug modische Kleidung, Bluejeans und einen mintgrünen Pullunder mit Krokodil über einem weißen Hemd. Er hielt den Kopf gesenkt, denn er kämpfte mit seinen Pantoffeln, die immer wieder wegrutschten.

»Dass ich am Samstag hier war«, sagte Maria Bartels. Sie wies mit einer Hand zur Tür. »Mein Ehemann, Ralf Klötsch.«

Ralf Klötsch war endlich in seine Pantoffeln geschlüpft und sah auf. Augenblicklich gefror sein Lächeln.

»Kripo aus Euskirchen«, erklärte Maria Bartels. »Kommissar Welscher.«

»Oberkommissar«, knurrte Welscher, schniefte und nickte zur Begrüßung. »Unterschiedliche Nachnamen? Wie ungewöhnlich, zumindest in dieser Region.«

»Kripo?«, stammelte Klötsch und ließ sich auf den freien Sessel fallen. Er starrte Welscher an, als ob diesem über Nacht Hörner gewachsen wären.

»War doch wohl zu erwarten, oder nicht?«, sagte Maria Bartels brüsk.

»Ähm, ja sicher, du hast recht«, stammelte Klötsch, ohne den Blick von Welscher abzuwenden.

»Wir haben spät geheiratet«, erklärte Maria Bartels. »Ich habe beschlossen, meinen Mädchennamen zu behalten. War einfacher so.« Sie wandte sich wieder an ihren Mann. »Jetzt sag ihm halt, dass ich hier war.«

»Ja, ja«, bestätigte Klötsch und schluckte schwer. »Wir waren beide hier.«

Stumm notierte sich Welscher die Aussage und dachte darüber nach, warum Ralf Klötsch so fahrig wirkte. Warum brachte ihn sein Besuch so aus der Fassung? Log er etwa? Von unten herauf musterte er den Mann. Der Schweiß stand Klötsch auf der Stirn, die Ohren leuchteten feuerrot. »Geht es Ihnen nicht gut?«, fragte Welscher betont fürsorglich.

»Nein, nein«, rief Klötsch abwehrend. »Ich bin nur ein wenig durstig.« Er sprang auf und rannte hinaus. Welscher hörte ihn in der Küche hantieren.

»Sein Blutdruck«, erklärte Maria Bartels. »Die Tabletten helfen nicht. Er bekommt Herzrhythmusstörungen davon.«

Welscher nickte. Überzeugt war er jedoch nicht. Als Klötsch in die Pantoffeln geschlüpft war, hatte er noch einen ganz normalen Eindruck gemacht. Erst Welschers Anblick hatte ihn aus der Fassung gebracht.

Das Kribbeln in seiner Nase nahm wieder zu. Er stürzte den inzwischen lauwarmen Tee mit einem Schluck hinunter und stellte schnell die Tasse ab, bevor ihn der nächste Niesanfall quälte. »Sie haben also keine Idee, wer Ihre Schwester ermordet haben könnte?«, fragte er dann etwas forscher als beabsichtigt. Normalerweise wählte er seine Worte bedächtiger. Schließlich saß eine trauernde Angehörige vor ihm. Aber die Allergie setzte ihm zu und verhinderte klare Gedanken.

Klötsch kam mit einem Wasserglas in der Hand zurück. »Mit so einer Erkältung ist nicht zu spaßen«, sagte er und hob warnend einen Zeigefinger. »Daraus wird sonst schnell eine Lungenentzündung.«

Er lenkt ab, dachte Welscher. In seiner Nasenhöhle kribbelte es, als ob dort Ameisen unterwegs wären. »Allergie.« Er hustete trocken. Mist, der Husten. Jetzt aber schnell verabschieden.

»Oh! Na dann.« Klötsch trank von seinem Wasser, ließ Welscher dabei aber nicht aus den Augen.

»Ist Ihnen irgendetwas Ungewöhnliches aufgefallen, wonach ich nicht gefragt habe?«, fragte Welscher Maria Bartels.

Sie schüttelte den Kopf.

Eilig zog Welscher eine Visitenkarte aus seinem Portemonnaie und reichte sie Maria Bartels. Er wollte nur noch raus an die frische Luft. »Rufen Sie mich an, sollte Ihnen doch noch etwas einfallen.«

Das Telefon schrillte. Maria Bartels legte die Karte auf den Tisch und griff zum Hörer. »Bartels?« Schweigend hörte sie einen Moment zu und hielt Welscher dann den Hörer hin. »Für Sie.«

Überrascht nahm Welscher ihn entgegen. »Ja?«

»Bönickhausen hier. Sieh zu, dass du Land gewinnst. Frank Rethmeier sitzt bei uns und will verhört werden. Hotte ist bereits unterwegs.«

»Dreißig Minuten«, sagte Welscher, verabschiedete sich und reichte Maria Bartels den Hörer zurück. Verlegen spingste er auf sein Handy. Er hatte vergessen, es aufzuladen. »Ich muss los«, erklärte er.

»Ich bringe Sie zur Tür«, rief Klötsch übereifrig und sprang auf.

Dem steht die Erleichterung ja geradezu ins Gesicht geschrieben, dachte Welscher. Der Kerl hat irgendetwas zu verbergen.

Im Flur hatte er eine weitere Niesattacke, dazu setzte ein krampfhafter Husten ein. Keuchend krümmte er sich und stützte sich an dem bauchhohen Garderobenschrank ab. Sein Magen machte einen Sprung. Für einen Moment fürchtete er, sich auf Klötschs breitkrempigen Hut erbrechen zu müssen, der auf der Garderobe lag.

»Oh Gott«, hörte er Klötsch hinter sich murmeln.

Pfeifend sog Welscher Luft ein. »Halb so schlimm. Geht gleich wieder.«

»Trinken Sie einen Schluck«, wies ihn Maria Bartels an und drückte ihm ein Glas Wasser in die Hand.

Welscher trank gierig, und der Hustenreiz ließ nach. Er stellte das Glas neben den Hut und stolperte zur Tür hinaus, ins Freie. Die frische, nicht mit Katzenhaaren kontaminierte Luft drang in seine Lunge. Augenblicklich ging es ihm ein wenig besser. Die Übelkeit klang ab.

»Soll ich Sie zum Auto begleiten?«, hörte er Klötsch fragen. Ohne sich umzudrehen, winkte er ab. »Alles in Ordnung«, erwiderte er rasselnd und dachte mit Schrecken an die Katzenhaare, die an Klötschs Kleidung hafteten.

Bloß weg hier.

ZEHN

Fischbach stürmte durch den Haupteingang der Euskirchener Polizeibehörde. Im Flur kam ihm Bönickhausen entgegen. »Ah, da bist …«

»Gleich, gleich«, unterbrach ihn Fischbach. »Ich komme sofort.« Ohne sich noch mal umzuschauen, öffnete er die Tür zum Männerklo. Während der Fahrt hatte der Druck in seinem Bauch stetig zugenommen. Jetzt war es höchste Eisenbahn.

Im Waschraum warf er den Helm mit der Oberseite nach oben in das Waschbecken, die Lederjacke ließ er auf den Boden fallen. Erleichtert sah er, dass seine Stammkabine frei war. Auf den mit grober Handschrift beschrifteten Zettel, der an der Tür hing, achtete er nicht. Dafür war keine Zeit mehr. Er streifte die Hosenträger von den Schultern, klappte den Deckel hoch, kontrollierte noch rasch den Papiervorrat, ließ die Hose fallen und setzte sich. Keine Sekunde zu früh. Er schloss die Augen und genoss es, wie sich sein Bauch entkrampfte. Gerade noch mal gut gegangen, dachte er und öffnete die Augen.

Ein Schmierfink hatte mit schwarzem Filzschreiber einen Spruch auf der weißen Tür hinterlassen. »Laute Fürze stinken nicht, aber die so leise zischen und so still dem Arsch entwischen, Mensch, vor denen hüte dich, denn die stinken fürchterlich.«

Da schien irgendein Kollege noch nicht erwachsen geworden zu sein. Auf der Schultoilette, vor Jahrzehnten, waren die Sprüche bei längeren Sitzungen unterhaltsames und ablenkendes Beiwerk gewesen. Stets hatte Fischbach versucht, den Gang auf die Schultoilette zu vermeiden. Nie war man dort vor den Scherzen der Mitschüler gefeit, schutzlos ausgeliefert, verkrampft vor Anspannung.

Jetzt und hier, direkt vor seiner Nase, wirkte der Spruch auf der ansonsten weißen Oberfläche der Toilettentür jedoch so fehl am Platz wie eine Palme in der Antarktis. Bönickhausen würde dem Verantwortlichen den Hintern aufreißen, sollte er den Dichter jemals erwischen. Sein Chef war bekennender Graffitigegner. Eine Schmiererei im eigenen Haus würde ihn rasend machen.

Fischbach fiel ein Spruch seines Vaters ein: »Dä Futz moot eruss, dä hät de Meet net bezahlt.« Würde sich auf der weiß lackierten Tür auch gut machen, überlegte er.

Als Vertreter war sein Vater früher viel herumgekommen. Für jede Lebenssituation hatte er einen passenden Spruch auf den Lippen gehabt. Niemand sonst, den Fischbach kannte, hatte die rheinischen und eifelerischen Dialekte so gekonnt durcheinandergewirbelt wie sein Vater. Fischbach hatte zugehört, alles aufgeschnappt und abgespeichert.

Er rümpfte die Nase. Es wurde eindeutig Zeit aufzubrechen.

Er reinigte sich und zog die Hose hoch. Beherzt drückte er die Spültaste. Die ließ sich überraschend leicht betätigen, kein großer Widerstand stemmte sich dem Verschluss im Inneren entgegen. Und der Wasserschwall im Klosett blieb aus.

Fischbach stöhnte auf, hämmerte hektisch auf den Knopf ein, doch kein Tropfen Wasser ließ sich blicken. »Sch…«, setzte er zum Fluch an, hielt aber inne, als ihm bewusst wurde, wie gut das die Situation beschrieb. Stumm klappte er den Deckel zu. Er wollte nicht weiter auf das Elend starren. Kurz überlegte er, einfach das Weite zu suchen. Sollte sich jemand anders um das Malheur kümmern. Doch er hatte ja Bönickhausen getroffen und keinen Zweifel daran gelassen, dass er das stille Örtchen aufsuchen würde. Der Rückschluss auf ihn als Nestbeschmutzer würde sich als nicht allzu schwer erweisen.

Der Wasserhahn am Becken fiel ihm ein. Er öffnete die Tür und bemerkte den Zettel, den er vorhin in seiner Eile ignoriert hatte: »Defekt. Bitte andere Kabine benutzen. Handwerker ist benachrichtigt.«

Fischbach spürte, wie ihm der Schweiß ausbrach. Super. Gleich würde ein kräftiger Wasserinstallateur hereinspazieren und ihn zum Teufel wünschen.

Nervös spähte er in die Waschzone. Niemand da. Aber womit sollte er das Wasser vom Hahn … Fischbachs Blick fiel auf seinen Helm. Würde die Menge ausreichen, um ordentlich durchzuspülen? Besser als nichts, urteilte er. Er griff sich die Halbschale und ließ Wasser reinlaufen. Sein Nacken verspannte sich, als er daran dachte, dass er den Heimweg mit dem feuchten Helm würde antreten müssen. Der Wasserstand erreichte den Rand des Gesichtausschnitts. Vorsichtig trug er den Helm zur Kabine. Einige Spritzer Wasser schwappten über und benetzten die Fliesen. Fischbach achtete nicht darauf. Sein Blick galt dem Klosettdeckel, den er vorhin heruntergeklappt hatte.

»Verdammt«, fluchte er leise und versuchte mit der rechten Fußspitze, den Deckel anzuheben. Ungelenk balancierte er auf dem linken Bein. Mehr Wasser schwappte über.

»Ach du dicke Scheiße! Was stinkt denn hier so?«, dröhnte es plötzlich hinter ihm.

Erschrocken zuckte Fischbach zusammen und begann zu schwanken. Er hüpfte wild auf dem linken Bein, trat dabei mit dem rechten Fuß den Klodeckel nach oben und ließ den Helm los, der mit einem Klatschen im Klo landete. Kräftige Arme packten Fischbach unter den Achseln, stabilisierten ihn und retteten ihn so vor einem Sturz.

Sein Herz raste. Er drehte sich um und blickte in ein kantiges Gesicht mit Dreitagebart. »Was schleichen Sie sich von hinten an?«, fuhr Fischbach ihn ärgerlich an.

»Soll die Wasserspülung reparieren.«

Fischbach streckte sich. »Wurde ja auch Zeit.« Jetzt nur Haltung bewahren, dachte er.

Der Mann sah ins Klosett und rümpfte die Nase. »Scheiße.«

»Sie sagen es. Ich … Ich habe das Klo bereits so vorgefunden.«

Der Mann zwinkerte ihm zu. »Mhm, sicher dat.«

Fischbach kämpfte erfolglos gegen die Röte an, die ihm ins Gesicht stieg. »Ich denke, Sie haben jetzt alles im Griff. Ich verschwinde dann mal.«

»Müssen Sie denn gar nicht mehr?« Der Handwerker grinste frech. »Deswegen sind Sie doch hier, oder?«

»Ich … äh, werde woanders auf die Toilette gehen. Ich will Sie nicht stören«, sagte Fischbach und drängte sich an ihm vorbei.

»Ihr Helm«, rief der Mann und griff mit spitzen Fingern nach den Riemen. Mit einem satten Schmatzer löste er sich aus der Schüssel. »Ist nicht so schlimm. Lag hauptsächlich auf dem Papier. Warten Sie, ich mache ihn schnell etwas sauber.«

»Aber …«

»Ach was, kein Problem. Ich bin einiges gewöhnt.« Der Handwerker zwinkerte ihm amüsiert zu.

Am liebsten wäre Fischbach im Boden versunken. Tapfer hielt er stand, bis der Mann fertig war und ihm den Helm in die Hand drückte.

Zehn Minuten später betrat Fischbach das Vernehmungszimmer, ein schlicht eingerichtetes Büro im Erdgeschoss.

Mit hinter dem Rücken verschränkten Armen stand Bönickhausen rechts neben der Tür. Welscher saß Frank Rethmeier am Tisch gegenüber und blätterte in einer Akte.

Als Fischbach seinen Helm auf dem Tisch ablegte, um sich einen freien Stuhl heranzuholen, sah Welscher irritiert hoch und rümpfte die Nase. Aus rot geränderten Augen sah er Fischbach fragend an. »Meine Nase ist ja ziemlich zugeschwollen, aber …«

»Erzähl ich dir später«, unterbrach der ihn brüsk, nahm den Helm und deponierte ihn auf dem Boden.

Rethmeier bewegte die Beine nervös auf und ab. Seine Oberlippe glänzte feucht, das Hemd klebte an seinem mageren Körper. Die dunkelblonden Haare lagen kreuz und quer auf dem Kopf und hätten einen Kamm nötig gehabt. Auf Fischbach machte er einen verlotterten Eindruck.

»Darf ich jetzt endlich erfahren, warum Sie mich festhalten?«, fragte er.

»Wir halten Sie nicht fest«, korrigierte Welscher. »Wir haben nur ein paar Fragen.«

Wütend deutete Rethmeier auf Bönickhausen. »Der hat mich hier nicht mehr rausgelassen. Das nenne ich festhalten. Sie etwa nicht? Schon seltsam, da will man nur wissen, was mit seiner Vermieterin los ist, und wird behandelt, als wäre man ein Mörder.«

»Erzählen Sie doch mal von Anfang an«, bat Fischbach.

»Wie jetzt? Was soll das denn heißen, von Anfang an? Anfang von was?«

Fischbach sah ein, dass er sich missverständlich ausgedrückt hatte. Die Sache eben wirkte noch nach. Er konzentrierte sich. »Sie waren länger nicht zu Hause?«

Mit dem Ärmel seines Hemdes fuhr sich Rethmeier über die Oberlippe. »Ich war ein paar Tage unterwegs, in Holland, mit ein paar Kumpels. Party machen, Sie verstehen. Bin heute zurückgekommen und fand die Haustür versiegelt vor. Ich habe sofort die Polizei angerufen und gefragt, was los ist. Die haben mir geraten, Sie hier in Euskirchen aufzusuchen. Und seitdem halten Sie mich fest.« Er warf einen ärgerlichen Blick auf Bönickhausen.

»Wir halten Sie nicht fest«, leierte Welscher erneut herunter. »Wir haben nur ein paar Fragen.«

»Pff«, stieß Rethmeier aus. Das nervöse Zucken seiner Beine wurde noch schneller.

»Wann sind Sie in die Niederlande aufgebrochen?«, fragte Fischbach. Rethmeiers Nervosität fand er verdächtig. Sie hatten ihm bisher nichts vorgeworfen, und trotzdem saß er hier, als ob ein schlechtes Gewissen Kontrolle über ihn ausübte.

»Donnerstag, am Nachmittag.«

»Und wiedergekommen?«

»Sagte ich doch eben schon. Vorhin.« Er blickte auf seine Armbanduhr. »Um drei war ich zu Hause.«

»Gibt es dafür Zeugen?«

Rethmeiers Beine hielten in der Bewegung inne. Überrascht sah er Fischbach an. »Zeugen? Was läuft hier eigentlich? Werfen Sie mir was vor?«

Welscher schloss die Akte und holte tief Luft. »Ihre Vermieterin, Frau Veronika Kramann, ist am Samstag ermordet worden. Wir sind die ermittelnden Beamten in dieser Sache. Wenn sich Ihr Alibi bestätigt, haben Sie nichts zu befürchten.«

Wie von einem Katapult beschleunigt, sprang Rethmeier auf. Seine Augen weiteten sich. »Vrönn? Tot?«, hauchte er.

»Leider, ja.«

Langsam ließ Rethmeier sich wieder auf den Stuhl sinken.

»Ist Ihnen in letzter Zeit etwas aufgefallen?«, fragte Fischbach und spielte an seinen Hosenträgern. »Unregelmäßigkeiten zum Beispiel?«

Rethmeier schüttelte den Kopf. »Nein, nichts.« Dann änderte er seine Meinung. »Oder doch. Vrönn hatte den Verdacht, dass jemand im Haus rumschleicht. Ich habe es nicht ernst genommen. Alte Frauen sind ja schon mal etwas seltsam und bilden sich Dinge ein.« Er lachte gequält. »Vielleicht hätte ich anders reagieren sollen. Ich meine, möglicherweise war da wirklich was dran.«

»Sie selbst haben also nichts davon mitbekommen?«

»Nein. Das muss aber nichts heißen. Wir haben zwar einen gemeinsamen Hauseingang, und die Treppe im Flur nutze ich auch.

Aber mein Zimmer liegt über dem Tor des Fußwegs, der runter zur Wilhelm-Tell-Gasse führt, getrennt vom restlichen Haus. Und wenn ich penne, dann penne ich. Sie könnten eine Atombombe neben mir zünden, ich würde von dem Knall nicht aufwachen.«

Von dem Geist in Veronika Kramanns Haus wurde ihnen heute nicht zum ersten Mal berichtet. Das machte Fischbach nachdenklich. Es schien die alte Frau wirklich geängstigt zu haben. Aber wer brach schon mehrmals in ein Haus ein und entwendete dann noch nicht einmal was? Jemand, der auf der Suche nach etwas Bestimmtem ist, gab Fischbach sich selbst die Antwort. Aber nach was?

»Nehmen wir mal an, es war tatsächlich jemand im Haus«, sagte Welscher. »Was könnte der Anlass gewesen sein?«

Gebannt wartete Fischbach auf die Antwort. Sein Kollege hatte offensichtlich den gleichen Gedankengang gehabt wie er.

Rethmeier tippte mit dem Zeigefinger auf den Tisch. »Ihr Geld, was sonst?«

»Eine größere Summe?«, hakte Welscher nach.

»Ihre ganzen Ersparnisse. Vrönn bewahrte alles zu Hause auf. Sie vertraute keiner Bank mehr, da war sie eigen. Sie hat mir das mal bei einem Kaffee erzählt. Allerdings weiß ich nicht, wie viel Bargeld sie zu Hause hortete.«

»Haben Sie sie nicht gewarnt? Das ist doch nicht ungefährlich«, meinte Welscher. »Dabei denke ich noch nicht mal an ein Verbrechen, eher an einen Brand.«

»Klar habe ich sie gewarnt«, erklärte Rethmeier. Seine Beine hüpften längst nicht mehr so stark auf und ab. »Sie hat nur gelacht und gemeint, dass alles sicher verstaut wäre.«

Doch ein Raubmord, dachte Fischbach. »Wie war Ihr Verhältnis zu Frau Kramann?«

Rethmeiers Miene hellte sich auf. »Ausgezeichnet. Irgendwie war sie mit meiner Mutter über zig Ecken verwandt. Die Familie war Vrönn wichtig, da gab sie ihr letztes Hemd. Mich hat sie sogar mietfrei bei sich wohnen lassen.« Er wiegte den Kopf. »Zentral liegt Kronenburg nun wirklich nicht, und normalerweise würde mich da nichts hinziehen. Aber so kann ich mir ein Auto leisten, und husch, husch ist man überallhin.«

»Wenn das Geld knapp wurde, half Frau Kramann da auch aus?«, fragte Fischbach.

Verlegen schmunzelte er. »Kam vor, ja.«

Welscher stand auf, setzte sich auf die Tischkante und beugte sich vor. »Reichte trotzdem nicht immer, oder?«, fragte er und zwinkerte Rethmeier freundlich zu.

Der massierte sich, nun weitaus entspannter, in kreisenden Bewegungen den Nacken. »Ich reise halt gerne.«

»Und die gute Frau Kramann war zwar großzügig, aber so sehr, dass sie auch Ihre Reisen finanzierte, dann doch wieder nicht. Stimmt's?«

Der Takt, in dem sich Rethmeiers Beine bewegten, wurde wieder schneller. »Dafür habe ich sie nie angegangen«, echauffierte er sich. »Ich verdiene selbst Geld.«

»Womit?«

»Ich kellnere, das können Sie gerne überprüfen.«

Welscher tippte ihm auf die Brust. »Ein Vermögen kann man damit allerdings nicht verdienen. Anstrengend ist es außerdem.« Er lehnte sich zurück und verschränkte die Arme vor der Brust. »Sie haben sicher noch andere Quellen.«

»Wenn Sie meinen«, murmelte Rethmeier genervt.

»Ich sag Ihnen was.« Welscher wies mit dem Zeigefinger auf Rethmeier. »Ich denke, *Sie* sind nachts im Haus herumgeschlichen und haben nach dem Geld gesucht.«

Fischbach spannte die Hosenträger und ließ sie zurückknallen. »Gelegenheit macht Diebe.«

Rethmeier rieb sich die Schläfen, als würde er unter starken Kopfschmerzen leiden. »So war es nicht. Aber selbst wenn: Was hätte das mit dem Mord zu tun? Das leuchtet mir nicht ein. Den werden Sie mir nicht unterschieben können, denn ich war nicht da.«

»Wir überprüfen das«, sagte Welscher.

Rethmeier senkte den Blick. »Ich habe mindestens fünfzig Leute, die bestätigen können, dass ich am Samstag in Holland war.«

Fragend sah Welscher Fischbach an. Der schüttelte sachte den Kopf. Er hatte keine weiteren Fragen.

Welscher griff zum Telefon und wählte. »Ah, Bianca, schön, dass du da bist. Kannst du bitte Frank Rethmeier bei uns abholen? Er wird dir einige Namen nennen, die sein Alibi bestätigen sollen. – Klasse, danke.« Er legte auf. »Sie wird gleich hier sein.«

»Wann darf ich denn wieder in meine Wohnung?«, fragte Rethmeier.

Gute Frage, dachte Fischbach. Der Tatort war seines Wissens noch nicht freigegeben. »Klär ich«, sagte er. »Bis dahin halten Sie sich aber bitte fern. Können Sie irgendwo unterkommen?«

»Bei einem Freund. Hier in Euskirchen.«

Es klopfte. Bönickhausen öffnete die Tür, und Bianca Willms trat ein. »Da bin ich«, beschied sie Welscher erwartungsvoll.

Der wies Rethmeier an, mit ihr zu gehen. Sichtlich erleichtert sprang der junge Mann auf und rannte fast hinaus.

Bönickhausen schloss die Tür wieder. »Warum war der die ganze Zeit so nervös? War schon sehr auffällig.«

Welscher zog ein Dokument aus der Akte. »Unser ewiger Student hat Dreck am Stecken. Die Kollegen vom Zoll haben ihn vor vier Jahren erwischt, als er versucht hat, eine größere Menge Marihuana einzuschmuggeln. Saß dafür anderthalb Jahre in Rheinbach ein.«

Fischbach überflog das Papier. »Und wir zählen eins und eins zusammen …«

»… und kommen zu dem Ergebnis, dass er den Abstecher in die Niederlande garantiert nicht nur der Party wegen gemacht hat.«

Bönickhausen nickte bedächtig. »Er dachte also, wir würden ihn deshalb hier festhalten.«

»Genau«, bestätigte Welscher. »Trotzdem, ich traue dem mehr zu. Wenn das Geld knapp wird, geht der über Leichen, das sagt mir mein Gefühl.«

»Wie auch immer«, sagte Fischbach und ließ ein weiteres Mal die Hosenträger knallen. »Ich habe jetzt Appetit.«

»Nach *dem* Mittagessen?«, fragte Welscher ungläubig.

»Appetit, nicht Hunger. Auf ein kleines Stück Kuchen oder so was«, erklärte Fischbach, nahm seinen Helm und stand auf.

»Wo hast du eigentlich das nette Outfit her? Ist mir eben schon aufgefallen«, meinte Welscher. »Neueste Mode in der Eifel? ›Extra kurze Cordhose mit elastischen Deutschlandfahnen für den modernen Hinterwäldler‹?«

Genervt verzog Fischbach das Gesicht.

»Das Hemd ist schon geil«, frotzelte nun auch Bönickhausen. »Gehst du heute noch zur Jagd?«

Gemeinsam verließen sie den Raum. Eine Kollegin eilte auf dem Flur auf sie zu, blieb wie angewurzelt stehen und musterte Fischbach. »Du siehst aus wie ein schlecht gekleideter Gartenzwerg.«

Welscher schlug Fischbach belustigt auf die Schulter. »Noch nie etwas von den Kommerner Heroes gehört? Das tragen die Rocker heutzutage.« Er lachte, und Bönickhausen und die Kollegin fielen mit ein.

Fischbach ertrug es mit stoischem Gleichmut.

»Stimmt es eigentlich, was hier im Haus erzählt wird?«, fragte ihn die Kollegin.

»Was meinst du?«

»Du hättest versucht, deinen Helm in der Toilette runterzuspülen.«

Scharf holte Fischbach Luft. »Klatschbasen, verdammte«, presste er hervor.

»Jetzt wird mir einiges klar«, sagte Welscher pikiert. »Daher der strenge Geruch.«

»Ihr könnt mich mal«, maulte Fischbach. »Ich fahr jetzt nach Hause und zieh mich um. Für heute ist Schluss.« Er ließ seine Kollegen stehen und hastete zur Treppe. Das Gelächter hörte er noch, als er draußen auf den Parkplatz trat.

Er nahm es ihnen nicht übel, denn insgeheim amüsierte er sich über sich selbst.

ELF

Larissa de Witt saß in ihrem Lieblingssessel am Fenster und betrachtete die Abzüge, die sie am Nachmittag in einem Supermarkt hatte anfertigen lassen. »Ein echt süßes Kerlchen«, murmelte sie. Der Kommissar ging ihr nicht mehr aus dem Kopf, seit sie ihn am Samstag fotografiert hatte. Sie nippte an ihrem Weißwein, einem Grauburgunder von der Ahr aus dem Hause Sonnenberg, und ließ ihn über ihre Zunge rollen. Erstklassig, ein 2009er, dem man den nicht allzu nassen Sommer anmerkte, ausgewogen, mit einer Spur Säure. Schade, dass die 2010er nicht zu gebrauchen sind, dachte sie und stellte ihr Glas ab. Zu viel Regen, zu viel Kalk unter den Reben. Ihr jedenfalls schmeckte der Jahrgang nicht.

Versonnen strich sie über das Foto und seufzte. Die blonden Haare, die gerade Nase, das schmale Kinn, alles passte perfekt zusammen. Sie erinnerte sich an seinen musternden Blick aus den blauen Augen, neugierig und stolz. Sogar sein Parfum hatte sie noch in der Nase, CK One, eine Mischung aus Bergamotte, Kardamom, frischer Papaya und Ananas. Wenig später war außerdem eine Note von Veilchen, Rose, Muskat, Moschus und Ambra wahrnehmbar. Eine ausgezeichnete Wahl für einen jungen Mann.

Sie blinzelte irritiert. Etwas hatte sie gestört. Zunächst konnte sie nicht orten, was sie vom Foto abgelenkt hatte. Dann aber bemerkte sie etwas auf der gegenüberliegenden Straßenseite, ein Huschen, etwas Helles. Sie stand auf und trat näher ans Fenster, um besser sehen zu können. Der Burgbering lag verlassen zu ihren Füßen, niemand rührte sich. Da war aber doch etwas gewesen, sie träumte doch nicht.

Plötzlich sah sie einen Schein im Inneren von Veronika Kramanns Haus umherhuschen. Eine Taschenlampe. War die Polizei noch mal zurückgekehrt? Oder der Untermieter? Den hatte sie schon länger nicht mehr gesehen. Aber der hätte das Licht angeschaltet und würde nicht mit einer Taschenlampe leuchten. Ein Einbrecher? Larissa de Witt fiel die Äußerung ihrer Nachbarin wieder ein. Vrönn war überzeugt gewesen, dass es im Haus spukte.

Ein Geist?

Unsicher schalt sie sich selbst eine Spinnerin. Dann wohl doch eher ein Einbrecher. Sie wandte sich vom Fenster ab und griff zum Telefon. Neben der Station lag die Visitenkarte dieses schmucken Kommissars Welscher.

Die Eins-Eins-Null wäre vermutlich die bessere Alternative gewesen. Doch sie freute sich zu sehr darauf, den blonden Schönling wiederzusehen, als dass sie sich diese Chance entgehen ließ.

***

Der Regen trommelte auf das Autodach und lief in Schlieren die Windschutzscheibe hinunter. Die Digitaluhr im Fiesta zeigte mit grünlich fluoreszierenden Ziffern halb elf an. Aus dem noch funktionierenden Lautsprecher dudelte ein Popsong. Welscher hörte nicht zu. Er dachte an seine Eltern, an ihren Bruch mit ihm vor einigen Jahren. Sein Vater hatte ihn hochkant rausgeschmissen. Mit einem Schwulen wolle er nicht unter einem Dach leben, hatte er geschrien und drohend die Fäuste gehoben. Sein Gesicht war wie versteinert gewesen, doch Enttäuschung hatte in seinen Augen gefunkelt.

Seitdem hatte er den Fuß nicht mehr über die Schwelle seines Elternhauses gesetzt.

Wenn er den Motor startete und der Straße Auf der Kier einige hundert Meter bis nach Burgfey folgte, könnte er in zwei Minuten an die Tür seiner Eltern klopfen.

Erneut hörte er die Mailbox ab. Seine Mutter hatte ihm heute Nachmittag, während er bei Maria Bartels gesessen hatte und sein Handy ausgeschaltet gewesen war, eine weitere Nachricht hinterlassen. Ihre Stimme klang verzweifelt und beschwörend zugleich.

»Jan, bitte melde dich. Es geht um … Es ist dringend. Bitte.«

Er legte das Handy auf den Beifahrersitz und lehnte den Kopf gegen die Stütze des Sitzes. Bis zu ihrem Streit waren sie ein Herz und eine Seele gewesen. Sein Vater war so stolz auf ihn gewesen, auf seinen einzigen Sohn, den Musterschüler mit Einser-Abitur. Welscher dachte an das Zelten mit seinem Vater an der Rur, an das Lagerfeuer und das Grillen der Fische am Stock, die sie selbst geangelt hatten. An ihre Ausflüge zum Dachboden, den Sternenhimmel. An das Familiencampen an der Nordsee, wunderschön sonnige drei Wochen am Watt. Muschelsuche, salziger Geruch in der Nase, Drachensteigen auf dem Deich.

Er schniefte und rieb sich die Tränen mit dem Ärmel seiner Jacke von den Wangen. »Verdammte Heulsuse«, schalt er sich selbst und lachte hysterisch. Wenn sein Vater ihn so sehen würde. Für seinen alten Herrn wäre das Beweis genug, dass er mit seiner Einstellung, Schwule würden keine richtigen Kerle abgeben, vollkommen richtiglag.

»Alles Weicheier, die gerne in Frauenklamotten rumrennen«, hatte er seinen Vater einmal sagen hören, als sie zu einer Hochzeit bei den Nachbarn eingeladen waren, vor ihrem Bruch.

Als ob alle Schwulen Tunten und alle Tunten selbstredend schwul wären. Ärgerlich hieb er gegen den Lenkradkranz. Die untere Abdeckung der Lenksäule löste sich knarzend und fiel ihm auf die Oberschenkel.

»Ach Mist!«, fluchte er und warf das Plastikteil nach hinten. Seine Karre fiel langsam auseinander.

Er stutzte und lachte bitter. Wie dein Leben, dachte er.

Mach einen Schlussstrich und vergiss den Streit, deiner Mutter zuliebe, säuselte ihm eine Stimme ins Ohr.

Sie hätte zu dir halten können, stattdessen hat sie geschwiegen, flüsterte eine andere.

Sie will dich sehen.

Sie liebt ihren Mann.

Und ihren Sohn nicht?

Nur das schlechte Gewissen, das sich jetzt bei ihr meldet.

Er fasste sich an den Kopf und stöhnte. »Schluss!«, schrie er. »Schluss, Ende, Aus!«

Jetzt führt der schon Selbstgespräche.

»Schnauze!«

Nicht so …

Sein Handy schrillte und ließ die Stimmen verstummen. Erleichtert nahm er das Smartphone und meldete sich. Jede Ablenkung war ihm recht. Heute wäre er sogar mit dem Teufel persönlich ein Bier trinken gegangen, obwohl er überhaupt keinen Alkohol trank.

»De Witt«, brummte eine sonore Stimme am anderen Ende der Leitung.

»Oh«, sagte Welscher überrascht. Da hätte er tatsächlich eher mit dem Beelzebub gerechnet.

Sie gackerte los, ein Reibeisenlachen. »Unverhofft kommt oft.«

»Äh, ja, sicher«, stotterte Welscher, sammelte sich und fragte: »Was kann ich für Sie tun?«

»Für mich persönlich?« Sie kicherte. »Nein, lassen wir das, ist zu albern.« Er hörte sie durchatmen. »Bei der Kramann schleicht jemand im Haus rum«, sagte sie dann.

Welscher drückte sein Handy fester ans Ohr. »Bei der Kramann? Sind Sie sicher?«

»Einhundertprozentig. Moment bitte, ich schau noch mal.«

Es raschelte. Vermutlich der Vorhang, den sie zur Seite schiebt, dachte Welscher.

»Ist immer noch da. Ganz eindeutig Taschenlampenlicht.«

»Das ist sicher bloß Frank Rethmeier«, sagte Welscher. »Wir haben ihn heute in Euskirchen befragt. Vermutlich ist er inzwischen zu Hause angekommen.« Statt wie angekündigt bei seinem Freund zu übernachten, weil er den Tatort nicht betreten soll, ergänzte er stumm.

»Und der schaut sich jetzt mit der Taschenlampe in Vrönns Haus um? Warum sollte er das machen? Er könnte doch das Licht einschalten.«

Wo sie recht hat, hat sie recht, dachte Welscher und überlegte. Vielleicht war es der Typ, der ihm das Kantholz über die Nase gezogen hatte. Wäre zu schön, sich den greifen zu können. Er lehnte sich vor, öffnete das Handschuhfach und suchte darin nach seiner Walther. Kühl schmiegte sich der Stahl der Waffe in seine Hand. »Ich benachrichtige die Kollegen«, erklärte er. »In zwanzig Minuten bin ich bei Ihnen.«

»Freut mich«, raspelte Larissa de Witt, »bis gleich. Vielleicht darf ich Sie anschließend zu einem Glas Wein einladen?«

»Ich bin im Dienst. Davon abgesehen trinke ich keinen Alkohol.«

»Schade.« Sie hörte sich enttäuscht an. »Aber ein Kaffee wird doch möglich sein?«

Sie flirtet mit dir, dachte Welscher perplex. »Mal sehen«, wich er aus, da er nicht erklären wollte, warum er auch keinen Kaffee mochte. »Ich fahr jetzt los.«

Er beendete das Gespräch und starrte auf das Display. »Dinge gibt's. Baggert die mich doch tatsächlich an«, murmelte er und rief in der Zentrale an, um Unterstützung anzufordern. Dann startete er zufrieden den Motor. Schließlich brachte der Abstecher nach Kronenburg ihn vorerst um ein Treffen mit seinen Eltern herum.

***

Mit heulendem Motor schlich der Fiesta die Burgstraße in Richtung Kronenburg hinauf. Der nasse Asphalt spiegelte unangenehm im Scheinwerferlicht, und die alten Scheibenwischergummis zogen Schlieren über das Glas.

Mit einem Mal tauchte vor Welscher ein helles Licht auf. Erschrocken ruckte er am Lenkrad nach rechts. Das Vorderrad rumpelte über das Bankett.

Ein kleiner weißer Lieferwagen raste, nur wenige Zentimeter entfernt, an ihm vorbei. An der Seite hatte er eine Aufschrift, die Welscher auf die Schnelle nicht entziffern konnte.

Mit klopfendem Herzen stoppte Welscher den Fiesta und blickte in den Rückspiegel. Doch auch sein Versuch, das Kennzeichen zu erkennen, schlug fehl. Der Heckscheibenwischer hatte den Kampf gegen Wasser und Dreck schon lange aufgegeben und den ewigen Schlaf bis zur Schrottpresse angetreten. Ein verzerrtes Rot der Rücklichter war alles, was er erkennen konnte.

»Mist. Dem wäre ich aufs Dach gestiegen. Spielt hier mitten in der Nacht Formel 1.«

Er kuppelte wieder ein und parkte wenig später auf dem Parkplatz vor dem oberen Kronenburger Tor, um den Eindringling nicht durch das Halten vor dem Haus zu warnen. Ein paar Schritte an der frischen Luft würden ihm ohnehin ganz guttun. Er stieg aus. Eine Windböe fasste nach ihm, und der Regen schien ihn den Burgbering hinunterspülen zu wollen. Welscher öffnete den Kofferraum und streifte sich den Friesennerz über. Besser als nichts, dachte er und machte sich auf den Weg.

Wenig später bemerkte er, dass er sich seine Vorsicht hätte sparen können. Ein Einsatzwagen parkte mit rotierendem Blaulicht direkt vor Kramanns Haus. Zwei Beamte standen mit Larissa de Witt unter dem Torbogen und unterhielten sich lautstark. Der Hall ihrer

Stimmen wurde von den eng stehenden Häuserwänden zurückgeworfen. Die Posaunen von Jericho waren bestimmt nicht so laut wie das Geschrei, dachte Welscher ärgerlich.

»Vorbildliche Aktion«, knurrte er ungehalten, als er die Kollegen erreichte. »Wenn da wirklich jemand eingebrochen ist, dann ist er jetzt längst auf und davon.«

»Was willst du?«, fuhr ihn der jüngere der beiden an. »Bei Gefahr im Verzug fahren wir immer mit Licht.«

Der Ältere zog eine unwillige Grimasse.

Krampfhaft versuchte Welscher, sich an die Namen der Kollegen zu erinnern. Sie hatten sich im Januar auf dem Schießstand getroffen, oder? Paul und Heinz? Hinz und Kunz? Verdammt, was war nur mit ihm los? Die Schmerztablette, die er am späten Nachmittag eingenommen hatte, wirkte nicht mehr. Sein Schädel brummte inzwischen wieder wie ein Trafo, und das erschwerte es ihm, einen klaren Gedanken zu fassen. Er stand völlig neben sich, konnte sich die einfachsten Dinge nicht mehr merken. »Wer soll denn gefährdet sein?«, hakte Welscher nach und wies auf Veronika Kramanns Haus. »Die Frau ist tot, das dürfte sogar bis zu euch durchgedrungen sein.«

»Beruhigen Sie sich«, schritt Larissa de Witt ein. »Ich habe die Fenster die ganze Zeit beobachtet. Kurz nach unserem Telefonat ist es wieder dunkel geworden. Der Einbrecher war vermutlich schon vor Ihrem Eintreffen über alle Berge, ob mit oder ohne Martinshorn.«

»Martinshorn?« Welscher riss die Augen auf. Unglaublich. Er hatte den Wagen oben am Parkplatz abgestellt, um ja nicht aufzufallen, und die Dorfsheriffs nutzten die Gelegenheit und fuhren mit Protz und Pomp vor, als wäre dies eine Parade und kein Einsatz.

»Hier ist der Schlüssel, um den du gebeten hast«, sagte der jüngere Kollege schnell, um die Situation zu überspielen. »Feuersänger sagt, du sollst nichts durcheinanderbringen.«

Erbost griff Welscher danach. »Und was ist mit Hotte?«

»Ist benachrichtigt. Er lag in der Wanne und kommt so schnell wie möglich.«

»Dann los«, bestimmte Welscher.

»Ich warte bei mir«, sagte Larissa de Witt. Ihre Anwesenheit hatte er ganz verdrängt.

»Ja, sicher. Ist besser so. Danke auf jeden Fall für Ihre Aufmerksamkeit.«

Sie reichte ihm die Hand. »Meine Einladung steht noch.« Sanft strichen ihre Finger über seine Handinnenfläche, als sie ihn losließ.

Ein angenehmer Schauer jagte Welscher über den Rücken. Irritiert sah er ihr hinterher. Mit einem eleganten Hüftschwung umrundete sie den Einsatzwagen und verschwand durch ihre Haustür.

Der ältere Kollege riss ihn aus der Erstarrung. »Können wir jetzt?«, fragte er ungeduldig.

Peter, richtig, das war sein Name. Und der andere hieß Paul. Er hatte es amüsant gefunden. Peter und Paul. Fehlte nur noch Mary. Aus seiner Jackentasche holte er Einmalhandschuhe und streifte sie über. »Klar, Peter, legen wir los«, erwiderte er, um den Namen zu testen, und schloss die Haustür auf. Keine Korrektur, stellte er zufrieden fest. Seine Erinnerung hatte ihn also nicht getrogen.

Entschlossen drückte er die Tür auf. Das Siegel brach, und ein modrig-muffiger Geruch schlug ihnen entgegen.

»Puh!«, stöhnte Peter hinter ihm auf. »Wie im Puff.«

Welscher kommentierte das nicht. Er hatte schon öfter zwielichtige Etablissements betreten müssen. Meistens hatte es süßlich nach zu starkem Parfum gerochen, gepaart mit Tabakqualm und Schweiß. Sicher nicht unbedingt eine angenehme Melange, aber zumindest eine lebendige. Hier jedoch roch es nach Blut und Tod. Vorsichtig ging er voran und tastete nach dem Lichtschalter. Er spürte die Schaltwippe und drückte sie nach unten. Die Lampe an der Decke leuchtete auf und tauchte den Flur in ein warmes Licht.

»Was für eine Sauerei«, raunte Peter und betrachtete kopfschüttelnd das Blut auf dem Boden. »Schau du dich oben um, Paul.«

Welscher schmunzelte zufrieden. Paul war also auch richtig gewesen. Sein Gedächtnis hatte doch noch Langzeitqualitäten. »Pass nur auf, wo du hintrittst«, sagte er warnend. »Du kennst ja Feuersänger. Wenn der deinen Abdruck hier findet, dreht er durch.« Auch er selbst setzte achtsam einen Fuß vor den anderen. »Küche gesichert«, sagte er, nachdem er einen Blick hineingeworfen hatte.

»Was hast du denn gedacht?«, grummelte Paul. »Die Giraffe von nebenan hat mit Sicherheit nur irgendwelche Lichtreflexe gesehen.« Dennoch schlich er mit gezogener Pistole die Treppe hinauf.

Welscher achtete nicht weiter auf ihn. Er bedeutete Peter, im

Keller nachzusehen, und kontrollierte selbst das Wohnzimmer. Aufmerksam sah er sich um, suchte nach Veränderungen oder Auffälligkeiten wie zum Beispiel einer umgestoßenen Vase oder herausgezogenen Schubladen. Doch weder lagen Papiere wild auf dem Boden verstreut, noch fand sich eine geöffnete Geldkassette in der Zimmermitte. Alles schien in Ordnung zu sein. Er griff nach einem der Bilder, die auf der Kommode standen. Veronika Kramann, jung, mit Schleier, daneben ihr Mann, adrett, ein freundliches Lächeln auf den Lippen. Glückliche Zeiten, dachte Welscher. Er stellte es zurück und nahm ein anderes. Die Hochzeitsgesellschaft. Er erkannte Maria Bartels. Sie lächelte in die Kamera. Trotzdem wirkte sie auf Welscher unglücklich und verhärmt.

Über ihm polterte es. »Au!«, hörte er Paul rufen. Welscher schmunzelte. Der niedrige Türsturz zum Schlafzimmer hatte letzten Samstag bei einem Kollegen der Tatortgruppe ebenfalls eine Beule hinterlassen. Pauls großem Mundwerk würde der Stoß vielleicht einen Dämpfer verpassen.

Er ließ seinen Blick weiter über die Bilder wandern. Plötzlich war da wieder das unbestimmte Gefühl, etwas zu übersehen. Er nahm jedes Bild einzeln zur Hand und betrachtete es konzentriert. Was war es nur? Was war ihm aufgefallen? Verdammt! Es wollte nicht an die Oberfläche. Das offensichtlich jüngste Bild auf der Kommode erregte seine Aufmerksamkeit. Ein Gruppenfoto, Maria Bartels erkannte er, ihren Mann Ralf Klötsch und Larissa de Witt. Frank Rethmeier war ebenfalls darauf abgebildet. Eine Frau sah aus wie die junge Ausgabe von Veronika Kramann. Sicher die Tochter, dachte Welscher. Die anderen Gesichter auf dem Foto sagten ihm nichts, doch war er überzeugt, dass es sich um Verwandte oder Freunde handelte. Er beschloss, das Foto mitzunehmen. Dort steckte das Geheimnis drin, er spürte es. Ein wenig mehr Zeit, Muße und Geduld, damit würde er sein Unterbewusstsein überlisten.

»Nichts«, sagte Peter hinter ihm. »Kein Geist im Haus.«

Welscher wandte sich um. Paul stand mit mürrischer Miene neben Peter und hielt sich die Stirn.

»Danke für eure Unterstützung«, sagte Welscher, ohne es ernst zu meinen. Immerhin hatten die beiden Sheriffs den Geist mit ihrem Krach bei der Anfahrt in die Flucht geschlagen. Da wäre keine Unterstützung besser gewesen. »Ihr könnt abrücken. Ich schließe ab.«

Sie verabschiedeten sich. Kurz darauf hörte Welscher sie davonfahren.

Ruhe kehrte im Haus ein. Dafür fiel ihm jetzt das laute Ticken der Wanduhr auf. Welscher stellte sich ans Fenster, das den Blick zum Tal gewährte. Links, deutlich tiefer gelegen, versteckte sich das Schullandheim hinter einigen Bäumen, rechts strahlten schwach die Lichter aus Kronenburgerhütte herauf. Alles wirkte friedlich. Trügerisch, dachte er.

»Haben Sie etwas gefunden?«

Erschrocken wirbelte er herum. Sein Herz pochte.

Larissa de Witt hob entschuldigend die Arme. »Ich wollte Sie nicht erschrecken«, gurrte sie tief.

Vernehmlich atmete Welscher durch. »Sie dürfen hier nicht rein«, sagte er heftiger als eigentlich gewollt. Larissa de Witts Anwesenheit machte ihn nervös. Ihre strahlenden Augen schienen ihn auffressen zu wollen.

»Dann schlage ich vor, Sie kommen zu mir rüber.«

Welscher wollte ablehnen, entschied sich dann aber anders. Er griff das Foto fester. Die Nachbarin würde ihm erklären können, wer alles darauf abgelichtet war. Vielleicht kam er dann darauf, was es war, was ihn die ganze Zeit schon piesackte.

***

Larissa de Witt goss Welscher einen Assam ein. »Ich trinke eigentlich auch am liebsten Tee«, erzählte sie. »Und hin und wieder einen guten Wein.«

Welscher probierte. »Ausgezeichnet«, sagte er anerkennend. »Sie sind also sicher, dass es nicht nur Lichtreflexe waren?«

»Ganz sicher. Das Licht tanzte durchs Haus.« Sie setzte sich aufs Sofa und zog die Beine unter. Ihr wallendes Gewand lag auf ihr wie eine bunte Decke. Sie nahm das Bild, das Welscher ihr gegeben hatte, und hielt es so, dass auch Welscher die darauf abgebildeten Personen sehen konnte.

»War eine Idee von Barbara, Vrönns Tochter. Sie hat alle zusammengetrommelt für dieses Foto.« Larissa de Witt lachte warm. »Was will man einer alten Frau auch sonst zum Geburtstag schenken? Die haben ja schon alles.«

Welscher wiegte den Kopf. Ihm fielen Dutzende Dinge ein, eine Reise, Karten für eine Theateraufführung oder ein Essen in einem vorzüglichen Restaurant. So pauschal konnte er daher nicht zustimmen.

Sie zeigte auf einen der Männer. »Das ist Barbara Wolfs Mann Günter.«

»Aha«, sagte Welscher. Das erste unbekannte Gesicht hatte einen Namen bekommen. »Und der daneben?« Er deutete auf einen Mann mit Halbglatze.

»Ist unser Pfarrer. Vrönn verstand sich gut mit ihm.« Sie ließ den Finger weiterwandern. »Maria und ihr Mann Ralf. Frank, der Untermieter, die Stiefmutter, meine Wenigkeit.« Sie lachte auf. »Ich sehe noch am männlichsten aus.« Sie zwinkerte Welscher zu.

»Äh«, stammelte der und suchte nach einer relativierenden Entgegnung. Aber es stimmte schon. Ihre kantigen Gesichtszüge stachen deutlich hervor.

»Vrönn hat sich sehr drüber gefreut und es sofort aufgestellt«, versicherte sie und legte das Bild auf dem niedrigen Wohnzimmertisch ab.

Behutsam nahm Welscher es auf und betrachtete die Gesichter ausgiebig. Was störte ihn bloß so?

»Denken Sie, der Mörder lacht sie gerade an?«, hauchte Larissa de Witt in seinen Nacken. Er hatte gar nicht bemerkt, dass sie aufgestanden und hinter ihn getreten war. Trotz seiner geschwollenen Nase nahm er ihr Parfum wahr, ein Hauch von Limette und Aprikose. Ein Schauder raste durch seinen Körper.

»Möglich, ja.« Er spürte ihre Hände auf seinen Schultern und versteifte sich.

»Sie sind ja ganz verspannt.«

Er wollte protestieren. Doch die massierenden Bewegungen waren gekonnt und angenehm. »Hmm«, brummte er zufrieden und lockerte sich. »In letzter Zeit geht es ziemlich drunter und drüber«, murmelte er.

»Privat?«

»Auch.«

»Meine Tür steht Ihnen jederzeit offen.«

»Mhm«, brummte Welscher erneut. Ergeben blieb er sitzen und genoss einige Minuten stumm die Massage. Larissa de Witts Hände waren göttlich. Kräftig und geschickt griffen sie an den richtigen Stellen zu.

Das Handy holte ihn in die Realität zurück. Er sprang auf, als wäre er bei etwas Ungehörigem erwischt worden, und meldete sich. Nach wenigen Sekunden steckte er das Handy wieder ein. »Falsch verbunden.«

»Kommt vor«, meinte Larissa de Witt. Sie wirkte enttäuscht.

Welscher fuhr sich verlegen mit der Hand durch den Nacken. Auf was hatte er sich hier eingelassen? »Ich fühle mich um Klassen besser, vielen Dank. Ich muss jetzt aber.«

Er steckte das Foto ein und verabschiedete sich rasch.

Unten auf der Straße sah er zu ihrem Fenster hinauf. Sie winkte. Grüßend hob er die Hand und eilte in Richtung Parkplatz. Verwirrt versuchte er zu ergründen, was mit ihm los war. Verdammt, Larissa de Witt könnte tiefer in dem Fall drinstecken, als es den Anschein hatte. Bisher hatten sie ja kaum jemanden als Täter ausschließen können. Und er ließ sich von ihr massieren. Mit ein wenig Abstand glaubte er sogar, dass sie alles nur inszeniert hatte, um ihn nach Kronenburg zu locken. Veronika Kramanns Haustür war verschlossen und versiegelt gewesen, die Fenster geschlossen und intakt. Viele Optionen blieben da nicht, um ins Haus einzudringen. Kurz hatte Welscher das Bild eines durch den Kamin gleitenden Weihnachtsmanns vor Augen. »Reichlich spät dran«, murmelte er. »Oder viel zu früh, wie man es sieht.«

Kurz bevor er den Parkplatz erreicht hatte, bemerkte er einen unförmigen Schatten. Er stand unter dem Torbogen. Unwillkürlich ging Welschers Hand zur Waffe. Noch einmal wollte er sich keinen überziehen lassen. Der Schatten schien ihn zu beobachten.

»Kommen Sie ins Licht! Sofort!«, rief Welscher.

»Bist du durchgeknallt?«

Welscher stutzte. »Hotte?«

»Wer denn sonst, du Hunnes.« Fischbach kam auf ihn zu. Seine riesige beigefarbene Regenkombi ließ ihn wie einen Sumo-Ringer aussehen.

Welscher lachte unsicher. »Ich habe gedacht … ach, vergiss es einfach. Was machst du hier?«

»Na was wohl? Bei der Kramann ist doch eingebrochen worden.«

»Bist spät dran.«

Über Fischbachs Gesicht huschte ein schuldbewusster Ausdruck. »Meine Maschine wollte nicht anspringen. Die Batterie. Ich musste erst eine neue einbauen.«

Welscher drehte Fischbach an den Schultern um und schob ihn in Richtung Parkplatz. »Kenne ich, kenne ich. Bei meiner Karre kommt das häufiger vor, als mir lieb ist. Aber hier ist schon alles erledigt. Lass uns zu dir fahren. Dort erzähl ich dir alles.«

ZWÖLF

Vollkommen übermüdet betrat Welscher am Morgen das Polizeigebäude an der Kölner Straße. Er hatte bis ein Uhr nachts bei den Fischbachs gehockt. Zu Hause in seiner Wohnung angekommen, war er erst um vier Uhr früh eingeschlafen. Um sieben hatte ihn sein Wecker brutal aus dem Tiefschlaf gerissen. Mürrisch stapfte er die Treppe hoch und ging ins Besprechungszimmer.

»Guten Morgen«, trällerte ihm Bianca Willms entgegen, die aufgeregt vor drei zusammengestellten Metaplänen hin und her lief und Karten anpinnte.

Staunend blieb Welscher mitten im Raum stehen und betrachtete ihre Arbeit. Offensichtlich hatte sie das Soziogramm aufgemalt und bestückte es jetzt mit bunten Hinweisen und Fotos. »Ist ja Wahnsinn«, sagte er lobend und stellte sich neben sie. »Genial.«

»Danke. Von dir ist mir ein Lob am liebsten.« Sie zwinkerte ihm zu und nahm eine weitere Pinnnadel aus der Packung. »Bin gestern Abend noch mal reingekommen und habe recherchiert. Meine Eltern hatten den Kleinen.«

Nachdenklich kratzte Welscher sich das Kinn. »Wo hast du denn all die Fotos her?«

»Internet. Homepages, Facebook und solche Seiten.«

»Kaum zu glauben.« Er selbst hatte es bisher vermieden, mehr als unbedingt nötig im weltweiten Netz über sich preiszugeben. Die plakative Darstellung auf den Metaplänen bewies ihm, dass man nicht vorsichtig genug sein konnte. Es sei denn, man liebte den Voyeurismus.

Er überflog die Karten und tippte erstaunt auf eine blaue. »Ralf Klötsch ist Schauspieler?«

»Ja, hier in der Gegend sogar relativ bekannt. Hätte er dir bestimmt erzählt, wenn du ihn nach seinem Beruf gefragt hättest.« Spöttisch zog sie eine Augenbraue nach oben.

Verlegen kratzte sich Welscher am Kopf. »Äh, ja. Hätte ich machen sollen, stimmt.«

»Wo steckt Hotte?«, fragte Bianca Willms, während sie ein Foto von Maria Bartels neben dem von Ralf Klötsch befestigte. Sie trug darauf ein schlichtes Abendkleid. Irgendeine Premiere, bei der sie ihren Mann begleitet hatte, vermutete Welscher.

»Der kommt nach. Macht noch einen Abstecher zum Kronenburger Pfarrer. Vielleicht ist dem irgendetwas aufgefallen, was uns weiterhelfen könnte. Die Pfaffen haben ihre Ohren ja überall.« Er lachte leise.

Bianca Willms sah ihn ernst an. »Hört sich despektierlich an.«

»Ich steh nicht auf den ganzen Kirchenkram. Bin schon vor einiger Zeit ausgetreten.«

»Der Steuer wegen?« Sie sah ihn forschend an. »Wie fast alle?«

Er schüttelte energisch den Kopf. »Aus Überzeugung.«

»Aber die Feiertage nimmst du gerne mit, stimmt's?«

»Du weißt doch, wie das als Bulle ist. Keine Wochenenden, keine Feiertage, ob mit oder ohne Konfession.«

»Übertreib mal nicht.« Entschlossen haute sie einen Pin in die Wand. »Ich zumindest glaube an Gott.«

»Glauben bedeutet, es nicht zu wissen.«

»Oder einfach nur zu vertrauen.«

»Der Kirche?«, fragte er maliziös. »Da würde ich mich ja lieber der Mafia anvertrauen.«

Sie stockte in ihrer Bewegung. Ihre Augen funkelten wütend. »Für dich doch bestimmt die gleiche Organisation, oder?«

Entschuldigend hob Welscher die Arme. »Ich wollte dir nicht zu nahe treten. Bekehren kannst du mich ohnehin nicht, und andersherum gilt es sicher entsprechend. Also lass uns die Friedenspfeife rauchen und das Thema abhaken, okay?«

Die Pinnnadel in Bianca Willms' Hand ruckte kurz in seine Richtung, dann entspannte sie sich. »Du hast recht. Aber bei dem Thema … ach, Schwamm drüber.«

Erleichtert atmete Welscher durch. Er mochte Bianca Willms, und das Letzte, was er wollte, war, sich mit ihr wegen unterschiedlicher Glaubensfragen zu überwerfen.

»Ich muss noch ein paar Dinge erledigen«, murmelte er. »Wir sehen uns um eins. Hotte hat eine Besprechung angesetzt.« Er lächelte unverbindlich und ließ Bianca Willms stehen.

***

Fischbach war auf gut Glück losgefahren. Er wollte den Tatort ohnehin ein weiteres Mal auf sich wirken lassen. Die Fahrt nach Kronenburg würde also auf jeden Fall nicht nutzlos sein, egal, ob er den Pfarrer antreffen würde oder nicht.

Der Fahrtwind strich um seine Nase, der Motor wummerte sonor zwischen seinen Beinen. Auf der B51 hinter Blankenheimerdorf überholte er eine Bundeswehrkolonne, fünf schwere Lastwagen, die vorne von einem Geländewagen geführt wurden. Auf der Pritsche saßen Soldaten in Uniform. Er winkte ihnen lässig mit der linken Hand zu. Einige grüßten müde zurück. Vermutlich würden sie gerade auch lieber auf einer Harley reiten, als ins Manöver zu fahren und sich bei den immer noch frostigen Nachttemperaturen den Hintern abzufrieren.

Eine Viertelstunde später erreichte er sein Ziel, stellte die Maschine auf dem oberen Parkplatz ab und schlenderte zu Veronika Kramanns Haus. Eine Stunde lang streifte er durch die Räume, bis er, ohne zu weiteren Erkenntnissen gelangt zu sein, hinter sich abschloss und die wenigen Meter zur Johanniterkirche spazierte. Die Häuserwände reflektierten das Sonnenlicht, irgendwo schrie ein Baby, und über dem Pflaster des Burgberings verdampfte die Feuchtigkeit. Das regnerische Tief hatte in der Nacht einem aufziehenden Frühlingshoch Platz gemacht.

Eine angenehme Stille empfing Fischbach, als die Tür der kleinen Kirche hinter ihm zufiel. Der Geruch von Weihrauch hing in der Luft. Er benetzte die Finger mit Weihwasser und bekreuzigte sich, schob sich anschließend auf die Bank in der letzten Reihe. Ehrfürchtig betrachtete er die Jesusfigur. Der Erlöser hing an der Wand hinter dem Altar am Kreuz und schaute leidend zu ihm herab.

»Ein unbekanntes Gesicht«, hörte er plötzlich eine Stimme sagen. Für einen Augenblick fühlte Fischbach sich wie Don Camillo in dem alten italienischen Filmklassiker. Der hatte mit Jesus sprechen können.

»Jesus?«, entfuhr es ihm darum heiter.

Ein Lachen war zu hören. »Zu viel der Ehre.«

Fischbach reckte den Hals und suchte nach der Quelle der Stimme.

Hinter dem Altar tauchte ein Mann auf und kam auf ihn zu. Ein

Kittel umgab seinen schlaksigen Körper, die braune Cordhose war an den Knien durchgescheuert.

Ein Landstreicher, dachte Fischbach. Sein Blick hing wie gebannt an den weiß schimmernden Kniescheiben des Mannes.

Der schien das bemerkt zu haben. »Ist meine Spießbotz.«

Fischbach blickte auf. »Eine Manchesterbotz? Ich würde eine Texasbotz nehmen.«

Der Mann lachte. Mit ausgestreckter Hand begrüßte er Fischbach. »Herzlich willkommen. Ich bin Pfarrer Beinlich.« Als Fischbach zugriff, schwenkte er dessen Arm wie einen Pumpenschwengel. »Botz is Botz, Hauptsache, man fühlt sich darin wohl und sie kneift nicht.« Sein Blick streifte Fischbachs Bauch, der über den Gürtel quoll. »Sind Sie zugezogen? Oder verbringen Sie ein paar Tage oben im Hotel?« Er ließ Fischbachs Hand los. Mit einer fließenden Bewegung setzte er sich auf die vorletzte Bank und wandte sich ihm zu. Den Unterarm legte er locker auf die Rückenlehne. Sein Lächeln wirkte ehrlich und freundlich, seine Augen leuchteten neugierig. Ein dunkler Kranz Haare umrahmte die Glatze.

»Warum verstecken Sie sich hinter dem Altar?«, fragte Fischbach.

Pfarrer Beinlich lachte. »Von Verstecken kann keine Rede sein. Ich repariere den Boden. Heutzutage muss man alles selbst erledigen. Das Geld ist knapp, die Kassen leer, auch bei der katholischen Kirche.« Er rieb Daumen und Zeigefinger gegeneinander. »Gottes Stellvertreter auf Erden hat uns leider den Geldhahn abgedreht. Daher ist mir auch jedes neue Gemeindemitglied herzlich willkommen. Sie sind nicht zufällig Maurer oder Schreiner?« Er zwinkerte Fischbach schelmisch zu.

»Da muss ich Sie leider enttäuschen.« Er zog seine Marke. »Kripo Euskirchen, Fischbach.«

»Oh«, entfuhr es Pfarrer Beinlich. Seine Mundwinkel senkten sich nach unten. »Verstehe, Sie kommen wegen Vrönn.«

Fischbach nickte.

Die Tür wurde geöffnet, und zwei ältere Frauen traten ein. In der Hand hielten sie Blumenkörbe. »Guten Morgen«, riefen sie wie aus einem Mund. »Können wir schon dekorieren?«

Pfarrer Beinlich sprang auf und begrüßte sie. »Morgen, Morgen, meine Lieben. Die Kirche gehört euch.« Er strahlte wie die aufgehende Sonne. »Ich brauche noch ein paar Minuten, muss nur noch mit meinem Freund hier reden.« Er klopfte Fischbach auf die Schulter. »Kommen Sie.«

Fischbach stand von der Bank auf und rannte dem davoneilenden Pfarrer hinterher. Äußerst beweglich, das Kerlchen, dachte er.

Sie verließen die Kirche durch die Sakristei. Die Frühlingssonne empfing sie. Pfarrer Beinlich nahm auf einer Bank an der Kirchenmauer Platz und klopfte auf den Platz neben sich. »Kommen Sie an meine Seite, mein Sohn.«

Sohn ist gut, dachte Fischbach. Ich bin bestimmt zehn Jahre älter als er. Die Bank knarzte beängstigend, als er sich darauf niederließ.

Beinlich stieß ihn keck mit der Schulter an. »Aus echter Eifeler Eiche. Keine Sorge, die hält stand.« In seinen Augen standen Lachfältchen.

Nicht zum ersten Mal schämte sich Fischbach. Er musste unbedingt etwas gegen seine Leibesfülle unternehmen. So wie er zurzeit herumlief, fühlte er sich unwohl. Und die spöttischen Bemerkungen seiner Mitmenschen störten ihn zunehmend. Früher hatte er seinen Bauch mit einer voluminöseren Kleidergröße halbwegs verstecken können.

Doch selbst XXL spannte inzwischen. Er holte tief Luft und fasste hier und jetzt die Entscheidung, seinen Pfunden den Krieg zu erklären.

»Die Vrönn, ja, sie war eine Liebe«, begann Pfarrer Beinlich von ganz allein und riss Fischbach so aus seiner Kriegserklärung. Er schaute traurig ins Tal hinein. Seine Heiterkeit war von einer Sekunde zur anderen verflogen. »Auf die konnte ich mich verlassen. Wenn die Vrönn etwas zusagte, dann konnte man darauf Kathedralen erbauen.«

»Sie mochten Veronika Kramann?«

»Aber sicher doch. Alle mochten sie.«

Fischbach beschloss, jedes vorsichtige Herantasten fallen zu lassen und sofort zum Kern zu kommen. »Trotzdem hat sie jemand getötet.«

»Ja. Schrecklich.«

»Haben Sie eine Idee …«

»Ein Fremder«, unterbrach ihn Pfarrer Beinlich. Er schloss die Augen und hielt sein Gesicht der Sonne entgegen. »Davon bin ich fest überzeugt.«

»Sie können sich also niemanden vorstellen, der Frau Kramann an den Kragen wollte?«

»Überhaupt nicht.«

»Was ist mit dem anderen Heiler hier in Kronenburg?«

Verblüfft riss Pfarrer Beinlich die Augen auf und sah Fischbach an. »Hartmanns Schäng? Ist doch nicht Ihr Ernst.«

»Warum nicht?«

»Der Schäng ist der liebenswürdigste Mann, den ich in der Gemeinde kenne. Nie im Leben würde der einer Fliege etwas zuleide tun. Für den lege ich die Hand ins Feuer.«

Fischbach leckte sich über die Lippen. Für einen Moment meinte er, erneut die Schärfe des Bonbons zu spüren. Von wegen, dachte er, der Mann ist gemeingefährlich.

»Sie zweifeln?«, fragte Pfarrer Beinlich.

»Ist mein Beruf. Ich kann nicht aus meiner Haut.«

»Aber Schäng ist ein Heiler. Er hilft Menschen, er tötet sie nicht. Überzeugt Sie das nicht?«

»Wenn ich ehrlich bin: nein. Das ist mir zu einfach gestrickt.«

Beinlich überlegte. »Sicher haben Sie recht.« Er seufzte. »Ich will einfach an das Gute im Menschen glauben, ganz besonders bei meinen Schäfchen hier in Kronenburg. Ich bin voreingenommen und keine Hilfe für Sie. Zu naiv.« Treuherzig lächelte er.

»Wo wir das Thema Heiler schon angesprochen haben. Wie ist Ihr Standpunkt dazu?«

»Habe ich eben ja bereits durchklingen lassen. Sie helfen ihren Mitmenschen, und das ist für mich in Ordnung.«

»Ist es denn nicht schwarze Magie?«

Heftig schüttelte Pfarrer Beinlich den Kopf. »Nein, auf gar keinen Fall. Die Heilertätigkeit hier in der Eifel ist verbunden mit einem intensiven Glauben an Gott. So war es bei Vrönn, so ist es beim Schäng. Ihre Gebete heilen die Menschen, sie sind somit lediglich Gottes verlängerter Arm.«

»Interessante Interpretation. Aber es gibt doch bestimmt auch eine gegenteilige Auffassung. Wer Gutes tun kann, ist doch vermutlich auch in der Lage, seine Gabe zum Schaden einzusetzen. Frau

Kramann könnte jemandem übel mitgespielt haben, und derjenige hat sich dann gerächt.«

Gedankenverloren strich sich Pfarrer Beinlich über die Glatze. »Hm, in der Tat ist mir eine Geschichte aus Dreiborn bekannt, wo ein Heiler die Fähigkeit gehabt haben soll, Menschen stehen zu lassen.«

»Stehen zu lassen?«

»Ja, soll heißen, er konnte einen Bann aussprechen. Wenn er wütend auf jemanden war, dann bannte er ihn an Ort und Stelle. Derjenige konnte sich nicht mehr bewegen. Bei einer anderen Geschichte, von der ich gehört habe, war es ähnlich. Diesmal bei Hellenthal. Eine Bäuerin verhandelte mit dem Heiler über eine Kuh. Sie kamen nicht überein, obwohl der Heiler einen guten Preis bot. Irgendwann brach der Heiler die Verhandlungen wütend ab und drehte sich um. Die Bäuerin ließ er stehen.«

»Wie lange?«

»Es war wohl nur eine Drohung, nach wenigen Minuten befreite der Heiler sie wieder aus ihrer Erstarrung. Es hatte ausgereicht, um ihr einen Schreck einzujagen.«

Fischbach lief es kalt den Rücken runter. Wie sollte man einem solchen Menschen begegnen? Bei jedem Satz lief man Gefahr, mit einem Fluch belegt zu werden. Wie mächtig musste sich jemand mit dieser Gabe fühlen? Er stellte sich vor, wie er einen Verdächtigen so lange auf den Vernehmungsstuhl bannte, bis dieser heulend um Gnade flehte. Er schmunzelte.

»Was ist daran so spaßig?«, fragte Pfarrer Beinlich.

Röte schoss Fischbach ins Gesicht. »Ach, ähm, nichts. Ist Ihnen die weiße Hexe aus Kronenburgerhütte ein Begriff?«, lenkte er ab.

Beinlich schnaubte abfällig. »Ja, die kenne ich. Das ist jetzt aber eine ganz andere Kategorie. Hat auch nichts mit den Geschichten zu schaffen, die ich Ihnen eben berichtet habe. Alles Scharlatanerie, absoluter Blödsinn, geprägt durch Irrglauben.«

Ein Schwarm Vögel zog kreischend über der Spitze des Kirchenturms hinweg.

»Das müssen Sie mir jetzt aber erklären«, forderte Fischbach ihn auf. »Was unterscheidet die Magie der weißen Hexe von den Heilkräften einer Veronika Kramann?«

»Gott spielt dabei nur selten eine Rolle, so einfach ist das. Tarot,

Mondphasen, Runen, Kristallkugeln und so ein Zeug bestimmen die weiße Magie. Für mich ist das weiter nichts als Handwerkszeug, das Unwissenheit kaschieren soll. Oder anders ausgedrückt: Damit machen sich die Magier wichtig und lenken so von ihren nicht vorhandenen Fähigkeiten ab. Ist ja alles auch nicht nachprüfbar. So etwas kann ich nicht gutheißen.«

»Kennen Sie denn keinen, der …«

»Nein, niemanden«, unterbrach ihn Pfarrer Beinlich brüsk. »Alles Schwätzer.«

Glasklar, dachte Fischbach. Zumindest brauchte er bei Pfarrer Beinlichs Antworten nicht orakeln.

»Sie schmunzeln ja schon wieder«, bemerkte Pfarrer Beinlich. »So langsam befürchte ich, dass ich der Quell Ihrer guten Laune bin.«

Fischbachs Ohren fühlten sich augenblicklich heiß an. »Es ist nicht so … nein, keine Sorge«, stammelte er, »ich habe schon mal … seltsame Gedankengänge.«

»Vermutlich müssen Sie das auch«, sagte Pfarrer Beinlich und zwinkerte Fischbach zu. Seine gute Laune schien ihn wieder eingeholt zu haben.

»Die weiße Hexe …«

»Sylvia Neuroth. Nennen Sie das verwirrte Kind ruhig beim Namen.«

»Okay, das macht es einfacher. Sylvia Neuroth hatte Streit mit Veronika Kramann. Wussten Sie davon?«

»Vrönn hat es mir erzählt.«

»Was denken Sie? Könnte er eskaliert sein?«

Wieder strich Pfarrer Beinlich nachdenklich über seine Glatze.

Vermutlich ist das der Grund für das fast haarlose Haupt, dachte Fischbach amüsiert und unterdrückte in letzter Sekunde ein Lächeln.

»Tatsächlich hatte ich, als Sie mich eingangs fragten, ob ich jemanden wüsste, der Vrönn an den Kragen wollte, an die Hexe gedacht. Ob sie in der Lage wäre, einen Menschen zu töten. Ich habe das allerdings schnell wieder verworfen.«

»Warum?«

»Sie ist eine Frau.«

Fischbach stutzte. »Na und?«

Pfarrer Beinlich zog spöttisch einen Mundwinkel nach oben.

»Frauen morden anders, ist es nicht so? Nach dem, was ich gehört habe …« Er brach ab und schluckte heftig. »Ich habe gehört, es war ein Massaker.«

»Und Sie können sich nicht vorstellen, dass eine Frau so etwas anrichten könnte.«

»Genau.«

»Es gab solche Mordfälle in der Vergangenheit.«

»Trotzdem.«

Fischbach teilte die Einschätzung des Pfarrers nicht. Dass eine Frau bei einem Mord ein Blutbad anrichtete, war zwar statistisch unwahrscheinlicher, aber nicht auszuschließen. »Es wäre freundlich von Ihnen, wenn Sie ganz offen mit mir sprechen würden. Urteilen Sie bitte nicht für mich. Überlassen Sie das der Polizei. Fällt Ihnen außer Frau Neuroth sonst noch jemand ein, der mit Frau Kramann Streit hatte?«

Pfarrer Beinlich lehnte sich zurück. Fischbach ließ ihm Zeit. Die Sonne wärmte angenehm. In seiner Lederjacke störte ihn auch nicht der Wind, der böig um die Kirche strich.

»Nein, niemand«, sagte Pfarrer Beinlich schließlich.

Ernst musterte Fischbach ihn.

»Wirklich nicht, ehrlich.« Pfarrer Beinlich lachte. »Schauen Sie nicht so streng. Mir fällt wirklich niemand mehr ein.«

»Okay, ich wollte nur sichergehen.« Fischbach schubste eine vorwitzige Spinne von seinem Hosenbein. »Ich darf sicher wiederkommen, wenn mir noch etwas einfällt.«

»Selbstverständlich, jederzeit«, versicherte Pfarrer Beinlich und stand auf. Er wies nach links. »Sie können hier um das Gebäude rum zur Straße. Erspart Ihnen die Türen.«

»Haben Sie etwas dagegen, wenn ich noch einen Moment sitzen bleibe?«, fragte Fischbach. »Ich möchte ein wenig meine Gedanken sammeln.«

»Aber gerne doch«, erwiderte Pfarrer Beinlich erfreut. »Ich werde Ihnen gleich noch einen Kaffee bringen lassen.« Mit großen Schritten stürmte er davon.

Fischbach schmunzelte. Die Manchesterbotz des Pfarrers hatte auch einen Riss am Hinterteil.

***

Welscher tippte die Nummer von Veronika Kramanns Freundin im Allgäu ins Telefon. Vor ihm auf dem Schreibtisch lag die Verbindungsübersicht von Kramanns Anschluss, den sie bei einem Mordfall routinemäßig anforderten. Bianca Willms hatte ihm das Papier vor gut einer halben Stunde in die Hand gedrückt. Fein säuberlich hatte sie die Namen, die sich hinter den Nummern verbargen, daneben geschrieben.

Während er wartete, überflog er ein weiteres Mal die wenigen Zeilen. Viele Gespräche hatte Veronika Kramann nicht geführt. Einige Male hatte sie mit ihrer Schwester gesprochen, auch die Nummer der Tochter tauchte zweimal auf. Die Allgäuer Telefonnummer stach als einziger Exot aus den Vorwahlen heraus.

»Klinkhammer.«

Kräftige Stimme, stellte Welscher fest. »Frau Agnes Klinkhammer?«

»Ja?« Es kam zögerlich. »Wer ist denn da?«

Er holte tief Luft. Jetzt galt es, zunächst die traurige Nachricht zu überbringen, bevor er mit seinen Fragen loslegen konnte. »Oberkommissar Welscher, Kriminalpolizei Euskirchen. Frau Klinkhammer, ich muss Ihnen leider eine traurige Mitteilung machen.« So schonend wie möglich berichtete er vom Mord an Veronika Kramann und ließ Agnes Klinkhammer dann etwas Zeit, die Schreckensnachricht zu verdauen.

»Ich kann es nicht fassen«, wisperte sie. Das Kraftvolle in ihrer Stimme hatte sich verflüchtigt. Jetzt hörte sie sich an wie ein verstörtes Kind. »Das ist kein Scherz? Wenn es nämlich …«

»Nein, bitte glauben Sie mir«, unterbrach Welscher sie. »Es ist kein Scherz. Sie können gerne über die Zentrale zurückrufen. Dann wissen Sie, dass ich wirklich Polizeibeamter bin.«

Er hörte sie schwer atmen.

»Danke, aber ich denke, ich glaube Ihnen einfach.« Sie sprach einen Dialekt, den Welscher kaum verstehen konnte. Kein Bayerisch, so wie er es kannte. Im Allgäu wurde wohl mit anderer Zunge gesprochen.

»Darf ich Ihnen ein paar Fragen stellen?«

»Ja … natürlich. Aber ob ich helfen kann, weiß ich nicht.«

Welscher überging den Einwand. »Wann haben Sie das letzte Mal mit Ihrer Freundin telefoniert?«

»Letzte Woche, warten Sie … es war am Mittwoch, ja, Mittwoch. Ich gehe donnerstags immer einkaufen und hätte ansonsten schon alles für ihren Besuch besorgt gehabt. Sie hatte sich für das Wochenende angekündigt. War dann aber doch nicht nötig.«

»Frau Kramann hat also am Mittwoch abgesagt?«

»Ja, leider. Ich hatte mich so sehr auf das Wiedersehen gefreut.«

»Hat sie einen Grund für die Absage genannt?« Jetzt wird es spannend, dachte Welscher. Bisher hatte niemand eine Antwort darauf liefern können.

»Sie hat mich benutzt.« Sie klang eingeschnappt.

»Benutzt?«

»Ja. Veronika wollte mich gar nicht besuchen, zumindest nicht an dem besagten Wochenende.«

»Sondern?«

»Na ja, sie erzählte mir etwas von einem Geist, der bei ihr rumschleichen würde. Sie vermutete, dass jemand nach ihrem Geld sucht. Sie wollte ihm eine Falle stellen. Die Idee ist ihr wohl spontan gekommen, als sie ihre Reisepläne kundtat. Sie hat also abgesagt und mich gebeten, bei der Farce mitzuspielen.«

Welscher schüttelte den Kopf. Eine alte Frau auf Verbrecherjagd. Hörte sich an wie Miss Marple.

»Sie hat mich eingeschworen, niemandem davon zu erzählen«, berichtete Agnes Klinkhammer weiter.

»Sie sagten eben etwas von Geld.«

»Richtig, Veronika traute keiner Bank.«

Das hörte Welscher nicht zum ersten Mal. »Hat sie Ihnen gesagt, warum nicht?«

»Ich verstehe davon wenig.«

»Bitte versuchen Sie es trotzdem.«

Sie seufzte. »Einmal haben wir darüber gesprochen. Wir hatten eine Flasche Wein geköpft, und die Stimmung war ausgelassen. Ich hatte erst gar nicht so richtig zugehört. Es ging um eine Blase, die wohl geplatzt war, bei der sie aber rechtzeitig alles Geld abgehoben hatte, obwohl alle Berater ihr zugeflüstert hatten, sie würde einen Riesenfehler begehen.«

»Hat sie erwähnt, wo sie das Geld versteckt?«

Sie lachte traurig. »Wo denken Sie hin? Sie hat es noch nicht mal ihrer Familie anvertraut. Sie fand das alles sehr lustig.«

»Okay, aber dass Frau Kramann ihr Geld zu Hause hortete, das können Sie bestätigen?«

»Ja. Daraus schien sie keinen Hehl zu machen, ich meine, schließlich hat sie es sogar mir erzählt.«

»Im Rausch.«

»So schlimm war es auch wieder nicht. Und Veronika trank gerne mal einen guten Rotwein. Wenn dann jemand da war, so wie ich …« Sie brach ab. »Ich will ihr aber nichts Schlechtes nachsagen, sie war keine Säuferin oder so was. Das weiß ich ganz bestimmt.«

»Okay, verstehe.« Stumm fluchte er. Ein Raubmord wurde damit zumindest wahrscheinlicher. Er fragte Agnes Klinkhammer noch, ob Veronika Kramann abgesehen von der Geschichte mit dem Geist anders gewirkt habe als sonst und ob sie Streit mit jemandem gehabt hatte. Doch dem war Agnes Klinkhammers Wissen nach nicht so. Freundlich verabschiedete er sich und legte auf.

Er drehte sich im Stuhl und sah zum Fenster hinaus. Auf der Kölner Straße brummte der Morgenverkehr, die Sonne wurde von den Scheiben der vorbeifahrenden Autos reflektiert.

Zwar favorisierte er immer noch die Theorie, dass Veronika Kramann von jemandem getötet worden war, der oder die ihr nahestand. Schließlich sprach das Übertöten dafür. Aber auch ein beziehungsloser Raubmord war nach wie vor denkbar. Wenn es tatsächlich so war, dann würde es schwierig für sie werden. Dann mussten die üblichen Verdächtigen abgeklappert und unzählige Alibis geprüft werden. Das wäre mit einem Team von zwei Ermittlern nicht mehr zu bewerkstelligen.

Er war gespannt, wie die Mittagskonferenz heute verlaufen würde.

***

Fischbach genoss die Sonne. Aus der Kirche hörte er Gesang. Vermutlich übte der Chor gerade für eine anstehende Hochzeit. Er summte die fröhliche Melodie mit, die überhaupt nicht zu seinen Gedanken passte. Sie drehten sich um den Mord an Veronika Kramann, ohne dass sich ein konkreter Ansatz herauskristallisierte.

Sein Handy spielte »Smoke on the Water«. Es war Sigrid.

»Kommst du zum Essen?«, fragte sie.

Augenblicklich knurrte sein Magen wie ein wütender Hund. »Was gibt es denn?«

»Puppeöjelchenzupp.«

Er blickte auf die Uhr. Wenn er sich sofort auf den Weg machte, reichte die Zeit, er würde immer noch rechtzeitig zur Besprechung zurück sein. Und Suppe war Diät, genau das Richtige, um seine Pfunde zum Schmelzen zu bringen. »Bin unterwegs«, teilte er Sigrid mit und stand auf.

Mit weit ausholenden Schritten stapfte er um die Kirche und eilte an der weiß getünchten Wand entlang zum Burgbering. Als er auf das Pflaster trat, blieb er wie angewurzelt stehen. Am Haus von Veronika Kramann fummelte ein Mann am Briefkastenschlitz herum. Den kenne ich doch, dachte er und trat vorsichtig näher. Der Mann stand seitlich zu ihm, die Zunge zwischen die Lippen geschoben. Er glich einer zischenden Schlange.

»Kann ich Ihnen helfen?«, fragte Fischbach, als er direkt hinter dem Mann stand.

Ungerührt schüttelte der den Kopf. »Danke, nein. Ich habe ihn gleich.«

Fischbach verschlug es die Sprache. Als wäre Briefkästenplündern das Normalste auf der Welt. »Darf man erfahren, warum Sie die Hand in fremde Briefkastenschlitze stecken?«

»Muss was rausholen.« Die Hand glitt noch ein Stück weiter in den Metallkörper.

Fischbach beschloss zu warten.

»Ah! Jetzt hab ich ihn«, murmelte der Mann und zog einen Umschlag heraus. Er las die Aufschrift, riss ihn auf und überflog die Zeilen. »Passt«, bestätigte er, steckte den Brief wieder in den Umschlag, streckte sich und wandte sich Fischbach zu. Erschrocken riss er die Augen auf. »Sie? Was …« Er brach ab und schluckte heftig.

»Ich, genau, Herr Hartmann.« Fischbach deutete auf den Brief. »Sind da die neuesten Bonbonrezepte drin?«

Johannes Hartmann blickte auf den Brief zwischen seinen Fingern. Es wirkte fast so, als ob er erst jetzt bemerkte, dass er etwas in der Hand hielt. »Brief«, murmelte er und wirkte plötzlich vollkommen desorientiert.

»Darf ich mal sehen?«

Wie bei einem Roboter ruckte Hartmanns Arm nach oben. Seine Augen huschten hin und her, als würde er nach einem Fluchtweg suchen.

Vorsichtig, damit er ihn nicht zerriss, zog Fischbach den Umschlag aus den verkrampften Fingern und musterte die Aufschrift. Adressiert war er an Frau Kramann, allerdings ohne Absender. Halblaut las er die wenigen Zeilen: »*Miese Hexe … bedeutet Kampf … ich werde dich zerschmettern … mich wirst du nicht mehr los.*« Er sah auf und faltete den Brief zusammen. »Den nehme ich mit, Herr Hartmann, ein anonymer Drohbrief interessiert uns sehr. Ist der von Ihnen?«

Wie ein Gummiball sprang Hartmanns Adamsapfel auf und ab. »Äh … nein«, krächzte er.

»Von wem ist er dann?«

»Weiß ich nicht.« Hartmann sah zu Boden. Seine Ohren leuchteten rot wie Bremslichter.

»Erzählen Sie mir keinen Mist«, fuhr Fischbach ihn scharf an. »Ich frage Sie nur noch einmal: Von wem ist der Brief?«

Hartmann hob langsam die Schultern. Er stand da, als hätte er sich gerade eine eingefangen. »Von meiner Nichte«, sagte er rau.

»Aha. Schon besser. Und wer ist Ihre Nichte?«

»Sylvia.«

»Und weiter?«

»Sylvia Neuroth.«

»Bitte?« Fischbach riss erstaunt die Augen auf. »Die weiße Hexe?«

»Ja«, bestätigte er kleinlaut.

»Das verstehe ich jetzt nicht. Sie selbst haben uns doch auf ihre Spur gebracht. Warum belasten Sie eine Familienangehörige?«

»Ich habe gedacht, Sie kommen sowieso dahinter. Von ihrem Streit mit Vrönn wusste schließlich die halbe Eifel. Außerdem hatte ich gehofft, dass sie dadurch zur Vernunft kommen und es mit ihrem weißen Mummenschanz nicht so übertreiben würde.«

»Und jetzt stecken Sie Ihre Finger in fremde Briefkästen, weil …«

»Sie hat mich eben angerufen«, sprudelte es aus Hartmann heraus. »Sie hatte den Brief am Samstag aufgegeben. Jetzt hat sie Sorge, der Brief könnte missverstanden werden, also, äh«, er wies auf Veronika Kramanns Haustür, »in Zusammenhang mit dem Mord.«

»Damit liegt Ihre Nichte aber goldrichtig«, bestätigte Fischbach und steckte den Brief in die Innentasche seiner Lederjacke. »Sie halten sich bitte weiter zu unserer Verfügung.«

Ängstlich blickte Hartmann auf. »Sie nehmen mich nicht mit?«

Ohne darauf einzugehen, fragte Fischbach: »Ist Ihre Nichte zu Hause?«

»Sie erwartet meinen Anruf«, sagte Hartmann verlegen.

»Verschwinden Sie. Und nur ein Ton zu Ihrer Nichte, und das Sonnenlicht wirft demnächst Streifen in Ihren Aufenthaltsort. Verstanden?«

»Kein Wort, verstehe«, murmelte Hartmann und lief wie ein geprügelter Hund davon.

Fischbach zog sein Handy aus der Hosentasche. Die Suppe musste warten.

DREIZEHN

»Sie schon wieder«, sagte Sylvia Neuroth abweisend, als sie Fischbach die Tür öffnete. Heute trug sie Jeans und eine weite Bluse. Sie wirkte nicht mehr wie eine strahlend weiße Hexe, sondern wie eine Frau, die zu spät ins Bett gekommen war und verschlafen hatte.

Kimama schob sich an ihrem Frauchen vorbei und sprang freudig an Fischbach hoch. Der wuselte ihr einige Male über den Kopf. »Ich habe gerade Ihren Onkel getroffen«, erklärte er wie nebenbei, musterte sie jedoch aufmerksam.

Sie stutzte, ihr Blick flackerte kurz. »Onkel? Verstehe nicht.«

Während er Kimama den Rücken streichelte, zog er mit der freien Hand den Brief heraus und hielt ihn hoch. »Darüber sollten wir reden.«

Ärgerlich presste sie die Lippen aufeinander. »So ein Doofkopp. Bekommt die einfachsten Dinge nicht hin.« Sie nahm eine Jacke und eine Hundeleine vom Garderobenhaken und schloss die Tür hinter sich. »Kimama muss sowieso Gassi.« Nachdem sie Kimama angeleint hatte, drückte sie Fischbach die Schlaufe in die Hand. »Sie mag Sie.«

Fischbach verspürte kein Bedürfnis auf einen Spaziergang, doch die Hündin zog bereits wild an der Leine, sodass er sich automatisch in Bewegung setzte.

»Es war ein Spaß … nein, mehr ein übler Scherz, das gebe ich ja zu«, erklärte Sylvia Neuroth mit Blick auf den Brief, den Fischbach immer noch in der Hand hielt. »Ich war halt so wütend auf die Alte. Ich hätte ihr den Hals umdrehen …« Sie blieb stehen. »Vergessen Sie das. Ist mir so rausgerutscht.«

Fischbach kämpfte mit Kimama, die längs des Asphalts von links nach rechts durch das Bankett huschte und schnüffelte. Er spürte bereits den Schweiß auf seinem Rücken. »Sie wissen schon, dass Sie sich mit dieser Aktion selbst an die Spitze unserer Verdächtigenliste katapultiert haben«, sagte Fischbach. »Ich überlege gerade, Sie vorläufig festzunehmen.«

Höhnisch lachte Sylvia Neuroth auf. »Wir wissen doch beide, dass ich im Handumdrehen wieder draußen wäre.«

»Was macht Sie da so sicher?«

»Der Brief beweist doch gar nichts«, erklärte sie. »Außer vielleicht, dass ich mit der Kramann im Clinch lag.«

»Ein wenig mehr kann man aus der Sache schon herauslesen. Zum Beispiel sind Sie unseres Wissens bisher die Einzige, die Streit mit ihr hatte. Und Ihre gewalttätige Vergangenheit spricht auch nicht gerade für Sie«, gab Fischbach zu bedenken.

Die Hündin senkte den Hintern. Fischbach sah weg. Er verspürte keine Lust, Kimama bei ihrem Geschäft zuzusehen.

»Mag ja alles ein, aber mehr werden Sie nicht finden.« Sylvia Neuroth strich sich die Haare nach hinten, die eine Böe nach vorne geworfen hatte. »Ich habe sie nicht getötet.«

Fischbach musterte sie eindringlich, suchte nach Anzeichen, die sie der Lüge überführen würden. Sie hatte recht. Jeder halbwegs fähige Anwalt würde sie bei dieser dürftigen Beweislage innerhalb von Minuten aus der Zelle holen. Vermutlich könnte er Doris Schmitz-Ellinger oder einen Haftrichter unter diesen Umständen gar nicht erst davon überzeugen, Sylvia Neuroth überhaupt einzubuchten. Deswegen hatte er sich vorhin ja auch entschlossen, sie ohne entsprechende Rückendeckung mit dem gefundenen Drohbrief zu konfrontieren. Er hatte gehofft, sie würde sich irgendwie verraten. Doch sie stand so selbstsicher neben ihm, als hätte sie noch nie jemandem etwas zuleide getan. »Wir werden sehen«, orakelte er.

Kimama hatte ihr Geschäft verrichtet. Deutlich ruhiger setzte sie die Schnüffelei fort. Fischbach übergab Sylvia Neuroth die Leine und deutete mit dem Daumen hinter sich. »Und das lassen Sie einfach liegen?«

»Wir sind hier nicht in der Stadt.«

»Eben.«

»Sie können mir ja das Ordnungsamt auf den Hals hetzen. Wäre vielleicht eine kleine Genugtuung für Sie, da Sie sonst ja nichts in der Hand haben.«

»Wir werden sehen«, wiederholte Fischbach. Ihm kam ein Gedanke. Feuersänger hatte von zwei verschiedenen Fußabdrücken berichtet. Was wäre, wenn Sylvia Neuroth und ihr Onkel unter einer Decke steckten?

Er blieb stehen und zog sein Handy aus der Tasche. Sylvia Neuroth bedeutete er weiterzugehen, damit sie außer Hörweite war. »Kannst du bitte mal die finanzielle Situation von Johannes Hartmann prüfen?«, fragte er, als Bianca Willms sich meldete.

»Der Bonbonmacher?«

»Genau der.«

Bianca Willms bestätigte, und er beendete das Gespräch.

Sylvia Neuroth wartete an seiner Harley auf ihn. »Ich war es wirklich nicht«, beteuerte sie. Ihre Stimme klang weich und einschmeichelnd.

Fischbach steckte den Zündschlüssel ins Schloss. »Wissen Sie was, Frau Neuroth?«

Sie schüttelte den Kopf.

»Ich glaube, wenn ich Jack the Ripper auf frischer Tat ertappt hätte, hätte ich mir diesen Satz auch von ihm anhören dürfen. Der Spruch hat so viel Wert wie eine griechische Staatsanleihe.«

***

Als Welscher den Besprechungsraum betrat, stand Fischbach mit Bönickhausen und Doris Schmitz-Ellinger vor den Metaplänen. Die Staatsanwältin trug ein quietschgelbes Kleid, das sich mit ihren feuerroten Haaren biss. Pumuckl im Friesennerz würde modischer daherkommen als sie, dachte Welscher. An ihrer Stelle würde er dem Typberater mal ordentlich die Leviten lesen.

Feuersänger lümmelte mit düsterer Miene auf einem der Stühle, und auch Bianca Willms saß bereits am Konferenztisch. Ihre Finger flogen über die Tastatur ihres Notebooks.

»Ein famoser Schauspieler«, sagte Doris Schmitz-Ellinger und tippte auf das Bild von Ralf Klötsch. »Im Heino-Musical spielt er den Vater. Eine grandiose Darbietung, der hätte das Zeug zu einer ganz großen Karriere.«

Welscher gesellte sich zu ihnen und überflog erneut die Informationen, die Bianca Willms am Vormittag an die Stellwand gepinnt hatte. »Wirklich klasse«, urteilte er und setzte sich neben sie.

»Du wiederholst dich.«

»Kann man nicht oft genug loben.«

»Stimmt. Ausgezeichnete Arbeit«, bekräftigte Fischbach. »Besten Dank, Bianca, und nun lasst uns anfangen.« Er setzte sich ans

Kopfende vor den Metaplänen, die anderen verteilten sich auf die freien Plätze. Zunächst berichtete Fischbach von seinem Vormittag. Anschließend fragte er Bianca Willms: »Hast du schon etwas über Hartmann herausgefunden?«

Sie schüttelte den Kopf. »Sorry, nein. Das Kreditinstitut stellt sich quer und will ohne staatsanwaltliches Auskunftsersuchen keine Daten rausrücken.«

»Verstehe.« Er wandte sich an Doris Schmitz-Ellinger. »Können Sie das bitte übernehmen? Sie haben immerhin die Strafprozessordnung als Druckmittel.«

»Zu Ihren Diensten«, sagte sie und machte sich eine Notiz.

»Danke«, sagte Fischbach. »Was hast du Neues, Jan?«

Welscher berichtete von dem Anruf im Allgäu. »Ich glaube bald selbst an diesen ominösen Geist«, schloss er.

Fischbach stöhnte auf. »Mann, Mann, Mann, Heiler, Hexen und Geister. Fehlen nur noch Rotkäppchen und der böse Wolf.«

»Den einen Part könnte ich übernehmen«, sagte Doris Schmitz-Ellinger und strich sich über die Haare.

Überrascht hob Welscher den Blick. Sieh an, dachte er, die gute Frau Staatsanwältin hat doch eine Spur von Humor in sich. Kann sogar über sich selbst lachen. Bisher hatte er sie nur als überkorrekt und schlecht gelaunt kennengelernt.

Fischbach grinste. »Äh, ja, okay.« Er wandte sich an Feuersänger. »Was machen die Messer?«

»Kannst du wiederhaben«, knurrte der. »Wir haben nichts gefunden.«

»Und die Schuhabdrücke?«

»Gummistiefel, etwa Größe dreiundvierzig, und ein Frauenfreizeitschuh, bequem, sportlich, deutlich kleiner. Ich tippe auf neununddreißig«, ratterte Feuersänger übellaunig herunter.

Was ist dem denn über die Leber gelaufen?, fragte sich Welscher. Vermutlich plagte ihn immer noch die Erkältung. Obwohl er lange nicht mehr so krank wirkte wie noch am Samstag.

»Okay, war einen Versuch wert.« Fischbach lehnte sich vor und stützte die Ellenbogen auf. »Ich fasse mal zusammen: Frau Kramann hatte mit niemandem Streit, abgesehen von der Hexe. Sie war äußerst beliebt, galt als Koryphäe unter den Heilern und hat unzähligen Eifelern Linderung verschafft. Wenn ich mit meiner Hexen-

Bonbonmacher-Theorie danebenliegen sollte, bleiben nicht mehr viele Ansatzpunkte.« Er hob bedauernd die Arme. »So jemanden bringt doch niemand um.«

»Sackgasse?«, wollte Bönickhausen wissen.

»Na ja, zumindest im näheren Umkreis des Opfers laufen wir überall gegen die Wand.«

»Darf ich jetzt auch mal was sagen?«, ereiferte sich Feuersänger.

Fischbach runzelte die Stirn. »Was soll das denn jetzt? Hast du doch schon, jetzt tu also nicht so, als würdest du hier nicht zu Wort kommen. Du kannst dir denken, dass wir über jeden Ansatz …«

»Was habt ihr euch heute Nacht erlaubt?«, fuhr Feuersänger dazwischen.

Überrascht über den Ausbruch, spannte sich Welscher unwillkürlich an. »Was … wovon sprichst du?«

»Heute früh war ich noch mal am Tatort. Dort sieht es ja aus, als ob ihr eine Party gefeiert hättet.«

»Dann müssen wir uns knapp verpasst haben«, sagte Fischbach.

Feuersänger schien ihn gar nicht zu hören. »Eine bodenlose Sauerei ist das, eine Frechheit.«

Welscher tippte sich an die Stirn. Ärger keimte in ihm auf. »Übertreib nicht.«

»Zwei neue Schuhabdrücke«, motzte Feuersänger. »Die Bilder auf der Kommode standen auch anders. So wird das nichts, so kann ich nicht arbeiten.« Mit dem Zeigefinger tippte er mehrmals bekräftigend auf den Tisch.

»Deine Gruppe hatte ohne Zweifel sowieso schon die letzten Krümel gesichert, deine Aufregung ist daher vollkommen unnötig«, entgegnete Welscher wütend. »Du hättest den Tatort längst freigeben können. Aber du musst dich ja immer wichtigmachen. Weißt du was?« Welscher sah rote Punkte vor den Augen. »Du bist ein Narziss.«

Feuersänger sprang auf und beugte sich drohend über den Tisch. Sein Stuhl flog polternd nach hinten um. »Du … Es geht mir mächtig auf den Zeiger, wie du dich hier benimmst! Stellst uns immer als blöde Eifeler hin. Als ob du die Weisheit mit Löffeln gefressen hättest.« Seine ansonsten tiefe Stimme hatte eine Höhe erreicht, die in den Ohren wehtat.

Langsam drückte sich Welscher hoch. Er stemmte die Fäuste auf den Tisch und positionierte sich vor Feuersänger. Auge in Auge blickten sie einander an. »Du Eifeler Wicht. Dich Pedanten würden die in Köln zum Frühstück verspeisen.« Der ganze Frust, den er seit Wochen vor sich herschob, drängte jetzt an die Oberfläche. Die verhasste Eifel, die zerbrochene Partnerschaft und die Einsamkeit.

Auch Feuersänger glühte vor Zorn. Er bleckte die Zähne.

»Seid ihr total durchgedreht?«, hörte Welscher eine Stimme wie aus weiter Ferne rufen. Jemand packte ihn an den Schultern und schob ihn zur Seite. Es dauerte einige Sekunden, bis er Bönickhausen wahrnahm.

»So etwas dulde ich nicht«, schrie sein Chef wütend. »Nicht hier, nicht bei einem Mordfall. Ihr vertragt euch jetzt gefälligst, sonst werdet ihr mich kennenlernen.«

In Welschers Ohren rauschte das Blut. Er ließ sich auf seinen Stuhl fallen und stierte vor sich hin.

»Der Trampel …«, begann Feuersänger erneut, doch Bönickhausen unterbrach ihn.

»Schluss, habe ich gesagt!«

Feuersänger kniff die Lippen zusammen und setzte sich.

Immer noch aufgewühlt, ließ Welscher seinen Blick durchs Zimmer wandern. Doris Schmitz-Ellinger sah ihn tadelnd an, Bianca Willms wirkte verunsichert. Fischbach hatte die Augen geschlossen und rieb sich mit Daumen und Zeigefinger die Nasenwurzel.

Welschers Wut verflog, er bereute seinen Ausbruch. Es wäre niemals so weit gekommen, wäre er zurzeit nicht so unzufrieden mit seiner Situation. In seinem Innersten rumorte es. Normalerweise konnte er sich gut im Zaum halten. Noch nie war er in eine Schlägerei verwickelt gewesen, sah man von seiner Kindheit ab. Da hatten seine Mitschüler ihm regelmäßig aufgelauert und ihn verprügelt. Aber damals war er Opfer und nicht Täter gewesen. Doch offensichtlich belastete ihn das alles mehr, als er sich eingestehen wollte. Feuersänger war ein Meister seines Fachs, handwerklich ausgebufft und zielstrebig. An seiner fachlichen Kompetenz gab es nichts zu zweifeln. Davor hatte Welscher Hochachtung. Nur sein kleinkariertes und wichtigtuerisches Gehabe nervte ihn. Aber hatte nicht jeder irgendeine Marotte? Er hätte sich nicht so gehen lassen dürfen.

Um nicht in die vorwurfsvollen Gesichter der anderen schauen zu müssen, studierte er den Metaplan. Die Karte »L. de Witt« fiel ihm auf. Darüber hing ein Foto, auf dem sie ihre langen Haare zu einem Zopf zusammengebunden trug. In ihrem dunkelblauen Blazer, unter dem der Kragen einer weißen Bluse hervorlugte, wirkte sie wie ein Mann. Im Hintergrund waren einige Schlipsträger zu erkennen. Vermutlich ein Bankertreffen. Sie schien ziemlich erfolgreich in ihrem Beruf zu sein. Ein anderes Foto, das Bianca Willms an die Wand gepinnt hatte, nahm Welschers Blick gefangen. Sein unbestimmtes Gefühl erwachte wieder. Gebannt erhob er sich. »P. Wolf«, stand auf der himmelblauen Pappkarte daneben. Eine gelbe Karte trug die Aufschrift »Enkel«. Wie von Geisterhand gezogen, ging er um den Tisch herum und blieb vor dem Metaplan stehen. Der Reihe nach ging er noch einmal die Aussagen der Geburtstagsgäste durch. Bianca Willms hatte sie in kleiner Schrift ausgedruckt und aufgehängt. Er schloss die Augen und versuchte sich die Kommode in Veronika Kramanns Haus vorzustellen, auf der sie die Familienfotos abgestellt hatte. Und das Geburtstagsfoto.

»Was ist jetzt wieder mit dir los?«, hörte er Fischbach fragen.

»Veronika Kramann hat einen Enkel«, murmelte Welscher. Er klatschte mit der Faust in die hohle Hand. Jetzt war der Groschen gefallen, jetzt wusste er, was ihm die ganze Zeit über seltsam vorgekommen war. »Einen Enkel, ja, genau«, rief er und lachte.

»Enkel hin oder her, ich war gerade dabei auszuführen …«, fing Feuersänger wieder an und sprang auf.

»Aus!«, rief Bönickhausen, als ob er mit einem Hund sprechen würde. »Jetzt habe ich aber genug. Sie können sich in Ihrer Freizeit austauschen, wie Sie wollen. Hier und jetzt, noch dazu in Anwesenheit der Staatsanwaltschaft, erwarte ich Professionalität. Ich werde nicht dulden, dass Sie sich wie kleine Kinder benehmen.«

Feuersänger sah aus, als würde er gleich auf Bönickhausen losgehen. Rhythmisch öffnete er seine Hände und schloss sie wieder. Schließlich setzte er sich, verschränkte die Arme und sah verärgert in die Runde.

Fischbach blieb ruhig. »Ist dir was aufgefallen?«, fragte er Welscher.

Der stützte sich mit den Armen vor Fischbach auf dem Tisch ab. »Veronika Kramann hat einen Enkel. Schon komisch, oder?«

Verlegen kratzte sich Bönickhausen das Kinn, Doris Schmitz-Ellinger hob eine Augenbraue.

»Jetzt dreht er ganz durch. Schickt ihn zurück nach Köln und versenkt ihn im Rhein«, war Feuersängers Kommentar.

»Ja versteht ihr denn nicht?«, fragte Welscher. Er wies auf das Foto. »Die ganze Zeit reden wir darüber, wie lieb und nett die Kramann war, dass niemand ein Problem mit ihr hatte. Und dabei übersehen wir das Offensichtliche.«

»Das Offensichtliche«, echote Bönickhausen. »Aha.«

Fischbachs Miene hellte sich auf. »Moment mal, ich glaube, ich weiß, was du meinst: Die Kramann hat einen Enkel. Wie heißt er noch mal?«, fragte er Bianca Willms.

»Moment.« Sie sah in ihrer Datenbank nach. »Patrick Wolf.«

»Okay, danke. Also, wir haben nirgends ein Bild von dem guten Kerlchen gefunden. Oder, Heinz?«

»Kein Bild von einem Enkel«, bestätigte Feuersänger mürrisch.

»Normalerweise ist man doch stolz auf sein Enkelkind«, führte Welscher weiter aus. »Aber wir haben nichts, rein gar nichts zu Patrick Wolf in Veronika Kramanns Haus gefunden. Noch nicht mal auf dem Geburtstagsfoto war er abgelichtet. Ich hatte es gestern Nacht noch in den Händen.«

»Vielleicht war er krank und konnte an dem Tag nicht«, wandte Bianca Willms ein. »Kommt schon mal vor, dass Kinder krank werden.«

»Mag sein«, gab Welscher zu, »aber er war auch nicht auf der Geburtstagsfeier. Und überhaupt: Niemand hat etwas von ihrem Enkel erzählt. Ich sage euch: Da stimmt was nicht.« Welscher setzte sich und schaute erwartungsvoll von einem zum andern.

»Wenn du recht hast«, sagte Fischbach nachdenklich, »dann gibt es Dinge in der Familie Kramann, über die man nicht spricht. Dann kann von Frieden keine Rede sein, eher von einem Nichtangriffspakt.«

»Und damit von vor sich hin schmorenden Konflikten und Streitigkeiten, vielleicht sogar Hass«, ergänzte Welscher. »Was schließlich zum Übertöten passen würde.«

»Da könnte was dran sein«, brummte Feuersänger nun etwas versöhnlicher. Anscheinend war ihm der Ausbruch gerade inzwischen ebenfalls peinlich.

»Also ab in die zweite Runde«, forderte Bönickhausen. »Und diesmal fühlt ihr den Angehörigen mal so richtig auf den Zahn.«

Welscher ließ sich nicht zweimal bitten. Er verspürte eine Erregung, die ihn immer dann befiel, wenn er sich auf der richtigen Fährte wähnte. Außerdem wollte er endlich hier raus. Er stand auf. »Ich hol meine Jacke. Wo fangen wir an?«, fragte er Fischbach.

»In Kyllburg, bei der Tochter, sozusagen direkt an der Quelle. Aber warte mal, mir ist gerade noch etwas in den Sinn gekommen.« Nachdenklich drehte sich Fischbach mit dem Stuhl zum Metaplan um. »Frau Schmitz-Ellinger, Sie waren doch am Samstag in diesem Heino-Musical, nicht wahr?«

»Ja«, bestätigte sie, »ich kam von dort direkt zum Tatort. Sie erinnern sich sicherlich.«

»Hat Ralf Klötsch an diesem Abend Heinos Vater gemimt? Oder spielte eine Vertretung seine Rolle?«

»Nein, er selbst hat gespielt.«

»Sieh an.« Fischbach feixte. »Seine Frau hat behauptet, dass sie beide zu Hause waren. Und Ralf Klötsch hat die Aussage bestätigt.« Er blickte Welscher an. »Habe ich doch richtig in Erinnerung, oder?«

»Goldrichtig.«

»Warum lügen die uns an?«, fragte Fischbach und stand auf. »Interessiert mich brennend. Ich denke, wir sollten den Nachmittag nutzen, um einige Antworten zu erhalten. Bianca, ruf bitte Veronika Kramanns Tochter an und sag ihr, dass wir vorbeikommen. Und wenn wir schon mal dort sind, soll sich ihr Mann auch bereithalten. Den Klötsch bestell bitte für morgen früh um neun zur Befragung her.« Bianca Willms murmelte eine Zustimmung. »Hat sonst noch jemand was?«

»Morgen um zehn will ich dich auf der Pressekonferenz dabeihaben«, sagte Bönickhausen nachdrücklich.

»Ja, von mir aus.« Fischbach schenkte allen zum Abschied ein aufmunterndes Lächeln. »Dann mal rein ins Vergnügen. Aber vorher muss ich unbedingt was essen.«

VIERZEHN

»Das ist also Puppeöjelchenzupp? Den Begriff kannte ich gar nicht. Graupen hab ich aber auch ewig nicht mehr gegessen«, sagte Welscher und löffelte einen Schluck. »Früher habe ich mich davor geekelt.«

Sigrid schmunzelte. »Das fasse ich jetzt als Kompliment auf. Möchtest du noch einen Nachschlag? Ist genug da, ich friere sogar noch was ein.«

»Gerne«, rief Fischbach und schob seinen Teller näher zu Sigrid. »Ist ja Diät.«

»Diät? Was ist denn mit dir los?«, fragte Welscher erstaunt.

»Muss mal ein wenig den Gürtel enger schnallen«, brummte Fischbach.

Sigrid schöpfte eine Kelle nach, die zweite wehrte Fischbach ab.

»Von mir aus musst du nicht abnehmen«, sagte Sigrid und hielt auffordernd die gefüllte Kelle in die Luft.

Fischbach zögerte. Die Suppe war ausgezeichnet. Appetit hätte er noch, Hunger nicht mehr. Tapfer entschied er sich dagegen und schüttelte den Kopf.

Sigrid füllte stattdessen Welschers Teller.

»Was war das denn vorhin mit Feuersänger?«, griff Fischbach das Thema auf, das ihm seit dem Ausbruch der beiden in seinem Kopf rumorte. »Warum lässt du dich so von ihm provozieren? Du weißt doch, wie der ist. Ein klasse Tatorttechniker mit dem Hang zur Selbstinszenierung.«

Sigrid blickte ihren Mann fragend an.

Welscher legte den Löffel zur Seite und erzählte Sigrid von dem Vorfall. »Hin und wieder geht der mir mit seinem Getue einfach auf den Sack«, fasste er anschließend zusammen.

Schnüffel, das Zwerghausschwein der Fischbachs, steckte die Steckdosennase zur Tür herein und grunzte. Sigrid stand auf und stellte dem Tier einen Fressnapf Suppe hin. »So kenne ich dich gar nicht«, sagte sie dann zu Welscher. »Wütend, meine ich. Und ›auf den Sack gehen‹ ist normalerweise auch nicht dein Vokabular.« Sie musterte ihn eindringlich.

Dass Welscher dem Blick auswich und verlegen auf seinem Stuhl herumrutschte, blieb Fischbach nicht verborgen.

Sigrid setzte sich und legte eine Hand auf Welschers Unterarm. »Du musst nicht darüber reden«, sagte sie mit einfühlsamer Stimme. »Nicht hier und jetzt und überhaupt nicht, wenn du nicht möchtest. Aber wenn doch, kannst du jederzeit zu mir kommen.«

Welschers Adamsapfel hüpfte wild, seine Augen wurden feucht.

Oh Gott, dachte Fischbach, der Kerl hat echt Probleme. Und du unsensibler Blödmann hast nichts davon gemerkt. Welscher saß da wie ein Häufchen Elend, die Schultern nach vorne geworfen, den Kopf gesenkt. In dieser Verfassung konnte er nicht mit ihm nach Kyllburg fahren. Dort brauchte er den alten Welscher, den genialen Kombinierer mit schusssicherer Hand, wenn diese auch aller Wahrscheinlichkeit nach nicht benötigt werden würde. Er zögerte kurz, gab sich dann einen Ruck. Was hatte er schon zu verlieren? »Komm mal mit«, wies er Welscher an und stand auf. »Ich muss dir etwas zeigen.«

Beim Rausgehen hielt Sigrid Fischbach kurz am Unterarm fest und drückte ihm einen Kuss auf die Lippen. »Einen besseren Zeitpunkt hättest du nicht wählen können«, flüsterte sie ihm ins Ohr. »Ich liebe dich.« Mit einem warmen Lächeln im Gesicht schob sie ihn zur Tür hinaus.

Schnüffel folgte ihnen neugierig über den kleinen Hof in die Werkstatt. Fischbach schaltete das Licht ein. Die Neonleuchte an der Decke flackerte einige Male, startete dann durch und erhellte den Raum in einem warmen Weißton. Verstohlen schob er eine Vlado-Kumpan-CD unter den Schaltplan der Harley, der ausgebreitet auf der Werkbank lag. Auch wenn er gerade im Begriff war, Welscher in seine Lebensgeschichte einzuweihen, gab es Dinge, die der Jungspund nicht bestätigt bekommen musste.

»Ein Männergespräch?«, fragte Welscher. Es lag ein spöttischer Unterton in seiner Stimme, der aber aufgesetzt wirkte.

Fischbach legte ihm die Hände auf die Schultern und drückte ihn auf den Drehhocker an der Werkbank. »Ich möchte dir etwas zeigen.« Er ging quer durch den Raum zu dem großen Gegenstand, den er seit Jahren mit einer blickdichten Plane abdeckte. Der Stoff fühlte sich rau und schwer in seiner Hand an, als er daran zog.

Einige Male musste er heftig rucken, da sich die Plane an vorstehenden Ecken und Kanten spannte. Endlich glitt auch der letzte Rest zu Boden.

Welscher stand auf und trat näher. »Ein Autowrack? Sieht ziemlich mitgenommen aus. Willst du den wieder aufbauen? Wird nicht einfach werden.« Die Scheiben fehlten, das Dach war eingedrückt und berührte die Oberkanten der Sitzlehnen. Verdreht stand die Motorhaube offen, die Kotflügel hingen zerbeult in den Radkästen. Ein getrockneter Ölfleck beschmutzte den Lehmboden unter der Karosserie. Er blickte auf. »Du wirst mir doch damit nicht etwa sagen wollen, dass mein Leben zurzeit genauso zerstört ist wie dieser Ford Capri.«

Fischbach schüttelte den Kopf. Sein Brustkorb schmerzte, das Atmen fiel ihm schwer. Um Fassung bemüht, starrte er auf das Wrack. »Nein«, sagte er tonlos. Er wandte den Blick und sah Welscher in die Augen. »Darin sind meine erste Frau und meine Tochter ums Leben gekommen.«

***

Sie hatten einige Minuten geschwiegen. Welscher wusste nicht, was er sagen sollte. Dass Fischbach eine bewegte Vergangenheit hatte, wusste er. Er hatte es zwischen den Zeilen bei Bemerkungen der Kollegen herausgehört. Auch Sigrid hatte vor einiger Zeit so etwas angedeutet. Doch er hatte mehr auf Sex, Drugs und Rock 'n' Roll getippt. Oder auf eine schwere Erkrankung, die Fischbach besiegt hatte. »Du stellst dir einen Unfallwagen in die Werkstatt?«, fragte er schließlich.

Aus traurigen Augen sah Fischbach ihn an. »Ich habe es nicht übers Herz gebracht, die Karre zu … verschrotten. Ich habe meine Familie darin zum letzten Mal …« Er brach ab und ließ den Kopf hängen. »Verrückt, ich weiß.«

»Wie ist es passiert?«, fragte Welscher mit dünner Stimme. Er ahnte, wie sehr die Erinnerung Fischbach schmerzte.

»Gesoffen«, antwortete Fischbach leise. »Meine Schuld. Niemand anders da, gegen den ich meine Wut richten könnte.« Seine Hände zitterten.

Welscher spürte die Verzweiflung seines Kollegen, trotz der Jahre, die seit dem schrecklichen Ereignis vergangen sein mussten. Am liebsten hätte er ihn in den Arm genommen und getröstet, doch er wusste, dass Fischbach es niemals zulassen würde.

»Meine Tochter war erst neun, ein süßer Fratz. Wir hatten keinerlei Probleme mit ihr. Bea und ich waren so stolz auf sie.« Fischbach starrte vor sich hin, er schien direkt in die Vergangenheit zu blicken. »Und Bea, ja, die war wieder schwanger. Im fünften Monat. Wir freuten uns sehr darauf. Das Kinderzimmer hatten wir schon eingerichtet. Damals noch in der Gielsgasse, da hatten wir ein Häuschen gemietet. Mein Vater kannte den Besitzer, er hatte uns einen guten Preis gemacht. So kamen wir mit meiner kleineren Besoldung ganz gut über die Runden.« Fischbach schwankte.

Welscher wappnete sich, ihn zu stützen. Doch es war nur eine kurze Unsicherheit.

»Damals habe ich viel zu viel gesoffen«, erzählte Fischbach weiter. »In der Woche ging es noch, mal ein Bier bei der Gartenarbeit oder abends vor dem Fernseher, alles im Rahmen. Aber wenn es etwas zu feiern gab, dann stand ich meinen Mann, da ließ ich mir nicht die Butter vom Brot nehmen.«

Das kannte Welscher aus eigener Erfahrung. Im Kollegium wurde man auf Betriebsfeiern schief angesehen, wenn man nicht mitzog. Und wenn Dorfkirmes war, zumindest damals, vor seinem Coming-out, war es noch heftiger. Dort hatten sie ihn sogar mal zwangsabgefüllt. Sein Vater hatte ihn in der Nacht ins Krankenhaus fahren müssen. Alkoholvergiftung. Seitdem hatte er keinen Tropfen mehr angerührt. Was andere Männer daran fanden, sich zu besaufen und andere unter den Tisch zu trinken, würde er wohl niemals verstehen.

»An dem Nachmittag waren wir auf der Geburtstagsfeier meines Onkels. Bei uns in der Familie ging es immer hoch her, mein Onkel brannte selbst. So soffen wir bis in den späten Abend, und ich Großmaul war immer vorn mit dabei. Als es Zeit wurde zu fahren, bat ich um einen Kaffee.« Fischbach fuhr sich mit einer Hand über das Gesicht, als ob er damit die schlimmen Erinnerungen vertreiben könnte. »Bescheuert, oder? Als ob das die Fahrtüchtigkeit wiederherstellen könnte.« Er lachte traurig.

»Hat dich denn niemand abgehalten? Konnte euch sonst keiner nach Hause bringen?«

Fischbach schüttelte den Kopf. »Bea hatte keinen Führerschein. Aber ich hätte sie ohnehin nicht fahren lassen. Ob du es glaubst oder nicht: Ich fühlte mich großartig.«

Welscher verstand. Den Kontakt zu Angetrunkenen konnte er in seinem Beruf nicht vermeiden. Er kannte die vom Alkohol verursachte Selbstüberschätzung nur zu gut.

»Taxi?«

»Ich fühlte mich bestens«, bekräftigte Fischbach. »Warum hätte ich ein Taxi rufen sollen?«

»Und deine Frau? Hat sie denn nicht protestiert?«

»Es war … normal. Sie war daran gewöhnt.« Fischbach seufzte. »So waren die Zeiten.«

»Verstehe.«

»Wir fuhren also los, Bea auf dem Beifahrersitz. Meine Tochter schlummerte friedlich auf der Rückbank, ohne Sicherheitsgurt, den gab es in dem alten Capri noch nicht. Selbstverständlich fuhr ich zu schnell, viel zu schnell. Bea wies mich darauf hin, ich lachte sie aus, nannte sie Hasenfuß, gab noch mehr Gas.« Fischbach brach ab.

Welscher spürte, dass sein Kollege die schrecklichen Sekunden gerade ein weiteres Mal durchlebte.

»Viele Unfallopfer können sich hinterher nicht mehr erinnern. Bei mir ist es anders. Leider. Ich sehe die Kurve auf mich zukommen, spüre das Lenkrad in der Hand, die Überraschung, als das Heck ausbricht, die Verzweiflung, als ich spüre, dass ich den Wagen nicht mehr unter Kontrolle habe. Dann der Aufprall, Beas Schrei, das Knirschen des Blechs, die Überschläge, die anschließende Stille.«

Welscher schluckte. Er wischte sich mit dem Handrücken die Tränen aus den Augenwinkeln.

»Sie waren beide tot. Eine Scherbe hatte Beas Halsschlagader aufgeschlitzt. Meine Tochter fand ich hangaufwärts. Sie war bereits bei dem Aufprall auf den Baum aus dem Wagen geschleudert worden. Genickbruch.«

Fischbach verstummte. Das Zittern seiner Hände war stärker geworden. Schnüffel rieb sich an seinem Bein und sah mit traurigen Augen zu ihm auf, als ob er spürte, dass sein Herrchen Zuspruch und Trost bedurfte.

Ächzend ging Fischbach in die Knie und streichelte sein Schwein.

»Und du?«, fragte Welscher. »Was war mit dir?«

»So gut wie unverletzt. Ein paar Prellungen, eine Platzwunde am Kopf.« Er hob seinen Scheitel an. Eine weiße Narbe, die Welscher bisher nie aufgefallen war, unterstrich den Haaransatz.

»Das ist das Schlimmste überhaupt. Verantwortlich für den Tod der beiden, eigentlich der drei Menschen zu sein, die man abgöttisch liebte, und selbst weitestgehend körperlich ungeschoren davongekommen zu sein.« Er kraulte Schnüffel den Kopf. Welscher ahnte, dass es nur eine mechanische Handbewegung war. »Im Inneren hat es mich zerrissen. Jahrelang trieb ich nur so dahin, lebte in den Tag hinein … obwohl, leben? Nein, Leben konnte man dazu eigentlich nicht mehr sagen. Eher Dahinvegetieren. Erst als ich Sigrid kennenlernte, kam ich wieder halbwegs auf die Beine.« Er klopfte Schnüffel noch einige Male die Seite und stand auf. »Jetzt weißt du, warum ich keinen Schluck trinke, wenn ich noch fahren muss. Und warum ich in keinen Wagen mehr einsteige. Ich halte es nicht aus, in so einem Ding gefangen zu sein.«

»Und deine Abneigung, jemanden mitzunehmen?«

»Ich habe Angst, die Verantwortung zu übernehmen. Wenn ich mich doch mal überwinde, dann nur nach heftigem innerlichen Kampf.« Er grinste schief. »Ich bin so was von bescheuert.«

»Gab es kein Disziplinarverfahren?« Welscher biss sich auf die Zunge. Was für eine gefühlskalte Frage! Aber es wunderte ihn, dass Fischbachs Karriere offensichtlich nicht unter dem Unfall und seinem anschließenden Lebenswandel gelitten hatte.

Traurig lächelte Fischbach. »Hier in der Eifel hält man zusammen. Die Kollegen haben mich gedeckt. Offiziell war ich nüchtern und bin einfach von der Fahrbahn abgekommen. Später frisierten sie meine Berichte und Stundenzettel.«

Wer da die Finger im Spiel gehabt hatte, ahnte Welscher. Bönickhausen und Fischbach waren dicke Freunde, das wusste er.

Fischbach ließ sich auf den Drehhocker fallen. »Wenn ich Sigrid nicht kennengelernt hätte, wäre ich vermutlich inzwischen tot. Was glaubst du, wie oft ich mir selbst die Knarre an die Schläfe gehalten habe.«

»Selbstmord ist keine Lösung«, widersprach Welscher.

»Geschenkt«, brummte Fischbach.

Plötzlich spürte Welscher Ärger in seiner Magengrube. »Warum erzählst du mir eigentlich gerade heute davon?« Vermutlich wollte Fischbach ihm zeigen, wie winzig seine Probleme im Vergleich zum Verlust einer Familie waren. Ihm vor Augen führen, dass es Schlimmeres gab als eine verflossene Liebschaft und einen Arbeitsplatz, an dem man sich nicht wohlfühlte. Das war durchaus richtig, aber half ihm nicht wirklich weiter. »Ich fühle mich zum Kotzen, könnte die Nächte durchheulen, bin übernächtigt, aufgewühlt und unzufrieden«, gab Welscher offen zu. »Darüber hilft mir deine traurige Vergangenheit leider nicht hinweg, sosehr ich auch mit dir fühle.«

Fischbach musterte ihn von unten herauf. Ein spöttisches Lächeln umspielte seine Mundwinkel. »Ist mir klar.«

»Warum also?«

»Ich möchte dir zeigen, dass du nicht allein bist.«

»Ah, na dann besten Dank«, fuhr Welscher auf. »Ich bin also nicht der Einzige, der schmerzhafte Erfahrungen sammeln musste. Danke, darauf wäre ich nicht gekommen. Aber ganz im Vertrauen: Es tröstet mich nicht.«

Fischbach schüttelte den Kopf. »Du verstehst mich immer noch nicht.«

»Dann erklär es mir. Offensichtlich bin ich zu blöd dafür.«

Bedächtig stand Fischbach auf, schob Schnüffel von der Plane und machte sich daran, das Wrack wieder zu bedecken. »Meine Geschichte erzähle ich nicht jedem. Nur eine Handvoll Menschen haben bisher den abgedeckten Capri gesehen.« Er hielt inne und drehte sich zu Welscher um. »Ich wollte dir zeigen, dass du hier in der Eifel nicht nur Arbeitskollegen kennengelernt hast. Dass du, wenn du das Brett mal vom Kopf nimmst, Freunde erkennen wirst. Freunde, die dich leiden können, bei denen du dich ausheulen könntest und die dir zur Seite stehen würden, wenn du es nur zulassen würdest. Und ich wollte dir vor Augen führen, dass geteiltes Leid tatsächlich halbes Leid ist. Mein Leid teilt Sigrid mit mir. Du dagegen schleppst alles in dir eingeschlossen mit dir herum. Es sprengt deine Seele. Arrangier dich endlich mit deiner Umwelt.« Fischbach hatte die Stimme erhoben und sah Welscher streng an.

Erstaunt öffnete Welscher den Mund. Noch nie hatte er Fischbach so viel an einem Stück reden hören. Hatte er richtig verstanden? Fischbach bot ihm eine Freundschaft an? Der alte Eifeldickkopf? Der sich am liebsten in seiner Werkstatt versteckte, an seiner Harley schraubte und dabei Helene Fischer trällern hörte? Unschlüssig sah er zu, wie Fischbach ungelenk versuchte, die Plane über den Capri zu ziehen. War es wirklich ernst gemeint? Oder wollte der dicke Möchtegernrocker nur einen üblen Scherz auf seine Kosten genießen? Und höhnisch auflachen, sobald er Vertrauen fasste, mit dem Hinweis, wie leichtgläubig doch die Städter seien.

»Pack mal mit an«, bat ihn Fischbach und holte ihn so aus seiner Erstarrung. Er ergriff das andere Ende der Plane. Gemeinsam zogen sie sie über das Wrack. »Jetzt aber los«, meinte Fischbach, als sie fertig waren. »Auf nach Kyllburg.«

Welscher nickte.

An der Tür hielt ihn Fischbach am Oberarm zurück. »Denk darüber nach«, forderte er mit einem milden Lächeln auf den Lippen. »Ich meine es ernst, versprochen.«

FÜNFZEHN

Es duftete nach Pfefferminz, als Fischbach in die Küche von Barbara Wolf trat. Welscher folgte ihm gedankenverloren. Vermutlich dachte er immer noch über das nach, was er ihm gerade in der Werkstatt erzählt hatte.

»Pfefferminztee?«

»Für mich nicht, danke«, antwortete Fischbach. »Aber mein Kollege möchte bestimmt, oder, Jan?«

Welscher schreckte zusammen. »Was?«

»Tee?«

Unsicher lachte Welscher. »Hm, ja, gerne.«

Mit dem Küchentuch säuberte sie rasch den Tisch, auf dem weiße Krümelchen lagen. »Tut mir leid, ich bin noch nicht fertig mit Saubermachen. Setzen Sie sich bitte.« Sie stellte zwei Tassen auf den Tisch und goss ein. Der aromatisch belebende Duft verstärkte sich. Fischbach musterte sie. Ihre Augen lagen tief in den Höhlen. Es schien ihr an Schlaf zu fehlen. Durchaus verständlich, bei dem, was ihrer Mutter zugestoßen ist, dachte er. »Ist Ihr Mann auch in der Nähe?«

»Der kommt gleich. Er ist noch rasch rüber zu Schneeball.«

»Schneeball?«

»Unser Schimmel. Ein ganz liebes Tier, gut für Kinder.«

»Gutes Stichwort«, sagte Fischbach. »Ich möchte über Ihren Sohn Patrick sprechen.«

Sie versteifte sich. Ihre Hand zitterte plötzlich, und der Deckel der Teekanne klimperte vernehmlich. »Patrick? Was hat er damit zu tun?«

»Wie war sein Verhältnis zu Ihrer Mutter?«

Sie stellte die Kanne scheppernd ab. Ihre Augen verengten sich, mit ihrer Hand bedeckte sie ihren Halsansatz. »Patrick hatte keine Probleme mit ihr.«

Raffiniert geantwortet, dachte Fischbach. Aber du weichst mir nicht aus. »Die beiden hatten also eine ganz normale Enkel-Oma-Beziehung?«

Auf ihrem Hals wurden rote Flecken sichtbar und breiteten sich aus. »Worauf wollen Sie hinaus?«

Fischbach lehnte sich zurück und legte die Hände auf den Tisch. Neben ihm schlürfte Welscher seinen Tee. »Reden wir nicht mehr um den heißen Brei herum. Wir haben bei Ihrer Mutter kein einziges Bild von Patrick gefunden. Das finden wir ungewöhnlich. Normalerweise platzen Großeltern vor Stolz auf ihre Enkel. Sie führen Bilderalben mit ihren Abkömmlingen spazieren und zeigen sie jedem, der nicht sofort davonrennt, um es mal überdeutlich zu formulieren. Aber bei Ihrer Mutter gab es nichts davon, Frau Wolf, rein gar nichts. Wie kommt das?«

Bevor sie antworten konnte, polterten schwere Schritte durch die Diele. »Sind sie schon da?«, rief eine tiefe Stimme dröhnend. Kurz darauf erschien ein untersetzter, aber dennoch kräftig gebauter Mittvierziger im Türrahmen.

»Mein Mann Günter«, sagte Frau Wolf.

Sieht aus wie ein wandelnder Panzerschrank, dachte Fischbach amüsiert. Breiter Brustkorb, muskulöse Arme, kantiges, braun gebranntes Gesicht, grau meliertes, welliges Haar. Ein Vorzeigehandwerker, der das Cover von »Selbst ist der Mann« oder »Selber machen« zieren könnte.

»Bleiben Sie sitzen, meine Herren«, sagte Wolf und drückte seiner Frau einen flüchtigen Kuss auf die Lippen. »Du hast wieder meine Stiefel benutzt. Und meine Weste war auch nicht an ihrem Platz«, sagte er tadelnd, wirkte jedoch belustigt. »Wenn du schon auf meinen Spuren wandelst, leg die Sachen doch wenigstens dorthin zurück, wo ich sie abgelegt habe.« Er setzte sich zu ihnen. »Gut, dass ich meine Arbeitsschuhe im Wagen hatte.« Er blinzelte Fischbach zu. »Wenn man in einen Pferdeapfel tritt, muss es ja nicht gerade mit den Sonntagsschuhen sein.«

»Sicher nicht«, bestätigte Fischbach. Er zeigte seine Marke und stellte Welscher und sich vor.

Ein Handy bimmelte. Wolf zog ein Smartphone aus seiner Westentasche und sah auf das Display. »Nicht so wichtig«, urteilte er und legte es auf den Tisch. »Ein treuer Kunde, der ruft später noch mal an.«

»Mach das Ding doch mal einen Moment aus«, forderte seine Frau genervt. »Günter geht nirgends ohne das Ding hin«, fügte sie hinzu. »Das nervt. Selbst auf die Toilette nimmt er es mit.«

Fischbach verstand ihren Ärger. Seit diese neumodischen Dinger den Markt überschwemmten, sah man gerade bei den jüngeren Kollegen nur noch über das Handy gebeugte Köpfe. Jede Terminabsprache musste ihrer Meinung nach elektronisch erfolgen. Er lehnte neue Techniken nicht ab, doch ihm blieb der Sinn verborgen, sich E-Mails zu senden, wenn man auf dem gleichen Flur saß. »Wir sprachen gerade über Patrick und das Verhältnis zu seiner Großmutter.«

Wolfs Miene verdüsterte sich. Er rieb sich den Nacken. »Was hat denn mein Sohn mit dem Mord zu schaffen?« Seine gute Laune war übergangslos verschwunden.

Beruhigend legte Barbara Wolf ihm eine Hand auf den Oberschenkel. »Das verstehe ich auch nicht. Die Kommissare haben wohl mitbekommen, dass meine Mutter auf Patrick nicht gut zu sprechen war.«

Endlich eine klare Aussage, dachte Fischbach zufrieden.

»Okay«, sagte Wolf gedehnt, »trotzdem. Sie werden meinem Sohn ja wohl kaum einen Mord anhängen wollen.«

Beschwichtigend hob Fischbach die Hände. »Bitte, von etwas Anhängen kann keine Rede sein. Ihr Sohn ist ja auch erst …« Er zog sein Notizbuch aus der Tasche und blätterte suchend darin herum.

»Dreizehn«, soufflierte Welscher.

»Genau, dreizehn«, wiederholte Fischbach. »Er wird ja sicher nicht bei seiner Oma reinspaziert sein und …« Er brach ab und lachte laut. »Nein, bestimmt nicht.«

»Was also dann?«, fragte Wolf.

Fischbach kratzte sich am Kinn. Jetzt wurde es schwierig. Ein von der Großmutter abgelehntes Enkelkind könnte bei den Eltern zu einer Kurzschlussreaktion geführt haben, zu einem blutig verlaufenden Aussetzer. Die Wolfs würden bestimmt nicht erfreut auf solche Thesen reagieren. »Warum verstanden sich die beiden denn nicht?«

»Das beantwortet nicht meine Frage«, fuhr Wolf auf.

Fischbach versteifte sich und lehnte sich vor. »Muss es auch nicht. Ich schulde Ihnen keine Antwort. Ich stelle die Fragen. Ist das klar?«

Betont langsam, ohne den Blick von Fischbach abzuwenden, krempelte Wolf seine Hemdärmel nach oben. »Wenn Sie denken, ich kusche vor der Polizei, dann haben Sie sich aber geschnitten.«

Die Küche schien plötzlich elektrisch aufgeladen zu sein.

»Kann ich bitte noch etwas Tee haben?«, fragte Welscher in die Spannung hinein, »der ist ausgezeichnet.«

Irritiert blickte Barbara Wolf ihn an, dann stand sie auf und schenkte ihm nach. Ihrem Mann goss sie etwas aus einer Flasche ein, in der Kräuterstängel schwammen. »Nervenkräutlein. Wird dich etwas beruhigen, Schatz. Sie machen doch nur ihre Arbeit.« Sie stellte die Flasche zurück auf das Regal und blieb, an die Spüle gelehnt, stehen.

Argwöhnisch beäugte ihr Mann das Glas, stürzte dann den Inhalt mit einem Schluck herunter. »Und wenn ich mich gar nicht beruhigen will?«, murmelte er, wirkte aber besänftigt.

Barbara Wolf verschränkte die Arme vor der Brust. »Patrick ist eigentlich nicht Günters Sohn«, sagte sie. »Damit ist meine Mutter nicht klargekommen.«

»Im Ernst?« Verständnislos sah Fischbach sie an. »Das ist doch heutzutage nichts Ungewöhnliches mehr.«

»Tiefste Eifel«, flüsterte Welscher und feixte, »sag ich ja immer. Da gehen die Uhren anders.«

»Ach Quatsch«, raunzte Fischbach. Welscher schien immer noch auf Konfrontation mit der hügeligen Landschaft und ihren Einwohnern gehen zu wollen. »So rückständig sind wir nun auch nicht.«

»Leider muss ich Ihrem Kollegen beipflichten«, brummte Wolf. Er winkte fordernd mit dem Glas. Seine Frau schenkte nach. »Meine Schwiegermutter war erzkonservativ«, berichtete er und schnupperte an dem Aufgesetzten. »Und gläubig. Selbst der Papst hätte sich bei Vrönn eine Scheibe abschneiden können. Gebete, regelmäßige Kirchenbesuche. Fahrten nach Kevelaer, das volle Programm.« Verächtlich zog er einen Mundwinkel nach oben. »Aber mit Patrick wollte sie nichts zu schaffen haben. So viel zur christlichen Nächstenliebe.«

Welscher lehnte sich näher zu Fischbach. »Siehste.«

Fischbach fuhr mit der Hand durch die Luft, als würde er eine lästige Fliege verscheuchen wollen. »Eine Ausnahme.« Er wandte sich an Frau Wolf. »Mir ist das alles noch nicht ganz klar. Sie haben Patrick also mit in die Ehe gebracht?«, fragte er.

Barbara Wolf schüttelte den Kopf und senkte den Blick. »Ein

Ausrutscher. Günter und ich waren bereits zwei Jahre verheiratet, als es passierte.«

»Aber hätte Ihre Mutter dann nicht auch mit Ihnen brechen müssen?«

»Mir hat sie verziehen.«

Ihr Mann schlug mit der Faust auf den Tisch. »Daran erkennen sie, wie idiotisch die Gedankengänge meiner Schwiegermutter waren. Patrick ist trotzdem *mein* Sohn.«

»Weiß er davon?«, meldete sich Welscher zu Wort. »Also von dem Ausrutscher?«

»Nein«, antwortete Wolf, »noch nicht. Wir wollen es ihm sagen, wenn er größer ist. Bis dahin bin *ich* sein Vater, komme, was wolle.«

»Und der Junge hat nie gefragt, warum seine Oma ihn ablehnt.«

»Wir haben ihm erzählt, dass sie krank ist und er es nicht persönlich nehmen soll.«

Barbara Wolf stellte sich hinter ihren Mann und legte zärtlich ihre Hände in seinen Nacken. »Günter hat mir nie Vorwürfe gemacht. Nie. Und Patrick behandelt er wie seinen leiblichen Sohn.« Sie legte kurz ihre Wange an seine. »Dafür bin ich ihm sehr dankbar.«

Er ergriff ihre Hand und drückte sie kurz. »Für meine Schwiegermutter war ich ein Weichei, ein Schlappschwanz. Worte, die sie mir gegenüber öfter benutzte. Warum sonst sollte ihre Tochter sich in die Arme eines anderen geflüchtet haben?«

»So etwas schmerzt sicher«, sagte Fischbach.

»War mir egal. Ich bin da hart im Nehmen. Habe ihr trotzdem immer geholfen, wenn Not am Mann war. Vor drei Monaten habe ich ihr sogar das Haus renoviert, vom Keller bis zum Dach. Umsonst, nebenher. Ich bin da nicht so. Sagen Sie mir jetzt bitte: Wer ist hier der wahre Christ?«

Kommentarlos hob Fischbach die Schultern und ließ sie wieder fallen. In solchen Dingen wollte er Fremden gegenüber keine Position beziehen. War Günter Wolf wirklich so friedlich, wie er ihm hier weismachen wollte? Eben noch wäre er fast über den Tisch gesprungen. Er beschloss weiterzubohren. »Ich kann mir immer noch nicht vorstellen, dass jemand sein Enkelkind ablehnt, nur weil es das Ergebnis eines Ausrutschers ist. Tut mir leid, das ist mir zu wenig. Irgendetwas verschweigen Sie mir.«

Wolf drehte den Kopf und sah seine Frau an. Die ließ ihn los und ging zur Tür. »Warten Sie bitte, ich hole Patrick.«

Fischbach verkniff sich einen ärgerlichen Kommentar. Was sollte das denn jetzt? Wich sie ihm aus? Er hörte sie im Obergeschoss herumlaufen und kurz darauf zurückkehren, begleitet von trippelnden Schritten. Dann stand sie wieder in der Tür. »Mein Sohn Patrick.« Sie wandte sich um, gab dem Jungen, der hinter ihr verborgen war, einen Kuss und schob ihn in die Küche.

Patricks Anblick ließ Fischbach zusammenschrecken. Der Junge sah aus, als ob er durch den Fleischwolf gedreht worden wäre. Die Haut war rot entzündet, keine Körperstelle schien davon ausgenommen zu sein. Schuppen bedeckten die Regionen, die weniger befallen wirkten. Seine Augen waren zu-, die Ohren angeschwollen. Selbst unter den Haaren leuchtete die Kopfhaut rot. Fischbach schüttelte sich. Er dachte an vorhin, als Barbara Wolf rasch über den Tisch gewischt hatte. Waren es keine Brötchenkrümel gewesen, sondern Hautschuppen?

»Guten Abend«, sagte der Junge höflich und verneigte sich leicht.

Fischbach hob die Hand zum Gruß. »Hallo, Patrick.«

»Nett, dich kennenzulernen«, fügte Welscher hinzu.

Vorsichtig machte Patrick einen Schritt auf sie zu. Er trug ein weites Baumwollshirt und eine viel zu weite kurze Hose.

Vermutlich verträgt er nichts Enganliegendes auf der Haut, dachte Fischbach. Oder der Stoff klebt nach dem Eincremen zu sehr am Körper.

»Sind Sie wirklich von der Polizei? Echte Kommissare?« Seine Augen leuchteten auf.

Welscher zog seinen Dienstausweis und hielt ihn ihm hin. »Richtig echte Bullen, hier ist der Beweis.«

»Boah, super. Ich will auch mal Polizist werden.« Er schob entschlossen das Kinn vor.

»Du wirst sicherlich ein guter Kommissar«, sagte Fischbach, obwohl er bezweifelte, dass Patrick jemals die körperliche Eignungsprüfung bestehen würde. »Warte mal.« Er kramte in seiner Jackentasche, zog seine Visitenkarte heraus, glättete sie mit der Faust und hielt sie Patrick hin. »Wenn es so weit ist, meldest du dich bei mir. Mal sehen, wie ich dir dann helfen kann. Einverstanden?«

»Cool!« Freudig riss Patrick ihm die Karte aus der Hand. »Klar rufe ich an. Danke.«

»Du kannst jetzt wieder spielen gehen.« Wolf wuschelte ihm zärtlich und überaus vorsichtig durch die Haare.

»Okay«, sagte Patrick. Beim Hinausgehen sah er unentwegt auf die Visitenkarte. Kurz darauf hörte Fischbach seine Schritte im Obergeschoss.

Barbara Wolf setzte sich wieder zu ihnen an den Tisch. »Das Gotteszeichen. Jetzt haben sie es gesehen.«

Fischbach beugte sich vor. »Gotteszeichen?«

»Oder der Fluch.«

»Fluch?«

Barbara Wolf seufzte. »Gott hat mich für meinen Ehebruch bestraft. Patrick ist ein Aussätziger, jeglicher Kontakt mit ihm muss vermieden werden.«

Welscher lachte auf. »Gotteszeichen? Unglaublich, was für ein Quatsch.«

»So ein Blödsinn«, entfuhr es auch Fischbach. »Er ist ein aufgeweckter Junge, der mit einer schlimmen Krankheit zu kämpfen hat, mehr aber auch nicht.«

Sie hob entschuldigend die Hände. »*Wir* sind der gleichen Meinung.«

Jetzt fiel bei Fischbach der Groschen. Er riss die Augen auf. »Das hat Ihre Mutter nicht wirklich so gesehen.«

»Oh doch«, sagte Wolf und stürzte den Aufgesetzten hinunter. »Patrick leidet an Psoriasis, besser bekannt als Schuppenflechte. Schon als Baby sah er aus wie eine überreife Tomate. Krätze nannte es meine Schwiegermutter und hielt uns die Bibel als Beweis für die Gottesstrafe unter die Nase.« Hilfesuchend sah er zu seiner Frau.

»›Der Herr schlägt dich mit dem ägyptischen Geschwür‹«, zitierte sie mit dünner Stimme, »›mit Beulen, Krätze und Grind und keiner kann dich heilen.‹ Fünftes Buch Mose, Kapitel 28, Vers 27. Es hat sich in meinen Kopf eingebrannt. Dabei hat die Krätze überhaupt nichts mit Schuppenflechte zu tun. Ursache für die Krätze sind Parasiten, Schuppenflechte ist dagegen eine Erbkrankheit, die Generationen überspringen kann. Eine Fehlfunktion des Immunsystems, die auch die inneren Organe angreifen kann. Tausendmal habe ich meiner Mutter den Unterschied erklärt. Aber in diesem Punkt war sie stur wie ein Maultier.«

»Hätte Ihre Mutter Patrick nicht heilen können?«, wollte Welscher wissen.

»Ich habe sie darum gebeten. Mehrmals.«

»Verstehe«, sagte Fischbach. »Gegen ein Gotteszeichen durfte nichts unternommen werden, stimmt's? Man darf dem Herrn nicht ins Handwerk pfuschen.«

Traurig nickte sie.

Fassungslos schüttelte Welscher den Kopf. »Und trotzdem hatten Sie immer noch Kontakt zu Ihrer Mutter?«

Sie schluckte schwer, barg ihr Gesicht in den Händen und schluchzte auf.

»Wie eben schon angedeutet«, sagte Wolf und legte seiner Frau tröstend eine Hand auf den Rücken: »Auge um Auge und Zahn um Zahn ist nicht unser Ding.«

»Wird er wieder gesund?«, fragte Welscher.

»Das war er noch nie und kann er auch nie werden. Ziel der Behandlung ist Beschwerdefreiheit. Psoriasis ist eine Erbkrankheit, die für immer in ihm schlummern wird.«

»Mhm, verstehe. Und wie erreicht man die von Ihnen angesprochene Beschwerdefreiheit?«

Wolf verzog gequält das Gesicht.

»Die gängigen Heilmethoden zeigen bei Patrick bisher keine Wirkung«, erklärte Barbara Wolf, die sich wieder etwas gefangen hatte. Sie beugte sich über die Stuhllehne nach hinten und öffnete eine Schublade im Küchenschrank. Kurz darauf hielt sie ein Papiertaschentuch in den Händen und schnäuzte sich.

Wolf stand auf und schüttete sich diesmal selbst einen Beruhigungsschnaps ein. »Es gibt Alternativen zur Schulmedizin. Die preiswerten haben wir allesamt ohne Erfolg ausprobiert, für die teuren fehlt uns das Geld.« Die Verzweiflung in seiner Stimme war deutlich zu hören.

Fischbach sah ihn ernst an. Wolf hatte ihnen gerade ein astreines Mordmotiv präsentiert. Schließlich waren seine Frau und er Veronika Kramanns Erben. Selbst wenn sich die Sache mit dem versteckten Bargeld als Mär herausstellen würde, bliebe immer noch das Haus in Kronenburg, für das man bestimmt einen guten Preis erzielen könnte. Und somit Geld für eine kostspielige Heilmethode übrig hätte. »Ich muss Sie danach fragen«, erklärte er, »Wo waren Sie am Samstag, am Nachmittag bis zum späten Abend?«

Wolf wechselte einen unsicheren Blick mit seiner Frau. »Hier«, antwortete er.

»Ich finde die Frage unverschämt«, sagte Barbara Wolf und verschränkte abweisend die Arme vor der Brust. »Schließlich reden wir ...« Sie schluckte heftig. »Meine Mutter«, hob sie erneut an, »meine Mutter wurde getötet. Und Sie haben die Frechheit ...« Wieder schlug sie die Hände vors Gesicht und sackte in sich zusammen.

»Entschuldigen Sie bitte«, sagte Fischbach, ohne es ernst zu meinen. Schließlich war es sein Job, solche Fragen zu stellen. Aber er wollte Barbara Wolf nicht mehr verletzen, als es unbedingt notwendig war. Er wandte sich an Wolf. »Wie schon gesagt, ich muss das fragen. Kann jemand Ihre Aussage bestätigen? Patrick vielleicht?«

»Der hat bei einem Freund in Prüm übernachtet. Den hat er bei einer stationären Therapie kennengelernt. Wir waren den ganzen Tag allein.«

»Da kann man nichts machen«, sagte Fischbach.

Die Alibis waren dünn. Doch zurzeit hatte er nichts in den Händen, um sie auf Herz und Nieren prüfen zu können.

»Ich denke, das war es für heute.« Er sah Welscher fragend an. Der nickte.

»Sehe ich auch so.«

***

Ein lustvolles Stöhnen weckte Welscher. Müde setzte er sich auf und sah zur Uhr. Es war kurz vor drei in der Nacht. Fischbach hatte ihn mit der Anweisung, sich mal richtig auszuschlafen, nach Hause geschickt, kaum dass sie bei den Wolfs zur Tür hinaus waren. Tatsächlich hatte ihn die Müdigkeit übermannt, sobald er das Nachtjournal eingeschaltet hatte. Jetzt lief ein halbseidener Erotikstreifen. Eine barbusige, hüftschmale Blondine spielte mit sich selbst. Welscher schüttelte den Kopf. Was für ein Hetero-Mist, dachte er. Welcher bumsgeile Typ sitzt nachts vor dem Fernseher und sieht sich den Kram an? Er nahm die Fernbedienung und zappte durch die

Kanäle. Ein Spielfilm in schwarz-weiß, Ruf-mich-an-Werbung, Bernd das Brot in der Dauerschleife. Er fand nichts, was ihn interessierte. Genervt schaltete er den Fernseher aus und bereute es sofort. Die Stille, die sich einstellte, dröhnte in seinem Kopf und zeigte ihm deutlich, wie allein er war. Er hätte sich mehr um die gemeinsamen Freunde bemühen müssen. Stattdessen hatte er sich nach der Trennung in die Arbeit geflüchtet. Nach und nach waren die Kontakte eingeschlafen. Mittlerweile meldete sich nur noch selten jemand bei ihm, in den letzten zwei Wochen hatte er keinen einzigen Anruf mehr abwimmeln müssen.

Er stand auf, schaltete das Licht aus und stellte sich ans Fenster.

Köln schlief.

Vereinzelt fuhr ein Wagen unten auf der Straße vorbei, ansonsten war die Stadt wie ausgestorben. Nur eine einzige Menschenseele wartete verloren an der Bushaltestelle schräg gegenüber auf der anderen Straßenseite, eine Frau mit Springerstiefeln an den Füßen. Eine schwarze Lederjacke hüllte ihren mageren Körper ein. Sie hielt eine Flasche Bier in der Hand. Die nächtliche Kälte schien ihr nichts auszumachen. Es tröstete ihn ein wenig, nicht der letzte Überlebende einer Großstadt zu sein. Eine ungewöhnliche Frau, dachte Welscher, sie scheint vor nichts und niemandem Angst zu haben. Ähnlich wie die de Witt.

Irritiert runzelte er die Stirn. Dass sie ihm gerade jetzt und hier in den Sinn kam, wunderte ihn ein wenig. Und wieso fühlte er sich gut dabei? Ein warmes Gefühl durchzog seinen Körper, sein Magen fühlte sich plötzlich leicht an. Ob sie auch gerade einsam am Fenster stand, die Sterne beobachtete oder Kramanns Haus bewachte? Behutsam lehnte er sich mit der Stirn gegen das Fensterglas. Angenehm kühl war das.

Unten auf der Straße schwankte die Frau mit den Springerstiefeln mit deutlicher Schlagseite über den Bürgersteig.

Köln war ihm nicht mehr so vertraut wie noch vor einigen Monaten. Die Lichter hatten ihren Glanz verloren, die tägliche Hektik ihren inspirierenden Reiz. Immer öfter bemerkte er, dass die Eifel nach ihm griff, sich in sein Herz schob und ihn wärmte. Das Zwitschern der Vögel, das er als Kind so sehr geliebt hatte. Das Plätschern eines Baches, der sich ungestüm über Steine kämpfte und den Bachforellen Nahrung und Sauerstoff schenkte. Die Natur, die jetzt im

Frühling kurz davorstand, in Farben zu explodieren. Sogar einige Kilos hatte er seit seiner Versetzung in die Eifel angespeckt. Ein Tribut an Sigrids vorzügliche Hausmannskost.

Was für ein Glück sein Kollege doch mit dieser Frau hatte. Seine Gedanken wanderten zu Fischbachs Unfall. Schrecklich. Schuld zu sein an dem Tod von Frau und Kind gehörte zu dem Schlimmsten, was er sich vorstellen konnte. Aber der Dicke hat es geschafft, mit Sigrids Hilfe, mit Unterstützung von Freunden.

Vielleicht sollte er sich wirklich mal auf einen Versuch einlassen und den Eiflern eine Chance geben. Was hatte er schon zu verlieren?

Derzeit so gut wie nichts.

SECHZEHN

Pünktlich auf die Minute tauchte Klötsch im Büro auf. Zaghaft klopfte er gegen den Türrahmen. Welscher und Fischbach hatten in alter Gewohnheit die Tür offen stehen lassen.

»Heinos Vater«, rief Fischbach gut gelaunt und wies auf den freien Stuhl, der neben den Schreibtischen stand. »Wenn Sie sich aufhängen wollen: Links von Ihnen ist ein freier Haken.«

»Aufhängen?«, murmelte Klötsch. »Was ...«

»Den Mantel«, konkretisierte Welscher und deutete, ohne hinzusehen, auf den Haken an der Wand. Erst dann schaute er von der vor ihm auf dem Schreibtisch liegenden Akte auf. »Den Hut können Sie ...« Er stutzte. Wütend sprang er auf und packte Klötsch am Kragen. »Du warst der Mistkerl, der mir eins übergebraten hat!« Er stieß Klötsch gegen die Wand.

Der stöhnte auf. »Ich hatte doch nur Angst«, rief er mit weinerlicher Stimme. »Sie haben mich durch die Gasse gehetzt, Sie Verrückter. Ich habe gedacht, Sie wollen mich überfallen.«

Welschers Blick verengte sich, seine Nase pochte schmerzlich in Erinnerung an den Schlag. »Gehetzt? Ich habe doch ›Polizei‹ gerufen. Also kommen Sie mir nicht mit so einem Mist.«

»Na, na, na«, brummte Fischbach hinter ihm.

»Ich habe gedacht, es sei eine Finte«, winselte Klötsch. »Wir waren doch ganz allein in der Gasse.«

»Und dann auch noch so frech sein, mit dem auffälligen Hut hier aufzutauchen. Vorführen wolltest du mich, nicht wahr? Insgeheim dem Bullen zeigen, wie blöd er doch ist.«

»Nein«, kiekste Klötsch.

Wütend erhöhte Welscher den Druck gegen seine Brust. »Erzähl mir doch nichts.«

»Ich habe gedacht«, röchelte Klötsch, »Sie würden ihn nicht erkennen. Haben Sie bei uns zu Hause doch auch nicht.« Sein Gesicht färbte sich rot.

Welscher lockerte den Griff. Richtig. Er hatte den Hut auf der Garderobe liegen sehen. Seine zu dem Zeitpunkt gerade fürchterlich ausufernde Allergie hatte seinen Verstand so sehr blockiert, dass er den Zusammenhang nicht hatte herstellen können. Er spürte eine Hand auf seiner Schulter.

»So, genug abreagiert«, flüsterte ihm Fischbach freundlich ins Ohr. »Wir werden die Schmitz-Ellinger informieren. Die kann sich der Sache annehmen. Ob es dann als Notwehr gewertet wird, darüber darf der Richter entscheiden. Jetzt setzen wir uns erst mal und beruhigen uns.«

Welscher ließ Klötsch los und strich ihm den Mantelstoff auf der Schulter glatt. »Nichts für ungut«, sagte er und setzte sich. Er würde die Staatsanwältin bitten, sich richtig ins Zeug zu legen. Die gebrochene Nase wollte er ordentlich bezahlt wissen.

Mit zittrigen Fingern hing Klötsch seinen Mantel auf und setzte sich, wobei er Welscher nicht aus den Augen ließ.

Ächzend ließ sich Fischbach auf seinen Platz fallen. »Warum haben Sie uns angelogen, Herr Klötsch?«

Zufrieden fixierte Welscher den Mann. Dass Fischbach ohne Umschweife sofort zur Sache kam, gefiel ihm. Gut so, der Sausack sollte Blut schwitzen. Doch Klötsch hatte sich wohl wieder etwas gefasst und riss die Augen auf. »Wie meinen, Herr Kommissar?«

»Spielen Sie uns nichts vor«, wies ihn Welscher zurecht, »wir sind hier nicht auf Ihrer Theaterbühne.«

»Aber Herr Kommissar, ich weiß wirklich nicht …«

»Sie haben behauptet, Sie wären am Samstag mit Ihrer Frau zusammen gewesen«, fuhr Welscher ihn an. »Glauben Sie, wir leben hinterm Mond? Sie hätten sich doch denken können, dass wir das Alibi überprüfen werden. Sie hatten einen Auftritt, Sie waren keineswegs zu Hause.« Dass sie eher zufällig darauf gestoßen waren, behielt er für sich. Er wollte Klötsch einschüchtern, Dominanz ausstrahlen und ihm zeigen, dass Lügen kurze Beine hatten.

Langsam zog Klötsch die Schultern nach oben und senkte den Kopf. »Maria hat mich …« Er sprach nicht weiter, sondern winkte ab. »Ach, egal, was Maria will. Ich hatte einfach solche Angst, dass Sie mich erkennen würden.«

»Blöde Ausrede«, knurrte Welscher halbherzig. Dass Klötsch einen verwirrten Eindruck gemacht hatte, war ihm schließlich selbst aufgefallen.

»Vielleicht erzählen Sie uns jetzt einfach mal alles«, sagte Fischbach, »und am besten die Wahrheit.« Er hielt einen Bleistift in der

Hand, um sich Notizen zu machen. Üblicherweise nutzte er dafür die helle Schreibtischoberfläche, statt sich mit dem Suchen nach Papier aufzuhalten. Unzählige Zahlen und Buchstaben füllten die Fläche, darunter Telefonnummern, Einkaufslisten, Gedankenskizzen und Besprechungsnotizen. Welscher fragte sich, wann es wohl so weit war, dass sein Kollege einen neuen Schreibtisch anforderte, weil er diesen vollgeschrieben hatte. Jede Putzfrau, die dem Schreibtisch zu nahe kam, verjagte der Fischbach mit wildem Gebrüll. Beim letzten Mal waren dabei sogar dicke Tränen geflossen. Die kroatische Aushilfe im Putzteam, ein junges Ding, das kaum ein Wort Deutsch sprach, hatte er damit so sehr erschreckt, dass sie alles stehen und liegen gelassen hatte und davongerannt war. Welscher hatte sie zitternd in dem Raum hinter dem Kopierer gefunden, in dem sie die Büromaterialien aufbewahrten. Zwanzig Minuten hatte er benötigt, um sie auf die Beine zu bekommen und nach Hause zu schicken.

»Ich möchte niemanden kompromittieren«, wisperte Klötsch unsicher.

»Dann fangen wir doch einfach mit den Dingen an, die für niemanden ein Problem darstellen. Wir tasten uns peu à peu ran«, schlug Fischbach vor. »Sie sind also am Samstag wann von zu Hause fortgegangen?«

»Kurz nach dem Mittagessen, etwa gegen halb zwei«, antwortete Klötsch bereitwillig. Offensichtlich konnte er sich mit Fischbachs Vorschlag anfreunden. »Ich bin nach Dahlem ins Restaurant ›Em Lade‹.«

»Kenn ich«, sagte Fischbach. »Biker sind dort gerne gesehen. Haben eine gute Karte.«

Welscher schmunzelte. Fischbach erinnerte ihn an Obelix. Der dachte auch immer nur ans Essen. Sein Ärger verrauchte ein wenig.

»Ja«, bestätigte Klötsch. »Nette Gastwirte, herzlich und lieb. Da fühlt man sich sofort wohl. Die Bedienung wird sich an mich erinnern, ich habe ein großzügiges Trinkgeld gegeben. Ich hatte Rindercarpaccio mit Olivenöldressing und Rumpsteak vom Grill an Kräuterbutter, dazu Pommes frites und gemischten Salat.« Er grinste.

»Was amüsiert Sie denn so?«, fragte Welscher.

»Entschuldigen Sie bitte, es ist nur …« Er brach ab. »Es spielt keine Rolle.«

»Das entscheiden wir.«

Er seufzte. »Also gut. Auf der Speisekarte steht der Hinweis: Maximal vier unterschiedliche Hauptspeisen pro Tisch. Ich frage mich jedes Mal, wenn ich dort bin, was das soll. Ist der Koch mit einem fünften Gericht überfordert? Ich finde das skurril.«

In der Eifel kann eben nicht jeder das bestellen, was er will, dachte Welscher. Da bestimmt der Wirt, was auf den Tisch kommt. »Sie haben also zweimal zu Mittag gegessen?«

»Ach was. Zu Hause habe ich doch kaum einen Bissen herunterbekommen.«

»Sie essen wohl häufiger auswärts?«

Angewidert verzog Klötsch das Gesicht. »Ja, allerdings. Meine Frau kocht scheußlich. Und ausschließlich gesund, Tofu und Vergleichbares. Ich dagegen liebe die gute Hausmannskost.« Er senkte den Kopf. »Sie nimmt überhaupt keine Rücksicht auf mich.«

»Und nach dem Essen?«

»Bin ich sofort nach Bad Münstereifel ins Theater.«

»Um wie viel Uhr? Gibt es Zeugen?«

»Warten Sie.« Klötsch überlegte und zupfte gedankenverloren an seiner Unterlippe. »In Dahlem bin ich gegen halb drei los. Kurz nach drei habe ich das Theater betreten und ein paar Worte mit dem Portier gewechselt. Danach habe ich mit dem Regisseur einen Kaffee getrunken und noch ein paar Szenen besprochen, die am Vorabend nicht ganz optimal gelaufen waren. Anschließend war ich in der Maske. Die Kollegen trudelten nach und nach ein und können bezeugen, dass ich auch den restlichen Nachmittag bis zur Aufführung anwesend war.« Selbstsicher sah er Welscher an.

»Und Ihre Frau? Wo war die?«

Klötsch senkte den Blick. »Keine Ahnung«, raunte er. »Vermutlich zu Hause.«

»Haben Sie denn nicht darüber gesprochen? Interessiert es Sie nicht, was Ihre Frau treibt?«

Übergangslos verlor Klötsch die Fassung. Sein Körper bebte, und er schlug die Hände vors Gesicht.

Verständnislos blickte Welscher zu Fischbach. Was führte der hier für ein Schmierentheater auf? Fischbach machte eine Handbewegung, die so viel bedeutete wie: Ich habe auch keine Ahnung.

»Wir hatten so viele Pläne«, sagte Klötsch schließlich. Er hatte sich ein wenig beruhigt. »Auf dem Jakobsweg nach Santiago de Compostela wandern, in Rom an einer Papstaudienz teilnehmen. Jerusalem sehen, eine Rundreise durch das Heilige Land machen. Und jetzt ist alles vorbei.« Er rang die Hände und blickte sie aus traurigen Augen an.

Das ist echt, dachte Welscher. Seine Ehe steht offenbar kurz vor dem Aus. Er spürte eine Woge Mitleid mit dem Mann, was ihm gar nicht gefiel. Schließlich verdankte er ihm seine schmerzende Nase. »Eine Trennung ist doch nicht das Ende der Welt«, sagte er dennoch. »Sie werden sicherlich eine Frau finden, mit der Sie Ihre Pläne noch umsetzen können.«

»Hört, hört«, murmelte Fischbach.

Welscher wunderte sich über sich selbst. Hatte er das gerade wirklich gesagt? Die ganze Zeit erging er sich in Selbstmitleid, und jetzt riet er einer fremden Person, sich eine Trennung nicht so zu Herzen zu nehmen. Verrückt.

Klötsch sah sie verständnislos an. »Was meinen Sie?«

»Mein Kollege wollte Ihnen sagen, dass andere Mütter auch nette Töchter haben«, erklärte Fischbach, »und dass Sie darüber hinwegkommen werden. Sie werden ihr Glück woanders finden. Klammern Sie sich nicht an Ihre Frau.« Er wandte sich an Welscher. »Habe ich es so richtig wiedergegeben?«

»Ja. Aber dein Spruch mit den Müttern und Töchtern hat einen Bart. Den bringst du jedes …«

»Sie haben mich wohl missverstanden«, unterbrach ihn Klötsch.

»Ach ja?« Welscher wechselte mit Fischbach einen irritierten Blick.

»Also … ich …«

»Jetzt lassen Sie sich doch nicht alles aus der Nase ziehen.«

»Ich … Meine Zukunftspläne habe ich nicht mit Maria geschmiedet. So, jetzt ist es raus.« Klötsch wirkte, als wäre ihm ein Stein vom Herzen gefallen.

Erstaunt beugte sich Fischbach vor. »Sondern?«

»Mit Vrönn.«

»Mit Vrönn?«

»Ja sicher.«

Fischbach blieb der Mund offen stehen.

Welscher konnte es ihm nicht verdenken. Sein Kollege war offenbar genauso überrascht über diese Wendung wie er selbst.

»Damit keine Verwechselung passiert: Wir sprechen von Veronika Kramann, dem Mordopfer?«, fragte Fischbach.

»Ja.« Klötsch sah versonnen zum Fenster hinaus. »Vrönn war so eine liebe Person. Warmherzig und gütig. Ganz anders als Maria.«

»Patrick würde Ihnen nicht zustimmen.« Die Spitze hatte sich Welscher nicht verkneifen können.

»Jeder hat einen dunklen Punkt auf der Seele. Bei Vrönn war es ihr Enkel. Aber ich bin sicher, diese schwarze Stelle hätte ich irgendwann bei ihr gelöscht.«

»Wenn Sie meinen. Wusste eigentlich Ihre Frau von Ihrem Verhältnis?«

»Mhm.«

»Und seit wann?«

Klötsch kaute missmutig auf seiner Unterlippe.

»Seit wann?«, grollte Fischbach.

»Ich habe es ihr am Samstag beim Frühstück gebeichtet.«

Welscher horchte auf und setzte sich gerade hin. Eifersucht. Ein astreines Mordmotiv. »Wie hat sie reagiert?«

»Sie hat das Mittagessen versalzen. Es war noch abscheulicher als sonst.« Klötsch schüttelte sich.

»Was noch? Vorwürfe? Wutausbrüche? Fliegende Kochtöpfe?«

»Nichts dergleichen. Aber ihr Blick hätte Steine töten können.«

Welscher sah Fischbach etwas auf den Tisch kritzeln. Es sah aus wie *Motiv Eifersucht* und *Verhältnis der Schwestern*. Offensichtlich war Fischbach auf der gleichen Fährte wie er.

»Wann haben Sie Veronika Kramann zum letzten Mal gesehen?«

Die Gesichtsfarbe von Klötsch wechselte ins Dunkelrote. Er presste stumm die Lippen aufeinander.

»Jetzt habe ich aber bald die Faxen dicke«, polterte Fischbach. »Wir haben nicht den ganzen Tag Zeit, wie Sie sich sicher denken können. Es gibt einen Mordfall aufzuklären. Also?«

»Am Samstag.«

»Geht's auch genauer?«

»Kurz bevor ich runter zum Restaurant bin. Ich bin noch schnell bei Vrönn vorbeigefahren und habe ihr von meinem Geständnis erzählt.«

»Dann wussten Sie also von ihren Plänen, heimlich das Haus zu hüten?«

»Ja. Sie war ein wenig besorgt, dass ich mit meinem Besuch alles durchkreuzen könnte. Sie wollte ja inkognito bleiben. Deswegen war ich am nächsten Morgen, als Sie mich überraschten, auch schon so früh dort. Ich sollte mich unauffällig reinschleichen.«

»Als Sie Veronika Kramann am Samstag verließen, lebte sie also noch.« Welscher versuchte, ihn auf subtile Art und Weise aus der Reserve zu locken.

»Ja sicher«, fuhr Klötsch auf. »Ich bin nicht der Mörder.«

»Warum haben Sie uns denn dann nicht sofort von Ihrem Besuch bei ihr berichtet?«

»Weil ich Sorge hatte, Sie würden mir etwas anhängen.«

Welscher beugte sich vor. »Haben Sie denn ein Motiv?«

»Natürlich nicht!«, rief Klötsch aufgebracht. »Haben Sie mir nicht zugehört? Ich liebte diese Frau.«

»Sie können viel behaupten. Vielleicht ging es Ihnen nur um ihr Geld. Oder um die Chance, Ihrer Ehefrau eins auszuwischen.«

»Das ist ja wohl die Höhe«, empörte sich Klötsch und sprang auf. »Ich denke, es ist an der Zeit, einen Anwalt einzuschalten.«

Beschwichtigend hob Fischbach eine Hand. »Nichts überstürzen, bitte. Wir stellen nur ein paar Fragen, kein Grund zur Aufregung.«

»Sagen Sie«, grummelte Klötsch, ließ sich aber wieder auf seinen Stuhl sinken.

»Wie verstand sich Veronika Kramann mit Ihrer Frau?«, wollte Fischbach wissen.

»Licht und Schatten, Feuer und Wasser, Säure und Lauge, suchen Sie sich etwas aus, es trifft alles zu.«

»Sehr interessant«, murmelte Fischbach. Welscher sah, wie er die Notiz *Motiv Eifersucht* mehrmals kräftig unterstrich. »Bisher hat uns das so noch niemand berichtet.«

»Wundert mich nicht«, sagte Klötsch. »Die ganze Bagage hat schon vor einiger Zeit beschlossen, Probleme einfach nicht anzusprechen. So etwas Oberflächliches und Verlogenes wie die Kramann-Sippe werden Sie in der Eifel nicht noch mal finden. Die lachen sich freundlich ins Gesicht, und hintenherum wird nachgetreten.«

»So schlimm kann die Sippe ja nicht sein, wenn Sie sich von der einen Schwester lösen, um ein Verhältnis mit der anderen zu beginnen«, wandte Welscher ein.

»Vrönn war anders.«

»Na klar, ganz bestimmt«, murmelte Welscher. Er dachte an Patricks Ausgrenzung seitens der Großmutter. In was für eine Familie war der Junge da nur hineingeboren worden? Vielleicht wäre es besser, er würde bei seinem leiblichen Vater aufwachsen.

Fischbach schien mit Klötschs Antwort ebenfalls nicht zufrieden zu sein. »Die Stiefmutter der beiden, Hilde Bartels, berichtete mir aber, dass die Schwestern sich gut verstanden. Ihre Frau sei bei Veronika Kramanns Hochzeit vor Glück sogar ohnmächtig geworden, sagte sie. Wir wissen außerdem, dass die beiden regelmäßig miteinander telefonierten, Veronika Kramann hatte Bilder von ihrer Schwester in ihrer Wohnung. So schlimm, wie Sie das Verhältnis der beiden beschreiben, kann es demnach nicht gewesen sein.«

Klötsch zog ein Gesicht, als wolle er ausspucken. »Was hat Hilde erzählt? Maria ohnmächtig vor Glück? Wer's glaubt … Den Schwächeanfall hatte sie aus Eifersucht. Vor unserer eigenen Hochzeit hat sie mir alles erzählt. Vrönn hatte ihr die große Liebe vor der Nase weggeheiratet. So sieht es aus, und nicht anders.«

»Soso, sehr interessant.« Welscher lehnte sich in seinem Stuhl zurück und fixierte Klötsch. »Dann hat Ihre Frau also schon zum zweiten Mal einen Mann an ihre Schwester verloren.«

»Dem kann ich nicht widersprechen.« Klötschs Augen weiteten sich. »Moment mal, sie hat damit ein Motiv, oder?«, stellte er entsetzt fest.

»Das ist nicht von der Hand zu weisen.«

Fischbach notierte etwas auf der Schreibtischplatte und sagte dann: »Eins verstehe ich noch nicht.« Er machte eine Pause, um sich Klötschs ganzer Aufmerksamkeit sicher zu sein. »Sie ziehen hier kräftig über die Kramanns vom Leder. Gleichzeitig erzählen Sie uns, dass Sie von der einen Schwester zur anderen wechseln wollten, anstatt das Weite zu suchen. Passt für mich überhaupt nicht zusammen.«

Klötsch hob entschuldigend die Hände. »Da kann ich Sie durchaus verstehen, Herr Kommissar. Ich kann kaum was zu meiner Verteidigung sagen, außer: wo die Liebe hinfällt.«

Welscher verdrehte die Augen. »Wo haben Sie nach Ihrem Auftritt am Samstag eigentlich die Nacht verbracht? Zu Hause?«

»Nein, Gott bewahre. Maria hätte mir womöglich das Kopfkissen aufs Gesicht gedrückt oder ein Messer …« Er brach ab und sah Fischbach und Welscher erschrocken an. »Also, das war jetzt nicht so … aber ihre Eifersucht … es sollte nur ein Scherz sein.«

»Wir werden sehen«, sagte Welscher. »Schon interessant, was Sie Ihrer Frau alles zutrauen. Aber Sie wollten uns berichten, wo Sie die Nacht verbracht haben.«

»Äh, ja … ich habe in der Theatergarderobe übernachtet. Ich war zu aufgewühlt. Sie können den Pförtner fragen. Er wusste Bescheid.«

»Somit können Sie uns also nichts zur Verfassung Ihrer Frau sagen? Sie sind ihr nicht mehr begegnet?«

»Nein, tut mir leid.«

»Okay, lassen wir das so stehen«, gab sich Welscher vorerst zufrieden. »Name und Anschrift des Pförtners können Sie gleich bei meiner Kollegin zu Protokoll geben. Wir werden das prüfen.« Er legte die Fingerkuppen aufeinander. »Sie wissen somit auch nicht, wo Ihre Frau nach Ihrem Streit den Nachmittag verbracht hat? Oder den Abend?«

»Nein, herrscht ja eisiges Schweigen zwischen …« Er stockte. »Obwohl.«

»Ja?«

»Nachdem ich bei Vrönn war, bin ich noch mal kurz nach Hause. Hatte meinen Hut vergessen. Ohne den gehe ich normalerweise nicht aus dem Haus.« Er lachte verbittert. »Ich hatte mich schon auf eine Furie eingerichtet. Doch alles war ruhig. Maria war nicht zu Hause. Ist doch verdächtig, oder?« Erwartungsvoll blickte er Welscher an.

»Eben haben Sie noch gesagt, dass Sie um halb drei im Restaurant in Dahlem aufgebrochen sind und gegen drei im Theater in Bad Münstereifel ankamen. Jetzt berichten Sie von einem Ausflug, von dem eben noch keine Rede war.«

»Ja, richtig, das war aber keine Absicht«, verteidigte sich Klötsch. »Ich habe dem Abstecher keinen Wert beigemessen. Ist doch auch nicht so wichtig. Maria ist doch der springende Punkt. Darüber sollten wir uns Gedanken machen.«

»Wir?«

Den Hohn in Welschers Stimme schien Klötsch nicht bemerkt zu haben, denn aufgeregt plapperte er weiter: »Maria neigt zu Wutausbrüchen. Mich hat sie bei einem Streit mal mit einer Schere bedroht. Und geohrfeigt hat sie mich auch schon mal. Die kann gefährlich werden, wenn ihr etwas nicht passt. Sie sollte hier auf dem Stuhl sitzen, nicht ich.«

Das ging Welscher jetzt zu schnell. Auf ihn wirkte die Rede, als wäre Klötsch froh, von sich ablenken zu können. Sicher, um Maria Bartels mussten sie sich ebenfalls kümmern, an ihr führte jetzt kein Weg mehr vorbei. Aber ganz bestimmt nicht gemeinsam mit Klötsch. Er sah Fischbach an. »Hast du noch Fragen?«

Fischbach schüttelte den Kopf.

»Also gut, Herr Klötsch. Für heute soll es das gewesen sein. Wie mein Kollege vorhin schon sagte, wird ein Verfahren gegen Sie wegen gefährlicher Körperverletzung eingeleitet werden.«

Gleichgültig winkte Klötsch ab. »Darauf kommt es jetzt auch nicht mehr an.«

Welscher griff zum Telefon und wählte Bianca Willms' Nummer. Er bat sie, Klötsch abzuholen, um die Daten der Zeugen, die Klötsch erwähnt hatte, aufzunehmen. Keine zwei Minuten später stand sie im Türrahmen und nahm ihn mit.

»Und jetzt?«, fragte Welscher.

»Pressekonferenz.«

»Und danach?«

»Ist Mittag.«

Welscher stöhnte auf. »Oh Mann. Denkst du eigentlich nur ans Essen? Wir haben einen Fall zu lösen.«

Fischbach legte die Hände auf seinen Bauch, und Welscher musste an die Sportstunden in der Schule denken, in denen sie mit Medizinbällen hatten üben müssen. »Hungrig kann ich nicht denken«, erklärte Fischbach.

»Dann kannst du also nie denken.«

»Na, na, jetzt übertreibst du aber.« Ächzend erhob sich Fischbach. »Wirst dich noch wundern. Ich geh rüber zu Bönickhausen. Vorbesprechung. Du klärst bitte, dass die Bartels nachher anwesend ist.«

»Soll ich sie einbestellen?«

Prüfend sah Fischbach aus dem Fenster. »Astreines Bikerwetter. Der Himmel zeigt sich von der besten Seite. Wir fahren zu ihr«, entschied er und polterte schnaufend zur Tür hinaus.

Wie ein überhitzter Dampfkessel, dachte Welscher amüsiert und griff zum Hörer.

***

Der Raum war gut gefüllt. Auf die Schnelle zählte Fischbach um die vierzig Personen. Er saß neben Bönickhausen an zwei zusammengestellten Tischen vor den Zuhörerreihen und wunderte sich. Dass Radio Euskirchen vorbeischauen würde, der Stadtanzeiger und vielleicht noch jemand von der Aachener, war zu erwarten gewesen. Aber es lungerten sogar Kamerateams vom WDR und von RTL herum. Er fragte sich, womit der Fall diese Aufmerksamkeit verdient hatte. Bei aller Tragik ging es schließlich nur um einen gewöhnlichen Mordfall und nicht etwa um den an einer prominenten Persönlichkeit.

Aufgeregt unterhielten sich die Pressevertreter miteinander, einige hantierten dabei mit ihren Smartphones. Die Luft war stickig, niemand hatte daran gedacht, die Fenster zu öffnen.

»Guten Tag, meine Damen und Herren«, begann Bönickhausen mit kräftiger Stimme. »Bevor Sie Ihre Fragen stellen können, wird Hauptkommissar Fischbach Ihnen zunächst die Fakten schildern.«

Fischbach streckte den Rücken durch und betete routiniert und sachlich die Informationen herunter, die sie freigeben konnten. Anschließend eröffnete Bönickhausen die Fragerunde.

»Weber, von der ›Bild‹«, stellte sich der erste Journalist, den Bönickhausen zum Sprechen aufforderte, vor. »Sind dunkle Mächte am Werk?«

Fischbach wusste einen Moment nichts darauf zu antworten. »Dunkle Mächte?«, fragte er irritiert.

»Sicher. Ich habe gehört, es war ein Krieg der Hexen«, erklärte Weber. »Gut gegen Böse, ein klassischer Zweikampf.«

Mist, fluchte Fischbach stumm. Woher hat der denn den Quatsch? Bestimmt von der Neuroth. Die versucht, sich in den Vordergrund zu spielen, um so neue Klienten zu erhaschen. »Davon ist uns nichts bekannt«, sagte er knapp.

»Keine Hexen?«, bohrte der Reporter feixend.

»Vielleicht finden Sie zur Walpurgisnacht welche auf dem Blocksberg«, gab Fischbach zurück, »aber der ist bekanntlich im Harz, nicht hier in der Eifel. Ich wünsche Ihnen eine gute Reise.«

Einige lachten.

Der RTL-Reporter meldete sich. Seine Glatze glänzte im Licht der Neonlampen. »Das Opfer soll eine Heilerin gewesen sein.«

»Das ist richtig.«

»Meine Recherchen haben ergeben, dass die Heilertätigkeit in der Eifel nicht ungewöhnlich ist.« Forschend blickte der Reporter Fischbach an.

Erwartet er eine Zustimmung?, fragte sich Fischbach. Der führt doch irgendetwas im Schilde. »So ist es«, bestätigte er vorsichtig.

Zufrieden strahlte der Reporter ihn an. »Schön. Es sollen meines Wissens auch Fälle vorgekommen sein, bei denen die Heiler ihre Kunst nicht zum Wohle der Patienten eingesetzt haben.«

Fischbach dachte an das, was Pfarrer Beinlich ihm über das Bannen erzählt hatte. »Habe ich auch gehört«, sagte er. »Aber jetzt kommen Sie bitte mal auf den Punkt. Wie lautet Ihre Frage?«

»Ich möchte nur sichergehen, dass ich alles verstanden habe«, erklärte der Glatzkopf. »Ein Heilerkrieg ist demnach ja nicht ganz unwahrscheinlich.«

»Ein … was?«, stammelte Fischbach verdutzt. Er spürte plötzlich, wie ihm der Schweiß den Rücken hinunterlief.

Die Geräuschkulisse im Raum schwoll an.

Bönickhausen klopfte einige Male auf den Tisch. »Meine Damen und Herren, bitte ein wenig ruhiger.«

»Haben Sie diese Möglichkeit etwa noch nicht in Betracht gezogen?«, wollte eine attraktive Frau aus der zweiten Reihe wissen. »Kremer, vom ›Express‹«, schob sie nach und zwinkerte Fischbach zu.

Der holte erst mal tief Luft, um ein bisschen Zeit zu gewinnen. Hilfesuchend sah er zu Bönickhausen.

»Meine Damen und Herren«, ergriff dieser das Wort. Er versicherte, es werde in alle Richtungen ermittelt, und bat um weitere Wortmeldungen. »Aber bitte nichts mehr über Hexen, Magier und Heilige«, sagte er und lachte freundlich. »Dafür gründen Sie bitte in eigener Zuständigkeit einen Tolkien-Lesekreis.«

Erleichtert stieß Fischbach die Luft aus und lehnte sich zurück. Solche Dinge konnte sein Chef einfach am besten regeln. Dafür wurde der ja schließlich gut bezahlt.

»Hast du noch ein paar Minuten?«, fragte Bönickhausen nach der Pressekonferenz.

Fischbach folgte ihm in sein Büro. »Was ist los?«, fragte er und setzte sich an den kleinen Konferenztisch. Eine Vase mit verblühten Narzissen stand auf dem Tisch. »Dein Blumenwasser stinkt faulig.«

»Ach so? Ich habe mich schon gewundert und immer wieder meine Schuhsohlen kontrolliert.« Er nahm die Vase und brachte sie ins Vorzimmer, kam dann wieder zurück und schloss die Tür hinter sich. Er lehnte sich an seinen Schreibtisch. »Lief doch ganz gut, oder?«

»Wie man es sieht. Heilerkrieg und Hexenkampf, so ein Quatsch.« Er nahm sich vor, Sylvia Neuroth mal richtig auf die Füße zu steigen.

»Mach dir darüber keine Gedanken. Besser, sie schreiben so etwas, als dass sie uns unsachgemäße Arbeit vorwerfen. Wird ja ohnehin nicht viel dran sein. Aber mal was anderes.« Er griff hinter sich und nahm eine Akte vom Schreibtisch. Fischbach konnte auf der Vorderseite den Namen »Welscher« entziffern.

Das kann nichts Gutes bedeuten, dachte er.

Nachdenklich blätterte Bönickhausen darin herum. »Was ist mit Jan los? Ich werde einfach nicht schlau aus ihm. Ein Eifeler Jung mit super Abschlüssen, besten Beurteilungen und jeder Menge Lob von seinen bisherigen Vorgesetzten. Doch hier bei uns benimmt er sich wie die Axt im Walde.«

»Wenn du die Sache mit Feuersänger meinst: Jeder hat mal einen schlechten Tag.«

Bönickhausen warf die Personalakte schwungvoll auf den Tisch zurück. »Ja, ja, aber das meine ich nicht. Ich bin ja nicht blind. Der Junge fühlt sich nicht wohl hier, das gibt er uns oft genug zu verstehen. Aber ich kann doch erwarten, dass er seinen Job trotzdem professionell durchzieht und seine Gefühle zu Hause lässt. Der läuft immer mit einer Schnute rum, das verschreckt mir die ganzen Kollegen.« Er stützte sich auf den Schreibtisch und trommelte mit den Fingern gegen das Holz.

»Vielleicht solltest du ihn ziehen lassen«, sagte Fischbach und spürte sogleich einen Stich in der Magengrube. Eigentlich wollte er nicht, dass Welscher versetzt wurde. Er hatte sich irgendwie an den Knaben gewöhnt. »Aber ich denke, er wird sich über kurz oder lang einleben«, schob er rasch nach. Verstohlen musterte er seinen Chef.

»Dein Wort in Gottes Ohr«, brummte Bönickhausen. Das Telefon schrillte. Er ignorierte es. »Was mir außerdem Sorgen bereitet, sind seine Alleingänge. Eine gebrochene Nase. Es hätte auch anders kommen können. Wenn der solche Dinger jetzt öfter durchzieht, na dann danke.«

»Warum sprichst du nicht einfach mit ihm darüber?«

»Ich wollte vorher hören, was du dazu sagst. Schließlich kennen wir beide uns schon ewig, und ich schätze deine Meinung. Außerdem arbeitest du tagtäglich mit ihm zusammen, nicht ich.« Er fixierte Fischbach. »Frei raus. Dreht der Junge langsam durch? Oder bekommt er noch die Kurve?«

Fischbach wurde es heiß und kalt gleichzeitig. Welscher wollte am liebsten wieder nach Köln, das wusste er. Aber wenn er hier und jetzt Entsprechendes äußern würde, wäre Welscher in ein paar Tagen fort. Und alles in Fischbach sträubte sich dagegen. Wer wusste schon, wer dann als Ersatz auftauchen würde. Vielleicht ein Sachse, den man nicht verstand, weil er anstelle von Vokalen nur Umlaute kannte. Und er hoffte immer noch, dass er mit seiner Offenbarung bei Welscher einen Schalter umgelegt hatte. Dieses Bewusstsein musste in dem Jungspund womöglich nur noch ein wenig reifen.

Bönickhausens Blick brannte auf Fischbachs Haut. Er musste sich entscheiden.

»M'r moss keenen Hövel für 'ne Berg halde«, sagte er und streckte sich, um Entschlossenheit zu symbolisieren. »Das kriegen wir schon hin. Der wird sich hier sicher bald wohlfühlen.«

Bönickhausen rieb sich das Kinn. Er wirkte skeptisch. »Dein Wort drauf? Ich will dem Jung ja auch nichts verbauen.«

»Warte ab. In einigen Monaten wird er wieder der Musterschüler sein, der er in Köln war«, sagte Fischbach mit hinter dem Rücken gekreuztem Mittel- und Zeigefinger.

Bönickhausen atmete kräftig durch. »Okay. Er bleibt, und du kümmerst dich um ihn.«

»Das wird schon.« Fischbach stand auf und klopfte Bönickhausen betont gelassen auf die Schulter. Dann verließ er mit einem verdammt schlechten Gewissen das Büro. Er hatte Welschers ersehnte

Rückkehr nach Köln verhindert und hoffte, dass seine Rechnung aufgehen und dieser ihm das nicht irgendwann böse nachtragen würde.

***

Die Wohnzimmeruhr tickte nervtötend laut. Maria Bartels hatte auf dem Sofa Platz genommen und stierte mit giftiger Miene vor sich hin. Ihr graues Kleid unterstrich ihre Stimmung. Sie ließ die Perlen der Kette, die um ihren mageren Hals hing, durch ihre Hand gleiten, als würde sie einen Rosenkranz beten.

»Warum haben Sie uns angelogen, Frau Bartels?«, fragte Fischbach. Er saß im Sessel vor dem fast deckenhohen Kratzbaum. Zwei Katzen schliefen eingerollt auf den kleinen Podesten. Verschlafen blinzelten sie in die Gegend.

Mistviecher, fluchte Welscher. Eigentlich hatte er nichts gegen Katzen. Sie bewegten sich anmutig und hatten ihren eigenen Kopf. Das mochte er an ihnen. Doch seine Allergie ließ ihn ungerecht werden. Obwohl er in der Tür stehen geblieben war, weit weg von jeglichem Vierbeiner, kribbelte es bereits in seiner Stirnhöhle.

Energisch schob Maria Bartels das Kinn vor. »Wer sagt Ihnen denn, dass nicht mein Mann derjenige ist, der lügt?«

»Die Staatsanwältin«, erwiderte Fischbach ruhig. »Sie hat ihn auf der Bühne gesehen. Er war also am Samstag definitiv nicht hier bei Ihnen, zumindest nicht während der Aufführung. Die Zeiträume davor und danach klären wir noch.«

»Kann es sein, dass Sie am Samstag bei Ihrer Schwester waren?«, fragte Welscher. Er kämpfte gegen den Wunsch an, seine juckenden Augen zu reiben.

Sie schüttelte heftig den Kopf. »Ich war zu Hause.«

»Den ganzen Tag?«

»Den ganzen Tag.«

Welscher nieste, und ein schmerzender Stich raste von seiner Nase ausgehend durch die Stirnhöhle.

»Ich kann allein weitermachen«, bot Fischbach an, der ihn mit einer besorgten Miene anschaute.

»Ein paar Minuten halte ich noch durch«, lehnte Welscher das Angebot ab. »Jetzt mal zum Wesentlichen, Frau Bartels. Ihr Mann hat ausgesagt, dass Sie am Samstagnachmittag nicht im Haus waren, als er zurückkam, um seinen Hut zu holen.« Ihm fiel auf, dass er beim Sprechen näselte. Du klingst wie Theo Lingen, dachte er.

Die Kiefermuskeln von Maria Bartels traten hervor. Sie knirschte mit den Zähnen.

Welscher lief eine Gänsehaut über den Rücken. »Wo waren Sie? Rücken Sie endlich raus damit.«

Das Knirschen wurde lauter.

»Sie waren bei Ihrer Schwester, nicht wahr? Sie haben sie wegen der Affäre mit Ihrem Mann zur Rede gestellt, Sie haben sich gestritten, und dann sind Sie durchgedreht. War es nicht so?« Er hatte die Stimme angehoben, wollte die Sache rasch hinter sich bringen und dann so schnell wie möglich raus aus dieser Katzenbude. Hätte Fischbach sich doch nur für die Polizeidirektion entschieden. Zu spät war Welscher seine Allergie wieder eingefallen.

»Nein«, protestierte Maria Bartels. »Ich habe meine Schwester nicht auf dem Gewissen, ich nicht!«

»Wer dann?«

»Weiß ich doch nicht!«, schrie sie. »Finden Sie es heraus, das ist schließlich Ihre Aufgabe.«

»Dann beantworten Sie endlich unsere Fragen«, schrie Welscher zurück. »Wo waren Sie am Samstagnachmittag?« Was die Bartels konnte, brachte er schon lange zustande.

Die Katzen sprangen auf und fauchten. Argwöhnisch blickte Fischbach sie an und schlug den Kragen seiner Lederjacke auf.

»Ich war … war …«, stotterte sie auf der Suche nach einer plausiblen Ausrede. Doch das ließ Welscher ihr nicht durchgehen.

»Keine Lügen mehr«, fuhr er dazwischen und erhöhte so den Druck, damit sie nicht nachdenken konnte. »Ansonsten verpass ich Ihnen eine Acht um Ihre Handgelenke.«

Wütend blickte Maria Bartels ihn an. »In Kronenburgerhütte war ich«, keifte sie.

»Zeugen?«

»Sylvia Neuroth.«

Überrascht blickte Welscher zu Fischbach. Der runzelte die Stirn. »Bei der weißen Hexe?«

»Ja, bei ihr«, bestätigte sie und hob die Nase. »Wir haben uns angefreundet. Was dagegen?«

Die Katzen sprangen auf die Dielen und huschten an Welscher vorbei. Sofort kribbelte es stärker in seiner Nase. Eine Niesattacke setzte ihn für Sekunden außer Gefecht. Durch fast zugeschwollene Augen sah er schemenhaft, wie Fischbach aufstand. »Wir fahren jetzt zu Sylvia Neuroth. Und Sie kommen mit«, entschied er.

Trotzig verschränkte sie die Arme vor der Brust. »Das schaffen Sie auch ohne mich.«

Ohne zu zögern, packte Fischbach ihren Unterarm und riss sie in die Höhe. »Nichts da, Sie kommen mit.«

Welscher achtete gar nicht weiter darauf, sondern rannte an die frische Luft. Fischbach würde sich schon durchsetzen. Er hingegen, das schwor er sich, würde niemals, aber auch niemals mehr diese kontaminierte Bude betreten.

Zehn Minuten und eine verbrauchte Packung Taschentücher später ging es Welscher bedeutend besser. Die Nase pfiff noch, wenn er einatmete, doch sein Blick hatte sich geklärt.

Er startete den Fiesta. Fischbach hatte Maria Bartels auf den Beifahrersitz geschoben und ihr eingeschärft, die Beine stillzuhalten. Demonstrativ hatte er mit den Handschellen gerasselt, sie dann aber wieder an seinem Gürtel eingehängt.

Welscher fand eine Parklücke direkt gegenüber Sylvia Neuroths Haus. »Warten Sie«, wies er Maria Bartels an und stieg aus. Er umrundete die Motorhaube und zog am Türgriff. Die Beifahrertür ließ sich nur von außen öffnen. Es knackte, als ob ein Keks durchbrach. Wild betätigte er den Türöffner, doch nichts geschah. »Scheiße«, fluchte er.

Schadenfroh blickte Maria Bartels ihn durch die Glasscheibe an.

»Was ist denn?«, wollte Fischbach wissen, der auf der anderen Straßenseite bereits auf sie wartete.

»Meine Kiste kann zaubern«, rief Welscher ihm zu. »Der Fiesta hat sich gerade vom Dreitürer in einen Zweitürer verwandelt.«

»Hä?«

Welscher achtete nicht weiter auf ihn. »Tja, Frau Bartels, da müssen Sie wohl oder übel den Notausstieg nehmen.« Er ging um den Wagen herum und hielt ihr die Fahrertür auf.

Sie öffnete widerstrebend das Schloss ihres Sicherheitsgurtes und krabbelte umständlich über die Sitze. »Kaum zu glauben, wie unsere Polizei heute ausgestattet ist«, murrte sie, als sie die Füße auf den Asphalt setzte. »Unwürdig ist das.«

»Da haben Sie vollkommen recht. Meinem Chef sage ich das auch immer.«

»Finde ich nicht lustig«, echauffierte sie sich. »Das war mein voller Ernst.«

»Da bin ich aber froh«, sagte Welscher und warf die Tür zu. »Mir ist nämlich nicht nach Scherzen zumute.« Kurz überlegte er abzuschließen, entschied sich dann aber dagegen. Wenn jemand die Karre haben wollte, brauchte er zumindest keine Abwrackprämie beim Schrotthändler bezahlen.

»Jetzt aber los«, brummte Fischbach, wurde jedoch von einem Piepen aus seiner Hosentasche unterbrochen. Er kramte nach seinem Handy.

»Was Wichtiges?«, fragte Welscher.

»Nein«, antwortete Fischbach, »nur eine private SMS.« Er steckte das Handy zurück, schritt zur Haustür und klingelte.

Einige Zeit tat sich nichts. Fischbach ließ nicht locker und malträtierte den Klingelknopf.

»Jo, jo, jo«, hörten sie drinnen schließlich jemanden rufen. Die Tür wurde geöffnet, und ein älterer, untersetzter Mann blickte zu ihnen hoch. »Was ist denn so dringend?«

Welscher zog seinen Dienstausweis. »Kripo Euskirchen, Oberkommissar Welscher.« Er zeigte auf Fischbach. »Das ist Hauptkommissar Fischbach. Wir möchten mit Frau Neuroth sprechen.«

Der Mann nahm den Ausweis und hielt ihn dicht vor seine Brille. »Sieht verdammt echt aus«, sagte er, reichte ihn zurück und rief über die Schulter: »Knübbelche, kommst du bitte mal? Hier will dich ein Schutzmann sprechen.«

»Eigentlich sind wir von der Kriminalpolizei«, stellte Welscher richtig.

»Sag ich doch.« Erst jetzt schien der Mann Maria Bartels zu bemerken. »Sie auch wieder hier«, rief er. »Das freut mich aber.« Er reichte ihr die Hand.

Überrascht sahen Welscher und Fischbach sich an. In diesem Fall schienen sich alle auch nur am Rande Beteiligten untereinander zu kennen.

Eine Frau mit Kittelschürze erschien hinter dem Alten. »Ist was mit unserer Sylvi?«, fiepte sie ängstlich.

»Nein, nein. Was soll Sylvi hier schon angestellt haben?«, beruhigte er sie und zog sie sanft an seine Seite. »Meine Frau Leni«, fügte er an Fischbach gewandt hinzu und blickte ihn erwartungsvoll an.

»Können wir jetzt endlich mit ihr sprechen?«, fragte Fischbach ungeduldig.

»Äh, ja selbstverständlich.« Er schaute seine Frau an. »Die Herren möchten dich was fragen.«

Maria Bartels lachte spöttisch. »Zu schön, der Polizei bei der Arbeit zuzusehen. Schaffen es noch nicht mal, sich präzise auszudrücken.«

»Hä?«, entfuhr es Fischbach.

Welscher unterdrückte ein Schmunzeln. »Wir möchten mit Sylvia Neuroth sprechen«, klärte er die Situation auf.

»Ach so. Ich dachte, Sie wollten meine Frau sprechen.« Ein Schatten huschte über das Gesicht des Alten. Er zog seine Frau in die Arme. »Sylvia ist leider nicht da. Sie ist für einige Tage nach Köln gefahren. Muss dort was regeln, hat sie uns erzählt.«

»Was, hat sie nicht gesagt?«, wollte Fischbach wissen.

Der Alte schüttelte den Kopf.

Fischbach wandte sich an Maria Bartels. »Ihr Alibi ist offenbar stiften gegangen.«

Sie lächelte süffisant. »Meinen Sie? Fragen Sie doch mal die beiden netten Leute hier, ob sie mich gesehen haben.«

Aha, dachte Welscher, daher die Andeutung eben.

»Und?«, hakte Fischbach auch sofort nach. »War Frau Bartels am vergangenen Samstag bei Ihnen?«

»Aber ja«, antworteten die beiden synchron.

»Kuchen haben wir gegessen«, fügte Mutter Neuroth hinzu. »Hab extra einen gebacken. Sahne-Nuss.«

»Um wie viel Uhr war das?«, fragte Fischbach.

»Den hatte ich bereits am Freitagabend gebacken und kalt gestellt.«

»Nicht der Kuchen. Ich will wissen, um wie viel Uhr Frau Bartels am Samstag bei Ihnen war.«

»Ach so.« Hilfesuchend sah sie ihren Mann an. »Wann war das, Jüppchen?«

»Vier, denke ich. Die Bundesligaübertragung hatte ja gerade erst angefangen.«

»Vier bis wann?«, forschte Fischbach weiter.

»Die Konferenzschaltung habe ich wieder gehört. Die geht um fünf los.«

»Frau Bartels ist also gegen fünf nach Hause?«

Die beiden schüttelten synchron die Köpfe. »Sie ist dann mit Sylvi aufs Zimmer. Geschäftliches, stimmt's?« Der Alte sah Maria Bartels an.

»Stimmt«, bestätigte sie.

»Das reicht fürs Erste«, sagte Fischbach und überreichte den Neuroths seine Karte. »Wenn sich Ihre Tochter wieder einfindet, möchte ich sie sofort sprechen.«

Gemeinsam schauten die Neuroths auf die Karte und nickten.

Die könnten bei der Olympiade mitmachen, dachte Welscher. Sicher hätten sie gute Chancen auf Gold in der Disziplin »Ehepaar-Synchronbewegung«.

Auf der Burgstraße in Richtung Baasem hustete der Motor des Fiestas wie ein asthmatischer Kettenraucher.

»Da bin ich ja schneller zu Fuß zu Hause«, lästerte Maria Bartels.

Welscher ließ die Kupplung schleifen, damit er die stotternden Drehzahlen jenseits der Dreitausend halten konnte. »Seien Sie lieber froh, dass ich Sie nach Hause fahre, statt Sie einzubuchten«, knurrte er. »Ist nur ein Zündkerzenstecker. Das kenne ich schon.«

»Sie haben nichts in der Hand, um mich mitzunehmen«, fuhr Maria Bartels auf. »Ich habe ein Alibi.«

»Da wir den Todeszeitpunkt nicht genau kennen, hilft Ihnen die Aussage von Sylvia Neuroth wenig«, erklärte Welscher. Im Wagen breitete sich der beißende Gestank nach verbrannter Kupplung aus. Nur noch wenige Meter, dann waren sie am Scheitelpunkt der Straße. Der Fiesta hüpfte inzwischen mehr, als dass er fuhr. »Sie könnten durchaus auf dem Rückweg bei Ihrer Schwester vorbeigeschaut haben. Immerhin haben Sie ein glasklares Motiv und sicher auch einen Schlüssel zum Haus.« Er lenkte den Wagen nach rechts in Richtung Baasem und musterte sie aus den Augenwinkeln heraus.

»Wir hatten eine Abmachung: Kein überraschendes Auftauchen,

Besuche nur nach vorheriger Ankündigung. Die Schlüssel hatten wir nur zur Sicherheit. Für Notfälle.«

Habe ich es mir doch gedacht, dachte Welscher, freier Zugang zum Haus der Schwester. Fischbachs Entscheidung, die Bartels nicht mit aufs Revier zu nehmen, hielt er für falsch.

Die Straße vor ihnen war jetzt abschüssig. Er ließ den Wagen rollen und gab dabei stoßweise Gas, damit der Motor nicht abstarb. »Was wollten Sie eigentlich bei Sylvia Neuroth?«

Maria Bartels starrte geradeaus, die Hand auf ihrem Hals spielte mit ihrer Perlenkette. »Wir sind Freundinnen.«

Er lachte auf. »Erzählen Sie mir doch keinen Quatsch.«

»Ist aber so«, erwiderte sie trotzig.

Plötzlich wusste Welscher, wie alles zusammenhängen könnte. Er lehnte sich im Fahrersitz zurück. »Ich sag Ihnen, was los ist: Sylvia Neuroth führte einen Privatkrieg mit Ihrer Schwester. Im Hintergrund zogen aber Sie die Fäden. Dass Ihre Schwester Ihnen vor Jahren Ihre große Liebe abspenstig gemacht hat, haben Sie ihr nie wirklich verziehen. Oder Sie neideten ihr den Wohlstand. So nutzten Sie die Gelegenheit, Ihrer Schwester ohne großes persönliches Risiko eins auszuwischen, und verbündeten sich mit Sylvia Neuroth.« Vor Maria Bartels Haus ließ er den Wagen ausrollen. Der Motor erstarb mit einer knallenden Fehlzündung.

Wütend sah sie ihn an. »Und wenn es so gewesen wäre? Ist schließlich nicht verboten.«

Mit einem sicheren Handgriff entriegelte Welscher die Motorhaube. »Sie erlauben?« Ohne ihre Zustimmung abzuwarten, drückte er ihr Knie zur Seite und kramte aus dem Handschuhfach eine Rolle Isolierband hervor. »Es kommt darauf an, wie weit man geht. Dann könnte es doch verboten sein.« Er stieg aus.

»Ich habe meine Schwester nicht umgebracht«, fauchte Maria Bartels und schob sich hinter ihm aus dem Wagen. »Hören Sie endlich auf, mir hinterherzujagen. Ich bin eine Sackgasse. Finden Sie lieber den Richtigen.«

Welscher hob die Motorhaube an. Rost rieselte über seine Finger, und der Geruch nach verbranntem Öl stieg ihm in die Nase. Suchend blickte er über den Motorblock. »Ah!«, rief er aus und zog mit spitzen Fingern ein verschmortes Zündkabel vom Auspuffkrümmer. »Hier ist der Übeltäter.«

Maria Bartels schaute nicht einmal hin. »Kann ich jetzt gehen?«

»Könnten Sie vielleicht kurz noch das Kabel …«

Sie wirbelte herum und stampfte ohne einen Abschiedsgruß davon.

»Dann eben nicht«, murmelte Welscher. Er würde auch allein zurechtkommen. Schließlich hatte sein Verflossener ihm vor einiger Zeit gezeigt, wie man ein Zündkabel provisorisch reparierte.

SIEBZEHN

Leise drang Pianomusik an Fischbachs Ohren. Aus der Feuerhalle fiel warmes Licht in den Innenhof.

Nachdem Welscher am späten Nachmittag endlich aus Kronenburg zurückgekehrt war, hatten sie einige Stunden damit verbracht, mit Bianca Willms zusammen die Unterlagen zu ergänzen. Dabei hatte sich noch deutlicher herauskristallisiert, dass Maria Bartels derzeit ihre uneingeschränkte Hauptverdächtige war. Um kurz nach acht hatte Fischbach sich verabschiedet, offiziell, um zu Hause eine Portion Schlaf einzufangen. Inoffiziell hatte ihn sein Weg jedoch hierher, in die »Alte Tuchfabrik« zu seinem Freund Karlo Nettersheim, geführt. Es musste nicht jeder wissen, dass er mit einer ehemals großen Nummer im Drogenhandel befreundet war.

Verstohlen warf er einen Blick durchs Fenster. Eine Braut im wallenden cremefarbenen Kleid tanzte ausgelassen mit einem Mann in der Mitte des Saals. Aus der sichtbaren Verzückung des Mannes schloss Fischbach, dass es sich um den Bräutigam handelte. Die Gäste standen im Halbkreis um sie herum und klatschten dazu.

Bilder seiner eigenen Hochzeit kämpften sich aus seinem Unterbewusstsein nach oben. Bea im weißen Kleid, wunderschön anzuschauen. Ihre Haare wie Engelslocken, die Haut weich wie Samt, jede Berührung ein Stromschlag bis ins Herz. Ihr Duft nach Sommerwiese hing ihm immer noch in der Nase. Ihr Lächeln, so voller Liebe und Sehnsucht nach ihm. Es hatte ihn verzaubert. Niemals zuvor hatte er sich so glücklich gefühlt, hatte so wie auf Wolken geschwebt.

Er schloss die Augen und schluckte schwer. Der Schmerz in seiner Brust raubte ihm für einen Moment den Atem. Er beugte sich vor und stützte sich mit einer Hand an der Wand ab, versuchte panisch, die Bilder wieder zu verdrängen. Schütt sie zu, schrie er sich stumm an. Weg damit! Er lehnte die Stirn gegen die Ziegel.

Lass es nicht zu. Quäl dich nicht.

Die Steine kühlten seinen Kopf, die Schmerzen ließen nach, und die Bilder verblassten. Erleichtert atmete er durch. Er wusste zwar, dass es nicht von Dauer war, aber hier und jetzt hatte er die Vergangenheit besiegt.

»Bea?«, fragte plötzlich eine tiefe Stimme hinter ihm.

Fischbach wirbelte herum. Im Schatten des Durchgangs sah er die Umrisse eines kräftigen Mannes. Die Glut einer Zigarre beleuchtete schwach sein Gesicht. »Karlo«, sagte er erleichtert, dankbar für die Ablenkung. »Was schleichst du denn hier unten rum? Ich dachte schon, mich will jemand überfallen.«

»Ich habe deine Harley blubbern hören und mich nach einer Weile gewundert, dass du nicht hochkommst.«

Nettersheim bedeutete Fischbach, ihm zu folgen. Sie gingen eine Stahltreppe hinauf, einen langen Flur entlang und traten in Nettersheims Büro ein, wo Fischbach sich in einen der schweren Clubsessel fallen ließ.

»Zigarre?«, fragte Nettersheim.

»Gerne.« Fischbach rauchte nur selten. Seltsamerweise reagierte er allergisch auf Tabak. Nicht so ausgeprägt wie Welscher auf Katzen, aber seine Nase lief doch nach wenigen Minuten wie ein Wasserhahn. Nettersheim bezog seine Zigarren allerdings aus aller Welt, und seine Empfehlungen waren eine verschnupfte Nase wert.

Sein Freund öffnete den Humidor auf der Bar und entnahm ihm zwei Zigarren vom Format eines Ofenrohrs. »Corona«, erläuterte er. »Vargas Reserva Cremas. Von den Kanaren, ein Geheimtipp unter Zigarrenliebhabern. Die Familie Vargas ist übrigens der Hoflieferant des spanischen Königshauses. Natürlich Handarbeit.«

Ehrfürchtig nahm Fischbach die Zigarre entgegen und zog sie unter seiner Nase entlang, bevor er sie am Mundstück anstach.

Nettersheim gab ihm Feuer und setzte sich ebenfalls in einen der Sessel, nachdem er für sich einen Scotch und für Fischbach ein Wasser bereitgestellt hatte.

Sanft strich der Rauch durch Fischbachs Mundhöhle. »Mhm, klasse«, urteilte er. »Mild.«

»Achte auf das nussige Aroma.«

Einige Minuten genossen sie schweigend den Tabak und bliesen dann und wann Rauchringe in die Luft. Schließlich rappelte sich Fischbach auf und schniefte. »So, kommen wir zum geschäftlichen Teil. Deine SMS vorhin hat was zu bedeuten?«

Noch vor einigen Jahren hatte Nettersheim sein Geld in der

Unterwelt verdient. Dort hatte Fischbach ihn auch kennengelernt. Nettersheim hatte ihn in der schweren Zeit mit Drogen versorgt. Inzwischen war Nettersheim zwar ein angesehener Veranstaltungsmanager, doch seine Beziehungen zur Eifeler Mafia pflegte er nach wie vor. Hin und wieder ließ er Fischbach daran teilhaben, selbstverständlich inoffiziell und konspirativ.

»Die Tote von Kronenburg. Wie weit seid ihr?«

Fischbach paffte an seiner Zigarre. »Heute haben wir der Schwester auf den Zahn gefühlt. Aber der Durchbruch war es noch nicht. Einige andere haben wir außerdem im Blick.« Er sah sich um und suchte nach einem Taschentuch.

Mit einer fließenden Bewegung warf ihm Nettersheim ein unbenutztes Stofftaschentuch zu. Seine Initialen waren mit goldenem Faden eingestickt. »Ich habe gehört, der Untermieter steht auch auf deiner Liste. Frank Rethmeier.«

Fischbach schnaubte und steckte das Taschentuch ein. »Könnte sein.«

»Kannst du abhaken. Der war es nicht.«

»Na dann.« Fischbach blickte Nettersheim spöttisch an.

»Der war in den Niederlanden.«

»Wissen wir, wissen wir.«

»Als Drogenkurier.«

Mit der freien Hand hieb Fischbach auf das Leder der Sessellehne. »Tatsächlich? Haben wir geahnt, nur beweisen konnten wir es natürlich nicht.«

»Ist ein armes Schwein. Reist gerne um die Welt, hat aber eigentlich kein Geld dafür. So dient er sich hin und wieder den großen Fischen an. Irgendwann wird er unter Garantie wieder erwischt und sitzt für einige Monate, wenn nicht sogar Jahre ein.«

»Vielleicht sollte ihm mal jemand so richtig Angst einjagen. Mit mahnenden Worten kommt man da sicherlich nicht mehr durch.«

»Du meinst, bevor er erwischt wird?«

Fischbach deutete zustimmend mit seiner Zigarrenspitze auf Nettersheim.

Der stieß eine riesige Rauchwolke aus und zwinkerte Fischbach zu. »Ich sehe mal, was sich machen lässt.«

»Sonst noch was?« Fischbach lehnte sich vor und strich die Asche im Aschenbecher ab.

»Reicht das nicht? Ein Fährte weniger, der ihr nachjagen müsst.«

»Doch, doch. Obwohl wir den Rethmeier eh hintenangestellt hatten. Freunde von ihm haben sein Alibi bestätigt.« Er drückte die Zigarre aus und erhob sich.

Nettersheim brachte ihn noch bis zur Harley. In der Feuerhalle tanzten die Gäste inzwischen ausgelassener. Die Paare drehten sich im Kreis und lachten.

»Gute Heimfahrt. Grüß Sigrid von mir«, sagte Nettersheim und hieb Fischbach auf die Schulter.

»Werde ich garantiert nicht machen«, erwiderte Fischbach. »Sie kann dich nicht ausstehen.«

»Immer noch nicht? Ich bin doch so ein liebes Kerlchen.«

»›Drogenbaron‹ nennt sie dich. Sie meint, du seiest schuld daran, dass ich mit dem Zeug in Kontakt gekommen bin.«

»Ex-Drogenbaron würde besser passen. Und ohne mich hättet ihr euch nicht kennengelernt.«

Fischbach startete seine Harley. »Interessante Sichtweise«, rief er Nettersheim über das Blubbern des Motors hinweg zu, tippte sich zum Abschied an den Helm und fuhr davon.

***

Welscher stand am Bistrotisch im »Alibaba Dönerhaus« in Kall und mümmelte gemütlich eine Currywurst mit Pommes Schranke. Mit den Fingern tauchte er eine Fritte in den Mischmasch aus Ketchup und Mayonnaise und steckte sie in den Mund. »Noch eine Fanta bitte. Ohne Eis«, rief er der Bedienung hinter dem Tresen zu und schwenkte sein Glas in der Luft.

»Ich habe gar kein Eis«, entgegnete sie und trocknete sich die Hände an ihrer Schürze.

»Dann ist ja gut.« Welscher schob sich ein Stück Wurst in den Mund und kaute glücklich. Er erinnerte sich an seine Kindheit, an seine erste Reise nach Köln zum Einkaufen.

Seine Großmutter hatte ihn frühmorgens abgeholt, und gemeinsam waren sie mit dem Eifelexpress in Richtung Rhein gerollt. Am Ausgang des Hauptbahnhofs war er wie angewurzelt stehen geblieben.

Der Dom.

Noch nie hatte er ein solch monumentales und vollkommenes Bauwerk gesehen. Mächtig und gewaltig. Er hatte den Kölner Dom nur von Fotos gekannt. Da hatte er kaum größer als die St. Johann-Baptist-Kirche oben am Friedhof in Mechernich gewirkt, nur eben mit zwei Kirchtürmen.

Seine Großmutter hatte ihn gefragt, ob sie eine Kerze für den Opa anzünden sollten. Unfähig zu sprechen, hatte er mit offenem Mund genickt. Bei dem anschließenden Einkaufsbummel auf Hohe Straße und Schildergasse hatte er sich immer wieder umgedreht und nach den Domspitzen gesucht, so fasziniert war er gewesen.

Nur kurz war seine Suche von dem Geschmack seiner allerersten Currywurst abgelenkt worden, die seine Großmutter ihm zum Abschied spendiert hatte. Zu Hause hatten sie zu der Zeit gutbürgerlich gegessen, Currywurst gehörte genauso wenig zur Speisekarte seiner Mutter wie Pizza oder Chopsuey.

Welscher schmunzelte. Damals hatte seine Großmutter ihm den Köln-Virus eingepflanzt.

Sein Handy spielte die Vier Jahreszeiten. Er hatte es mit dem Wagenschlüssel auf dem Tisch abgelegt. Angetrieben durch den Vibrationsalarm fuhr es schnurstracks zur Tischkante. »Kacke!«, fluchte er und warf das Messer auf den Teller. Es klatschte in die Soße, und ein feiner Nebel roter Punkte verteilte sich auf seinem weißen Poloshirt. Er achtete nicht darauf, sondern fing gerade noch rechtzeitig sein Handy auf, als es über die Kante kippte.

Triumphierend blickte er die Bedienung an, die ihm gerade die Fanta an den Tisch brachte.

»Sie haben sich bekleckert«, sagte sie unbeeindruckt und verschwand wieder hinter dem Tresen.

Während er auf den Annahmeknopf drückte, sah er an sich herunter. Er sah aus, als ob er bluten würde.

»De Witt hier. Er ist wieder da.«

»Sie? Wer ist wieder da?«

»Der Geist.«

»Ich komme.« Er schnappte sich seinen Autoschlüssel, knallte einen Zehneuroschein auf den Tresen und stürzte zur Tür hinaus. Diesmal würde er den Kerl auf frischer Tat ertappen, ohne eine Verstärkung mit Profilneurose anzufordern, die mit heulenden Sirenen vorfuhr und den Kerl warnte. Im Laufen tastete er nach seiner Walther. Sie steckte kalt und beruhigend im Holster. Es konnte losgehen.

***

Überraschenderweise schnurrte sein Fiesta wie eine Katze und trug Welscher in unglaublichen zwanzig Minuten nach Kronenburg. *Bad mobile* mutiert zu Batmobil, dachte er und lachte leise ins Handschuhfach hinein, in dem er den Haustürschlüssel suchte. Er musste ihn noch irgendwo haben. Er fühlte die Zacken des Bartes und zog den Schlüssel unter einer Riesenpackung Sicherungen und diversen Ersatzbirnen hervor.

Keuchend rannte er vom Parkplatz den Burgbering hinunter. Normalerweise war er besser in Form. Doch seine geschwollene Nase störte seinen Atemrhythmus. Kurz vor seinem Ziel verlangsamte er das Tempo. Vom Fenster im ersten Stock ihres Hauses winkte Larissa de Witt ihm zu. Plötzlich deutete sie aufgeregt auf Veronika Kramanns Haus.

Welscher bemerkte es im selben Augenblick: Licht huschte hinter den Fenstern umher.

»Eine Taschenlampe«, murmelte er, zog seine Walther und schlich zur Haustür. Millimeter für Millimeter führte er den Schlüssel ins Schloss.

Den Motorlärm eines vorbeifahrenden Autos, das vom Hotel den Burgbering herunterkam, nutzte er, um den Zylinder zu drehen und die Tür aufzudrücken.

Im Flur war es still. Die Pistole im Anschlag schob er sich vor, die Wand immer im Rücken. Am Treppenabsatz verharrte er in dieser Position und versuchte, den Gegner aufzuspüren. Das fahle Licht des Mondes erhellte den Flur mit bläulichem Licht. Welscher hörte ein Kratzen. Es kam aus dem Keller und hörte sich an, als würde dort jemand mit Schmirgelpapier arbeiten.

Die Kellertür stand offen. Ein fauliger Geruch schlug ihm entgegen, als er näher trat. Er unterdrückte ein Würgen. Guter Gott, wo kam nur dieser Gestank her? Noch eine Leiche? Das Ende der Treppe konnte er nicht einsehen, da dorthin kaum noch Licht fiel und sich die Treppe zudem im unteren Drittel nach rechts zu winden schien. Er trat auf die oberste Stufe und hoffte, dadurch kein

Geräusch zu verursachen. Vorsichtig bewegte er sich weiter und versuchte, seine Schritte mit dem seltsamen Kratzen zu synchronisieren. Als ihn nur noch drei Stufen vom Kellerboden trennten, hörte das Kratzen plötzlich auf.

Er duckte sich und richtete seine Walther auf die Stelle, von wo das Geräusch gekommen war. Hatte der Unbekannte ihn gehört?

Minutenlang verharrte er regungslos. Irgendwo tropfte Wasser. Oben auf der Straße fuhr ein Auto vorbei. Nichts deutete darauf hin, dass sich noch jemand im Keller befand. Welscher beschloss, die Initiative zu übernehmen. Er tastete sich weiter vor.

Dunkel wie in einem Arsch, fluchte er stumm. Offensichtlich gab es hier unten keine Fenster. Seine Füße berührten den lehmgestampften Boden. Er ließ die Finger über die feuchte Wand wandern. Ohne Licht würde er hier definitiv nicht weiterkommen. Plötzlich hörte er ein Rauschen.

Bevor er reagieren konnte, traf ihn etwas Hartes am Kopf.

***

»Schätzchen, wach doch auf. Mach doch keinen Scheiß. Oh, dieses Blut überall.«

Eine Stimme wie von einem Bären drang durch die schwarze Masse, die Welscher festzuhalten schien.

Jemand tätschelte ihm die Wangen.

Die schwarze Masse wurde dünner, dann grau, verflüchtigte sich und machte Platz für einen grellen Schmerz, der durch seinen Kopf rollte wie ein Tornado. Er stöhnte auf.

»Gott sei Dank«, brummte der Bär.

Behutsam blinzelte er. Nur nicht zu viel Licht auf einmal. Genau über ihm hing eine Birne in einer einfachen Fassung und schien ihm ein Loch ins Gehirn brennen zu wollen. Schützend hielt er sich die Hand über die Augen. An seinem Handgelenk fühlte er die sanfte Berührung fremder Finger.

»Dein Puls ist regelmäßig. Ich denke, du bist stabil. Aber das Blut. Ich hole rasch Hilfe.«

Die tiefe Stimme kannte er doch. Larissa de Witt? Was machte sie denn hier?

Hilfe war gut, Hilfe könnte er jetzt …

Sein Gehirn legte einen Gang ein und kam wieder auf Touren. Er riss die Augen auf, unterdrückte den schmerzhaften Stich, den das grelle Licht in seinen Kopf sandte, und erwischte den Saum ihres wallenden Kleides. »Halt.« Stöhnend drehte er sich auf die Seite. »Hilf mir bitte hoch.«

»Ich muss einen Arzt holen, du blutest.«

»Currysauce.«

Sie griff unter seine Achseln und stützte ihn. »Currysauce? Wirklich?«

Helle Punkte tanzten vor seinen Augen. »Ja.«

»Ein Arzt wäre …«

»Alleingang«, presste er hervor. »Mein Chef wird … Einlauf verpassen«, keuchte er und kam schwankend auf die Beine. Er fühlte sich, als hätte er auf der Kirmes zu viele Runden in der Raupe gedreht.

»Deine Gesundheit geht doch wohl vor.« Larissa de Witt musterte ihn besorgt. »Du könntest eine Gehirnerschütterung haben, innere Blutungen oder sogar einen Schädelbruch.«

»Ist nichts, alles in Ordnung«, beteuerte Welscher und versuchte, zuversichtlich zu lächeln. Vermutlich gelang ihm nur eine schräge Grimasse. Er tastete nach der Beule am Hinterkopf. Sofort rasten Milliarden kleiner Schmerzkometen durch seinen Kopf.

»Du blutest ja doch!«, rief Larissa de Witt.

Er sah auf seine klebrigen Finger. Im fahlen Licht der Glühbirne sahen sie aus, als hätte er in Safran gewühlt. Er musste wohl doch ins Krankenhaus. »Fährst du mich bitte?«

Wann waren sie eigentlich beim Du gelandet? Es musste wohl während seiner besinnungslosen Zeit gewesen sein.

Sie riss sich ihren Seidenschal vom Hals und drückte den Stoff behutsam auf seinen Hinterkopf. »Du bist mir ja einer«, brummte sie. »Vernünftig ist das nicht. Besser wäre es, den Notarzt anzurufen. Aber gut.« Sie nahm seinen Arm und legte ihn sich über die Schulter. »Erst mal müssen wir sehen, dass du die Treppe hochkommst.«

Tapfer biss sich Welscher auf die Unterlippe. Stumm dankte er Gott, an den er ja eigentlich gar nicht glaubte, Larissa de Witt an seiner Seite zu haben. Mit so einer starken Frau konnte ja nichts mehr schiefgehen.

Vier Stunden und zahlreiche Untersuchungen später saßen sie wieder im Wagen und waren auf dem Weg zurück nach Kronenburg. Im Nachtprogramm von Radio Euskirchen trällerte Céline Dion ihre Schiffsuntergangs-Ballade.

Das Schmerzmittel hatte seine Wirkung entfacht und sich wie eine Decke über Welschers Pein gelegt. Zurückgeblieben war ein Druck, der leicht auszuhalten war. Endlich konnte er wieder klare Gedanken fassen. »Hast du eigentlich die ganze Zeit die Haustür im Blick gehabt?«

»Ja, die ganze Zeit«, antwortete Larissa de Witt und schaltete einen Gang hoch. Die B51 lag einsam und verlassen vor ihnen. Die Scheinwerfer schnitten helle Kegel in die Dunkelheit.

»Ist jemand herausgekommen?«

»Niemand.«

»Interessant.« Er lehnte seinen Kopf gegen die Scheibe. Die Müdigkeit griff nach ihm.

»Du denkst, er war noch da drin und hat sich versteckt, als ich dich gesucht habe?« Sie legte die Hand auf den Mund. »Oh Gott! Er hätte mich auch erwischen können.«

»Beruhige dich, ich denke eher an einen geheimen Zugang. Das würde erklären, warum wir keine Einbruchspuren gefunden haben.«

Sie legte die Hand wieder aufs Lenkrad. »Könnte was dran sein.«

Eine Weile schwiegen sie. Erst als sie Schmidtheim passierten, sagte sie: »Da hast du ja mächtig Glück gehabt. Nur eine Platzwunde.« Sie warf ihm einen amüsierten Seitenblick zu.

»So lustig ist das jetzt auch wieder nicht.«

»Du siehst aus wie ein Scheich.«

Er klappte die Sonnenblende runter und betrachtete sich im Spiegel. »Steht mir.«

»Dir steht alles.« Kokett zwinkerte sie ihm zu.

Oh nein, dachte Welscher. Sie flirtet mit mir. Wieder ein Frauenherz, das er brechen musste. Aber etwas war anders als sonst und irritierte ihn. Nachdenklich blickte er zur Seitenscheibe hinaus und horchte in sich rein. Larissa de Witts Zuneigung war ihm nicht unangenehm. In ihrer Nähe fühlte er sich wohl und geborgen. Ja, er konnte sich durchaus mehr vorstellen. Der Gedanke erschreckte ihn. Hatten ihn die Schläge auf den Kopf plötzlich umgepolt? Hatte sein Vater damals tatsächlich recht gehabt, als er behauptete, dass ihm eine ordentliche Tracht Prügel das Schwulsein schon austreiben würde? Seine Mutter hatte sich aufopferungsvoll zwischen sie geworfen, sodass sein Vater die Theorie nicht in die Praxis hatte umsetzen können.

»Ich werde dir auf dem Sofa ein Bett herrichten.« Ihre Stimme klang in seinen Ohren plötzlich gar nicht mehr so brummig.

»Habe ich da auch noch ein Wörtchen mitzureden?«, fragte er lächelnd.

»Sofa oder ich drehe um. Dann kannst du im Krankenhaus schlafen. Vollgepumpt mit Medikamenten lasse ich dich heute mit Sicherheit nicht mehr ans Steuer.«

»Du könntest mich nach Hause fahren.«

Sie tippte sich mit dem Zeigefinger gegen die Stirn. »Und morgen wieder abholen, weil dein Wagen ja noch in Kronenburg geparkt ist und du sonst nicht zum Dienst kommst?«

»Wenn es dir nichts ausmacht.«

»Sofa oder Krankenhaus. Mehr Alternativen gibt es nicht.«

Er gab sich geschlagen. »Sofa«, entschied er und freute sich zu seinem eigenen Erstaunen bereits auf ein gemütliches Frühstück in ihrer Gesellschaft.

ACHTZEHN

Fischbach stellte seine Harley vor Veronika Kramanns Haus auf den Ständer.

»Da bist du ja endlich«, rief ihm Welscher aus dem offenen Fenster der ersten Etage im Haus gegenüber zu. »Warte, ich komme runter.«

Fischbach wunderte sich nicht nur über die Verkleidung, die sein Kollege angelegt hatte. Er sah aus wie ein Wüstenscheich. Er wunderte sich auch über dessen ausgesprochen gute Laune. Was hatte das denn schon wieder zu bedeuten? Und warum hing er bei dieser de Witt rum? Vorhin, als Welscher ihn angerufen hatte, hatten sie doch Veronika Kramanns Haus als Treffpunkt vereinbart.

Die Tür ging auf, und Welscher trat auf das Pflaster. »Danke für alles. Wir telefonieren später«, rief er über die Schulter hinweg ins Haus.

»Für was bedankst du dich denn?«, fragte Fischbach neugierig. »Und was soll der alberne Turban? Die Karnevalssession ist vorbei.«

»Erzähl ich dir später.« Welscher schloss Veronika Kramanns Haus auf. »Hast du die Taschenlampen dabei?«

Fischbach öffnete seine Lederjacke und zeigte ihm die beiden LED-Maglites, die in den Innentaschen steckten. »Aber du wirst mir schon verraten, warum ich so dringend herkommen musste«, maulte er in einem Anflug von Ärger. Fischbach mochte es nicht, wenn seine Fragen unbeantwortet blieben.

Sie traten ins Haus. Zielstrebig ging Welscher voraus in den Keller. Eine Glühbirne an der Decke leuchtete matt.

»Wer hat denn vergessen, die auszuschalten?«, brummte Fischbach. Er hielt sich die Nase zu. »Hier ist ja ein Gestank! Dagegen ist eine Mülldeponie ein Rosengarten.«

»So, pass auf«, setzte Welscher an und holte tief Luft. »Was ich dir jetzt erzähle, bleibt unter uns, klar?«

Fischbach stutzte. »Ich bin doch kein Pfarrer.«

Welscher stellte eine leere Apfelkiste aufrecht und setzte sich darauf. »Ich will nicht beichten, ich will nur, dass du es nicht weiterplauderst. In Ordnung?«

Fischbach stellte sich ebenfalls eine Kiste hin. »Na, dann raus damit.«

Fünf Minuten später sah Fischbach Welscher ärgerlich an. »Ich versteh es nicht, wirklich nicht. Schon wieder ein Alleingang. Bist du lebensmüde?«

Verlegen blickte Welscher zu Boden. »War scheiße, ich weiß.«

»Herrgott«, fuhr Fischbach auf. »Ist das alles, was du zur Entschuldigung zu sagen hast? Du hättest draufgehen können.«

»Übertreib mal nicht.« Es klang halbherzig.

Gerade wollte Fischbach zu einer Tirade ansetzen und Welscher mal so richtig die Meinung geigen, als es unter ihm krachte. Er fiel nach hinten und landete mit dem Hintern auf den geborstenen Resten der Holzkiste.

»Scheiße!« Mit rudernden Arm- und Beinbewegungen versuchte er, sich wieder aufzurappeln.

Lautstark lachte Welscher los. »Hör auf, das bringt doch nichts«, rief er prustend. »Du liegst da wie ein Käfer auf dem Rücken.«

Doch erst ein surrendes Geräusch ließ Fischbach innehalten und aufblicken. Er schaute genau in das Objektiv von Welschers Smartphone. »Hast du mich etwa fotografiert?«

Noch einmal surrte das Handy. »Das lass ich mir doch nicht entgehen.« Welscher hielt ihm eine Hand hin. »Stell ich vielleicht auf Facebook ein.«

»Untersteh dich!« Fischbach ließ sich von Welscher hochziehen. »Wenn ich das Bild irgendwo im Internet finde, dann schieb ich dir dein Handy …« Er sparte sich den Rest und klopfte sich den Dreck von der Hose. »Morsche Kiste, verdammte.« Wütend trat er gegen die Holzreste.

»Die Kiste war nicht morsch. Höchstens deine zu breit.«

»Werd jetzt ja nicht frech«, drohte Fischbach, ohne es wirklich ernst zu meinen. »Sonst erzähl ich dem Chef von deinem Alleingang.«

Unbeeindruckt hob Welscher das Handy. »Facebook, sage ich nur. Habe ich dir schon erzählt, dass ich dort mit der halben Dienststelle vernetzt bin?«

»Das ist Erpressung.«

»Nein. Gegenseitiges Entgegenkommen.«

»Schuft.«

»Eher Schlitzohr.«

»Das Foto ist bestimmt nichts geworden. Viel zu dunkel hier.«

Welscher tippte einige Male auf das Touchpad. »Hier.« Er hielt den Bildschirm so, dass Fischbach sich auf dem Rücken liegend sehen konnte.

Fischbach konnte nicht anders. Er musste selbst grinsen. Jeder auf dem Rücken liegende Käfer wirkte eleganter. »Okay, okay. Wir sind im Geschäft. Du löschst das Bild, und ich halte den Rand.« Er hielt Welscher die Hand hin.

Der schlug ein. »Abgemacht. So, jetzt aber zum Wesentlichen. Feuersängers Truppe muss einen zweiten Zugang zum Haus übersehen haben.«

»Einen zweiten Eingang?« Fischbach sah sich um. Zum ersten Mal, seit sie den Gewölbekeller betreten hatten, nahm er bewusst die Einrichtung wahr. Dunkle Holzregale, gefüllt mit Einmachgläsern und staubigen Weinflaschen, zogen sich an den Bruchsteinwänden entlang. Obstkisten standen herum, in einigen lagen verschrumpelte Äpfel. Kurz fragte sich Fischbach, ob wohl von ihnen der muffige Gestank ausging. Dafür waren es allerdings definitiv zu wenige. Gegenüber der Treppe befand sich eine Tür, eine weitere war links in die Wand eingelassen. »Lass das ja nicht Feuersänger hören. Der würde dir wieder an die Gurgel springen. Wie kommst du überhaupt darauf?«

Welscher berichtete ihm von Larissa de Witts Beobachtung. Oder besser gesagt von dem, was sie *nicht* beobachtet hatte. »Sie hat niemanden rauslaufen sehen«, sagte er. »Und einen Hintereingang gibt es nicht.« Welscher ging zur Tür neben der Treppe und zog am Griff. Sie schleifte über den Lehmboden, bot aber ansonsten keinen Widerstand. »Gib mal das Lichtschwert.«

Fischbach reichte ihm eine der Taschenlampen.

Welscher schaltete sie ein. Augenblicklich fraß sich das bläulich gefärbte Licht ins Dunkel des angrenzenden Raumes. »Eine Räucherkammer«, stellte er fest, nachdem er den Lichtkegel einige Male hin und her geschwenkt hatte, und lenkte das Licht nach oben. »Tatsächlich, ein Kamin. Muss durch das ganze Haus gehen.« Er wandte sich um. »Jetzt die andere Tür.« Energisch durchquerte er den Raum und drückte die Klinke. »Abgeschlossen«, stellte er fest und sah Fischbach verwundert an. »Wieso schließt jemand einen Raum ab, zu dem außer ihm niemand Zugang hat?«

»Vielleicht ist es eine Verbindung zum Nachbarkeller.«

»Hm«, meinte Welscher zweifelnd, »meinem Orientierungssinn nach müsste über uns immer noch das Erdgeschoss von Veronika Kramanns Haus sein.« Er ging in die Hocke und leuchtete ins Schloss. »Der Schlüssel scheint zu stecken.«

»Von innen?«

»Sieht so aus.«

»Seltsam.«

»Sag ich doch, dass hier irgendetwas spanisch ist.« Welscher sah sich um und griff nach einem Sack Kartoffeln, der im Schatten eines Regals stand. Er leerte ihn, schob den Jutestoff halb unter der Tür durch. »Jetzt noch was zum Däuen.«

Fischbach sah sich um. Welschers Vorhaben hatte er verstanden: Den Schlüssel, der auf der anderen Seite der Tür im Schloss steckte, mussten sie mit einem spitzen Gegenstand so herausdrücken, dass er auf den Sack fiel. Mit ein wenig Glück würde er sich dann unter dem Türspalt durchziehen lassen.

Langsam schlenderte er an den Regalen vorbei. In der hintersten Ecke bemerkte er etwas Längliches auf dem Boden, griff danach und betrachtete es von allen Seiten. »Hilft ein Zimmermannsnagel?«

»Wo hast du den denn plötzlich her?«

»Lag da drüben auf dem Boden.« Er wies auf die Fundstelle.

Welscher ging in die Ecke und ließ seine Finger über die Fugen gleiten. »Hier hat jemand den Mörtel rausgekratzt.« Er hockte sich hin und begutachtete den krümeligen Zement, der auf dem Boden verteilt war. »Ich frag mich, warum.«

»Derjenige hat bestimmt etwas gesucht.«

»Aber was sucht man in der Bruchsteinwand eines Kellers?«

»Keine Ahnung – oder stopp, vielleicht doch.« Fischbach hob den Zeigefinger. »Das Geld der Kramann natürlich.«

»In Mauerfugen?«

»Ja sicher«, rief Fischbach. »Ein wirklich sicheres Versteck kann doch nur ungewöhnlich und abgedreht sein.«

Welscher schürzte die Lippen und ließ die Finger nochmals über die Fugen gleiten. »Wenn man es so betrachtet. Vermutlich hast du recht. Ein loser Stein, dahinter ein Hohlraum. Selbst wenn dir die Hütte über dem Kopf wegfackelt, hast du noch gute Chancen, dass das Geld unbeschadet bleibt.« Er klopfte mit der flachen Hand gegen die Wand. »Die Steine vertragen einiges.«

Welscher nahm von Fischbach den Nagel entgegen. »Mal sehen, ob wir Glück haben.« Vorsichtig schob er die Spitze ins Schloss. »Er bewegt sich.«

Kurz darauf fiel der Schlüssel auf der anderen Seite zu Boden.

Zufrieden ballte Welscher die Hand zur Faust. »Yeah, geht doch.« Er ging auf die Knie und versuchte, durch den Schlitz am Boden zu sehen. Allerdings gab er den Versuch mit einem Stöhnen rasch wieder auf und fasste sich an den Kopf. »Mach du. Mir platzt die Rübe, wenn das Blut da reinschießt.« Er machte Platz und lehnte sich mit geschlossenen Augen gegen die Wand neben der Tür.

»Geht's noch?«, fragte Fischbach besorgt. »Du siehst ziemlich bleich aus.«

Welscher hob abwehrend die Hand. »Gleich vorbei. Wenn ich aufrecht sitzen bleibe, ist es kein Problem.«

Fischbach bückte sich und zog behutsam an dem Sack. Durch den Spalt durchzusehen, versuchte er erst gar nicht. Er wollte nicht erneut von Welscher in ungünstiger Position abgelichtet werden. Problemlos glitt der Jutestoff über den Boden. Nach wenigen Zentimetern tauchte der Schlüssel auf. Er war flacher als vermutet. Triumphierend hielt er ihn in die Höhe. »Tataaa.«

»Mach schon«, forderte Welscher, der jetzt wieder mehr Farbe im Gesicht hatte.

Gespannt steckte Fischbach den Schlüssel ins Schloss, drehte ihn und drückte den Griff nach unten. »Sesam, öffne dich.« Entschlossen zog er die Tür auf. Augenblicklich verstärkte sich der Gestank. Er torkelte zurück und würgte.

»Bestialisch«, presste Welscher hervor und hielt sich den Arm unter die Nase. Er leuchtete in den Raum hinein. »Da hängt eine Lampe, Moment, der Schalter muss doch … hier ist er.« Er drehte an einem altmodischen Bakelitschalter, eine Glühbirne an der Decke flammte auf, und Welscher trat ein.

Fischbach überwand seinen Ekel und folgte ihm in den Raum. »Offensichtlich die Rumpelkammer.«

Holzstühle stapelten sich übereinander, ein alter Küchenschrank mit gesprungenen Glasscheiben stand an der rechten Wand. Links lehnte hochkant eine dunkel gekachelte Tischplatte, davor lagen zwei zusammengerollte Teppiche. Dem Eingang gegenüber stand ein mannshoher Kühlschrank vor einer Ziegelwand, die ehemals weiße Lackierung war vergilbt. Ein Ölgemälde mit der Darstellung eines röhrenden Hirsches, von schwerem goldfarbenem Holz eingerahmt, komplettierte die Unordnung.

»Ich sehe keine weitere Tür«, murmelte Welscher enttäuscht.

Fischbach nahm das Bild und hielt es mit gestreckten Armen von sich weg. Er hatte gar nicht richtig zugehört. »So ein Schätzchen gehört auf einen trockenen Speicher, nicht hier in das muffige Loch.«

»Soso, röhrende Elche gefallen dir.« Welscher schüttelte den Kopf. »Du leidest an Geschmacksverirrung.« Er öffnete den Kühlschrank. »Leer. Hätte gewettet, dass hier der Gestank herrührt. Ich meine, hier ist es am schlimmsten.« Er hielt die Nase hoch und schnupperte.

»Ist doch kein Elch. Ist ein Hirsch.« Fischbach stellte das Bild wieder auf den Boden und lehnte es gegen die Wand. Vielleicht konnte er es den Erben abkaufen. Sigrid wäre bestimmt begeistert, wenn er sie damit überraschen würde. Er trat neben Welscher. »Puh, stinkt erbärmlich.«

»Spürst du das auch?«, fragte Welscher.

»Was? Also wenn du Hunger meinst, dann muss ich dich enttäuschen. Selbst ich kann hier …«

»Ach was. Ein Luftzug. Ganz schwach, aber eindeutig vorhanden.« Suchend sah sich Welscher um.

Fischbach bemerkte nichts. Vermutlich machte ihn der gewohnte Fahrtwind auf dem Motorrad für derlei Empfindungen unsensibel.

»Sieh mal da«, sagte Welscher und deutete auf den Boden vor dem Kühlschrank.

Fischbach sah hinunter und erkannte Schleifspuren auf dem Boden. Sie waren halbkreisförmig und verschwanden unter dem Kühlschrank. Er zeichnete die Spuren mit der Schuhspitze nach.

»Interessant«, murmelte Welscher, legte die Arme um das Gerät und zog es von der Wand weg. Augenblicklich nahm der Gestank zu.

Fischbach rümpfte die Nase. »Boah, ist das … Scheiße.« Er packte mit an, und Sekunden später hatten sie den Kühlschrank abgerückt.

»Na bitte«, sagte Welscher zufrieden, als sein Blick auf die Wand dahinter fiel.

»Ein Geheimgang«, murmelte Fischbach verblüfft. Staunend blickte er auf das Loch, das da in der Wand klaffte.

»Jetzt ist er nicht mehr geheim.« Welscher schaltete seine Taschenlampe ein, bückte sich und trat hindurch.

Auf den ersten zwei Metern hinter dem Loch verengten herumliegende und teilweise aufgestapelte alte Ziegelsteine den Gang.

»Was machst du denn da?«, rief Fischbach erschrocken und versuchte, ihn an der Jacke festzuhalten. Doch Welscher war schneller. Zügig folgte er dem Gang.

»Ich will wissen, wo der hinführt.« Er lachte. Es hallte dumpf von den Wänden wieder. »Hier drin kommt man sich vor wie ein Höhlenforscher.«

»Ein Forscher?« Fischbach leuchtete mit seiner Lampe in den Gang. Der war kaum breiter als das Loch in der Wand. Er zögerte. Welscher war ein schmaler Hering. Ihm würde der enge Gang kaum Probleme bereiten, zumindest, wenn die Breite annähernd gleich blieb. Seine Leibesfülle hingegen würde vermutlich ausreichen, um als Pfropfen zu enden. Sein Hals schnürte sich zu, wenn er nur daran dachte, nicht mehr vor oder zurück zu können. Wie der Professor in dem Film »Tanz der Vampire«, der versucht, in die Gruft des Grafen Dracula einzusteigen.

»Wahnsinn«, hörte er Welscher freudig rufen.

Neugierig zwängte sich Fischbach in den Gang. Seine Lederjacke schrubbte fast an den Wänden entlang. Mit der Hüfte riss er einige Ziegelsteine von ihren Stapeln.

»Musst du direkt Unordnung machen?«, fragte Welscher und lachte verhalten.

Fischbach ging nicht darauf ein, sondern ließ den Lichtstrahl über Decke und Wände kreisen. Sie waren aus Stein, der Gang war offenbar direkt in den Fels gehauen worden. Er wagte einen weiteren Schritt und leuchtete voraus. Fünf Meter weiter vorn waren Stufen zu erkennen. Sie führten nach unten. Die Wände wirkten stabil. Ihre Breite schien sich nicht zu verändern. »Was soll's«, murmelte er und ging weiter. Er eilte die Stufen hinunter. Der widerliche Geruch nahm zu, die Luft wurde feuchter. Die Stufen wurden immer glitschiger, und er war froh, seine Motorradstiefel an den Füßen zu haben. Die groben Sohlen sicherten seinen Stand, und die hohen Schäfte sorgten für trockene Füße. Als Fischbach schon dachte, es würde ewig weiter abwärts gehen und er würde irgendwann in der Hölle ankommen, erreichte er das Ende der Treppe. Inzwischen war der Gestank bestialisch. Einige Meter vor sich sah er das Licht von Welschers Taschenlampe tanzen.

»Hammer«, rief er begeistert, als er Fischbach näher kommen hörte.

Der schloss zu ihm auf, konnte jedoch nichts erkennen, da Welscher im Weg stand. »Was denn, was ist denn da?«

»Warte.« Welscher drehte sich etwas zur Seite. Jetzt konnte Fischbach Holzbretter erkennen, die den Gang zur Hälfte versperrten. Einige andere lagen daneben auf dem Boden.

»Sieht aus, als wäre der Zugang damit vollständig versperrt gewesen«, erklärte Welscher und tippte mit der Schuhspitze gegen das auf dem Boden liegende Holz. »Dahinter scheint ein größerer Gang zu sein. Da plätschert auch was.«

Fischbach lauschte. Tatsächlich, jetzt konnte er es auch hören.

Welscher schob sich seitlich an den Brettern vorbei.

Panik erfasste Fischbach. Er machte einen Schritt zurück.

»Hab dich nicht so«, sagte Welscher. »Ich helfe dir.«

»Das passt nicht. Da bleib ich stecken.«

Welscher hielt sich die Taschenlampe so unters Gesicht, dass das Licht gruselige Schatten warf. »Und dann wirst du hier elendig verrecken«, flüsterte er mit tiefer Stimme. »Die Ratten werden an dir knabbern. Doch du wirst sie nicht sehen, denn sie werden dir schon die Augen ausgebissen haben. Damit fangen sie immer an, die Augäpfel sind das Leckerste. Und irgendwann wird der bestialische Gestank auch durch deine Rippen pfeifen … Uaaah.«

»Arschloch«, zischte Fischbach. »So was Albernes.«

»Da hab ich mal gute Laune … Jetzt zier dich nicht so.«

Fischbach kam näher und beäugte den Spalt. »Da pass ich niemals durch.«

»Das passt schon.«

»Wir müssen noch ein Brett rausnehmen.«

Welscher leuchtete den Boden und die Decke ab. »Ohne Werkzeug wird es schwierig. Die sind oben und unten in dem Fels eingelassen. Gute Arbeit, wenn du mich fragst. Ein Vorschlaghammer würde helfen.«

Nachdenklich blickte Fischbach auf die am Boden liegenden Bretter. An den Enden waren sie gesplittert. Er seufzte, zog den Bauch ein und schob sich in den Spalt. Es funktionierte überraschend gut. Plötzlich flammte ein helles Licht vor ihm auf. Erschrocken zuckte er zusammen. Sein Bauch rutschte über den Hosenbund, und die Kante des Brettes drückte sich schmerzhaft in seinen Nabel. »Mist!« Zischend holte er Luft.

»Nur ein Foto als Andenken.«

»Du bist total …« Fischbach presste ärgerlich die Lippen zusammen und nahm die nächsten Zentimeter in Angriff. »Dass die verfluchten Dinger noch nicht morsch sind«, fluchte er und hieb mit der Faust gegen die Bretterwand. Die sehen aus, als würden sie schon Jahrzehnte hier stehen.«

»Gute alte Eiche«, sagte Welscher. »Die halten noch mal so lange.«

Endlich war Fischbach durch. Er schnaufte zufrieden. »Wenn du das Foto …«

»Schon gut«, unterbrach ihn Welscher. »Ist so gut wie gelöscht. Lass uns weiter.«

Sie ließen die Bretterwand hinter sich. Das Plätschern wurde lauter.

»Da vorne hört der Gang auf«, sagte Welscher und ließ den Lichtkegel über Decke und Wände gleiten. »Sieht aus, als ob hier Schluss ist.«

Wenige Schritte später betraten sie eine runde Kaverne. Fischbach schätzte den Durchmesser auf vier Meter. Erleichtert stellte er fest, dass er hier stehen konnte, ohne mit dem Kopf anzustoßen. Von der gebückten Haltung im Gang schmerzte sein Rücken. »Mann, hier stinkt es ja noch viel erbärmlicher.« Konzentriert achtete er darauf, nur noch durch den Mund zu atmen, und sah sich um. Der Boden war leicht abschüssig, und in den Wänden entdeckte er Öffnungen in Bodenhöhe. Ein stinkender Bach quoll dort an der Seite aus einer davon heraus, durchquerte die Kammer, umspülte seine Stiefel und verschwand auf der anderen Seite. Über ihnen rumpelte etwas. Erschrocken blickte er hoch. Wenn er sich nicht ganz täuschte, konnte er weit über sich einige helle Punkte erkennen. »Was war das?«

»Ein Auto«, antwortete Welscher. »Herzlich willkommen in der Kronenburger Unterwelt.«

»Unterwelt? Mafia oder was?« Fischbach trat ein Klümpchen weg, das an seiner Schuhspitze hängen geblieben war. Es landete unglücklicherweise auf Welschers Hosenbein. Wenn der Gestank nur nicht so beißend wäre, dann hätte er sich besser konzentrieren können. »Entschuldige. Jetzt red aber mal Klartext.«

»Das, was du gerade gekonnt auf meine Hose geschnippt hast, ist Scheiße. Vielen Dank dafür.«

»Scheiße?« Fischbach blickte sich hastig um. Der Gestank, ja klar. Die gemauerten Wände. »Du meinst …«

»Kanalisation.«

»Scheiße!«

»Besser hätte ich es nicht ausdrücken können.«

***

Keine zwei Stunden später glich Veronika Kramanns Haus erneut einem Ameisenhaufen. Mit ausholenden Armbewegungen dirigierte Feuersänger sein Team und feuerte es zu Höchstleistungen an.

Welscher konnte sich ein hämisches Grinsen nicht verkneifen. Dass die Tatortgruppe den geheimen Gang nicht schon am Samstag aufgespürt hatte, wurmte Feuersänger, so viel war mal sicher. Wie ein Derwisch sprang er mit hochrotem Kopf im Keller herum, was sein riesiges Feuermal geradezu bleich aussehen ließ. »Mensch, ihr seid da unten ja durch wie ein Elefant durch die Butter. Eure Fußspuren überlagern alles«, rief er Welscher und Fischbach zu.

»Tut mir leid«, entgegnete Welscher. »Wir haben gedacht, ihr hättet den Gang schon gesichert.« Gespielt nachdenklich legte er den Daumen ans Kinn. »Ach nein, ging ja gar nicht. Ihr habt ihn ja übersehen. Wie schon die zugesperrte Tür im Keller.«

Ein Muskel unter Feuersängers linkem Auge zuckte. »Die war nicht verschlossen, das hab ich doch schon mal gesagt«, zischte er. Er wandte sich ab und fuhr einen Mitarbeiter an, der aus Versehen über einen der silberfarbenen Untersuchungskoffer gestolpert war. »Pass doch auf, du Trampel.«

»Du sollst ihn doch nicht immer ärgern«, flüsterte Fischbach.

»Ist einfach zu schön. Er geht jedes Mal ab wie eine Silvesterrakete. Schau dir seinen Kopf an. Der leuchtet wie ein Bremslicht.«

»Wo bleibt eigentlich unser Historiker?«

»Der möchte sich wohl erst mal ein Bild machen. Er ist im Geheimgang unterwegs. Ich hoffe, er kann ein wenig Licht ins Dunkel bringen und uns erklären, wieso sich da überhaupt ein Gang befindet. Er soll sich jedenfalls gut in der Kronenburger Geschichte auskennen. Wird aber sicher noch einen Moment dauern, bis er wieder hier ist. Die Spusi wird ein Auge auf ihn haben und jeden Tritt dokumentieren.«

Im Gang flammte ein Blitzlichtgewitter auf, jemand rief: »Mann, sag mir doch Bescheid, bevor du auf den Auslöser drückst. Jetzt bin ich ja blind.«

Fischbachs Magen knurrte.

»Hunger?«

»Wie ein Bär nach dem Winterschlaf.«

Welscher fackelte nicht lang. »Ich weiß, wo wir ein schönes Stück Kuchen bekommen.«

»Im ›Café Zehntscheune‹?«

»Noch besser. Ich sag nur kurz Feuersänger Bescheid, wo er uns findet.«

***

Die Sonne schien Maria Bartels ins Gesicht. Auf der Wasseroberfläche der Kylltalsperre glitzerte das Licht wie ein Sternenmeer. Am Ende der Staumauer, auf Höhe des kreisrunden Überlaufs, wartete er auf sie.

Eine goldene Aura umhüllte ihn und verlieh ihm den Anschein eines Engels. Dabei würde Teufel besser passen, dachte sie. Angestrengt kniff sie die Augen zusammen und ärgerte sich, nicht an die Sonnenbrille gedacht zu haben. »Was willst du?«, fragte sie, als sie ihn erreicht hatte. Ihre Stimme klang kalt und schneidend.

»Ich kann es nicht«, jammerte er.

Höhnisch lachte sie. »Du musst, so einfach ist das.«

»Bitte«, flehte er.

»Stell dich doch nicht so an. Auf das eine Mal kommt es jetzt auch nicht mehr an.« Sie trat näher und flüsterte ihm ins Ohr. »Ich schwöre dir: Wenn es nicht bald erledigt ist, lasse ich dich auffliegen.«

Sein hektischer Atem strich heiß über ihren Nacken, als ob ein Drachen mit seinem Feuermaul Jagd auf sie machte.

Er stolperte zurück und wäre die Staumauer runtergefallen, wenn das Geländer nicht gewesen wäre. »Ich kann nicht«, heulte er auf.

Sie genoss seine Panik. Sie hatte ihn in der Hand, das wusste er ganz genau. Wenn er nicht tat, was sie von ihm erwartete, würde er in den Knast wandern. Sie trat erneut näher und fixierte ihn wie eine Spinne ihre Beute, während er wild in ihrem klebrigen Netz zappelte. Nur eine Handbreit trennte ihre Gesichter voneinander. »Pass auf, ich mache dir einen Vorschlag, damit du nicht so leiden musst. Ich bin ja kein Unmensch.«

Hoffnung leuchtete in seinen Augen auf.

»Heute Nacht. Ultimativ. Dann hast du es hinter dir und brauchst dir keine Gedanken mehr darüber machen.«

Die Hoffnung verschwand, machte Platz für blankes Entsetzen und schlug schließlich in verzweifelte Wut um. Blitzschnell packte er sie am Hals und würgte sie mit aller Kraft. »Du Hexe«, spie er aus. Sein warmer Speichel benetzte ihr Gesicht. Er schob sie vor sich her, quer über die Mauerkrone, und drückte ihren Oberkörper über das Geländer.

Sie schlug panisch um sich. Damit hatte sie nicht gerechnet. »Mörder«, würgte sie hervor. »Du verdammter Mörder.«

Unbeeindruckt drückte er sie weiter nach hinten, Zentimeter um Zentimeter. Ihre Füße verloren die Bodenhaftung, und das Geländer drückte schmerzhaft gegen ihren Rücken. Sie strampelte wild, doch er hielt ihren Hals so fest umfasst wie ein Schraubstock ein Stück Eisen.

»Hexen können nicht schwimmen, habe ich mal gelesen. War im Mittelalter eine Prüfung. Man warf die angeklagte Frau einfach …«

In ihren Ohren rauschte es, sie sah und hörte ihn nicht mehr. Ihre Lunge brannte. Gierig schnappte sie nach Luft, doch es kam nichts durch.

Plötzlich ließ er los, und ihre Kehle war wieder frei. Sie fiel auf die Knie, würgte keuchend nach Luft. Weiße Sterne tanzten vor ihren Augen und sprangen um sie herum. Es dauerte Sekunden, bis sie erkannte, dass es die Perlen ihrer Kette waren.

»Das gibt es doch nicht«, hörte sie eine aufgebrachte Stimme rufen. Turnschuhe tauchten in ihrem Blickfeld auf, und starke Arme rissen sie auf die Beine. »Alles in Ordnung? Soll ich Hilfe holen?«

Ein Jogger stand vor ihr und sah sie besorgt an. »Dahinten läuft er. Ich kann ihn beschreiben«, sagte er und wies auf die Stelle, wo der Weg in den Wald hineinführte.

Sie machte sich los, schüttelte nur den Kopf, aus Angst, keine Stimme mehr zu besitzen, und rannte in entgegengesetzter Richtung davon.

***

Prustend lehnte sich Fischbach im Sessel zurück und öffnete den Knopf an seinem Hosenbund. »Phantastisch«, lobte er. »Eine Schwarze Taat hab ich ewig nicht mehr gegessen. Wird nicht mehr so häufig aufgetischt. Leider.« Drei Stücke hatte er verdrückt. Zwar meldete sich sein schlechtes Gewissen, doch wann bekam man diese Eifeler Kostbarkeit heutzutage schon noch serviert?

»Meine Großmutter väterlicherseits stammt aus Birresborn«, erklärte Larissa de Witt. »Die Taat erinnert mich immer an die Ferien, die ich bei ihr auf dem Hof verbracht habe. Eine wundervolle Zeit voller Abenteuer. Zu Weihnachten schenkte sie mir immer eine getrocknete Pflaume, die ich an den Weihnachtsbaum hängen durfte. In ihrer Kindheit war das wohl eine Eifeler Tradition. Meine Oma zwinkerte mir zu und sagte: ›Für dich. Die Oma in klein.‹« Sie schmunzelte.

»Ah, klar.« Welscher begann zu lachen. »Alte Pflaume. Deine Oma hatte Humor.« Er stellte seinen leeren Teller vor sich auf den Wohnzimmertisch.

»Woher wusstest du eigentlich von der Taat?«, fragte Fischbach ihn.

»Von welcher Tat? Was ist passiert?« Welscher tat ganz aufgeregt.

»Taat. Mit Doppel-a. Kuchen, du Blötschkopp.«

»Als ich heute Morgen auf dich gewartet habe, hat Larissa mir erzählt, dass sie eine gebacken hat.«

Fischbach bemerkte, dass Welscher seinem Blick auswich. Rote Flecken zeichneten sich auf den Wangen seines Kollegen ab. Haben die was miteinander?, fragte er sich, verwarf den Gedanken aber gleich wieder. Schließlich war Welscher so schwul, wie die Nacht schwarz war. »Abenteuer ist ein gutes Stichwort.« Er versuchte, sich aufrecht hinzusetzen. Sofort spürte er einen unangenehmen Druck in der Magengegend. »Ich denke, so langsam sollten wir mal wieder nach Feuersänger und seiner Truppe schauen.«

Welscher stand auf und trat ans Fenster. »Wenn man vom Teufel spricht. Er kommt gerade aus dem Haus.«

»Dann los.« Fischbach schob sich auf die Sesselkante, umfasste die Armlehnen und stand auf. Seine Knie knirschten.

»Das hört sich nicht gut an«, stellte Larissa de Witt fest. »Sie sollten mal Ihre Gelenke ölen.« An der Tür verabschiedete sie sich von ihnen, und sie überquerten die Straße.

Feuersänger stand vor Veronika Kramanns Tür und rauchte. »Na bestens. Wir reißen uns den Arsch auf, und ihr vergnügt euch in der Nachbarschaft.«

Welscher blickte sich suchend um. »Hast du was gehört?«, fragte er Fischbach.

»Nur einen Furz. Es stinkt auch so.«

Über Feuersängers miesepetriges Gesicht huschte ein Grinsen. »Womit habe ich euch nur verdient?«

Lachend haute Fischbach ihm auf die Schulter. »Mit Recht, mein Lieber. Jetzt erzähl mal. Wo ist dieser Höhlenforscher? Der könnte wirklich langsam auftauchen.«

Ohne darauf einzugehen, deutete Feuersänger auf Fischbachs Schritt. »Dein Stall steht offen. Feinrippunterhose, sehr stylish.«

Fischbach fingerte verlegen am Reißverschluss herum. Er hatte tatsächlich vergessen, die Hose wieder zu schließen.

»Was hat tausend Zähne und bewacht ein Monster?«, murmelte Feuersänger, warf seine Kippe auf den Boden und trat sie aus. »Wir haben einen Schuhabdruck gesichert.«

»Nur einen?«

»Ja, einen, der da nicht hingehört, heißt das. Eure sind natürlich auch da. Ich bin mir ziemlich sicher, dass der Abdruck identisch mit dem ist, den wir im Haus gefunden haben.«

»Mit welchem von beiden?«

»Dem Groben. Wieder Größe dreiundvierzig. Blut haben wir auch gefunden. Ich tippe darauf, dass es von Veronika Kramann stammt.«

Fischbach nickte nachdenklich. »Okay. Also hat unser Jemand das Haus am Samstag durch den Geheimgang betreten.«

»Richtig.«

»Und der andere Abdruck? Der von der Frau?«

»Musst du herausfinden«, sagte Feuersänger. »Im Geheimgang haben wir keine entsprechenden Spuren gefunden.«

»Das wirft die Frage auf, ob sich die beiden hier verabredet haben, oder ob es eine zufällige Begegnung war«, sagte Welscher.

»Zumindest wissen wir jetzt, dass der Hausgeist der Kramann keine Einbildung war«, stellte Fischbach fest. »Und dass er etwas gesucht hat. Der Nagel unten im Keller, mit dem er den Fugenmörtel ausgekratzt hat, ist für mich Beweis genug.«

»Ihr Geld«, ergänzte Welscher die Theorie.

»Was sonst?«

»Wahrscheinlich steckt er tief in der Sch–« Welscher brach ab. »Ähm, für heute genug Fäkalien. Unser Geist hat Geldsorgen, da bin ich mir sicher.«

»Also doch ein banaler Raubmord?«

»Sieht so aus.«

»Ich muss dann mal wieder.« Feuersänger drehte sich um und trat in den Hausflur.

Fischbach und Welscher blickten sich wissend an. Kaum hörbar zählten sie gemeinsam von drei rückwärts.

Bei eins drehte sich Feuersänger noch mal um. »Ach ja.« Er hob den Zeigefinger und kam zu ihnen zurück. »Fast hätte ich es vergessen. Wir haben ein zerknülltes Papiertaschentuch im Gang gefunden. Könnte ihm aus der Tasche gefallen sein. Wenn es denn seins ist.« Er griff in seine Hosentasche und übergab Fischbach die durchsichtige Tüte mit dem benutzten Papiertaschentuch. Dann ging er ins Haus zurück.

»Ist doch zumindest etwas«, sagte Fischbach. Er hielt die Tüte auf Augenhöhe und drehte sie hin und her. »Sieht ganz normal aus.«

»Was hast du erwartet? Initialen? Auf einem Tempo?«

»Haha, lustig.« Er steckte die Tüte in seine Jackentasche.

»Ich glaube«, sagte Welscher und tippte sich nachdenklich mit dem Zeigefinger auf die Lippen, »Feuersänger erlaubt sich einen Scherz mit uns. Wie soll uns ein Taschentuch bei der Aufklärung helfen?«

»Wie wäre es mit der DNA in der Rotze?«

»Die aber nicht wir analysieren können. Dafür muss es ins Labor.«

Fischbach grübelte. Würde Feuersänger tatsächlich Dinge als Beweismaterial deklarieren, die für den Fall vollkommen nutzlos waren? Normalerweise nicht. Aber wer wusste schon, wie sich Feuersängers Wut auf Welscher auswirkte? »Wir werden sehen«, sagte er, um eine endgültige Festlegung hinauszuzögern. »Jetzt will ich aber wissen, wo dieser Höhlenexperte bleibt. Ich will endlich mal hören, wieso so ein Gang genau bis in Veronika Kramanns Keller führt.« Zielsicher trat er in den Hausflur. An der Treppe rasselte er mit einem Mann zusammen, der gerade die Stufen heraufkam.

»Oh, tut mir leid«, sagte der Mann.

»Pfarrer Beinlich?«, fragte Fischbach überrascht. »Was machen Sie denn hier?«

»Ich bin Ihr Historiker.«

»Sie?«

»Ein Steckenpferd von mir. Sie werden keinen besseren Experten bezüglich der Geschichte Kronenburgs finden. Aber wenn Sie nichts dagegen haben, gehen wir rüber in meine Wohnung, um uns zu unterhalten. Ist nicht weit, direkt gegenüber der Kirche. Diesen Gestank muss ich nicht länger haben.« Er drückte sich an Fischbach vorbei, stellte sich kurz Welscher vor und schritt eilig zur Tür hinaus.

Die beiden hatten Mühe, dem schlaksigen Mann in der Manchesterbotz zu folgen.

***

Pfarrer Beinlichs Büro musste von einem Eifelsturm heimgesucht worden sein. Zumindest hatte Fischbach den Eindruck, als er sich setzte und staunend das Chaos um sich herum betrachtete. Bücherregale bogen sich unter der Last von Hunderten von Folianten. Auf dem Schreibtisch türmten sich Unterlagen, Kaffeetassen standen obenauf und dienten vermutlich zum Beschweren. Das kleine Notebook daneben wirkte fast wie ein Spielzeug.

Pfarrer Beinlich kramte hinter der Tür einen Klappstuhl hervor und stellte ihn für Welscher auf. Fischbach bot er seinen Bürostuhl an. Er selbst lehnte sich gegen den Schreibtisch. Dabei fiel einer der Papierstapel um und landete krachend auf dem Dielenboden. Die Kaffeetasse, ihrer beschwerenden Funktion enthoben, zersprang. Es kümmerte ihn nicht. Ungerührt erzählte er: »Interessant, interessant, meine Herren, was Sie da entdeckt haben. Ich habe schon lange vermutet, dass es einen solchen Geheimgang gibt. Jetzt steht natürlich die Frage im Raum, warum ich von dem Vorhandensein des Ganges immer überzeugt gewesen war.«

»Das wäre tatsächlich meine Frage gewesen«, sagte Fischbach.

Pfarrer Beinlich sah sich suchend um und zog dann ein abgegriffenes Buch unter einem Stapel anderer Bücher hervor. Er blätterte darin, bis er die richtige Stelle gefunden hatte. »Sie müssen wissen, Kronenburg ist hochbetagt. Der Ortskern mit meiner wunderschönen Kirche stammt aus dem 15. Jahrhundert, stellen Sie sich das mal vor.« Er drehte das Buch so, dass Fischbach und Welscher die Zeichnung darin sehen konnten, und deutete auf eine Häuserzeile. »Damals sah es hier in etwa so aus.« Er ließ den Finger wandern. »Oben die Burgruine, die ist sogar noch älter. Da geht die Geschichte bis ins 13. Jahrhundert zurück. Betrachtet man dazu die Eifeler Historie in ihrer Gesamtheit und schaut auf Kronenburg im Speziellen, stellt man rasch fest, dass sich hier die Herrschenden die Klinke in die Hand gaben. Und das Ganze lief nicht immer freundlich ab.«

»Sie wollen auf Kriege hinaus?«, fragte Fischbach.

Pfarrer Beinlich nickte. »Kriege brachten früher ständig wechselnde Besatzer mit sich. Doch nicht alle wurden willkommen geheißen. Die Bürger im Mittelalter mussten also Vorkehrungen treffen, um eine Belagerung zu überstehen. Für mich lag es nahe, dass findige Einwohner hier wie vielerorts in der Eifel auf die Idee gekommen waren, einen Notausgang zu schaffen. So konnten sie bei Bedarf fliehen, um zum Beispiel Hilfe und Unterstützung einzufordern oder sich mit Proviant zu versorgen.«

»Davon habe ich bereits gehört«, sagte Welscher. »Gibt es im Vatikan nicht auch so etwas?«

»Richtig, der Passetto di Borgo. Ein fast achthundert Meter langer Geheimgang vom Vatikan zur Engelsburg.« Pfarrer Beinlich sah sich suchend um. »Ah, dort.« Er beugte sich vor, zog vorsichtig einen Bildband aus dem Bücherregal und blätterte eine Seite auf. »Hier«, sagte er und drehte das Buch so, dass Fischbach und Welscher das Foto sehen konnten.

»Eine historische Stadtmauer«, stellte Fischbach fest. Was hatte das mit ihrem Geheimgang zu tun?

»Ja, richtig, die Stadtmauer des Vatikans, in der sich der Fluchtweg befindet.«

»Ach so?«

Pfarrer Beinlich klappte das Buch zu und legte es auf einen Papierstapel, der bedrohlich wackelte. »Tarnung war das A und O. Im Kloster Steinfeld zum Beispiel gibt es mehrere Geheimtüren und auch einen Geheimgang. Fragen Sie danach, wenn Sie das nächste Mal dort zu Besuch sind.«

»Sie reden von *unserem* Kloster Steinfeld, dem in Kall?«, fragte Fischbach ungläubig. Er erinnerte sich an das Heino-Konzert, das er dort mit Sigrid besucht hatte. Wie lange war es jetzt her? Drei Jahre oder bereits vier? Egal. Er war sehr darauf bedacht gewesen, von niemandem erkannt zu werden. Mit Heino wollte er nicht unbedingt in Verbindung gebracht werden. Geheimtüren oder -gänge waren ihm nicht aufgefallen. Allerdings war das ja auch der Zweck des Ganzen.

»Ja, genau.«

»Aber ist der Gang, den wir gefunden haben, für eine Flucht nicht zu kurz?«, fragte Welscher. »Ich würde mal behaupten, dass die feindlichen Truppen früher dort gelagert haben, wo heute die Burgstraße ist. Der Gang führt nicht einmal annähernd daran vorbei.«

»Da haben Sie vollkommen recht.« Pfarrer Beinlich beugte sich vor. »Sie haben aber auch nur einen Teil des Ganges entdeckt.«

»Sagen Sie bloß.«

»Ja, ja«, rief Pfarrer Beinlich freudig. »Der Bau des Abwasserkanals hat den Gang zerschnitten. Im Licht der Scheinwerfer, die Ihre Spurensicherung unten aufgebaut hat, konnte man den Zugang zum anderen Teil des Ganges gut erkennen. Er endet am Waldparkplatz. Dort war er mit Reisig und Laub abgedeckt. Übrigens war auch die Strecke von der Kaverne bis dorthin ziemlich gut begehbar. Aber das wird Ihnen die Spurensicherung bestimmt noch schildern.«

»Ist ja ein Ding«, entfuhr es Fischbach.

Welscher wirkte skeptisch. »Ich kann mir einfach nicht vorstellen, dass der Zugang am Parkplatz bisher niemandem aufgefallen ist«, sagte er auf Fischbachs fragenden Blick hin. »Ich meine: Ein Loch im Berg. So etwas sieht man doch. Gerade an einem Parkplatz.«

Pfarrer Beinlich hob wissend einen Zeigefinger. »Aber nur, wenn ein kleiner Erdrutsch den Gang überhaupt erst mal freilegt. Denn genau danach sah es dort aus. Vor einigen Wochen ging hier ein fürchterliches Unwetter herunter. Dabei muss es passiert sein. Und entdeckt hat den Gang ja jemand, sonst wäre er nicht abgedeckt gewesen.«

»Auch wieder wahr.« Nachdenklich kratzte sich Welscher an seinem Turban. »Was hat es denn Ihrer Meinung nach mit den Holzbrettern auf sich, die den Gang versperrten?«

»Die Verschalung, ja. Sie diente wahrscheinlich schlicht und einfach als Verschluss. Vermutlich ist man bei den Kanalarbeiten auf den Geheimgang gestoßen, hat ihm aber keine große Bedeutung beigemessen und ihn daher einfach mit den Mitteln verschlossen, die zur Hand waren.«

»Aber wie kommt das Loch in die Wand von Veronika Kramanns Haus?«, fragte Fischbach. »Und warum steht ausgerechnet ein Kühlschrank davor?«

»Das kann ich Ihnen leider nicht beantworten. Ich vermute, dass der Gang schon vor Jahrzehnten zugemauert wurde, bevor oder als der Grundstock des Hauses gelegt wurde. Dass der Kühlschrank dann genau davorgestellt wurde, war vermutlich Zufall.« Pfarrer Beinlich drückte sich vom Tisch ab. »Ich denke, ich werde noch mal runtergehen. Vielleicht fällt mir ja noch etwas auf. Wollen Sie mitkommen?«

Schon bei dem Gedanken daran musste Fischbach ein Würgen unterdrücken. Erneut in den stinkenden Höllenpfuhl hinabzusteigen, kam für ihn nicht in Frage. »Wir müssen dringendere Aufgaben erledigen. Können Sie sich anschließend bitte mit unserer Kollegin in Verbindung setzen?« Er zückte eine Visitenkarte und kritzelte auf die Rückseite Bianca Willms' Nummer. »Sie wird mit dem Tiefbauamt Kontakt aufnehmen und nachhören, was die zu der ganzen

Sache sagen. Es wäre bestimmt hilfreich, wenn Sie sich untereinander austauschen würden.«

»Kein Problem«, sagte Pfarrer Beinlich, nahm die Karte und legte sie auf einen der Stapel auf dem Schreibtisch. Der geriet ins Schwanken und donnerte ebenfalls zu Boden.

Unbeeindruckt blickte Pfarrer Beinlich auf das Chaos. »Machen Sie sich keine Sorgen. Die Karte finde ich bestimmt wieder.«

Nachdem Pfarrer Beinlich sich vor der Haustür von ihnen verabschiedet hatte, eilte er davon. Fischbach jedoch blieb stehen.

»Was hast du?«, fragte Welscher.

»Ich überlege gerade, was wir als Nächstes unternehmen sollen.« Er blickte durch den Torbogen, der die Straße überspannte, zu Veronika Kramanns Haus hinüber. »Hier können wir im Moment nichts mehr ausrichten, oder? Die Spusi wird sich keine weitere Blöße geben wollen und alles Millimeter für Millimeter absuchen. Wir würden nur stören.«

»Mache ich gerne, besonders, wenn ich dabei unseren Kollegen Feuersänger auf die Palme bringen kann.«

»Manchmal bist du ganz schön fies. Nichts da, euch beide halte ich auseinander.«

»Also zurück ins Büro, würde ich sagen.«

Fischbach zögerte. »Ich würde gerne vorher noch woandershin. Möglicherweise bringt es nichts, aber einen Versuch ist es wert. Ist mir vorhin auf der Fahrt hierher in den Sinn gekommen.«

Sie traten zur Seite und ließen einen Audi A8 passieren, der auf dem Weg zum Hotel an ihnen vorbeifuhr.

»Muss ich einen schriftlichen Antrag stellen, damit du mir verrätst, wohin?«, fragte Welscher.

»Ach was. Ich will zu Hilde Bartels nach Blankenheim und sie mit unserem neuen Wissen über die kaputte Ehe ihrer Stieftochter überfallen. Vielleicht packt sie ja etwas Neues aus, und wir erfahren noch ein paar nützliche Dinge.« Erwartungsvoll sah er Welscher an.

»Warum nicht? Ein wenig mehr über die Familie zu erfahren, hilft bestimmt. Sollen wir uns anmelden?«

Fischbach überlegte nur kurz. »Nö«, entschied er, »liegt eh auf dem Weg. Und die alte Dame machte auf mich den Eindruck, als sei sie am liebsten zu Hause.«

NEUNZEHN

Die Dächer Blankenheims glänzten feucht. Dunst stieg von den Dachpfannen auf, die nach einem kurzen Regenschauer nun wieder von der Sonne aufgeheizt wurden.

»Sie wollen mir sicher die Kleidung meines Mannes zurückbringen«, sagte Hilde Bartels. Sie saß wie bei Fischbachs letztem Besuch auf der Bank vor dem Haus und genoss die Wärme.

Die Glocken der Heiligen-Apostel-Matthias-Kirche zu ihren Füßen läuteten vier Mal. Fischbach wartete, bis der letzte Schlag verklungen war. »Kommissar Welscher«, stellte er seinen Kollegen vor.

»Oberkommissar«, korrigierte Welscher.

Genervt verdrehte Fischbach die Augen. Warum nur bestand Welscher immer auf die korrekte Dienstbezeichnung?

»Jung, ob Ober- oder Unterkommissar, das ist vollkommen egal. Interessiert mich doch gar nicht«, sagte Hilde Bartels amüsiert.

Recht so, bekräftigte Fischbach in Gedanken. Doch Welscher gab keine Ruhe. »Einen Unterkommissar gibt es nicht.«

Fischbach stöhnte auf. »Mensch, jetzt bring die arme Frau nicht durcheinander.« Er kehrte Welscher demonstrativ den Rücken zu und wandte sich an Hilde Bartels. »Leider komme ich nicht von zu Hause. Die Kleidung Ihres Mannes muss ich Ihnen ein anderes Mal zurückbringen.«

»Macht ja nichts. Ich brauche sie eh nicht mehr.« Sie musterte Fischbach. »Den Wolkenbruch eben haben Sie diesmal offensichtlich trocken überstanden.«

»Regenkombi«, erklärte Fischbach knapp und setzte sich neben sie.

Welscher sah sich unschlüssig um, entschied dann aber, stehen zu bleiben.

Angewidert rümpfte Hilde Bartels die Nase. »Sie stinken.«

Fischbach roch an sich. »Stimmt. Wir kommen gerade aus der Unterwelt. Ist aber schon ein wenig verflogen.«

»Denken Sie. Sie haben sich nur dran gewöhnt.«

Er beschloss, es darauf beruhen zu lassen. »Ich möchte nicht lange um den heißen Brei herumreden. Wir haben inzwischen herausgefunden, dass sich Veronika Kramann und ihre Schwester Maria entgegen Ihrer Aussage nicht besonders gut verstanden.«

»Wie kommen Sie nur auf solch einen Blödsinn?«, entgegnete sie scharf, doch ihre Augen sagten etwas anderes. Er spürte, dass sie log.

»Wussten Sie von Veronika Kramanns Verhältnis zu Ralf Klötsch, dem Ehemann ihrer Schwester?«

Entsetzt riss Hilde Bartels die Augen auf. Ihre Unterlippe bebte. »Sie hat ihn ihr ausgespannt?«, fragte sie fassungslos. »Schon wieder?«

Welscher und Fischbach wechselten einen vielsagenden Blick. Sie waren auf dem richtigen Weg. »Schon wieder? Was bedeutet das?«, hakte Fischbach nach.

Sie schwieg.

»Frau Bartels, erzählen Sie uns einfach, was Sie wissen«, ermunterte Welscher sie mit sanfter Stimme. »Hier und jetzt ist der richtige Zeitpunkt dafür.«

Zu dieser Überzeugung war Hilde Bartels nun offenbar auch gelangt. »Damals, bei der Hochzeit von Veronika«, begann sie zögerlich, »da hat Maria nicht vor Freude geweint. Als sie – scheinbar vor Glück – in Ohnmacht fiel, brachten wir sie in die Sakristei, dort gab es eine Liege. Nachdem die erste Aufregung verflogen war, ging die Feierlichkeit weiter. Nur ich blieb bei Maria zurück und kümmerte mich um sie. In diesen zehn Minuten hat sie mir ihr Herz ausgeschüttet. Niemals zuvor und auch niemals wieder danach waren wir uns so nah wie in diesem Moment. Und ich meine das nicht körperlich.«

»Was hat sie Ihnen erzählt?«, fragte Fischbach leise.

»Sie berichtete mir von ihren Auseinandersetzungen und Machtkämpfen mit Vrönn.« Hilde Bartels stockte kurz und ergänzte dann hastig: »Und davon, dass Vrönn ihr den Mann ausgespannt hatte, die große Liebe. Nur, um sie zu demütigen.«

Eine große graue Wolke schob sich vor die Sonne. Augenblicklich wurde es deutlich kälter. Fischbach fröstelte. »Da gab es bestimmt böse Worte.«

Hilde Bartels wandte den Kopf zur Seite und blickte ihm direkt in die Augen. »Maria hat sich damals etwas geschworen: Sollte

Vrönn ihr jemals wieder so etwas antun, würde sie ihre Schwester umbringen.«

***

Endlich wieder sauber und wohlriechend, saß Welscher am frühen Abend mit Bianca Willms im Konferenzraum. Er hatte die Dusche im Keller der Behörde genutzt, um sich den Dreck und den Gestank von der Haut zu schrubben. Nur seiner Kleidung hing noch schwach der Geruch nach Fäkalien an. Aber es war auszuhalten, wie ihm Bianca Willms versichert hatte.

Sie brachten die Akte auf den neuesten Stand, während Fischbach bei Bönickhausen Bericht erstattete.

»Das Tiefbauamt konnte mir kaum weiterhelfen.« Sie klickte eine Datei an, und auf dem Bildschirm erschien ein Gebilde, das Welscher an ein Strickmuster erinnerte. »Das hat mir die Sachbearbeiterin geschickt. Es ist der Kanalisationsplan von Kronenburg.«

Sie tippte auf einen Punkt, an dem mehrere Linien zusammenliefen. »Hier ist der Raum, von dem du berichtet hast, die Kaverne. Die Burgstraße verläuft genau darüber. Es gibt eine Einstiegsmöglichkeit, sprich: einen Gullydeckel.« Sie lachte. »Und Hotte hat wirklich erst dort geschnallt, dass er in der Scheiße stand?«

»Ja. Ist aber kein Wunder. Das war schon aufregend. Wann entdeckt man schon einen alten Geheimgang aus dem Mittelalter?« Verstohlen blickte er auf sein Hosenbein. Der braune Fleck war immer noch zu sehen. »Er war verständlicherweise ein wenig durch den Wind. Und nicht nur deswegen. Ich zeig dir was, aber verrat es bitte nicht.« Er nahm sein Smartphone und zeigte Bianca Willms die Fotos, die er von Fischbach geschossen hatte.

Sie lachte herzlich bei dem Anblick. »Super«, rief sie und klickte rasch einige Male mit der Maus. Kurz darauf erschienen die Bilder auf dem Monitor.

»Wie …«

»Bluetooth«, erklärte sie. »Du solltest den Kanal nicht offen lassen. Wer sich auskennt und die richtige Software besitzt, kann dir übel mitspielen.«

»So wie du gerade?«

»Zum Beispiel. Schöne Demonstration, nicht wahr?«

»Zeig das ja keinem«, befahl er. »Ich habe Hotte versprochen, die Fotos zu löschen.«

»Keine Sorge. Aber Guido und Andrea willst du das doch nicht vorenthalten, oder?«

»Du kannst ja ganz schön gemein sein.«

Sie zwinkerte ihm zu und öffnete dann wieder das Fenster mit dem Kanalisationsplan. »Ein Geheimgang ist nirgends verzeichnet. Ich habe Pfarrer Beinlich die Datei geschickt. Er kannte den Plan aber schon. Er besitzt einen Papierausdruck. Mir hat er gesagt, er habe immer schon mal runtersteigen wollen, sei aber bisher nicht dazu gekommen. Vielleicht hätte er den Gang gefunden und die Bedeutung der Verschalungsbretter sofort erkannt.«

»Möglich, ja. Offensichtlich ist ihm aber jemand zuvorgekommen. Druck die Datei bitte aus. Die nehmen wir sicherheitshalber zur Akte.«

»Dafür muss ich den Plotter im Erdgeschoss einrichten. Mach ich später.«

Welscher nickte. Er wusste, dass sie es nicht vergessen würde.

»Falls es immer noch wichtig ist«, sagte sie und zog einen Zettel aus ihrer Unterlagenmappe. »Hier habe ich alles zusammengetragen, was wir über den Hexer herauskriegen konnten.« Sie schob ihm den Ausdruck zu.

»Den Hexer?« Er nahm das Blatt und überflog es. »Ach, Hartmann. Du meinst den Heiler.«

»Kleiner Scherz. Edgar Wallace lässt grüßen.«

»Du kennst die alten Schinken? Bist du dafür nicht zu jung?«

»Mein Vater liebt sie. Hin und wieder schauen wir sie uns gemeinsam an. Blacky Fuchsberger war damals ja ein ganz Adretter. Und Eddi Arent, total skurril.«

Welscher teilte ihre Meinung. Er nahm sich eine Minute, um die Zahlen auf dem Papier eingehender zu prüfen. »Also, Geldsorgen scheint Hartmann nicht zu haben. Ganz im Gegenteil.« Anerkennend pfiff er durch die Zähne. »Ein fast sechsstelliges Vermögen.«

»Und alles mit Bonbons erwirtschaftet. Der hat ausgesorgt. Dass der mit seiner Nichte hinter dem Geld der Kramann her war, kann ich mir nicht vorstellen.«

»Alles ist möglich«, orakelte Welscher und legte das Blatt wieder auf den Tisch.

»Der hätte seiner Nichte doch eher Geld geliehen. Oder sogar geschenkt.«

»Vielleicht sollte es eine erzieherische Maßnahme sein.«

»Die Zielrichtung ist mir dann aber nicht klar.«

»Gib nicht mehr aus, als du einnimmst? Hilf dir selbst, sonst hilft dir keiner? Nur was man mit den eigenen Händen erwirtschaftet, ist wirklich was wert?«

»Hä? Verstehe ich jetzt nicht. Ging es nicht eher darum, jemanden zu bedrohen und sein Geld zu rauben?«

»Du hast recht«, gab sich Welscher geschlagen. »Hätte aber schön gepasst: Zwei Schuhsohlenabdrücke, der Onkel, die Nichte.«

»Schon. Aber jetzt seid ihr ja an Maria Bartels dran. Die kann ebenso eine helfende Hand an ihrer Seite gehabt haben. Für mich hört sich das jedenfalls viel plausibler an.«

Sie hatten Maria Bartels für acht Uhr morgen früh einbestellt, und Welscher war gespannt, wie sich das Gespräch entwickeln würde. »Hast du das Alibi ihres Mannes überprüft?«

»Überprüfen lassen. Bönickhausen hat heute Morgen den Maier von der Sitte dafür abgestellt.«

»Porno-Maier?«

»Genau den.«

Welscher grinste. Der Kollege Maier wurde so genannt, weil er vor seiner Beamtenkarriere in zahlreichen Softcore-Streifen mitgespielt hatte. Er war später quasi vom Saulus zum Paulus mutiert. Aufgefallen war das, als die Privaten begonnen hatten, im Nachtprogramm Softpornos auszustrahlen. Da blieb es natürlich nicht aus, dass Maier irgendwann erkannt wurde. Seitdem klebte der Spitzname an ihm wie Kaugummi im Profil einer Schuhsohle. »Und? Was hat Porno-Maier rausgefunden?«

»Ralf Klötsch scheint uns die Wahrheit gesagt zu haben. Bisher haben alle Zeugen in der Gaststätte und am Theater seine Aussage bestätigt, glasklar und lupenrein.«

»Wenigstens einer, der uns keinen Bockmist erzählt.« Welscher stand auf und stellte sich ans Fenster. Nachdenklich blickte er über den Parkplatz zum Amtsgericht hinüber. »Die Fahndung nach Sylvia Neuroth hast du eingeleitet?«

»Selbstverständlich«, sagte sie beleidigt. »Kannst dich schon auf mich verlassen.«

Er bemerkte, dass sie jetzt härter auf die Tastatur einhämmerte. »War doch nicht so gemeint«, entschuldigte er sich halbherzig. »Was ist denn plötzlich los?«

»Ich reagiere nun mal allergisch darauf, wenn mir jemand meinen Job erklären will.«

»Wollte ich doch gar nicht.«

»Schon okay«, murmelte sie. Es klang wenig versöhnlich.

Welscher seufzte. Dass man Schwulen nachsagte, sie könnten sich besser in Frauenseelen einfühlen als Heteros, war etwas, was auf ihn nicht zuzutreffen schien. Es war ihm vollkommen schleierhaft, warum Bianca Willms eben so empört reagiert hatte. Ihre Erklärung konnte er auch nicht nachvollziehen. Vielleicht hatten ihre Eltern sie früher zu sehr kontrolliert. Oder ein Lehrer hatte ihr mit seiner pedantischen Art das Leben schwer gemacht. Welscher wunderte sich recht häufig über die Reaktionen des anderen Geschlechts. Er schloss die Augen. Da war er wieder, der ungewohnte Zweifel an der eigenen sexuellen Ausrichtung. Er hatte Larissa de Witts Bild vor Augen. Heute Morgen beim Frühstück, wie sie sich geneckt hatten. Ihr offenes Lächeln und die warmen Augen. Eine Gänsehaut lief über seine Arme und paarte sich mit einem angenehmen Kribbeln in der Magengegend.

Verfluchter Mist, schimpfte er in Gedanken. Was war nur mit ihm los?

***

Flüchtig warf Welscher einen Blick auf die Uhr an der Wand über Fischbachs Kopf. Überrascht stellte er fest, dass es bereits auf zehn zuging.

Während Fischbach unter die Dusche gesprungen war, hatte Sigrid ihm stolz ihre neuen Strickkreationen gezeigt, die sie für den Sommerbasar zugunsten hilfsbedürftiger Mütter angefertigt hatte. Er war überrascht gewesen, wie einfallsreich sie war. Neben Socken und Schals waren Topflappen mit Krimimotiven und Eierwärmer in Form von Gangstermasken dabei gewesen. Sie waren darüber ins Plaudern geraten.

Inzwischen saßen sie zu dritt in der Küche. Sigrid schaufelte ihm gerade eine Portion Sauerbraten auf den Teller.

»Hau rein, du kannst es vertragen«, sagte sie.

Welscher widersprach nicht, denn er verspürte einen Hunger wie schon lange nicht mehr, und schob sich den ersten Bissen in den Mund. Er zerfiel weich auf seiner Zunge. »Mhm«, brummte er zufrieden. »Köstlich. Da ist Senf mit drin, oder?«

Sigrid strahlte. »Altdeutscher, frisch aus der Monschauer Senfmühle. Kennst du die?«

»Ich habe davon gehört.«

»Da musst du mal hin. Die Variationen sind atemberaubend.«

Wenn Sigrid so davon schwärmt, muss etwas Wahres dran sein, dachte er und nahm sich vor, bei nächster Gelegenheit einen Abstecher dorthin zu unternehmen.

Einige Zeit aßen sie schweigend und genossen das Essen.

Fischbach brach als Erster die Stille. Er schilderte Sigrid den Fund des Zugangs zum Geheimgang in Veronika Kramanns Haus und den Besuch bei Hilde Bartels.

Welscher genehmigte sich einen Nachschlag, während er zuhörte.

»Vielleicht gibt es ja morgen einen Durchbruch in dem Fall«, sagte Fischbach schließlich, verschränkte die Arme über seinem Bauch und lehnte sich zurück.

»Warum habt ihr Maria Bartels nicht sofort verhaftet?«

»Bis jetzt haben wir keine hieb- und stichfesten Beweise. Alles nur Indizien. Aber zumindest die passen ganz gut zusammen.«

»Bitte erklär mir das.«

»Maria Bartels hasste ihre Schwester. Streitigkeiten und Positionsgerangel gab es schon in der Kindheit. Als ihr Veronika Kramann dann aber die große Liebe ausspannte, war Ende im Gelände.«

»Ach, das ist doch Jahrzehnte her«, gab Sigrid zu bedenken.

»Mag sein. Trotzdem zeigt es, dass die beiden Schwestern nicht gerade ein Herz und eine Seele waren. Wenn man bedenkt, dass Maria Bartels mit der erklärten Feindin ihrer Schwester eine Kaffee-und-Kuchen-Freundschaft pflegt, liegt der Schluss nahe, dass sich daran bis heute nichts geändert hat. Und dann sind da noch die Fußabdrücke.«

Welscher horchte auf. »Jetzt bin ich aber mal gespannt. Hast du etwa eine Idee, wer in den Männerschuhen gesteckt haben könnte?«

»Na, die weiße Hexe, Sylvia Neuroth.«

»Die Neuroth?«

»Ein Ablenkungsmanöver. Wir sollten mit den Fußabdrücken in die Irre geführt werden. Bestimmt ist die Neuroth untergetaucht, weil sie bemerkt hat, dass wir uns langsam rantasten.«

Welscher bezweifelte das, konnte aber kein Gegenargument finden. Ganz abwegig war Fischbachs Theorie nicht.

Sigrid stand auf und räumte den Tisch ab. »Aber warum sollte diese Sylvia Neuroth da mitgemacht haben? Sie hatte zwar Ärger mit der Kramann, aber ist das als Motiv für einen Mord wirklich stark genug? Dass Maria Bartels sie für so etwas gewinnen konnte, kann ich nicht glauben.«

Fischbach lehnte sich vor. »Sylvia Neuroth könnte mehr oder weniger zufällig da gewesen sein. Ich stelle mir das so vor: Sie ist durch den Geheimgang ins Haus, um das Geld der Kramann zu suchen. Sie erwartete eine sturmfreie Bude. Da sie durch den Dreck in der Kanalisation musste und auch keine Hinweise zurücklassen wollte, die Veronika Kramann auf ihre Spur bringen könnten, hatte sie sich vielleicht zu große Gummistiefel übergestreift. Dass Maria Bartels genau an diesem Abend vorbeischauen würde, um ihre Schwester zu ermorden, konnte sie ja nicht ahnen.«

»Du meinst, Sylvia Neuroth hat ungewollt alles mitbekommen?«, fragte Welscher.

»Ja.«

»Und warum hat sie uns nichts davon gesagt?«

»Ein gebranntes Kind.«

»Ich weiß nicht.«

»Sie hat Sorge, dass wir sie wegen des Einbruchs belangen.«

»Schon eher.«

»Oder sie versucht jetzt, die Bartels auszunehmen wie eine Weihnachtsgans.«

»Und ist untergetaucht, weil sie Sorgen hat, dass Maria Bartels erneut ein Messer zückt und diesmal sie absticht.«

»Hört sich schlüssig an.«

Welscher rieb sich den Nacken. »Trotzdem, ich weiß nicht. Wie soll Sylvia Neuroth denn von dem Geheimgang erfahren haben?«

»Sie ist eine weiße Hexe. Es könnte doch sein, dass sie beim Kräutersuchen im Wald zufällig über den Eingang gestolpert ist.«

»Und da hatte sie nichts Besseres zu tun, als wie Indiana Jones den unterirdischen Gang zu erforschen? Als Frau? Ist schon ein wenig hanebüchen, deine Theorie.«

»Denk doch mal an ihre Vorgeschichte. Die wird bereits in einigen Drecklöchern gehaust haben. Ich glaube nicht, dass sie sich von so etwas abschrecken lässt. Vielleicht hat sie sich auch mehr erhofft. Einen Schatz oder Anerkennung von Experten, so was.«

Sigrid nahm eine Flasche Aufgesetzten vom Küchenregal und goss sich und Fischbach ein. »Und bei ihrer Erkundungstour hat sie den Zugang zum Keller der Kramann gefunden?«

Fischbach nippte an seinem Schnaps. »Könnte doch so gewesen sein.«

»Stand da nicht ein Kühlschrank davor?«

»Ja.«

»Hat den die Kramann davorgeschoben, damit sie nicht immer in dieses dunkle Loch in der Wand starren muss?«

Fischbach stierte in sein Glas und überlegte. »Wie wäre es damit: Sylvia Neuroth ist auf die Wand gestoßen, hat die Steine entfernt und stand im Keller. Zumauern konnte sie das Loch ja nicht wieder, daher hat sie den Kühlschrank davorgezogen.«

»Jetzt wird es aber ziemlich abgedreht. Gleich erzählst du uns noch, dass sie Hammer und Meißel dabeihatte, um die Wand einzureißen.« Welscher gähnte und schob den Stuhl zurück. »Ich mach mich mal auf den Weg.« Er wandte sich an Sigrid. »Vielen Dank für Speis und Trank.« Er umarmte sie kurz.

Streng sah Fischbach ihn an.

»Was?« Welscher lachte. »Du wirst doch nicht eifersüchtig?«

»Ach was. Fährst du auch wirklich nach Hause?«

Irritiert schaute Welscher Sigrid an, bevor er sich wieder Fischbach zuwandte. »Wohin sonst?«

Fischbach hob warnend den Zeigefinger. »Keine Alleingänge mehr. Fahr nach Hause.«

»Ach so, jetzt peil ich, worauf du hinauswillst.« Welscher lachte. »Heute Abend bestimmt nicht mehr.« Er hob die Hand zum Abschied und verließ die Küche. Sigrid folgte ihm.

»Warte mal.« Sie griff einen verschnürten Stapel Kleidung, der auf der Flurkommode lag. »Kannst du das bitte bei Gelegenheit zurückbringen? Wenn ich es Hotte auftrage, wird da nie was draus.«

Welscher erkannte die Hose wieder, die obenauf lag. Sie gehörte Hilde Bartels. Als ersten Reflex wollte Welscher ablehnen, schließlich konnte Fischbach sich selbst darum kümmern. Doch Sigrid zuliebe nahm er das Päckchen entgegen. »Kein Problem«, sagte er, drückte sie noch mal kurz und ging hinaus in die Nacht.

Am Auto angekommen, brummte sein Smartphone und zeigte an, dass er eine SMS bekommen hatte. Eine Einladung zum Tee von Larissa de Witt. Sie war offensichtlich eine Nachtschwärmerin. Sein Herz machte einen Sprung. Kurz überlegte er, die Einladung anzunehmen, entschied sich dann aber dagegen. Nicht, weil er Fischbach versprochen hatte, nach Hause zu fahren. Sondern weil er mit seiner immer noch ein wenig müffelnden Kleidung nicht in die Nähe ihrer Nase kommen wollte. Und erst nach Köln und dann wieder runter nach Kronenburg fahren, das war ihm dann doch zu anstrengend.

Enttäuscht, gute Gründe gefunden zu haben, die Einladung heute nicht annehmen zu können, stieg er in seinen Fiesta und fuhr nach Hause.

ZWANZIG

Fischbach rieb sich das linke Auge. Es brannte wie neulich das Chilibonbon von Hartmann. Immer wieder mal suchte ihn eine Bindehautentzündung heim. Sein Arzt hatte ihm geraten, das Motorradfahren sein zu lassen. Doch eher würde er aufs Essen als auf seine Harley verzichten.

Sie saßen im Büro im Untergeschoss und warteten auf Maria Bartels' Eintreffen. Sie war bereits einige Minuten überfällig.

Welscher stand am Fenster und ließ sich den Nacken vom Licht der Morgensonne wärmen. »Dein Auge sieht aus, als würde es in Flammen stehen.«

»Kann ich mir vorstellen.« Erneut rieb Fischbach darüber.

»Lass die Finger davon. Wird nur noch schlimmer.«

Als ob das so einfach wäre, dachte Fischbach. »Ich hab noch irgendwo Kortisontropfen. Die helfen immer.«

»Irgendwo? Die müssen kühl gelagert werden und laufen nach einigen Wochen ab.«

»Ist doch nur ein Trick der Pharmaindustrie. Die wollen nur mehr verkaufen, glaub mir.«

»Ein Trick?«

»Sicher. Und die Politiker decken das. Alles Lobbyarbeit.«

Bevor Welscher etwas erwidern konnte, wurde die Tür geöffnet. Gaby Brockmeyer, die am Haupteingang Dienst schob und die Besucher empfing, begleitete Maria Bartels herein. »Jungs, euer Gast ist da.«

Sie warf ihnen ein Lächeln zu und zog die Tür hinter sich ins Schloss.

Unschlüssig blieb Maria Bartels stehen und sah sich um.

Welscher schob ihr galant einen Stuhl hin. »Nehmen Sie doch Platz.«

Sie setzte sich.

Welscher lehnte sich wieder gegen die Fensterbank.

»Schön, dass Sie es einrichten konnten, Frau Bartels«, begann Fischbach.

Sie musterte ihn. »Sie sehen aus wie ein Dämon.«

»Lassen Sie sich von meinem Matschauge nicht ablenken. Ist nur vorübergehend, ich habe noch irgendwo Tropfen.«

»Denken Sie daran, die laufen schnell ab. Besorgen Sie sich lieber neue.«

»Alles nur ein Trick der Pharmaindustrie«, sagte Welscher. »Wussten Sie das nicht?«

Irritiert sah sie ihn an. »Ein Trick? Wer erzählt denn so einen Quatsch?«

»Hört man so in der Eifel.«

»Blödsinn.«

Fischbach warf Welscher einen ärgerlichen Blick zu. Der schmunzelte und bedeutete ihm mit einer Handbewegung weiterzumachen.

Er wandte sich wieder an Maria Bartels. »Danke für den Tipp, Frau Bartels. Aber deswegen haben wir Sie nicht einbestellt, wie Sie sich sicher vorstellen können.«

»Ich sitze hier, weil Sie mir gedroht haben«, fuhr sie auf. »Vorführen lassen wollten Sie mich, wenn ich nicht freiwillig erscheine. Mit einem Streifenwagen abholen lassen wollten Sie mich.« Ihr Kiefer bebte. »Wäre aber vermutlich immer noch besser gewesen, als wieder mit der Schrottkarre Ihres Kollegen zu fahren.« Sie deutete mit dem Daumen auf Welscher.

»Da muss ich Ihnen zustimmen«, sagte Fischbach und freute sich insgeheim, dass auch Welscher mal sein Fett abbekam. »Wir haben mit Ihrer Stiefmutter gesprochen, Frau Bartels. Sie hat uns interessante Dinge erzählt.«

»Das Waschweib.«

»Sie sind ungerecht. Es hat eine ganze Weile gedauert, bis sie sich uns anvertraut hat. Aber egal.« Er lehnte sich zurück und fixierte sie. »Sie haben gedroht, Ihre Schwester umzubringen.«

Ein amüsiertes Lächeln schob sich in ihre Mundwinkel. »Ach Gott, wenn Sie jetzt auf die Sache damals bei der Hochzeit hinauswollen, dann gute Nacht. Ist doch alles vergeben und vergessen.«

»Wirklich? Ich finde das schon brisant. Schließlich befanden Sie sich vergangenen Samstag in der gleichen Situation wie damals: Der geliebte Mann flüchtete in die Arme der verhassten Schwester. Da können schon mal Sicherungen durchbrennen und eine Kurzschlussreaktion hervorrufen.«

Maria Bartels rutschte auf die äußerste Kante ihres Stuhls und legte die Hände auf die Knie. Es wirkte, als würde sie am liebsten flüchten. »Sollte ich meinen Anwalt zurate ziehen?«

Fischbach überging die Frage. Solange sie nicht darauf bestand, musste ihn das nicht kümmern. »Sie sind sehr impulsiv, hat uns Ihr Mann berichtet, gehen schnell an die Decke.«

Sie schnaubte durch die Nase wie ein wütender Drache. »Der würde doch alles behaupten, um mir eins auszuwischen.«

»Warum sollte er das tun?«

»Ich glaube, im Fußball nennt man es Nachtreten.«

»Reden wir doch noch mal über letzten Samstag. Nachdem Sie am Nachmittag bei Sylvia Neuroth waren, machten Sie noch einen Abstecher zum Haus Ihrer Schwester, nicht wahr?«

Maria Bartels' Gesicht verdüsterte sich. »So ein Quatsch. Wann hören Sie endlich auf, mir den Mord an meiner Schwester anhängen zu wollen? Sie war doch offiziell in Urlaub. Was sollte ich denn da bei ihr? Selbst wenn ich die Absicht gehabt hätte, sie zur Rede zu stellen, musste ich doch davon ausgehen, dass sie nicht zu Hause ist.«

»Sie wird Sie eingeweiht haben.«

»Warum sollte sie gerade mich ins Vertrauen ziehen?«

Gute Frage, dachte Fischbach. Andererseits war es beim Hausschlüssel ja auch so, dass sie ihn jemand anders hätte geben können. »Blut ist dicker als Wasser.«

Sie lachte, hob die Hände und ließ sie auf die Tischoberfläche fallen. »Das ist ja toll. Auf der einen Seite wollen Sie mir was anhängen, weil ich ja angeblich wütend auf meine Schwester bin. Andersherum argumentieren Sie, wir hätten trotzdem zusammengehalten. Wie passt das denn zusammen?«

»Das Gleichgewicht der widerstrebenden Kräfte hat sich ungünstig verschoben«, sagte Fischbach. »Ihr Mann war das Zünglein an der Waage. Oder der Tropfen, der das Fass zum Überlaufen brachte.«

Es klopfte, und die Tür wurde geöffnet. Bönickhausen steckte den Kopf herein. »Kann ich dich mal kurz sprechen?«

Ärgerlich schaute Fischbach ihn an und wies stumm auf Maria Bartels.

»Ist mir schon klar«, sagte Bönickhausen gereizt.

Fischbach seufzte. »Jan, du hältst die Stellung.«

Er trat mit Bönickhausen auf den Flur und schloss die Tür hinter sich. »Was ist denn los?«, fuhr er ihn an. »Wir haben gerade erst angefangen. Du störst.«

Ungerührt überging Bönickhausen den Vorwurf. »Da drin sitzt doch die Bartels, oder? Maria Bartels?«

»Ja sicher.«

»Und ihr Mann ist der Schauspieler Ralf Klötsch?«

»Hast du auch noch was anderes auf Lager? Das weißt du doch alles. Ja, Ralf Klötsch ist ihr Mann.«

»Ich will nur sichergehen.« Bönickhausen hielt ihm einen Zettel hin. »Eben kam ein Notruf rein. Zufällig war ich gerade in der Einsatzzentrale. Der Anrufer hat eine Leiche gefunden. Er schwor Stein und Bein, dass es sich um Ralf Klötsch handelt.«

»Ach du Scheiße.« Fischbach nahm den Zettel und überflog die Zeilen. »Im Kurpark in Bad Münstereifel?«

»Schwing die Hufe«, feuerte Bönickhausen ihn an und hob zur Untermalung die Faust. »Wenn das nicht irgendwie mit der Sache Kramann zusammenhängt, fresse ich einen Besen.«

Bereits fünf Minuten später saß Fischbach auf seiner Harley und bog auf die Kölner Straße ab. Im Rückspiegel sah er, wie Welscher in seinem Fiesta mit annähernd Schallgeschwindigkeit die Kurve nahm und dabei die letzte Radkappe verlor.

***

Fast hätte ein entgegenkommender Krankenwagen Fischbach auf der L185 von der Brücke in die Erft gedrängt. Nur ein beherzter Schlenker brachte ihn außer Reichweite des knapp an ihm vorbeizischenden Kotflügels. Sein Herz raste, und er drosselte die Geschwindigkeit. Zwar zog er im Allgemeinen das gemütliche Cruisen vor, doch ab und zu erwischte er sich dabei, zu sehr am Gasgriff zu drehen. Die Tachonadel fiel unter fünfzig. Er nahm die beiden Kurven zum Kurhaus im gemächlichen Tempo, ließ die Maschine auf der Zufahrt zum Kurpark ausrollen und stellte sie auf den Ständer.

Ein blau-silbriger Streifenwagen versperrte den Weg. Er ging zu dem Kollegen, der auf dem Fahrersitz lümmelte und gerade ein Brötchen verdrückte. Der ließ das Fenster runter, als er Fischbach bemerkte.

»Gilles, du schon wieder. Bist du jetzt allzuständig, oder hat dich deine Frau zu Hause rausgeworfen?« Fischbach deutete mit dem Daumen über seine Schulter zur Maschine. »Ich hoffe, du willst mir nicht wieder einen Strafzettel ausstellen.«

»Du bist zu spät«, stellte Gilles fest, ohne Fischbach anzusehen.

»Sicher. Wäre ich eher gekommen, hätte ich das Unglück vielleicht verhindern können«, frotzelte Fischbach.

Gilles biss in sein Brötchen und riss ein großes Stück ab. Mit den Fingern stopfte er es sich in den Mund.

»Du siehst aus wie ein Hamster«, sagte Fischbach.

Gilles schaute auf und zuckte zusammen. Angestrengt kaute er und schluckte schwer. Sein Gesicht lief rot an. Er hustete und krampfte sich zusammen.

Fischbach riss die Tür auf und klopfte ihm heftig auf den Rücken. Nach einigen Sekunden keuchte Gilles: »Ist gut, hör auf. Du brichst mir ja das Kreuz.«

Er ließ von ihm ab. »Kann dich doch nicht abkratzen lassen, du Vielfraß.«

Rasselnd holte Gilles Luft. »Dein Auge.«

»Es ist nur ein wenig entzündet.«

»Ein wenig ist gut. Du siehst aus wie ein Dämon.«

»Schau einfach nicht hin. Hol lieber tief Luft, damit du nicht erstickst.«

Gilles lachte. »Hm, da hätten wir fast doch noch einen Toten zu beklagen gehabt, stimmt's?«

»Wieso doch noch? Wie meinst du das denn jetzt? Gibt es denn keinen Toten?«

»Hast du den Krankenwagen nicht gesehen?«

Fischbach erinnerte sich an die brenzlige Begegnung auf der Brücke. »Mir ist einer entgegengekommen. Ja und?«

Gilles öffnete den Mund und wollte den Rest seines Brötchens hineinschieben, überlegte es sich dann aber anders.

»Aus Schaden wird man klug«, murmelte er und biss nur eine winzige Ecke ab.

»Kannst du mit deinem Essen nicht warten, bis wir fertig sind?«, tadelte Fischbach ihn. Das Gekaue während des Gesprächs nervte ihn. Es war unhöflich und auch ekelig. Einige Bröckchen klebten, vom Husten ausgeworfen, auf dem Lenkradkranz.

»Dann musst du warten«, sagte Gilles. Ein näher kommendes Dröhnen rettete ihn vor einem weiteren Rüffel.

Fischbach wandte sich um und sah den Fiesta neben seiner Harley halten. Mit einer eleganten Bewegung schwang Welscher sich aus dem Auto und rief: »Der Auspuff. Den hab ich kurz hinter Iversheim verloren.« Er kam zu ihnen rüber. Über das Autodach hinweg sah er in den Kurpark.

Fischbach folgte seinem Blick. Erst jetzt bemerkte er in etwa hundert Meter Entfernung unter einigen Bäumen eine Ansammlung weiß gekleideter Menschen.

»Feuersänger?«, fragte er Gilles.

Der nickte.

»Wie macht er das? Es ist wirklich erstaunlich«, sagte Welscher. »Egal, wie schnell wir zum Tatort eilen, Feuersänger ist schon da.«

»Ihr seid eben einfach zu langsam«, sagte Gilles und fegte einige Krümel von seiner Hose. »Bei uns wärt ihr längst gefeuert worden. Feuersänger war mit seinen Leuten schon vor Ort, bevor der Notarzt wieder weg war.«

»Der Notarzt?«, fragte Welscher unwillig. »Die haben doch genug an der Backe, musst du gerade die aufscheuchen? Den Totenschein hätte doch auch jeder andere Arzt ausstellen können.«

»Auf die Erklärung, warum ein Krankenwagen da war, warte ich auch schon länger«, warf Fischbach ein.

»Ist doch nicht so schwer, Jungs. Die vermeintliche Leiche lebt«, erklärte Gilles mit einem Unterton, als würde er an der Kombinationsgabe der beiden Kommissare zweifeln. »Als wir vorhin hier ankamen, habe ich den Puls gefühlt, und siehe da: schwach, aber regelmäßig. Der Passant, der ihn gefunden hat, hat dazu nicht die Traute gehabt. Der Notarzt sagte, dieser Klötsch hätte ordentlich eins über die Rübe bekommen. Sie bringen ihn jetzt nach Euskirchen.«

Fischbach sah Welscher an. »Das erinnert mich an eine andere Rübe, die kürzlich malträtiert wurde. Ich glaube, ich habe schon einen Verdächtigen. Motiv: Rache.«

»Haha«, meinte Welscher. »Was ist? Gehen wir uns jetzt mal den Tatort anschauen oder nicht?« Ohne eine Antwort abzuwarten, stapfte er los.

»Schlecht gelaunt?«, fragte Gilles.

»Hat wahrscheinlich die Kosten für den neuen Auspuff überschlagen. Kann einem schon mal die Laune verderben.« Fischbach hieb zum Abschied mit der Faust aufs Dach und schloss zu Welscher auf.

Hinter dem steinernen weißen Elefanten bogen sie rechts ab.

»Den habe ich hier noch nie gesehen«, stellte Welscher fest.

»Dann warst du aber lange nicht mehr in Bad Münstereifel. Der Dickhäuter gehört inzwischen zum Inventar.«

Über den Rasen gingen sie auf die mit rot-weißen Bändern abgesperrte Zone zu. Missmutig blickte ihnen Feuersänger entgegen.

Welscher zeigte auf Schleifspuren im Gras, die vom Gehweg zu Feuersänger führten. Büsche verhinderten eine freie Sicht auf den Fundort. Vor den Sperrbändern blieben sie stehen.

Fischbach rieb sich das entzündete Auge und sah sich um. Mit Feuersänger untersuchten noch zwei weitere Kriminaltechniker den Tatort. Einer kroch gerade unter einen Strauch und klaubte zusammen, was irgendwie von Bedeutung sein könnte. Der andere krabbelte mit einer Lupe in der Hand auf allen vieren über den Rasen.

Eine Streifenpolizistin, die Fischbach nicht kannte, stand etwas abseits. Vermutlich gehörte sie zu Gilles. Sie scheuchte mit strengem Blick die Passanten davon, die sich zu nahe an den Tatort wagten.

Feuersänger stellte sich zu ihnen. Um den Hals trug er einen Fotoapparat. Fischbach deutete darauf. »Du schießt die Fotos heute selbst?«

»Der Kollege ist krank«, knurrte Feuersänger. »Nutellageneration. Beim kleinsten Schnupfen bleiben sie zu Hause.«

Fischbach vermutete, der erkrankte Kollege hatte sich bei Feuersänger angesteckt und lag jetzt mit einer schweren Grippe und vierzig Grad Fieber im Bett. »Hast du schon was für uns?«

»Ihr seid mir vielleicht lustig.« Feuersänger tippte sich an die Stirn. »Normalerweise wäre ich doch gar nicht hier. Nur weil ein Toter gemeldet wurde, sind wir direkt ins Auto gesprungen.«

»Aber wenn ihr schon mal hier seid, kann ich doch wohl auch fragen.«

»Die Tatwaffe haben wir.« Er drehte sich zu dem Mann mit der Lupe um. »Ulli, bringst du mal den Golfschläger?«

Der Angesprochene stand auf und ging zu einem Schild auf der

Wiese, auf der eine große Drei zu erkennen war. Dort hob er etwas Längliches auf und kam zu ihnen herüber. Mit behandschuhten Fingern hielt er es so, dass Feuersänger und Welscher einen Blick drauf werfen konnten. »Ein Golfschläger, ein Driver, um genau zu sein.«

Welscher erschauerte. »Der Schlägerkopf hat ja fast die Größe eines Tennisballs! Und damit hat man Klötsch eins übergebraten?«

Fischbach bemerkte, dass Welscher sich vorsichtig über die Nase strich.

»Ja«, bestätigte Ulli, »von hinten. Aber sicherlich nicht mit voller Wucht, ansonsten würde Klötsch jetzt nicht im Krankenhaus liegen, sondern im Leichenwagen.«

»Oder es war jemand, der nicht so stark war«, sagte Fischbach.

»Kann sein, ja«, stimmte Welscher zu. »Möglicherweise eine Frau.«

»Bring den Schläger schon mal in den Wagen«, bestimmte Feuersänger.

Beflissen eilte Ulli davon.

Feuersänger hob die Kamera und fotografierte die Schleifspuren. »Klötsch hatte fast fünfhundert Euro in der Brieftasche. Ist Gilles aufgefallen, als er die Personalien festgestellt hat.«

»Ein Raubüberfall war es dann wohl eher nicht«, sagte Welscher.

»Der Täter kann auch gestört worden sein.« Feuersänger senkte das Objektiv und fotografierte den Kollegen unter dem Busch. »Wuff, wuff«, murmelte er.

»Und derjenige, der stört, lässt Klötsch einfach hier liegen, ohne Hilfe zu leisten oder zu holen?«, zweifelte Welscher.

»Er hat ihn nicht gesehen, nehme ich an.«

Fischbach verschränkte die Arme vor der Brust und bedeutete Welscher mit einem Kopfnicken, nicht weiter darauf einzugehen. Stumm zählte er von drei rückwärts. Als er bei null angekommen war, sagte Feuersänger: »Ach, übrigens.« Er nahm die Kamera herunter und ging zu einem silberfarbenen Koffer, der auf der Wiese stand. Er holte eine Spurensicherungstüte heraus, in der ein Gegenstand matt im Sonnenlicht schimmerte, und reichte sie Fischbach. »Fiel Klötsch aus der Hand, als er abtransportiert wurde.«

Neugierig nahm Fischbach die Tüte entgegen.

Welscher trat neben ihn. »Eine Perle«, stellte er überflüssigerweise fest.

»Möglicherweise hat es einen Kampf gegeben, und Klötsch hat

eine Kette zu fassen bekommen«, sagte Fischbach. Er drehte das Tütchen hin und her.

»Perlenketten tragen eher Frauen«, sagte Welscher und tippte sich nachdenklich mit dem Zeigefinger auf die Lippen.

»Das sagt ein schwuler Kölner. Läuft bei euch in der Stadt nicht jeder Zweite mit so etwas herum?«

»Hätten wir die Perle im ›Timp‹ gefunden, wäre meine Schlussfolgerung anders ausgefallen. Aber bei euch Hinterwäldlern spricht ja wohl noch alles für eine klassische Rollenverteilung.«

»Timp?«, fragte Fischbach. »Hast du jetzt einen Sprachfehler?«

»Ist eine Kneipe in Köln, mit Travestieshows und so weiter.«

Missbilligend grunzte Feuersänger, sagte aber nichts. Er stellte sich vor Fischbach und schoss eine Porträtaufnahme.

»Was soll der Quatsch?«, fuhr Fischbach ihn an. Sein geschwollenes rotes Auge würde ihn auf dem Bild wie Quasimodo aussehen lassen. Er verspürte kein Bedürfnis, dem Gespött der ganzen Polizeibehörde ausgesetzt zu werden. Sofort wurde das Jucken wieder stärker. Er rieb mit dem Fingerknöchel übers Auge.

»Hört auf zu spielen«, sagte Welscher. »Zeig mal her.« Er hielt fordernd die Hand auf.

Fischbach überreichte ihm die Tüte.

Welscher hob sie vor seine Augen und betrachtete den Inhalt genau. »Also ich bin sicher …«

»Mensch, jetzt sag halt, was du denkst«, fuhr Fischbach auf. Das geheimnisvolle Getue ging ihm auf die Nerven. Er wollte endlich zurück ins Büro und nach den Tropfen suchen. Sein Auge fühlte sich inzwischen an, als ob es aus der Höhle quellen würde.

Welscher ließ die Tüte sinken. »Ja, ich bin sicher, die Bartels hat eine Kette mit genau solchen Perlen. Sie hat immer daran rumgespielt. Sah aus, als ob sie einen Rosenkranz beten würde.«

Erstaunt stoppte Fischbach das Reiben. »Wirklich? Die Bartels?« Er ließ den Besuch bei ihr in der Wohnung Revue passieren. Welscher hatte recht. Sie hatte eine Kette um den Hals getragen.

»Wir sollten sie danach fragen«, schlug Welscher vor.

Fischbach riss sein Handy aus der Lederjacke und wählte Bianca Willms an. »Ist die Bartels noch da?«, fragte er, als sie sich meldete.

»Die sitzt noch unten im Büro.«

»Sehr schön.« Fischbach hob den Daumen, und Welscher nickte zufrieden. Sie hatten Maria Bartels bei ihrer Abfahrt in die Obhut von Porno-Maier gegeben. Er sollte sie ein wenig aushorchen und sie nur wenn es länger dauern sollte gehen lassen.

»Gut. Sieh zu, dass das so bleibt. Wir sind in fünfzehn Minuten da.«

»Und wenn sie gehen will?«

Fischbach überlegte nicht lange. »Dann nimm sie vorläufig fest. Verdacht des Mordes an Veronika Kramann. Und schwere Körperverletzung, vielleicht sogar Mordversuch, an ihrem Mann.«

***

Die Luft stand im Büro. Welscher kippte das Fenster. Seine Nase pochte wieder stärker. Seit er den Golfschläger gesehen hatte, musste er die ganze Zeit an seinen Vorfall denken. Obwohl er Klötsch deswegen letztens noch ans Leder gewollt hatte, tat der Mann ihm jetzt leid. Schädelbasisbruch, hatte der Arzt ihm vorhin bei seinem Anruf im Krankenhaus mitgeteilt. Bis auf Weiteres wurde Klötsch im künstlichen Koma gehalten. Gott sei Dank bestand keine akute Lebensgefahr.

Seit zwanzig Minuten verhörten sie Maria Bartels. Fischbach hatte ihr die Perle gezeigt und vom Angriff auf ihren Mann berichtet. Ihr einziger Kommentar bisher war »Der verdammte Drecksack« gewesen. Welscher hatte dabei jedoch den Eindruck gehabt, dass sie gar nicht Klötsch gemeint hatte.

»Ihr Mann hatte gestern einen Auftritt, anschließend war er mit seinen Kollegen auf einer Geburtstagsfeier. Das hat uns der Intendant vor einigen Minuten telefonisch durchgegeben. Also ist Ihr Mann entweder auf dem Heimweg, gegen kurz nach zwei in der Nacht, oder heute Morgen bei einem frühen Spaziergang überfallen worden. Wo waren Sie in dieser Zeit?«

Maria Bartels reagierte nicht. Ihr Kiefer malmte beständig weiter.

»Frau Bartels«, sagte Fischbach, »jetzt rücken Sie schon raus damit. Das ist doch Ihre, oder nicht?« Er schob das Tütchen über den Tisch näher zu ihr hin. Die Perle wirkte im künstlichen Licht der Neonlampe stumpf.

Nur kurz warf Maria Bartels einen Blick darauf. Die Bewegung ihrer Kiefermuskeln zeichnete sich deutlich unter ihrer Haut ab. Welscher hörte etwas knirschen. Die armen Zähne, dachte er. Er hasste dieses Geräusch. Es erinnerte ihn an seinen zornigen Vater, als der ihn damals aus dem Haus geworfen hatte. Ihm lief eine Gänsehaut über den Rücken. Diese Frau konnte einem Angst einjagen. Wer wusste, wozu sie in ihrer Wut fähig war? Inzwischen traute er ihr alles zu.

»Es nützt doch nichts, wenn Sie schweigen«, sagte Fischbach. Er beugte sich vor. »Wir werden Teile Ihres Fingerabdruckes auf der Perle finden. Sie haben oft genug damit rumgespielt. Und dann zählen wir eins und eins zusammen: Sie haben Ihrem Mann im Kurpark von Bad Münstereifel aufgelauert und ihn mit dem Golfschläger niedergestreckt. Motiv Eifersucht. Und von da ist es nur noch ein kleiner gedanklicher Schritt bis zu Ihrer Schwester. Ich denke, wir haben genug Indizien zusammengetragen, um einen Haftbefehl zu erwirken.«

Maria Bartels riss den Kopf hoch. »Ich war es nicht.«

Fischbach seufzte. »Das sagen sie alle.«

»Passt alles schön zusammen, nicht wahr? Aber Sie liegen vollkommen daneben.« Sie straffte sich und strich ihren Rock glatt. Welscher hatte den Eindruck, dass sie eine Entscheidung getroffen hatte. »Ich weiß, wer meine Schwester ermordet hat.«

Skeptisch hob Fischbach eine Augenbraue. »Auch das sagen sie alle, um von sich abzulenken. Eine natürliche Schutzreaktion.«

Sie lächelte diabolisch. »Ich kann's aber beweisen. Das ist der Unterschied.«

Fischbach wechselte einen Blick mit Welscher. »Wenn Sie uns hier Mist erzählen, kann ich ziemlich unangenehm werden. Schießen Sie los.«

Maria Bartels griff nach dem Tütchen.

Welscher ruckte vor. Er fürchtete, sie würde die Perle hinunterschlucken wollen.

Mit erhobener Hand bremste Fischbach ihn. »Ist okay.«

Maria Bartels schien davon gar nichts mitbekommen zu haben. »Das ist meine Perle. Sie gehört zu meiner Kette, die mir gestern abgerissen wurde. Viertausend Euro.« Sie stieß einen kehligen Laut aus.

Auf Welschers Unterarm zeigte sich erneut die Gänsehaut. Einmal mehr erinnerte ihn diese Frau an einen wütenden Drachen.

»Zur Hochzeit hat er sie mir geschenkt. Da hat er mir noch jeden Wunsch von den Augen abgelesen.«

»Ihr Mann hat sie Ihnen also abgerissen?«, fragte Fischbach.

»Nein. Als er niedergeschlagen wurde, lag ich im Bett.«

»Sie geben also an, während des Angriffs auf Ihren Mann selig geschlummert zu haben«, fasste Fischbach nach. »Dann bleibt die Frage offen, wer Ihnen die Kette zerrissen hat. Und wie die Perle nach Bad Münstereifel kam.«

»Ich weiß.« Ihr Zorn schien abgeebbt zu sein, sie machte jetzt einen fast gelassenen Eindruck.

»Erzählen Sie einfach weiter. Ich will die ganze Story hören«, sagte Fischbach. »Bin gespannt.« Er lehnte sich zurück und verschränkte die Hände hinter dem Kopf.

Maria Bartels ließ sich nicht zweimal bitten.

Mit wachsendem Staunen hörten die beiden Kommissare zu.

EINUNDZWANZIG

Durch den Regen der letzten Tage rauschte die Kyll aufgewühlt über Stock und Stein. Welscher kämpfte sich längs des Ufers zu der Stelle durch, die Barbara Wolf ihnen am Telefon genannt hatte. Sie hatten ihre Fahrzeuge auf der Schwammertstraße vor Stadtkyll abgestellt, waren einen kleinen Fußweg hinter einem Bauernhof entlanggegangen und ab einer kleinen Brücke dem Fluss gefolgt.

Fischbach keuchte schwer hinter ihm. »Verfluchter Schlamm. Da brauche ich Tage, bis ich meine Stiefel wieder sauber habe.«

Welscher rutschte weg, ruderte mit den Armen und fing sich wieder. Allerdings war er mit dem Fuß ins kalte Wasser gekommen. Seine sündhaft teuren Lederschuhe sahen aus, als ob er damit Tage im Steinbruch gearbeitet hätte.

Und Fischbach regte sich darüber auf, dass seine Stiefel dreckig waren. Was für ein Luxusproblem. Ärger kroch in ihm hoch. Fischbach immer mit seinen Ausflügen. »Ich war ja auch dafür, dass die Streifenhörnchen unseren Fang abholen«, motzte er. »Aber du wolltest unbedingt selbst herkommen. Wir hätten auch warten können, bis er fertig ist. Der wäre uns bestimmt nicht weggelaufen. Ist er ja bisher auch nicht.«

»Ich bin halt lieber unterwegs als im Büro. Und die Jungs holen doch schon mit Maria Bartels zusammen die Tatwa… ahhh.«

Welscher hörte ein Platschen und wirbelte herum. Fischbach lag rücklings im Wasser. Nur der Kopf schaute noch heraus.

»Verdammt, ist das kalt.« Er prustete und versuchte mit hektischen Bewegungen, auf die Beine zu kommen. Doch die wild fließende Kyll zog ihn immer wieder in ihr Bett, wie eine Frau, die ihren Liebhaber festhielt und ihn nicht gehen lassen wollte.

Welscher schlidderte zu ihm, packte seinen Arm und zog ihn hoch. Das Wasser stand ihm bis zu den Knien. »Mann, du bist aber auch ein Tollpatsch.«

Frierend rieb Fischbach sich die Arme. Seine Haare klebten nass am Kopf. »Kann doch wohl mal passieren.« Plötzlich gefror seine Miene, stocksteif verharrte er und wirkte wie erstarrt.

Welscher befürchtete schon einen Herzanfall, hervorgerufen

durch die Kälte, als Fischbach zu einem wilden Tanz ansetzte und ungestüm an dem halb offen stehenden Reißverschluss seiner Lederjacke nestelte. Unkontrolliert hüpfte er auf der Stelle und stieß spitze Schreie aus.

»Was ist mit dir los?«, rief Welscher ernsthaft besorgt.

Fischbach antwortete nicht, öffnete endlich seine Jacke, beugte sich vor und riss seinen Pullover nach oben. Etwas Silbriges flutschte unten heraus und platschte ins Wasser.

Kurz darauf schoss eine Forelle an Welschers Beinen vorbei und verschwand unter überhängendem Gestrüpp. Lauthals lachte er los. »Du hast seltsame Methoden, um Fische zu fangen.«

Mürrisch blickte Fischbach an sich herunter. Ohne ein Wort zu sagen, kletterte er ans Ufer.

Die Wolkendecke riss auf, und augenblicklich wärmte die Aprilsonne. »Sieht aus, als ob dir der liebe Gott ein wenig Trost spenden will«, sagte Welscher.

»Da muss er sich aber noch ein wenig mehr ins Zeug legen«, knurrte Fischbach und schritt weiter flussabwärts.

Immer noch lachend folgte Welscher ihm.

Die Kyll wandte sich nach rechts. Als sie hinter einer Gruppe Bäume hervortraten, konnte er einen Angler sehen. Der stand bis zu den Knien im Wasser, vor der Nässe geschützt durch eine Anglerhose aus Gummi, die wie eine Latzhose bis zur Brust reichte. Auf dem Kopf trug er eine Mütze, an der angesteckte Schwimmer bunt schimmerten. Er hielt eine riesige Angel in der Hand und starrte gebannt auf die Stelle an der Wasseroberfläche, wo der Nylonfaden eintauchte. »Sie kommen persönlich?«, fragte er, ohne aufzuschauen. »Damit habe ich nicht gerechnet.«

Zwei Meter von ihm entfernt blieben sie stehen. Ein Eimer, in dem ein toter Fisch lag, stand am Ufer.

»Petri Heil«, grüßte Welscher.

Der Angler wandte sich ihm zu. Welscher sah ein ängstliches Flackern in seinen Augen. »Petri Dank. Wird aber nicht mehr viel helfen. Bei dem Krach, den sie gemacht haben, sind alle Fische sicherlich bereits bis zur Mosel geflüchtet.« Er musterte Fischbach. »Sie haben ein Bad genommen?«

Fischbach ging nicht darauf ein. Er straffte sich und sagte: »Herr Wolf, ich nehme Sie wegen Verdacht des Mordes an Ihrer Schwiegermutter Veronika Kramann und des versuchten Mordes an Ralf Klötsch fest.«

Zackig vorgetragen, dachte Welscher. Mit trockener Kleidung hätte Fischbach tatsächlich den Eindruck einer Respektsperson abgegeben. So wirkte er wie der bedröppelte Heinz Erhardt bei dem Regen-Sketch mit Rudi Carrell.

Aber für Wolf war es offensichtlich ausreichend. Er senkte den Kopf. »Fast alles richtig. Nur bei Klötsch stimmt es nicht ganz. Ich wollte ihn nicht töten, geschweige denn ermorden.« Mit einem traurigen Gesichtsausdruck kurbelte er an der Rolle seiner Angel. »Ich packe nur rasch alles …« Er brach ab und glotzte auf die Rute. »Ach Quatsch. Werde ich in nächster Zeit sowieso nicht mehr brauchen.« Er warf sie ins Wasser und hielt Fischbach die Handgelenke hin.

Der nahm seine Handschellen von der Hosenschlaufe und ließ sie um Wolfs Handgelenke zuschnappen. Er packte ihn am Arm und schob ihn vor sich her.

Mit dem Handy bestellte Welscher einen Einsatzwagen zum Parkplatz.

»Darf ich fragen, wie Sie auf mich gekommen sind?«, fragte Wolf, während er am Ufer entlangschlidderte.

»Warum nicht«, antwortete Welscher. »Maria Bartels hat ausgepackt.«

Abrupt blieb Wolf stehen und drehte sich zu ihm um. »Wie? Und der Hexe glauben Sie so mir nichts, dir nichts alles, was sie von sich gibt?«

»Ganz sicher nicht«, sagte Fischbach. »Wir haben gedacht, wir konfrontieren Sie einfach mal mit den Vorwürfen und schauen, wie Sie reagieren werden.«

»Und Ihre Reaktion war eindeutig«, ergänzte Welscher.

»Mist«, murmelte Wolf. »Sie haben mich also reingelegt.«

»Der Zweck heiligt die Mittel.«

Sie setzten ihren Weg fort. Welscher bog einige Äste so aus dem Weg, dass Wolf passieren konnte. Der ließ den Kopf hängen. »Es war die Perle, nicht wahr?«

»Die Perle«, bestätigte Welscher.

»War ein Fehler. Dabei sah es erst nach einer tollen Idee aus. Die Perle sollte den Verdacht auf sie lenken.«

»Sparen Sie sich zum jetzigen Zeitpunkt eine Erklärung. Wir bringen Sie erst mal nach Euskirchen. Dort werden wir alles aufnehmen«, sagte Welscher.

Sie erreichten die Brücke und kletterten die Böschung hinauf.

Bis zum Parkplatz schwiegen sie. Die Kollegen warteten bereits und nahmen Wolf in Empfang. Kurz darauf fuhren sie in Richtung Dahlem davon.

Welscher sah ihnen hinterher. »Wer hätte das heute Morgen gedacht? Kapitaler Fang, würde ich sagen.«

»So ist das in unserem Beruf. Wenn du die Angel auswirfst, weißt du nie, was du aus dem Wasser ziehst.« Fischbach kratzte sich am Kopf. »Da kommt mir gerade noch eine Idee.«

Welscher wartete, doch Fischbach schien nicht weitersprechen zu wollen. »Jetzt red schon.«

Langsam wiegte Fischbach den Kopf. »Muss noch einen Moment drüber nachdenken.« Er nahm seinen Helm und setzte ihn auf.

»Halt, stopp! Was hast du denn vor?« Welscher sah ihn entrüstet an. »Du willst doch nicht etwa pitschnass auf die Maschine klettern.«

»Hast du eine bessere Idee?«

Verschmitzt lächelte Welscher. »In der Tat, die habe ich.«

***

»Bist du wieder auf Hosenträger umgestiegen?«, fragte Bianca Willms, als Fischbach den Konferenzraum betrat.

Lässig legte er seine Daumen hinter die Gummis und ließ sie zurückschnellen. Gott sei Dank hatte Sigrid Welscher das Wäschepaket für Hilde Bartels mitgegeben, sonst hätte er sich mit seiner nassen Kleidung auf der Harley vermutlich noch den Tod geholt. »Ich muss zugeben, dass ich mich pudelwohl fühle.« Aus seiner Hosentasche zog er das Fläschchen mit den Augentropfen. Sein Auge fühlte sich inzwischen an, als würde es lichterloh in Flammen stehen. Er schraubte den Deckel ab, legte den Kopf in den Nacken und tröpfelte sich etwas davon ins Auge.

»Das sind doch nicht etwa die Tropfen, die seit Monaten im Kühlschrank stehen«, hörte er Bianca Willms entsetzt sagen.

Er steckte die Flasche wieder weg und blinzelte einige Male, damit sich der Medikamentenfilm verteilte. »Was soll ich machen? Um zum Arzt zu gehen, fehlt mir im Moment ein wenig die Zeit, oder?«

»Aber die sind doch …«

»… abgelaufen, ich weiß«, unterbrach er sie genervt. Zum ersten Mal verstand er, warum Welscher immer so empfindlich reagierte, wenn jemand eine spitze Bemerkung über seine Fanta ohne Eis fallen ließ. »Glaub mir, du bist nicht die Erste, die sich Sorgen macht.« Sein Blick fiel auf den Monitor des Notebooks. Augenblicklich schoss ihm die Röte ins Gesicht. »Das kann doch wohl nicht … dieser verdammte Hurensohn! Versprochen hat er es mir, und dann das!« Ihm leuchtete das Foto entgegen, das Welscher in Veronika Kramanns Keller von ihm geschossen hatte: auf dem Rücken liegend, zappelnd wie ein Käfer.

»Er kann nichts dafür. Ich habe sein Handy gehackt. Ist nur ein Hintergrundbild. Wenn es dich stört …« Sie ließ den Satz unvollendet. Stattdessen klickte sie einige Male mit der Maus, dann war das Foto verschwunden. »Fand dich so süß auf dem Bild.«

»Süß?«

»Hilflos. Wie ein Baby.«

Fischbach streckte sich. »Also wirklich. Das ist ja wohl …«

»Oh Gott«, rief sie erschrocken.

»Was ist?«

»Aus Versehen habe ich es an alle E-Mail-Empfänger im Haus geschickt.«

Fischbachs Blut rauschte in seinen Ohren. Er stützte sich auf eine Stuhllehne. »Was? Wiederhol das bitte.«

Sie sah auf und lachte. »Kleiner Scherz. Nichts passiert.«

Einen Moment lang sah er sie ungläubig an. So kannte er sie nicht, aber die neue, lockere Art, die sie gerade an den Tag legte, gefiel ihm. Erleichtert darüber, dass nichts passiert war, beschloss er, ihr zu verzeihen. »Okay, Schwamm drüber.« Er sah sich um. »Wann kommen die anderen?«

»Bin schon da«, hörte er Welscher hinter sich sagen. Er stürmte an Fischbach vorbei und nahm sich eine Flasche Wasser aus dem Kasten am Fenster. »Mal sehen, ob deine Theorie wirklich so klasse ist, wie du eben im Büro behauptet hast. Könnte auch nach hinten losgehen.« Gierig trank er.

»Wenn zwei sich streiten, freut sich der Dritte. Warte ab, trennen können wir die Kampfhähne immer noch.«

Bianca Willms sah auf. »Hähne? Mindestens ein Kampf*huhn* ist dabei.«

Fischbach seufzte. Heutzutage war alles viel komplizierter als früher. Ohne Absicht tappte er immer wieder in die Geschlechterfalle. »Ist doch nur eine Redewendung. Und ich habe noch nie etwas von Kampfhühnern gehört«, wandte er ein.

»Geschenkt. Übrigens: Bönickhausen ist in Düsseldorf«, teilte sie ihm mit. »Die Bartels und der Wolf müssten gleich eintreffen. Die Kollegen haben eben angerufen. Und dann hat sich Sylvia Neuroth gemeldet.«

»Ach nee«, sagte Welscher. »Die Hexe ist wieder eingeflogen? Was hat sie denn gesagt?«

»Sie hat einige Tage bei einer Freundin in Köln verbracht. Sie wollte ihren Eltern noch mehr Aufregung ersparen. Heute ist sie zurückgekommen und hat von ihnen erfahren, dass wir sie gesucht haben. Und schwuppdiwupp hat sie angerufen.«

»Ehrenwert«, urteilte Welscher. »Was hast du ihr gesagt?«

»Dass sie sich zur Verfügung halten soll.«

Anerkennend klopfte Fischbach ihr auf die Schulter. »Gut gemacht. Lassen wir Sylvia Neuroth noch einen Moment schmoren, bevor wir ihr Entwarnung geben.« Er beugte sich vor und nahm das in einen Asservatenbeutel eingeschweißte Messer vom Tisch. Ausgiebig musterte er es von allen Seiten. In den Hirschhorngriff waren die Initialen »G. W.« gefräst.

»Smith and Wesson«, erklärte Bianca Willms. »Klingenlänge über elf Zentimeter.«

»Was sagt die Rechtsmedizin? Ist es die Tatwaffe?«

Sie warf ihm einen tadelnden Blick zu. »Die hatten doch noch gar keine Gelegenheit, eine Einschätzung abzugeben. So lange wart ihr ja nicht fort.«

Er hörte Schritte im Flur, kurz darauf erschienen zwei Kollegen von der Gewahrsam mit Maria Bartels und Günter Wolf. Fischbach wies ihnen zwei Stühle an. »Danke«, sagte er zu den Kollegen. »Ich melde mich bei euch, wenn wir fertig sind.« Die beiden verabschiedeten sich und verließen den Raum.

Langsam hob Fischbach die Tüte mit dem Messer so in die Höhe, dass Günter Wolf es problemlos erkennen konnte. »Ist das Ihr Messer?«

Wolf schluckte trocken und nickte.

Fischbach legte es auf dem Tisch ab. »Ich möchte eins klarstellen.« Er blickte die beiden nacheinander eindringlich an. »Sie sitzen hier als Verdächtige in einem Mordfall. Sollten Sie einen Anwalt wünschen, so ist es Ihr gutes Recht. Meine Kollegin hier«, er wies mit der Hand auf Bianca Willms, »wird alles protokollieren. Wenn Sie also jetzt auf Unterstützung verzichten, wird auch das festgehalten. Beschwerden gibt es dann hinterher nicht mehr.«

Kalt sah Maria Bartels ihn an. »Ich brauche keinen Rechtsverdreher. Ich bin unschuldig, wie ich Ihnen und Ihren Kollegen auch schon mehrmals gesagt habe. Nur deswegen sitze ich überhaupt hier und spiele Ihre Charade mit. Denn ich habe nichts zu befürchten.«

»Unschuldig?«, rief Wolf aufgebracht. »Dass ich nicht lache.«

Maria Bartels lachte gehässig. »Wer hat denn hier meine Schwester um die Ecke gebracht?«

»Ich bin dir doch nur zuvorgekommen.«

»Das sagst du. Ich wollte nur reden, mehr nicht.« Sie senkte den Kopf. »Stattdessen habe ich … Vrönn … das viele Blut …« Ihre Stimme brach, ein Schluchzer entfleuchte ihrer Kehle.

Fischbach ließ sich nicht davon beeindrucken. »Wollen Sie einen Anwalt hinzuziehen?«, fragte er Wolf.

»Nein, ich denke … es ist nicht notwendig.«

»Gut«, sagte Fischbach und lehnte sich zurück. Läuft alles bestens, dachte er zufrieden. »Dann legen wir mal los. Wer will anfangen?«

Wolf presste die Lippen aufeinander und schaute Maria Bartels an. Die wischte sich mit dem Ärmel ihrer Bluse die vermutlich falschen Tränen fort. »Viel ist es bei mir nicht. Ich war an dem Abend bei meiner Schwester, ja. Ich wollte sie zur Rede stellen.«

»Um wie viel Uhr?«, fragte Welscher.

»Es war gegen neun. Vrönn hat nicht geöffnet. Ich bin dann mit dem Schlüssel rein.«

Womit die Abdrücke der Frauenschuhe erklärt wären, dachte Fischbach.

Maria Bartels begann zu zittern. »Es war alles voller Blut. Ich bin sogar darauf ausgerutscht, fast gestürzt. Es war schrecklich.« Erneut schlug sie die Hände vors Gesicht.

»Trotzdem sind Sie bis ins Wohnzimmer, anstatt die Polizei zu benachrichtigen«, sagte Fischbach, ohne Rücksicht zu nehmen. Maria Bartels' Schauspiel schenkte er keinen Glauben. Dafür war sie in der Mordnacht zu kaltblütig vorgegangen. »Oder kam der Anruf aus der Dahlemer Telefonzelle von Ihnen? Wenn ja, frage ich mich, warum Sie sich zu erkennen gegeben haben.«

»Das war ich«, warf Wolf ein. Er senkte den Blick. »Ich wollte Vrönn ... Vielleicht hätte ihr ja noch jemand helfen können.«

»Okay, wäre das geklärt.« Er wandte sich wieder an Maria Bartels. »Das spricht nicht gerade für Sie. Und dort im Wohnzimmer trafen Sie dann auf Günter Wolf?«

Sie richtete sich wieder auf. »Nein, ich habe ihn nicht mehr angetroffen. Er war schon weg. Sein Messer habe ich aber sofort erkannt.« Sie warf Wolf einen gehässigen Blick zu und deutete auf den Tisch. »Er hat es ja zugegeben.«

Wolfs Augen formten sich zu Schlitzen. »Mach hier mal nicht auf Unschuldslamm.« Lauernd blickte er sie an. »Erzähl dem Kommissar lieber, wieso das Messer nicht mehr vor Ort war, als Vrönn von der Polizei gefunden wurde.«

Fischbach wartete ab. Das Verhör hatte eine Eigendynamik entwickelt, wie es besser nicht hätte sein können. Genau das hatte er gehofft.

»Ich ... aber ...«, stotterte sie unsicher. Nach einigen stillen Sekunden sagte sie: »Ich hätte das Messer nicht nehmen sollen. Es war eine Kurzschlussreaktion. Ist mir einfach so passiert. Es tut mir leid.«

»Du falsche Schlange«, zischte Wolf. Unlustig lachte er auf. »Erpresst hat sie mich«, rief er Fischbach zu. »Ihren Mann sollte ich für sie umlegen. Ansonsten würde sie das Messer sofort der Polizei geben.« Er bebte vor Wut. Schweißperlen standen auf seiner Oberlippe. »Nur wenn ich artig ihre Befehle befolgen würde, wollte sie mir das Messer aushändigen. Die kaltherzige Hexe.« Speicheltröpfchen landeten auf dem Tisch. Wolf achtete nicht darauf.

Auweia, dachte Fischbach, überall Hexen. Seine geliebte Eifel war offensichtlich von unzähligen märchenhaften Gestalten bewohnt. Der böse Wolf saß gerade vor ihm.

Mit höhnischem Blick sah Maria Bartels Wolf an. »Seltsame Dinge, die du da von dir gibst, wirklich. Du lügst, ohne rot zu werden. Doch damit wirst du deinen Kopf nicht aus der Schlinge ziehen, du Mörder.«

Wolf presste die Lippen fest aufeinander. Anscheinend war ihm klar geworden, dass hier Aussage gegen Aussage stand und er somit schlechte Karten hatte. Denn er war der Einzige, dem man konkret etwas nachweisen konnte. Fischbach spürte, dass der Mann die Wahrheit sagte, wusste aber im Moment nicht, wie er ihm helfen konnte.

»Kommen wir mal auf die Perle zu sprechen, Herr Wolf. Woher haben Sie die, und was wollten Sie eigentlich erreichen?«

Wolf reagierte nicht. Er blickte, ohne sich zu rühren, starr geradeaus.

»Herr Wolf?«

Verwirrt blickte er Fischbach an.

»Die Perle.«

»Ah ... die Perle, ja, also, blöde Idee, sagte ich ja schon. Nie im Leben hätte ich Ralf töten können. Mein Plan war es, den Verdacht auf Maria zu lenken. Deswegen habe ich ihn niedergeschlagen, nur deswegen. Ich wollte, dass die Polizei über die Perle auf Maria stößt, Motiv Eifersucht kombiniert und einen Bezug zum Mord an Vrönn herstellt. Bei einer Hausdurchsuchung wäre dann das Messer entdeckt worden, und es wäre für Maria bestimmt ziemlich schwer gewesen, sich dann noch rauszureden.«

Gar nicht so dumm, dachte Fischbach. Mit ein wenig Glück hätte der Plan sogar aufgehen können. »Wie sind Sie denn überhaupt an die Perle gelangt?«

»Ich habe ihre Kette gestern auf der Staumauer in Kronenburgerhütte versehentlich zerrissen. Erst als wir uns ... getrennt haben, habe ich gesehen, dass ich eine der Perlen in der Hand hielt.«

»Getrennt?«, schrie Maria Bartels erregt. Energisch riss sie ihr Halstuch herunter. Rote Würgemale leuchteten unwirklich grell auf ihrer ansonsten bleichen Haut. »Töten wolltest du mich. Wenn der Jogger nicht gekommen wäre, würde ich jetzt als Leiche im Wasser treiben.«

Fischbach runzelte die Stirn. »Ist das wahr, Herr Wolf?«

Verlegen senkte er den Blick.

»Idiot«, zischte Maria Bartels.

»Frau Bartels, bitte«, warf Welscher ein und schüttelte missbilligend den Kopf. »Kraftausdrücke brauchen wir hier nicht.«

»Dann lassen Sie mich endlich gehen und sperren das mörderische Schwein ein.« Angeekelt schaute sie auf Wolf.

»Sie können sicher sein, dass wir alles unternehmen werden, um die Wahrheit herauszufinden«, sagte Welscher und beugte sich vor. »Von Ihren Würgemalen und dem Treffen auf der Staumauer mal abgesehen, glaube ich Ihnen nämlich kein Wort.«

Ein arrogantes Lächeln zeigte sich in ihren Mundwinkeln. »Dann sind Sie auch ein Idiot.«

Welscher öffnete den Mund, doch bevor er etwas erwidern konnte, sagte Wolf: »Die hinterhältige Hexe hat ja recht.«

»Was?«, fuhr Welscher auf.

»Äh … ich meinte, auf mich bezogen«, ergänzte Wolf hastig und wand sich auf seinem Stuhl. Er errötete. »Kann ich vielleicht meine Jacke ausziehen? Mir ist so warm.«

Welscher stand auf und öffnete die Handschellen.

Wolf rieb sich die Handgelenke, zog seine Jacke aus und legte sie auf den Tisch. Welscher schloss die Schellen wieder und hängte die Jacke an die Garderobe.

Fischbach wartete, bis er sich wieder gesetzt hatte. »Kommen wir zu dem besagten Samstag.« Er musste vorsichtig vorgehen. Häufig hatte er schon erlebt, dass ein potenzieller Mörder dichtmachte, je näher sie sich gedanklich dem eigentlichen Mord näherten. Quasi immer um den heißen Brei herum. Daher vermied er es, das Wort Mord in den Mund zu nehmen. Doch bei Wolf war die Befürchtung unbegründet.

»Vrönn hat mich überrascht, als ich das Haus durchsuchte«, begann er zu erzählen. »Wie eine Furie stürmte sie auf mich zu und beschimpfte mich. Am Anfang war ich ziemlich von der Rolle, ich hab ja gedacht, sie wäre in Urlaub. Als der erste Schock vorbei war, habe ich das Messer gezogen und auf sie eingestochen.« Wolf brach ab und bewegte die gefesselten Hände durch die Luft, als würde er ein Messer führen. »Eine Kurzschlussreaktion, ich hatte Angst, aufzufliegen. Wie hätte ich dagestanden, wenn sie das rausposaunt hätte. Mein Malerbetrieb wäre hundertprozentig den Bach runtergegangen. Wer holt sich schon einen Handwerker ins Haus, der heimlich in der Unterwäsche wühlt?«

Kühl und klar vorgetragen, dachte Fischbach. War es wirklich ein kaltblütiger Mord aus wirtschaftlichen Erwägungen heraus? Ihm fehlten bei dieser Erklärung die Emotionen, etwas von dem Hass, den er bei solch einem brutalen Mord erwartet hatte. Oder betrachtete Wolf die Sache nur so sachlich distanziert, um sich selbst zu schützen, um sich fernzuhalten von dem grausigen Ereignis, dessen Urheber er war?

»Du Monster«, sagte Maria Bartels.

Fischbach bemerkte, dass Bianca Willms Wolf entsetzt anschaute. »Sie sind durch den Geheimgang ins Haus gelangt?«, fragte er.

»Ja.«

»Woher wussten Sie davon?«

»Ich habe Ihnen doch von der Renovierung des Hauses erzählt. Als ich die Kellerwände trockenlegte, stieß ich auf lose Steine. Einige weitere Handgriffe, und der Gang lag offen vor mir.«

»Und Sie sind da einfach so rein?«

Müde zuckte Wolf mit den Schultern. »Wie man es sieht. Ein wenig mulmig war mir schon zumute. Aber die Hoffnung, auf einen Schatz zu stoßen, trieb mich voran.«

Fischbach kratzte sich am Hinterkopf. »Einen … Schatz?«

»Ja sicher. Warum auch nicht? Sie können sich gar nicht vorstellen, an welche Strohhalme man sich klammert, um Geld für die Behandlung seines Kindes aufzutreiben.«

Plötzlich fügten sich für Fischbach die Puzzleteile zusammen. Er wollte Wolf mit seiner Theorie konfrontieren, doch Maria Bartels kam ihm zuvor.

»Jetzt verstehe ich. Du hast in Vrönns Haus nach ihrem sagenhaften Bargeld gesucht«, sagte sie bissig. »Du bist der Geist, vor dem Vrönn sich in letzter Zeit geängstigt hat.«

»Letztens, in der Nacht von Montag auf Dienstag, da ist mir in Kronenburg fast ein weißer Lieferwagen ins Blech gerauscht«, sagte Welscher. »Das waren Sie, stimmt's?«

Wolf erwiderte nichts.

»Und den Kühlschrank nutzten Sie als Tarnung. Dass Veronika Kramann das Gerät kaum zur Seite schieben würde, wussten Sie.« Er stand auf und schüttete Wasser in ein Glas. Er gab es Bianca Willms, die ihn dankbar ansah.

»Warum haben Sie das Messer am Tatort zurückgelassen?«, fragte Fischbach. Irgendetwas an der Geschichte störte ihn. Sie war zu rund und zu glatt. Dazu kam Wolfs ungewöhnlich offene Art.

»Panik. Als mir klar wurde, was ich angerichtet hatte, bin ich auf und davon.«

Fischbach musterte ihn. Der Mann wirkte niedergeschlagen. Seine Schultern hingen herab, der Rücken war gekrümmt, und die Augen hatte er geschlossen. »Was für Schuhe trugen Sie?«

Wolf schwankte leicht auf seinem Stuhl. »Stiefel.«

»Obwohl Sie in Panik hinausgestürmt waren, sind Sie einige Tage darauf noch mal an den Tatort zurückgekehrt.«

»Ja. Es blieb mir nichts anderes übrig. Wir brauchen Geld für eine neue Behandlungsmethode für Patrick. Hätte Vrönn uns das Geld geliehen … aber sie hasste ihn. Den Bastard, wie sie ihn nannte.« Seine Stimme brach.

Fischbach hatte genug gehört. Er griff zum Telefon und rief die Kollegen an. Kurz darauf wurden Maria Bartels und Günter Wolf abgeführt. Obwohl er tief in sich noch Zweifel spürte, schienen sie unbegründet zu sein. Er konnte Wolfs Motiv nachvollziehen. Der Malermeister hatte auf alles eine schlüssige Antwort, ganz zu schweigen von seinem Geständnis. Wenn die Rechtsmedizin jetzt auch noch die Tatwaffe eindeutig zuordnen konnte, wäre der Fall gelöst.

ZWEIUNDZWANZIG

Das Telefon holte Welscher aus seinem tiefen, traumlosen Schlaf. Ächzend drehte er sich in seinem Bett zur Seite und schaute auf den Radiowecker. Die Digitalanzeige zeigte kurz vor zehn am Morgen. Er ließ sich zurückfallen und schloss die Augen. Das Klingeln dröhnte in seinem Kopf. Er verfluchte sich selbst, nicht daran gedacht zu haben, den Anrufbeantworter einzuschalten, und presste sich das Kissen auf die Ohren.

Der Anrufer war sehr hartnäckig, doch schließlich gab er es auf, und das Klingeln verstummte. Erleichtert ließ Welscher das Kissen los, verschränkte die Arme hinter dem Kopf und versuchte sich zu erinnern, was er seit Wolfs Festnahme unternommen hatte.

Fischbach hatte ihn nach Hause geschickt, als spät am Nachmittag die Rechtsmedizin Wolfs Messer eindeutig als Tatwaffe identifiziert hatte.

Nach der Einnahme von drei Schmerztabletten wegen stechender Kopfschmerzen war er ins Bett gefallen. Den Samstag hatte er eingewickelt in einer Decke vor dem Fernseher verbracht. Dem Pizzadienst sei Dank war er dabei nicht verhungert.

Er schreckte zusammen, als das Telefon wieder schrillte. Sein erster Reflex ließ ihn zum Kissen greifen. Doch er ahnte, dass der Sonntagsstörer keine Ruhe geben würde, bis er ihn endlich aus dem Bett geklingelt hatte.

Stöhnend setzte er sich auf die Bettkante. Die Kälte der Fliesen krabbelte durch seine Füße die Beine hinauf. Er sehnte sich nach den Dielen im Gästezimmer der Fischbachs. Holz strahlte eine natürliche Wärme aus. Eine Wärme, die gefühlte zwanzig Grad über der Bodentemperatur in seiner Wohnung lag.

Ob Fischbach der Anrufer …

Sicher nicht. Der Eifelkopp hatte ihm bis zur Pressekonferenz am Montagmorgen freigegeben. »Kurier dich mal richtig aus«, hatte er gesagt, mit seinen lächerlichen Hosenträgern geschnalzt und ihn zur Tür hinausgeschoben. Nur bei einem neuen Mordfall hätte Fischbach seine Ruhe gestört.

Kurz erfasste Welscher ein Energieschub. Ein neuer Fall würde ihm einen Grund geben, der tristen Umgebung, in der er hauste, zu entfliehen. Doch dann fiel er wieder in seine Melancholie der letzten Stunden zurück. Darauf zu hoffen, dass jemand ermordet wurde, damit er sich nicht in Selbstmitleid über sein in Scherben liegendes Privatleben erging, deprimierte ihn noch mehr.

Das Telefon hörte auf zu läuten, nur um kurz darauf wieder loszulegen.

Ärger keimte in ihm auf. Was sollte der Telefonterror? Dass er nicht an den Apparat ging, zeigte doch deutlich, dass er mit niemandem sprechen wollte. Warum respektierte der Telefonterrorist das nicht? Er schlug mit den Fäusten auf die Matratze und hechtete hoch. Mit springenden Schritten rannte er über die eiskalten Fliesen in den Flur, nahm den Hörer auf und blaffte: »Jetzt ist es aber genug!«

Sekundenlang hörte er nur ein Atmen.

»Jan?«

Er schloss die Augen. Er verspürte keine Lust auf ein Gespräch mit seiner Mutter.

»Jan? Bist du noch dran?« Ihre Stimme klang besorgt.

»Ja.«

»Gott sei Dank.« Sie atmete hörbar aus. »Ich dachte schon, dir wäre etwas passiert.«

»Was soll mir denn passiert sein?«

»Du bist schließlich Kommissar«, sagte sie in einem unerwartet heftigen Tonfall, »und als du nicht drangegangen bist, da habe ich …«

»Mama, ist gut.« Seit er die Entscheidung getroffen hatte, zur Polizei zu gehen, lebte seine Mutter in ständiger Angst um ihn. »Mir geht es gut.« Lügner, schalt er sich selbst. »Warum rufst du an?«

Eine Pause entstand. Vermutlich musste seine Mutter erst Mut fassen.

»Wann kommst du mal vorbei?«

Resigniert lachte er auf. »Was soll das, Mama? Er hat mich rausgeworfen und mir verboten, jemals wieder über die Schwelle zu treten.«

Er hörte sie weinen. »Dein Vater … er ist kein Problem.«

»Ach hör auf«, sagte er ärgerlich, »wenn es so wäre, könnte er es mir ja auch selbst sagen.«

»Kann er nicht.«

»Warum nicht?«

Wieder entstand eine Pause, bis seine Mutter antwortete: »Ich möchte nicht am Telefon darüber sprechen. Vertrau mir bitte. Komm vorbei.«

Er holte tief Luft. Anscheinend war etwas passiert. Seine Mutter zu drängen war zwecklos. Sie war ein Dickschädel. Wenn sie es für besser hielt, persönlich über was auch immer zu sprechen, dann würde er sie nicht umstimmen können.

»Wann hast du Zeit?«, fragte sie. Es klang fast wie ein Betteln.

Welscher ließ sich erweichen. »Nächste Woche«, sagte er. Gleichzeitig ärgerte er sich über seine Nachgiebigkeit. Der alte Herr hatte es eigentlich nicht verdient. »Ich melde mich vorher und höre, ob ihr da seid.«

»Du kannst auch jemanden mitbringen, wenn du magst.«

»Ja, klar.«

»Wirklich. Ich würde mich freuen.«

Er ging nicht weiter darauf ein und verabschiedete sich knapp.

Eine Weile starrte er noch auf den Hörer. Sein Vater musste krank sein, eine andere Erklärung gab es nicht. Ein Schlaganfall? Krebs? Aber warum machte seine Mutter ein solches Geheimnis daraus? Sein Vater war bereits fünfundsechzig, ein Alter, in dem man durchaus mit einer schweren Erkrankung rechnen musste.

Er ging in die Küche und öffnete den Kühlschrank. Bis auf eine angebrochene Flasche Orangensaft und eine Packung Biowurstaufschnitt gähnte ihm Leere entgegen. Er seufzte, aß eine Scheibe Wurst und spülte sie mit dem Rest Saft hinunter.

Wenn er ehrlich zu sich selbst war, freute er sich darauf, das Haus seiner Kindheit wiederzusehen. Andererseits wollte er sich nicht wieder mit seinem Vater streiten. Oder ihn mit dem Tode ringen sehen, ansonsten würde er dem alten Knaben vielleicht doch noch verzeihen. Dafür saß der Stachel einfach zu tief.

DREIUNDZWANZIG

Zufrieden saß Fischbach hinter dem Tisch und sah in die Gesichter der Reporter. Trotz des noch frühen Montagmorgens schienen alle frisch und munter zu sein. Sie tuschelten miteinander, einige hatten ihr Notebook auf den Schenkeln und tippten wild darauf herum. Er erkannte die Kremer vom Express. Wie beim letzten Mal zwinkerte sie ihm zu.

Fischbach dachte an das Wochenende. Es war phantastisch gewesen. Mit dem Hochgefühl, einen Fall erfolgreich abgeschlossen zu haben, hatten Sigrid und er den Samstag genutzt, um dem Freilichtmuseum Kommern mal wieder einen Besuch abzustatten. Besonders die neue Baugruppe Marktplatz hatte ihnen gefallen. Dort wurde die Nachkriegszeit aufgegriffen, und er hatte sich in seine Kindheit zurückversetzt gefühlt.

Gestern hatte er den ganzen Tag in der Werkstatt verbracht. Dort hatte er seine Harley gewienert, Schnüffel die Borsten gekrault und dabei die Flippers gehört. Wenn Sigrid ihn nicht mittags zu Schweinebraten, selbst gemachten Klößen und Rotkohl ins Haus gerufen hätte, hätte er vermutlich sogar seinen Hunger verdrängt. Und als ob er am Wochenende nicht schon genug Glück hatte verspüren dürfen, hatten auch noch die abgelaufenen Augentropfen gewirkt.

Allen, denen er heute bei Dienstbeginn begegnet war, hatte er die Hand geschüttelt und ihnen übertrieben mit seinem geheilten Auge zugezwinkert. Abgelaufene Tropfen, pah, von wegen gefährlich. Alles nur eine Masche der Pharmaindustrie, er wusste es ja schon immer.

Heute Morgen war dann auch noch die Nachricht eingetrudelt, dass Klötsch sich auf dem Weg der Besserung befand und aller Voraussicht nach keine bleibenden Schäden davontragen würde. Fischbach freute sich darüber. Und Günter Wolf blieb zumindest ein zweiter Mord auf seinem Konto erspart.

Welscher saß neben Fischbach und wirkte vollkommen entspannt. Sein Gesicht sah immer noch aus wie eine Aubergine, doch zeigten sich erste gelbe Ränder, die auf eine fortschreitende Heilung hindeuteten.

Na, wer sagt's denn, dachte Fischbach.

Die Last, eine Mordkommission zu leiten, die ihm letzte Woche noch Kopfzerbrechen bereitet hatte, war von ihm abgefallen. Sie hatten den Fall in wenigen Tagen gelöst. Wenn die in Düsseldorf davon nicht beeindruckt waren, dann wusste er auch nicht mehr.

Bönickhausen stürmte herein und setzte sich auf den freien Platz neben Welscher. Nach und nach versiegten die Gespräche im Raum, und erwartungsvolle Stille kehrte ein. Als ob der Präsident der Vereinigten Staaten eine Presseerklärung zur Lage der Nation abgeben würde, dachte Fischbach. Er richtete sich ein wenig auf und faltete die Hände auf dem Tisch.

Bönickhausen ergriff das Wort: »Meine Damen und Herren, herzlich willkommen.«

Im selben Moment fiel Fischbachs Blick auf Bianca Willms, die in der Tür stand und hektisch winkte.

Was sollte das denn? Nichts konnte so wichtig sein, dass es nicht auch bis nach der Pressekonferenz Zeit hätte. Er schüttelte kaum merklich den Kopf.

Doch damit schien er sie eher anzufeuern. Ihre Arme kreisten wie Windräder in der Luft und bedeuteten ihm, zu ihr zu kommen.

Bönickhausen schien nichts zu bemerken. Oder er ignorierte es standhaft. Er redete gerade von der Effektivität der neuen Strukturen.

Welscher beugte sich zu Fischbach rüber. »Was ist denn mit der los?«, flüsterte er.

Langsam hob Fischbach die Schulter. Wenn er das nur wüsste.

»Ich hör mal nach.« Welscher stand auf. Er versuchte, Bönickhausen dabei so wenig wie möglich zu stören. Der stockte nur kurz, sah Welscher kurz hinterher und machte weiter, wo er aufgehört hatte.

Fischbach beobachtete, wie Welscher mit Bianca Willms sprach. Es dauerte nur wenige Sekunden, dann winkte auch Welscher ihm aufgeregt zu.

Inzwischen war das Ganze auch einigen Reportern im Saal aufgefallen. Sie drehten sich auf ihren Stühlen zur Tür um und betrachteten das Treiben.

»Was geht da vor sich?«, raunte Bönickhausen in Fischbachs Ohr. »Was macht die denn hier auf Windrad?«

Fischbach sparte sich eine Antwort, da er selbst ja nicht wusste, was los war, und stand auf. Mit schnellen Schritten eilte er an den Stuhlreihen vorbei und stoppte vor seinen beiden Kollegen. »Was macht ihr hier für Fisimatenten?«, zischte er. »Ist der dritte Weltkrieg ausgebrochen?«

Bianca Willms lief rot an. »Es ist wichtig. Ihr müsst euch etwas anschauen.«

»Was soll denn so wichtig sein, dass …«

Welscher packte ihn am Ärmel und zog ihn hinter sich durch den Flur. »Wirst du gleich sehen.«

Im Lageraum ließ sich Bianca Willms auf ihren Stuhl fallen und griff nach der Computermaus. Fischbach und Welscher stellten sich so, dass sie ebenfalls auf den Bildschirm blicken konnten.

»Jetzt bin ich aber mal gespannt«, sagte Fischbach ärgerlich. Bönickhausen würde ihm die Hölle heißmachen, wenn er keinen triftigen Grund für das Verlassen der Presseerklärung vorweisen konnte.

Bianca Willms öffnete ein Computerfenster.

Fischbach erkannte eine topografische Karte mit roten Punkten darauf.

»Ich habe Günter Wolfs Smartphone ausgelesen«, erklärte sie. »Schaut euch mal das Bewegungsprofil an.«

»Häh? Du hast was?« Überrascht sah Fischbach Welscher an.

»Ging doch vor einiger Zeit durch die Presse«, sagte Welscher. »Smartphones speichern die Orte, an denen du dich aufhältst.«

Stimmt. Davon hatte Fischbach gelesen. Damals war er froh gewesen, ein schlichtes Handy zu besitzen, ohne Zipp und Zapp und Drumherum. Die einzige Funktion, die er benötigte, war das Telefonieren selbst. »Aber war da nicht von einer Aktualisierung die Rede gewesen, die die Aufzeichnungsfunktion abschaltet?«

»Da bin ich aber überrascht«, gab Welscher zu. »Hätte ich von dir jetzt gar nicht erwartet. Du liegst richtig. Ein Update sollte das Problem lösen. Voraussetzung ist natürlich, dass man sich die neue Software auch aufspielt.«

»Und Wolf hat das versäumt?«

»Oder nicht als wichtig empfunden.«

Erst jetzt bemerkte Fischbach das kleine Gerät, das neben dem Notebook lag. »Ist das Wolfs Handy?«

»Ja«, bestätigte Bianca Willms.

»Woher hast du es?«

»Seine Jacke hing heute Morgen immer noch an der Garderobe. Hat offensichtlich niemand mehr dran gedacht. Ich habe sie an mich genommen und wollte sie abgeben.« Sie zögerte kurz, ihre Wangen färbten sich rosa. »Ich habe sein Smartphone in der Tasche gefunden und konnte nicht widerstehen.«

Fischbach holte tief Luft. »Das könnte Ärger geben. Und egal, was du dabei herausgefunden hast: Wir dürfen es unter Umständen nicht verwenden.«

»Ich weiß.« Sie klang kleinlaut, aber auch ein wenig trotzig. »Wir müssen es ja nicht verraten. Dem Wolf wird es schon recht sein, wenn ich damit seine Unschuld beweise.«

»Was? Habe ich richtig gehört? Unschuld?« Fischbach wurde es abwechselnd heiß und kalt. Was hatten sie übersehen? Saß ein Unschuldiger im Gefängnis, weil er schlampig gearbeitet hatte?

»Ja, er ist unschuldig.«

Welscher legte Bianca Willms eine Hand auf die Schulter. »Leg los.«

Sie ließ den Mauszeiger über die Karte wandern und vergrößerte einen Abschnitt. »Bad Münstereifel. Wolf war zu der Zeit, als Klötsch niedergeschlagen wurde, am Tatort.«

»Hat er ja auch gestanden«, sagte Fischbach.

Sie sah zu ihm hoch. »Sicher. Doch du solltest sein Geständnis nicht für bare Münze nehmen.«

»Wieso? Was meinst du?«

Sie wandte sich wieder dem Bildschirm zu und vergrößerte einen anderen Kartenausschnitt. »Schau mal hier.«

Er beugte sich vor, dann wieder zurück. In letzter Zeit fiel es ihm zusehends schwerer, normal große Schrift zu entziffern. Sigrid hatte ihm bereits eine Lesehilfe besorgt. Die lag jedoch in der Küche auf der Fensterbank. Er hatte sich noch nicht daran gewöhnt, sie überallhin mitzunehmen. »Geht es noch etwas deutlicher?«

Sie klickte einmal, und die Buchstaben und Zahlen wurden größer.

»Aha. Hillesheim.« Er verstand nicht, was sie ihm zeigen wollte. Dann fiel sein Blick auf das Datum, das neben dem roten Punkt leuchtete. »Der Samstag, an dem Veronika Kramann ermordet wurde?« Fischbach dämmerte, was sie herausgefunden hatte. »Wolf war gar nicht am Tatort?«

»Richtig.«

Mit der Faust hieb sich Welscher in die hohle Hand. »Er hat uns angelogen. Schau dir die Uhrzeiten an. Er war den ganzen Tag in Hillesheim, bis spätabends.«

»Was hat er da gemacht?«

»Ich bin den Nummernspeicher durchgegangen. Er hat in den Tagen davor häufiger mit dem Krimihotel telefoniert. Ich habe dort angerufen. Der Geschäftsführer hat mir bestätigt, dass Wolf den ganzen Tag im Haus war. Er hat mit einem ortsansässigen Kollegen an der Renovierung des Eifelkrimi-Zimmers gearbeitet.«

»Krimihotel? Eifelkrimi …« Fischbach brach ab. Dass er hier und jetzt jedes Detail verstand, war nicht so wichtig. Bedeutend war nur, dass Günter Wolf zum Zeitpunkt des Mordes nicht mal in der Nähe von Kronenburg gewesen war.

Ein leichter Schwindel packte ihn. Hatte er das Geständnis von Wolf zu schnell akzeptiert? Hätte er es deutlicher hinterfragen sollen? Was wäre passiert, wenn sich beim Prozess das Krimihotel oder der Malerkollege gemeldet hätte? Sie hätten sich bis aufs Blut blamiert.

»Ist dir nicht gut?«, fragte Welscher. »Du bist plötzlich so bleich.«

Fischbach rubbelte sich mit einer Hand über den Hinterkopf. »Nein, nein, alles in Ordnung. Zeig mir mal Kronenburg«, wies er Bianca Willms an.

Mit einigen Klicks wechselte sie die Ansicht. »Dort war er häufiger. Auch an dem Tag, als er dich fast platt gefahren hätte, Jan.« Sie tippte auf zahlreiche rote Punkte. »Aber nicht an dem Mordtag. Das ist eindeutig.«

Fischbach setzte sich. »Das ist ja ein Ding.«

Welscher ging zur Kaffeemaschine und füllte eine Tasse, die er Fischbach reichte. »Hier, trink. Wird dir guttun. Du siehst aus wie eine lebende Leiche.«

Dankbar nahm Fischbach die Tasse.

»Er nimmt einen Mord auf sich? Warum macht er das?«, fragte Welscher.

»Geltungssucht?«, mutmaßte Bianca Willms. »Er will einmal im Leben im Mittelpunkt stehen.«

Fischbach schlürfte langsam seinen Kaffee. Die Wärme in seinem Magen tat gut. »Überzeugt mich nicht. Wolf ist nicht der Typ, der in der Öffentlichkeit stehen möchte.«

»So genau kann man das nie wissen«, wandte sie ein.

Nachdenklich blies Fischbach über den Rand der Tasse. Um einen Mord auf sich zu nehmen, bedurfte es eines starken Motivs. Schließlich standen darauf mindestens fünfzehn Jahre Freiheitsstrafe, von der gesellschaftlichen Ächtung mal ganz abgesehen. Entweder Wolf stand bei jemandem tief in der Kreide und derjenige drohte ihm ... womit? Die Familie auszulöschen? Möglich. Aber würde man dann nicht bei aller Gefahr für Leib und Leben trotzdem die Polizei einschalten? Oder hatte Wolf andere Leichen im Keller, sodass es auf eine mehr oder weniger nicht ankam? Ach Quatsch. Selbst wenn es so wäre, gäbe es keinen Grund, sich mit fremden Federn zu schmücken. Daraus wurde kein Schuh.

»Liebe«, flüsterte Bianca Willms. »Nur aus Liebe macht man so etwas.«

Wie von der Tarantel gestochen schoss Fischbach von seinem Stuhl hoch. Sein Kaffee schwappte über den Tassenrand, verfehlte knapp Bianca Willms' Arm und klatschte auf den Boden.

»Das ist es«, rief Welscher erfreut. Er hatte im selben Moment verstanden wie Fischbach.

Beherzt packte Fischbach Bianca Willms' Kopf und drückte ihr einen dicken Kuss auf die Stirn. »Du bist genial. Danke.« Er ließ sie los. »In fünf Minuten brechen wir auf.«

»Sollen wir nicht lieber eine Streife ...«

Energisch schüttelte Fischbach den Kopf. »So etwas mache ich lieber persönlich. Dürfte dir ja inzwischen nicht entgangen sein. Bianca kann uns ankündigen und die Kollegen vor Ort benachrichtigen.« Er überlegte kurz. Bei der Festnahme von Günter Wolf waren die Kollegen auch sehr nützlich gewesen. Welschers altersschwacher Fiesta war wirklich niemandem mehr zuzumuten. »Und fordere einen Streifenwagen an«, bat er Bianca Willms.

Welscher seufzte. »Mitunter bist du kompliziert. Wir könnten doch wirklich jemanden dorthin ...«

»Wir machen das selbst, keine Widerrede«, unterbrach Fischbach ihn. Er sprang auf und eilte zur Tür. Dort prallte er mit dem rotgesichtigen Bönickhausen zusammen.

»Hiergeblieben! Ich will wissen, warum ihr die Pressekonferenz geschmissen habt.«

»Was hast du ihnen gesagt?«, fragte Fischbach mit einem mulmigen Gefühl in der Magengrube.

»Dass wir kurz vor dem Abschluss stehen und einen Tatverdächtigen festgenommen haben. Mehr habe ich mich nach eurer Show nicht mehr zu sagen getraut.«

Erleichtert atmete Fischbach durch. Das Porzellan war noch nicht zerschlagen. »Ich klär das«, sagte er an Welscher gewandt. »Hol du in der Zeit die Sachen.«

Eilig schob sich Welscher an Bönickhausen vorbei und verschwand im Flur.

Fischbach setzte zu einer Erklärung an, hielt dann aber inne. Ihm war eine bessere Idee gekommen. »Bianca, kannst du ihm zeigen, was los ist?«

»Sicher.« Aufgeregt winkte sie Bönickhausen zu sich. »Ist alles ganz einfach.«

Denkst du, dachte Fischbach, der Chef wird dir für den unerlaubten Zugriff auf Wolfs Handy gleich gehörig den Kopf waschen. Er schlich sich zur Tür hinaus und eilte den Gang hinunter.

Jetzt würden sie Nägel mit Köpfen machen. Noch einmal würde er sich nicht ins Bockshorn jagen lassen.

***

Malerisch lag Etteldorf inmitten der Felder und Wiesen oberhalb von Kyllburg. Eine Handvoll Häuser gruppierte sich um einen großen Bauernhof, und alle asphaltierten Wege hießen hier »Dorfstraße«. Der angeforderte Einsatzwagen parkte mit geöffneten Fenstern am Straßenrand. Die Harley stand davor, und Fischbach lehnte lässig, die Hände in den Taschen, an der Sitzbank.

Welscher stellte seinen Fiesta hinter dem Einsatzwagen ab, stieg aus und stellte sich den beiden Kollegen vor.

»Deine Karre macht vielleicht einen Krach«, sagte der Fahrer. »Wir haben dich schon vor einer halben Stunde kommen hören. Du solltest dir was Neues zulegen.« Er strich sich über seinen riesigen Schnäuzer und feixte. »Sei froh, wenn wir das Teil nicht aus dem Verkehr ziehen.«

Welscher sah zu seinem Wagen. Zweifelsohne hatte der Kollege recht. Der fehlende Auspuff erzeugte nicht nur einen Heidenlärm, sondern klaute auch Motorleistung. Doch irgendwie konnte er sich noch nicht trennen. An dem Auto hingen zu viele Erinnerungen. Er sah auf die Uhr. »Eigentlich habe ich gerade einen Termin in der Werkstatt.«

»Schrotthändler wäre besser gewesen.«

»Ein guter Mechaniker kriegt den wieder hin.«

»Aber nur, wenn er Gandalf heißt und zaubern kann.«

»Wir werden sehen«, sagte Welscher ausweichend. »Wartet bitte hier.« Er ging zu Fischbach. »Ist sie da?«, fragte er und deutete auf den Stall auf der anderen Straßenseite.

»Lass uns nachschauen. Aber warum sollte sie nicht da sein? Patrick wird schon wissen, wo seine Mutter steckt. Und er hat gesagt, dass er sie erst am späten Nachmittag zurückerwartet.«

Sie betraten den Stall. Links und rechts befanden sich Boxen, ein breiter Gang schnitt das Gebäude in zwei Hälften. Am Ende des Gangs stand ein großes Tor offen. Dahinter sah Welscher eine Weide. Es roch intensiv nach Stroh und Pferd.

»Hallo?«, rief Fischbach. »Jemand da?«

Nichts rührte sich. Langsam wanderten sie zum anderen Ende des Stalls. Einige Tiere schnaubten nervös, andere schauten neugierig nach, wer ihre Ruhe störte. Ein brauner Hengst, der laut Schild neben der Boxentür Hannibal hieß, stupste Welscher mit der Nase an. Er strich dem Tier über den Kopf. »Schönes Kerlchen.«

»Keine Allergie?«

»Sehen die aus wie Katzen?«

»Hätte doch sein …«

»Nein.«

Fischbach sah ihn skeptisch an. »Du magst Pferde?«

»Klar. Ich bin mit ihnen aufgewachsen. Eine Leidenschaft meines Vaters, die ich schon als kleiner Fetz teilen durfte.«

Sie verließen den Stall am anderen Ende. Im Schatten des überhängenden Dachs war ein schwarzes Pferd angebunden, aufgezäumt und gesattelt, fertig zum Ausritt.

Fischbach schirmte die Augen vor der Sonne ab, die gerade durch die Wolkendecke brach. »Wo ist denn der Besitzer? Warum ist denn hier alles wie ausgestorben?«

»Weil wir in der Eifel sind«, frotzelte Welscher. »Nicht gerade als dicht besiedelte Region bekannt. Aber ich kann dich beruhigen. Es wurden schon scheue Ureinwohner gesichtet.«

»Komiker. Man lässt doch kein Pferd gesattelt rumstehen.«

»Der Reiter ist bestimmt noch rasch für kleine Jungs.« Welscher bemerkte eine Bewegung am Waldrand, der etwa dreihundert Meter hinter der Wiese aufragte. Eine Reiterin auf einem Pferd. »Da kommt jemand.«

Angestrengt blickte Fischbach in die Richtung. »Das könnte sie sein.«

»Da bin ich sogar sicher.« Die angebundene Stute scharrte mit dem rechten Vorderhuf. Welscher ging zu ihr, klopfte ihr auf die Flanke und flüsterte ihr beruhigend ins Ohr.

»Ist da jemand?«, hörte er eine Frauenstimme rufen. Er suchte nach der Quelle. In der Wand stand ein geriffeltes Fenster auf Kipp.

»Ja. Polizei.«

»Ah, Gott sei Dank. Ich dachte schon … Egal. Können Sie noch einen Moment auf Clarissa aufpassen? Bitte. Ich … es dauert …«

»Sie sind auf dem Klo?«

»Nur noch ein paar Minuten.«

»Kein Problem.«

Ein erleichterter Seufzer war die Antwort.

Die Stute schien ihn zu mögen, denn das aufgeregte Spiel ihrer Ohren hörte auf.

»Sie ist es.« Fischbach straffte sich. »Dann kann es ja gleich losgehen.«

Welscher wandte sich um. Barbara Wolf saß aufrecht auf einem Schimmel und ritt geradewegs auf sie zu. Er erinnerte sich, dass das Tier Schneeball hieß.

Sie stoppte wenige Meter vor ihnen. »Was wollen Sie noch? Können Sie uns nicht in Ruhe lassen? Es ist schon schwer genug.«

Welscher bemerkte, dass die Stute wieder nervös wurde. Sie trampelte mit den Hinterläufen von links nach rechts und schob ihn dabei zur Seite.

Fischbach machte einen Schritt auf Barbara Wolf zu. »Bitte steigen Sie ab. Wir wissen, dass Ihr Mann nicht der Mörder Ihrer Mutter sein kann.«

Über Barbara Wolfs Gesicht huschte ein ängstlicher Ausdruck.

Aha, wir liegen also richtig, dachte Welscher. Ansonsten hätte sie sich gefreut, schließlich hatte Fischbach ihren Mann gerade von der schrecklichen Tat an ihrer Mutter freigesprochen.

»Was soll das werden? Er hat doch gestanden.«

»Ja, das hat er in der Tat. Aber das war eine Lüge«, sagte Fischbach. »Und nun kommen Sie bitte von dem Pferd runter.«

Welscher hörte eine Spülung rauschen. »Sie tragen aber große Stiefel«, sagte er und deutete auf ihren Fuß im Steigbügel.

Barbara Wolf schaute an sich herab. »Wie? Die gehören meinem Mann. Sind mir zwar ein wenig zu groß, aber er hat sie immer in unserem Lada liegen. Und ich habe meine Reitstiefel vergessen. Sie passen ganz ...« Sie hielt inne und sah überrascht auf.

Welscher sah sie ernst an. »Frau Wolf, ich denke, es ist Zeit ...«

Sie riss den Schimmel herum und trat ihm mit den Hacken in die Flanken.

Im selben Augenblick sprintete auch Fischbach los, stoppte aber nach wenigen Schritten wieder. »Mist«, rief er wütend und trat gegen einen herumstehenden Eimer, der im hohen Bogen davonflog.

»Was ist denn hier los?« Eine junge Frau war aus dem Stall herausgetreten und sah sie fragend an.

Welscher erwachte aus seiner Starre, löste die Zügel von dem Metallring an der Hauswand und schwang sich in den Sattel.

»Hey, kommen Sie sofort von meiner Clarissa runter«, kreischte die Frau.

Er wendete die Stute. »Polizeiliche Maßnahme. Ich muss eine Flüchtige verfolgen.« Fest packte er die Zügel und galoppierte los.

Die Stute schien fremde Reiter gewöhnt zu sein, denn sie sprang förmlich vorwärts. Schon nach wenigen Metern fühlte er sich, als würden sie eine Einheit bilden. Er spürte die kräftigen Muskeln des Tieres, hörte das rhythmische Trampeln der Hufe und fühlte den Wind auf der Haut.

Gott, wie lange hatte er auf dieses wahnsinnig irre Gefühl von Freiheit verzichtet? Er jauchzte und schrie »Jippie«, wie er es als Kind immer getan hatte.

Barbara Wolfs Vorsprung schmolz dahin. Als sie den Waldrand erreichte und links in einen breiten Weg einbog, schätzte Welscher die Entfernung auf nur noch fünfzig Meter. Mit einem Schnalzen spornte er die Stute noch mehr an. Die Stelle, wo der

Weg in den Wald führte, sprang förmlich auf ihn zu. Schon zog er links am Zügel und dirigierte die Stute in die Richtung, als ihm für Sekundenbruchteile das Herz stehen blieb. Quer über dem Weg lag ein umgestürzter Baum. Zwar war er rechts am Wegrand provisorisch so geteilt worden, dass dort ein Pferd ohne Probleme durchreiten konnte. Doch die erforderliche Richtungsänderung war bei diesem Tempo nicht mehr möglich. Ohne zu zögern, sprintete Clarissa weiter. Welscher konzentrierte sich auf den Sprung und versuchte, sich an alles zu erinnern, was ihm sein Vater beigebracht hatte. Wie in Zeitlupe hoben sie ab und schwebten für Sekunden wie schwerelos in der Luft. Er spürte einen hervorstehenden Ast, der an seinem Knie entlangschrubbte, sah Barbara Wolf, die sich umschaute. Dann folgte eine butterweiche Landung, abgefedert durch die kräftigen Beine der Stute. Erst jetzt bemerkte Welscher, dass er die ganze Zeit die Luft angehalten hatte. Er atmete durch, während Clarissa immer noch wie ein Pfeil dahinschoss. »Jieha«, kreischte Welscher. Sein Puls raste. Nur noch zwanzig Meter.

Mit ängstlichem Gesichtsausdruck blickte Barbara Wolf sich um und gab ihrem Pferd nochmals die Hacken.

Zehn Meter.

»Jieha«, rief Welscher erneut. Was für ein irres Gefühl.

Plötzlich zog Barbara Wolf an den Zügeln, richtete sich auf und ließ sich nach hinten in den Sattel fallen. Nach wenigen Schritten stoppte ihr Schimmel.

Überrascht von dem Tempowechsel, wäre Welscher fast an ihr vorbeigaloppiert. Nur mit Mühe schaffte er es, Clarissa durchzuparieren und neben dem Schimmel zum Stehen zu bringen. Er blickte in Barbara Wolfs Gesicht, sah ihre Tränen, ihre Verzweiflung. Wie er und die Tiere keuchte sie angestrengt.

»Sie sind wahnsinnig«, rief sie entgeistert. »Sie hätten sich das Genick brechen können.«

Er nahm ihr die Zügel aus der Hand. »Ja, damit könnten Sie recht haben«, gab er zu und machte sich mit ihr im Schlepptau auf den Weg zurück zum Hof.

***

Barbara Wolf zitterte am ganzen Körper und starrte stumm aus dem Autofenster. Welscher saß neben ihr und ließ sie keinen Moment aus den Augen.

Sein Fiesta hatte wieder einmal gestreikt, und so war er kurz entschlossen bei den Kollegen eingestiegen. Sie rollten über die A 60 an Bickendorf vorbei. Fischbach folgte ihnen auf seiner Harley.

Welscher konnte seine Neugierde nicht mehr zügeln. »Wie konnte es dazu kommen?«

Keine Antwort.

»Sie müssen ihre Mutter gehasst haben.«

Ihr Augenlid zuckte.

»Es kommt doch sowieso raus«, brummte er. Er hatte eine Idee, wie er möglicherweise ihre Mauer durchdringen konnte. »Ihr Sohn ist allein zu Hause.«

Ihr Kopf ruckte herum. Ihre Augen weiteten sich.

»Ich kann da vielleicht etwas regeln«, bot er an.

Sie zögerte, schien mit sich einen inneren Kampf auszufechten.

»Entscheiden Sie später, Frau Wolf. Ich erzähle Ihnen, wie ich mir das Ganze denke. Es dauert ja sowieso eine Weile, bis wir in Euskirchen ankommen.«

Schweigend starrte sie zum Fenster hinaus.

Der fahrende Kollege schaute neugierig in den Rückspiegel. Sein Schnäuzer tanzte bei jeder Bodenwelle lustig an den Enden. Der auf dem Beifahrersitz drehte sich leicht, damit er besser mithören konnte.

»Die Krankheit Ihres Sohnes ist der Schlüssel zu allem. Sie und Ihr Mann lieben ihn abgöttisch. Sie würden alles tun, um ihn von seinem Leiden zu befreien. Doch erstklassige Privatbehandlungen kosten eine Stange Geld, zu viel für einen kleinen Handwerksbetrieb. Ihr Mann hätte vierundzwanzig Stunden am Tag durcharbeiten können, trotzdem hätte es niemals gereicht, um alle Behandlungen bezahlen zu können. So kamen Sie auf die Idee, Ihre Mutter um Hilfe zu bitten. Dass sie irgendwo viel Geld versteckt hatte, war in der Familie ja bekannt. Vermutlich haben Sie sich vor Ihrer Mutter förmlich in den Staub geworfen, sie angebettelt, immer und immer wieder, ihr Herz jedoch nicht erweichen können. Selbst der Einsatz Ihres Mannes fruchtete nicht.« Welscher lachte humorlos. »Der arme Kerl. Renoviert das ganze Haus, und seine

Schwiegermutter lässt ihn am ausgestreckten Arm verhungern. Bitter.«

Tränen rollten über Barbara Wolfs Wangen und bewiesen Welscher, dass er richtiglag. »Aber plötzlich erscheint ein Licht am Ende des Tunnels. Ihr Mann findet bei der Renovierung den Geheimgang. Und nicht nur das. Ein Erdrutsch legt sogar fast zeitgleich das andere Ende frei. Was für ein glücklicher Zufall. So konnten sie ab sofort gemütlich, na ja, einigermaßen zumindest, bis ins Wohnzimmer Ihrer Mutter laufen. Rasch reifte der Plan, sich ein wenig bei ihr umzusehen und nach dem Geld zu suchen. Vermutlich kam bei Ihnen nicht einmal ein schlechtes Gewissen auf, da sie es als kleinen Vorschuss aufs Erbe betrachteten. Ihr Mann war wohl derjenige, der sich überwiegend im Haus umschaute. Ist für eine Frau ja bestimmt nicht angenehm, durch den Gang zu gehen.«

Sie senkte den Kopf. Ihr Zittern hatte nachgelassen.

»So weit, so gut«, sagte Welscher. »Nur fanden Sie das Geld nicht. Langsam wurde die Sache brenzlig, da Ihre Mutter das Herumspuken bemerkt hatte. Wie lange wäre es noch gut gegangen? Wie hätten Sie und Ihr Mann dagestanden, wenn Sie erwischt worden wären? Eine Tochter und ein Schwiegersohn, die die eigene Mutter beklauen wollen? Ein Fressen für die Boulevardpresse. Sie hätten sich nicht mehr aus dem Haus getraut.«

Der Kollege auf dem Beifahrersitz brummte zustimmend.

»Und dann die Chance. Ihre Mutter ein ganzes Wochenende außer Haus, im Allgäuurlaub bei einer Freundin. Sturmfreie Bude in Kronenburg.«

Er hielt inne, um Barbara Wolf die Gelegenheit zu geben, selbst zu Wort zu kommen. Im Wagen herrschte eine gespannte Stille. Nur der Motor brummte gemütlich vor sich hin. Die verbrauchte Luft war elektrisch aufgeladen.

»Das Problem war nur«, nahm Welscher den Faden nach gut einer Minute wieder auf, »dass Ihr Mann sich um die Baustelle im Krimihotel in Hillesheim kümmern musste. Streiten Sie es nicht ab, wir wissen, dass er den ganzen Samstag dort war.« Welscher verschwieg vorsichtshalber, wie sie darauf gekommen waren. Es tat auch nichts zur Sache. »Er konnte nicht nach dem Geld suchen. So kamen Sie ins Spiel.«

Er deutete auf ihre Stiefel. »Als ich das erste Mal bei Ihnen zu

Hause war, hat ihr Mann erwähnt, dass Sie hin und wieder seine Stiefel anziehen. Die trugen sie auch an dem besagten Samstag. Durch den Geheimgang sind Sie ins Haus Ihrer Mutter gelangt. Ich vermute, Sie sind direkt hoch ins Schlafzimmer, um die Räume erneut von oben nach unten auf links zu drehen. Und der Zugang zum Schlafzimmer war ja vorher immer schwierig, wenn nicht sogar unmöglich gewesen, da Ihre Mutter dort schlief. So kam es, wie es kommen musste: Sie standen plötzlich Ihrer Mutter gegenüber. Vermutlich hatte sie sich absichtlich dorthin verzogen, um dem Geist die Möglichkeit zu geben, ungestört in den unteren Bereich einsteigen zu können.«

Barbara Wolf nickte.

»Können Sie sich noch an die Uhrzeit erinnern?«

»Fünf. Die Kirchenglocken läuteten.«

Erleichtert atmete Welscher durch. Endlich eine Antwort. Der Damm schien zu bröckeln. »Es kam zum Streit, stimmt's?«

Sie wandte den Kopf ab und starrte aus dem Fenster. »Streit? Nicht direkt, nein. Wie angewurzelt stand ich da. Ich konnte mich nicht rühren. Als Kind habe ich auch immer so ausgeharrt, wenn sie mir die Leviten las. Die ganzen Vorwürfe, alles kochte sie auf. Den Bastard, wie sie Patrick immer nannte, meinen Seitensprung. Dann Günter, den Schlappschwanz, der sich betrügen lässt. Und noch viel mehr, immer und immer wieder. Die Hände legte ich mir auf die Ohren, doch sie ließ nicht locker. Beschimpfte mich, verfluchte mich, schlug mir ins Gesicht. Nimm die Hände aus dem Gesicht, befahl sie mir und riss an meinen Armen. Schließlich gehorchte ich und steckte die Hände in die Taschen von Günters Anglerweste. Die hatte ich mir auch aus dem Wagen geborgt.«

Hilfesuchend sah sie Welscher an. »Sie kümmern sich um Patrick?«

»Reden Sie weiter«, sagte er freundlich.

»Ich versuchte, mich zu rechtfertigen, flehte meine Mutter um das Geld an, bettelte darum, es mit ihren Heilerkräften bei Patrick zu versuchen. Währenddessen schloss sich meine Hand um das Messer.« Sie schluckte hart. »Heilerin nannte sie sich. Dabei war sie eine ganz gemeine Hexe, ein böses Weibsstück, eine Ausgeburt des Bösen. Wie kann man ein unschuldiges Kind nur so widerlich behandeln?« Sie trat heftig auf den Wagenboden. Einige Male atmete sie heftig ein und aus. »Ich konnte noch so flehen und mich erniedrigen, es war alles vergebens. Sie verhöhnte mich weiter. Die Wut, die sich all die Jahre in mir aufgestaut hatte, loderte in mir auf. Ich weiß noch, wie sich mein Blick trübte, es rauschte in meinen Ohren, und dann …« Sie schüttelte den Kopf, als ob sie eine lästige Fliege loswerden wollte. »Dann lag sie vor mir auf dem Boden, hinter der Couch im Wohnzimmer. Das ist das Nächste, an das ich mich erinnere. Und an das viele Blut überall um mich herum. Ich sprang auf und rannte davon.«

»Durch den Geheimgang?«

»Ja.«

»Wir haben ein Papiertaschentuch gefunden.«

Sie runzelte die Stirn und sah ihn an. »Vielleicht von meinem Mann? Von den vorangegangenen Tagen.«

Welscher winkte ab. »Vergessen Sie es, ist nicht so wichtig.« Nicht alle Dinge, denen man im Laufe einer Ermittlung begegnete und die einem wichtig erschienen, waren von Belang. Viele führten sogar in die Irre. »Hätte es Ihnen gehört, wäre es ja vermutlich voller Blut gewesen, oder?«

Sie senkte den Kopf und sah auf ihre Hände. »Überall klebte es«, flüsterte sie. »An der Kleidung, im Wagen. Es hat die ganze Nacht gedauert, bis wir alles einigermaßen sauber hatten.«

Welscher gab ihr einige Minuten. Blankenheim zog an ihnen vorüber. Fischbach hielt immer noch Anschluss, er wirkte in seiner schwarzen Lederjacke wie ein Begleitschutz.

»Warum ist Ihr Mann nach dem Tod Ihrer Mutter noch mal zurück ins Haus? Sie hätten doch einfach abwarten können. Sie erben doch alles.«

Sie lachte bitter. »Nur den Pflichtteil. Den Rest hat sie der Kirche vermacht. Darum auch mussten wir das Risiko eingehen und jede Gelegenheit nutzen, nach dem Geld zu suchen.« Sie sah versonnen zum Fenster hinaus. »Wir haben alles durchkämmt. Inzwischen glaube ich, das Geld wird niemand mehr finden, weil meine Mutter es ausgegeben hat.«

Welscher verstand. Selbst über den Tod hinaus hatte Veronika Kramann dafür gesorgt, dass ihr Enkel nicht in den Genuss ihres Vermögens kam. »Wann rief Ihre Tante zum ersten Mal bei Ihnen an?«, fragte er auf der Höhe von Bad Münstereifel.

»Gleich am Samstag. Günter wollte gerade los, das Messer holen. So gegen neun.«

»Sie verdächtigte Ihren Mann und erpresste ihn?«

»Dieses Miststück«, spie sie aus. »Günter kam kreidebleich in die Waschküche und erzählte mir alles. Er sollte Ralf ermorden, dann würde er sein Messer wiederbekommen.«

Der Fahrer räusperte sich. »Kaum zu glauben«, murmelte er.

Welscher stimmte ihm insgeheim zu. Maria Bartels würde sich schwer aus der Verantwortung stehlen können. Da müsste sie schon einen guten Anwalt an ihrer Seite haben, um sich bei diesen Anschuldigungen das Gefängnis zu ersparen. »Und da reifte in Ihnen beiden der Plan, dass er sich opfern würde, sollte sich die Schlinge enger zuziehen.«

»Er meinte, es wäre besser so. Und er dachte … er wollte mir die Chance geben, Patrick zu heilen.«

»Ihn zu heilen?«, fragte der Kollege vom Beifahrersitz.

Müde lächelte sie. »Ich weiß, für viele ist es nichts als Aberglaube. Aber ich versichere Ihnen, dass mehr dahintersteckt.«

Der Kollege legte die Stirn in Falten. Man sah ihm an, dass er kein Wort verstand.

»Nach dem Tod der Mutter geht die Kraft auf die Tochter über, das haben Sie uns erzählt«, sagte Welscher. Neugierig fragte er: »Haben Sie es schon ausprobiert?«

Sie nickte.

»Und?«

»So etwas dauert. Es ist eine schwere Krankheit.«

Enttäuscht seufzte Welscher. Er hätte Patrick die Besserung gegönnt, wie auch immer sie herbeigeführt wurde.

Ein Straßenschild zeigte noch zehn Kilometer bis Euskirchen an. Er zückte sein Handy und wählte Bianca Willms' Nummer. »Hi«, meldete er sich. »Hast du ein wenig Zeit?«

»Kommt drauf an«, wich sie aus.

»Es ist wirklich wichtig. Kannst du zu den Wolfs fahren, dich um den Jungen kümmern und alles regeln, damit er betreut wird? Hochoffiziell natürlich, also Außeneinsatz. Besorg dir einen Dienstwagen, wenn du willst.«

Wie aus der Pistole geschossen antwortete sie: »Bin schon unterwegs.« Die Freude in ihrer Stimme war nicht zu überhören. Vermutlich war sie froh, nicht immer nur hinter dem Monitor sitzen zu müssen.

»Stopp!«, bremste er sie. »Ich gebe dir jetzt Barbara Wolf. Sie wird dir sagen, was du am besten unternimmst und wer dir helfen wird.«

Er drückte ihr den Hörer ans Ohr.

»Danke«, sagte sie leise. Tränen liefen ihr über die Wangen.

Welscher lächelte. »Dafür nicht. Ich hätte auch ohne Ihre Aussage jemanden beauftragt, sich um Ihren Sohn zu kümmern.«

Epilog

Zufrieden brauste Fischbach auf seiner Harley über die Bitburger Straße in Richtung Eicherscheid. Sein Ziel war die Innenstadt von Euskirchen. Er wollte unbedingt noch etwas erledigen, bevor er nach Hause fuhr. Sigrid erwartete ihn in einer Stunde mit einem Apfel-Hefeblechkuchen zum Kaffee. Und für den Abend hatten sie Welscher zum Essen eingeladen. Fischbach lief das Wasser im Mund zusammen, wenn er an das Rosmarin-Wildschweingulasch mit Speckbohnen und Hefeklößen dachte.

Er hatte Hilde Bartels die geliehene Kleidung zurückgebracht und ihr vom Abschluss des Falles berichtet. Still und geduldig hatte sie zugehört und sich am Ende bei ihm mit einer festen Umarmung bedankt. Patrick, der bis zu einer abschließenden Lösung bei ihr wohnte, hatte sich nicht blicken lassen. Vermutlich warf er in seiner kindlichen Einfalt Fischbach vor, seine Eltern hinter Schloss und Riegel gebracht zu haben.

An Bad Münstereifel vorbei über Iversheim erreichte er zehn Minuten später Euskirchen. Er stellte seine Maschine neben dem Kaufhof auf den Ständer. Die Herrenabteilung war mäßig besucht. Langsam schlenderte er durch die Reihen und hielt angestrengt Ausschau. Hosen, Hemden, Hüte, Mäntel, alles fand er, nur nicht das, was er suchte.

»Kann ich Ihnen helfen?«

Fischbach wandte sich um und erblickte einen feschen Verkäufer mit gegelten Haaren, der in seinem eleganten Anzug eine recht gute Figur abgab. Sein Lächeln jedoch wirkte aufgesetzt.

»Äh … weiß nicht?«

Der Verkäufer musterte ihn von oben bis unten. »Ich nehme an, Sie suchen etwas in Ihrer Größe.« Er beugte sich ein wenig vor. »Es zwickt und zwackt etwas, nicht?« Vertraulich zwinkerte er ihm zu.

Fischbach zog automatisch den Bauch ein. »Sitzt alles wie angegossen«, empörte er sich.

Der Verkäufer richtete sich wieder auf. »Verstehe.« Er nickte wissend und zwinkerte Fischbach ein weiteres Mal zu.

»Haben Sie etwas im Auge?«, fragte der und zog aus seiner Jackentasche die Augentropfen. Er hielt sie ihm hin.

Überrascht griff der Verkäufer danach und studierte das Etikett. »Nein, mir geht es bestens. Und die hier sind bereits …«

»Schon gut«, unterbrach Fischbach ihn und nahm die Tropfen zurück.

»Sie brauchen meine Hilfe also nicht?«, fragte der Verkäufer und sah sich dabei bereits nach neuen Kunden um.

Fischbach gab sich einen Ruck. So schlimm und ungewöhnlich war sein Anliegen nun auch wieder nicht. Und er wollte auf jeden Fall rechtzeitig zu Kaffee und Kuchen zu Hause sein. »Ich suche … Hosenträger.«

»Hosenträger?«

»Breite, so richtig bequeme.«

Der Verkäufer musterte Fischbachs Bauch. »Ja, warum nicht? Ich denke, dass passt zu Ihrem Typ.«

»Typ?«

»Selbstbewusst, sich nicht der Mode unterwerfend.«

Fischbach fragte sich, ob der Verkäufer ihn hochnehmen wollte.

»Ein Revoluzzer, ein Rocker«, erklärte der Mann weiter.

Das gefiel Fischbach schon besser. Der Verkäufer verstand ihn offensichtlich. »Genau«, sagte er.

Der Verkäufer deutete einen Diener an. »Bitte folgen Sie mir.«

***

Ärgerlich schaute Welscher in den Spiegel und versuchte zum wiederholten Mal, seinen Schlips ordentlich zu binden. Normalerweise hatte er damit keine Probleme, aber der anstehende Besuch bei seinen Eltern machte ihn nervös.

Das Telefon schrillte. Es stand neben ihm auf dem Fensterbrett.

Ein letztes Mal blickte er in den Spiegel, feuerte die Krawatte ins Waschbecken und nahm ab.

Eine rauchige Stimme meldete sich. »Hast du heute Zeit?«

Larissa de Witt. Ein wohliges Gefühl durchströmte Welscher. Er seufzte. »Ich muss weg … ein wichtiger Besuch. Leider. Und abends bin ich bei einem … Freund eingeladen. Sorry.«

»Freund?« Ihre Stimme klang enttäuscht.

Das Kribbeln in seinem Magen verstärkte sich. Es fühlte sich an, als ob darin Schmetterlinge herumflatterten.

»Mein Kollege, der Dicke, du kennst ihn.«

»Ach so, der. Na ja, dann … Viel Spaß. Vielleicht später mal.«

Er spürte Panik in sich aufsteigen. Er wollte das Telefonat noch nicht beenden. »Warte …«

»Ja?«

Er kniff die Augen zusammen. Hatte seine Mutter nicht gesagt, er dürfe auch jemanden mitbringen? War das wirklich ernst gemeint gewesen? Er ballte entschieden die Hand zur Faust. »Ich fahre zu meinen Eltern. Wenn du möchtest, treffen wir uns dort.«

»Oh.«

War er zu aufdringlich gewesen? Ein Besuch bei den Eltern war bestimmt nicht das, was man sich für den Anfang einer Beziehung vorstellte.

Beziehung? Was für ein absurder Gedanke. Er schüttelte den Kopf. Schließlich war er schwul.

»Ich komme«, riss Larissa de Witt ihn aus seinen Gedanken.

»Wirklich?«

Sie lachte. »Ja klar. Lieber so als gar nicht.«

Sein schlechtes Gewissen meldete sich. War es fair, ihr keinen reinen Wein einzuschenken? Andererseits konnte er sich tatsächlich mehr vorstellen. Doch wie würde er reagieren, wenn es denn wirklich zu mehr kommen würde? Konnte er damit überhaupt umgehen? »Du, ich muss dir was beichten«, murmelte er. »Ich bin … ich stehe auf … Ach, was soll's«, sagte er resigniert. »Ich bin schwul.«

Angestrengt horchte er. Kurz meinte er, sie amüsiert schnauben zu hören.

»Schon klar.«

Welscher war wie vor den Kopf gestoßen. »Schon … klar?«

»So etwas spürt man doch … oder nicht?«

»Ich weiß nicht.«

»Du nicht?«

Was sollte das jetzt? Er beschloss, die Frage zu ignorieren, da er sich keinen Reim darauf machen konnte. »Wenn du nicht mehr willst …«

»Doch, doch, kein Problem. Gib mir die Adresse, ich werde kommen.«

Erleichtert atmete er durch. Zumindest gab es eine Chance, dass sich mehr entwickeln konnte.

Eine Stunde später parkte Welscher seinen Fiesta hinter einem schwarzen 5er BMW schräg gegenüber dem kleinen Bauernhaus seiner Eltern.

Sein Herz machte einen Satz. Sie war tatsächlich gekommen.

Er fuhr sich durch die Haare und stieg aus. Lautes Vogelgezwitscher empfing ihn. Wehmütig blickte er zu den Obstbäumen hinüber, die ungeordnet im Garten seiner Eltern standen. Er hatte tatsächlich vergessen, wie sich die Natur weitab jeder Stadt anhörte. Er ließ den Blick wandern. Das Haus duckte sich in einer kleinen Mulde vor Wind und Wetter und schien sich überhaupt nicht verändert zu haben. Die grünen Fensterläden sahen aus wie neu, das Fachwerk glänzte speckig schwarz und hob sich deutlich vom schneeweißen Putz ab. Eine blaue Rauchwolke stieg aus dem Kamin kerzengerade in den wolkenlosen Himmel. Das Dachfenster, aus dem sein Vater und er damals immer die Sterne beobachtet hatten, war geschlossen.

Die Fahrertür des BMW schwang auf.

Welscher machte bereits einen Schritt auf den Wagen zu, stockte aber, als ein Mann ausstieg. Er trug ein schwarzes Poloshirt und eine schwarze Jeans. An seinem rechten Handgelenk hing eine Uhr von der Größe eines Wagenrads. Auf Welscher wirkte alles sehr teuer und sehr edel. Die langen Haare hatte er zu einem Pferdeschwanz zusammengebunden. Larissa hat jemanden geschickt, um sich entschuldigen zu lassen, dachte er enttäuscht. Ihren Bruder vermutlich, denn der Typ sah ihr ähnlich.

Der Mann warf die Tür zu und kam auf ihn zu.

Welscher hob die Hand. »Schon klar, ich denke, Sie müssen mir nichts erklären.« Der Frust brannte in seinem Hals.

»Hallo, Jan.«

Seine Stimme klingt sogar genau wie ihre, dachte er. »Welscher«, brummte er. Dass der Typ ihn duzte, ging ihm eindeutig zu weit.

Der Mann lachte rau. »Und du willst Kommissar sein?«

Welscher ballte die Hände zu Fäusten. Was erlaubte der Kerl sich? »Oberkommissar«, korrigierte er. »Und für Sie immer noch Herr Welscher.«

»Das ist gut, wirklich.« Der Mann schüttelte sich vor Lachen. Welscher hätte ihm am liebsten eine Faust in die Magengrube gerammt. »Erkennst du mich wirklich nicht?«

Welschers Ärger wich Unsicherheit.

»Ich bin es doch. Larissa.«

»Larissa?« Welscher verstand überhaupt nichts mehr.

Der Mann lächelte. »Eigentlich Lars. Nur in Kronenburg, wenn ich mein anderes Leben lebe, nenne ich mich Larissa.« Er lachte leise. »Ist mir inzwischen so in Fleisch und Blut übergegangen, dass ich mich selbst als Frau sehe und, wenn ich denke, sogar die weibliche Form für mich verwende.«

Welscher wurde es heiß und kalt gleichzeitig. Er hatte plötzlich die Karte vor Augen, die Bianca Willms für Larissa de Witt an den Metaplan geheftet hatte. Dort war der Vorname mit einem schlichten L. abgekürzt gewesen. In Zukunft würde er auf die ausgeschriebene Fassung bestehen.

Lars drehte sich mit zur Seite gestreckten Armen einmal um die eigene Achse. »Hier siehst du mich, wie ich in Luxemburg auftrete. Mein anderes Ich.« Er öffnete die Haare und ließ sie sich über die Schultern fallen.

Ja, tatsächlich, jetzt erkannte Welscher es, sie … er war es. Und er hatte es die ganze Zeit nicht bemerkt. Stattdessen hatte er geglaubt, er würde plötzlich seine sexuelle Orientierung verlieren. Sein Herz setzte zum Dauerlauf an, die Schmetterlinge flogen ein Wettrennen durch seinen Magen. »Lars, also … gut, gefällt mir.«

Lars stürmte auf ihn zu und umarmte ihn heftig. »Du bist mir schon ein seltsamer Kommissar.« Er lachte freudig. Seine Augen strahlten mit der Sonne um die Wette.

»Ober–« Welscher brach ab und fiel in das Lachen ein.

Die Haustür öffnete sich. Eine Frau in Kittelschürze trat auf die Schwelle. »Jan?«, rief sie und schaute angestrengt zu ihnen herüber.

»Ich glaube, mehr müssen wir auf später vertagen«, flüsterte Welscher, hakte sich bei Lars unter und zog ihn mit sich ins Haus.

ENDE

Nachwort

»Ende«

Ein Wort, das ich zwar gerne schreibe, schließlich markiert es einen Meilenstein im kreativen Schaffen. Monate intensiver Beschäftigung mit den lieb gewonnenen Figuren und der Story liegen hinter mir. Ein Glücksgefühl, es geschafft zu haben, ergreift den Körper, zufrieden lehne ich mich zurück. Eine Flasche Sekt wird geöffnet, und die Gläser klingen. Beschwingt betrachte ich den Papierstapel.

Doch spätestens zwei Tage danach ist alles verflogen. Eine Unruhe breitet sich aus, schon giere ich nach dem nächsten Projekt, meine Finger wollen tippen, das Hinterstübchen meldet neue Ideen an, die sich mit aller Macht nach vorne drängen. Die Nächte werden unruhig, immer wieder schrecke ich hoch und fürchte, den Einfall zu verlieren und …

Stopp!

Durchatmen.

Gemach, gemach.

Jetzt ist es erst mal an der Zeit, Dank auszusprechen. Denn sosehr ich mich als Autor auch bemühe: Ohne die freundliche Unterstützung meiner wohlgesinnten Familienangehörigen, Freunde und Bekannten wäre »Eifelheiler« nicht entstanden.

Bei der Verfeinerung der Idee und beim Entwurf des Exposés stand mir Uwe Woll mit Rat und Tat zur Seite. Besten Dank, Uwe!

Vielen Dank auch an Polizeihauptkommissar Lothar Willems, Pressesprecher bei der Kreispolizeibehörde Euskirchen. Wie immer haben Sie meine Fragen umgehend und kompetent beantwortet.

Vorab gelesen und – nach konstruktiver Kritik – für gut befunden hat wieder einmal meine treue Testleser-Seele Harald Kill. Ich hoffe, du freust dich schon auf den nächsten »Hotte«, Harry.

Staatsanwalt Harald Hürtgen danke ich für seine fachkundige Beratung. Du hast den Text fein säuberlich auf die Polizeiarbeit hin überprüft und mir auch ansonsten wertvolle Tipps gegeben. Ich erinnere mich noch sehr gut an den Januarsamstag, an dem du mir nicht müde werdend eingebläut hast, dass es bei der Polizei nicht DNS, sondern DNA heißt. Das werde ich nie wieder vergessen, versprochen.

Über das Tagesgeschehen im Kreis Euskirchen muss ich als Regionalkrimiautor zweifelsohne informiert sein. Inzwischen sind mir die dortigen Geschehnisse präsenter als das Drumherum hier vor meiner Haustür. Damit es so ist, wie es ist, erhalte ich jeden Tag von Walter Regh den Regionalteil des Stadtanzeigers Euskirchen. Lieber Walter, besten Dank und: Kündige bitte nicht dein Abonnement.

Meiner Lektorin Marit Obsen danke ich für ihre kompetente fachfrauliche Begleitung. Deine Vorschläge sind in Gold nicht aufzuwiegen und sehr lehrreich.

Danken möchte ich auch dem Team des Emons-Verlages. Ihr rackert euch tagtäglich für uns Autorinnen und Autoren ab. Ich bewundere euer Engagement und auch euer Einfühlungsvermögen in meine mitunter fragile Schreiberseele.

Zum Schluss danke ich meiner Frau Susanne. Wieder hast du ein Projekt geduldig ertragen, mir den Rücken freigehalten, testgelesen, meine Zweifel zerstreut, mich bestärkt, mir Mut zugesprochen, Anregungen geliefert und den eingangs erwähnten Sekt mit mir getrunken. Ich hoffe, wir beide lassen noch viele weitere Korken knallen, um das Wort »Ende« zu feiern.

Rudolf Jagusch
NEBELSPUR
Broschur, 272 Seiten
ISBN 978-3-89705-675-6

»Rudolf Jagusch versteht es geschickt, Gegenwart und Vergangenheit zu verweben.«
Stadtzeitung Bad-Neuenahr-Ahrweiler

»Eine packende Geschichte – am Ende kleben die Finger nur so an den Seiten, man kann gar nicht mehr aufhören zu lesen.« KulturNetz Rhein-Erft